夢鴻軒論稿

谢海林◎著

巴蜀书社

# 目次

齐召南《汉书考证》综论 …………………………………… 001
"禅僧"与"诗人":寒山的自我镜像和他者印象 ………… 036
论李白绝句的时空错综手法 ………………………………… 058
《清明》的作者是杜牧吗 …………………………………… 069
论朱熹"淫诗"说的学术背景及内在理路 ………………… 075
清人大型论清诗绝句与清代诗史建构 ……………………… 091
朱彝尊《风怀》诗案的前奏与遗音 ………………………… 098
姚鼐评选杜诗论略 …………………………………………… 110
袁枚《随园诗话》写作时间新考 …………………………… 126
厉鹗佚文《〈雪庄西湖渔唱〉序》考释 …………………… 137
胡期恒生卒年及其寓扬时间新考 …………………………… 141
从《张佩纶日记》看其流放生活和钦慕对象 ……………… 153
《张佩纶日记》与丰润张氏藏书考论 ……………………… 163
晚清朱氏结一庐藏书售卖始末
——以张佩纶信札、日记为中心的考察 ……………… 187
郭曾炘《邴庐日记》的两个版本及其价值 ………………… 213
郑珍年谱新编 ………………………………………………… 243

缪荃孙集外逸文《重印复初斋诗集序》考释 …………… 319
民国时期宋诗选本廿二种叙录 …………………………… 327
宏通视野、史学思维与文学本位
　　——读王友胜教授《历代宋诗总集研究》 ………… 346
姻亲网络与文学世家
　　——徐雁平《清代世家与文学传承》读后 ………… 352

后　记 ……………………………………………………… 358

# 齐召南《汉书考证》综论

《汉书》一问世即广受赞誉，对其注解、订误等颇为兴盛。降至清季，《汉书》考辨之作昌炽。据笔者所知，仅命以"考证（正）"之作的即有四种：一是乾隆朝武英殿经史校勘官齐召南《汉书考证》百卷；二是吴翌凤《汉书考证》十六卷①；三是何若瑶《汉书注考证》一卷②；四是佚名《汉书考正》③。吴著惜未寓目，何书部帙过小，佚名乃续修，三者影响皆微。相较而言，齐著藉其官本而得以发扬，乃《汉书》研究史上不容小觑之宏作。自中华书局1962年点校本以王先谦《汉书补注》本为底本以来，齐书似掩而不彰。今不揣浅陋，仅就齐召南《汉书

---

① 梁启超著，朱维铮校注：《梁启超论清学史二种》，复旦大学出版社1985年版，第432页。梁氏小注云此书"未见"。吴翌凤（1742—1819），字伊仲，号枚庵，晚号漫叟，江苏吴县（今苏州）人。嘉庆诸生。《清史列传》卷七十三有传。
② 章钰、武作成等编：《清史稿艺文志及补编》，中华书局1982年版，第72页。《汉书注考证》，广雅书局刊本，徐蜀编《两汉书订补文献汇编》，北京图书馆出版社2004年版，第一册，第549—559页。何若瑶（约1797—约1856），字群玉，号石卿，番禺人。道光辛丑（1841）进士，改庶吉士，授编修，历官左赞善。
③ 佚名撰：《汉书考正》，不分卷，《续修四库全书》第265册影印南图藏清影钞元至元三年余氏勤有堂刻本，上海古籍出版社2002年版。

考证》百卷作一初步之探讨。

## 一、齐召南生平及著述

齐召南（1703—1768），字次风，号琼台，晚号息园。父讳蕚，字省斋，好文学。母张氏。其先汴之祥符人，宋南渡侨寓杭州。先祖讳盛者，第进士，官宣义郎，始占籍天台，居今浙江省台州市天台县城龙门坦。召南兄弟五人，兄周南，弟图南、世南、道南。召南生于康熙四十二年，幼聪颖，六岁解属对。九岁诵《五经》，乡里称"神童"。雍正十一年，举博学鸿词，以副榜贡生被荐。乾隆元年，督臣上蔡程元章、学臣奉新帅念祖荐博学鸿词，与杭世骏、袁枚同试于保和殿，廷试二等第八，改翰林院庶吉士，即充《大清一统志》纂修官，散馆授检讨。四年六月，充武英殿校勘经史官。十月，充《明鉴纲目》馆纂修官。八年十一月，转左，以原衔署日讲起居注官，召对于养心殿西暖阁，旋晋翰林院侍读。十二月初五，以原衔充日讲起居注官。九年三月初十日奔丧丁忧，五月末抵家。十年三月，上谕令其在籍编辑《礼记》《汉书》二书之《考证》，陆续交送武英殿进呈。七月、九月编成《前汉书考证》稿本共百卷①。十

---

① 齐中嶪编：《齐侍郎年谱》，抄本，浙江图书馆藏。是本无抄写之年月，亦无抄者之信息，据杭世骏《资政大夫礼部右侍郎齐公墓志铭》（载杭世骏《道古堂文集》卷四十一，《清代诗文集汇编》第282册，第410页，上海古籍出版社2010年版，下引同此）所云："公自撰年谱，矜慎不敢妄定，据其近代之可征者。"笔者推断此年谱极有可能是齐氏家族中传抄齐召南手稿《年谱》之抄本，其底本可能仍藏于家。该抄本《年谱》于齐召南生平事迹，较杭之《墓志铭》更细致而无抵牾之处，当比较可信。

一年五月十九日服阕。九月初三日起程，十月初四日到京，仍于武英殿校阅经史。十二年二月补翰林院侍读，充《大清会典》馆纂修官。五月，晋侍读学士。六月，校勘《通典》《通志》《通考》于武英殿。七月，充《通考》纂修官。十三年，擢内阁学士，命上书房行走。迁中允侍读，又侍读学士，升内阁学士兼礼部侍郎，旋授礼部右侍郎。十四年四月二十九日，堕马，头部触石。十月辞官归里，后专事讲学和著述，掌教绍兴蕺山书院、杭州敷文书院多年。召南言行无择，弱不好弄，诗文操笔立就，晚喜集句。著作等身（详见下文）。集在浦江戴学博殿海家，其子式迁属秦瀛重为编次，学博暨鲍廷博、邵去纯分任校勘，共得若干卷而锓之板刻。卒于乾隆三十三年五月二十三日①，墓在天台县街头镇花坑。

关于齐氏其他著述的著录情况，《清史稿艺文志及补编》有：《尚书注疏考证》一卷，《礼记注疏考证》一卷，《注疏考证》六卷，《明鉴前纪》二卷，《历代帝王年表》三卷，《水道提纲》二十八卷②，《宝纶堂文钞》八卷，《诗钞》六卷。《清史稿艺文志拾遗》③记：《春秋左传注疏考证》一卷，《春秋公羊传注

---

① 秦瀛：《小岘山人文集》卷五《礼部侍郎天台齐公墓表》，《清代诗文集汇编》第407册，第587页。秦瀛（1743—1821），原名沛，字凌沧，号吴篷，无锡人。乾隆三十九年（1774）顺天举人，官至左都御史。秦少时尝以诗文见赏于齐召南，后为其受业弟子。此《表》现附于齐召南《宝纶堂文钞》卷首。
② 杭世骏与袁枚的《墓志铭》、秦瀛《墓表》、《清史列传》卷七十一《齐召南传》（王钟翰点校，中华书局1987年版，第18册，第5863页）皆云"三十卷"。四库本《清通志》卷一百称"二十八卷"。
③ 王绍曾主编：《清史稿艺文志拾遗》，中华书局2000年版。

疏考证》一卷,《穀梁传注疏考证》一卷,《蒙古五十一旗考》一卷,《黄河编》一卷,《江道编》一卷,《入江原川编》一卷,《淮水编》一卷,《入巨川编》一卷,《京畿诸水编》一卷,《闽江诸水编》一卷,《粤江诸水编》一卷,《云南诸水编》一卷,《西藏诸水编》一卷,《海道编》一卷,《温州府志》三十卷首一卷,《云根不天然图书谱》一卷,《琼台拙文稿》一卷,《松岭偶集》一卷,《赐砚堂诗稿》不分卷,《宝纶堂集》八卷,《和陶百咏》一卷,天台齐氏家藏《清代名人传诗稿》不分卷,《瑞竹堂词》一卷。

由此三种庶可罗备清代著述之史志目录可知,不仅未将百卷《汉书考证》著录于齐召南名下,且齐氏其他著作亦有遗漏。今据相关资料,补阙如下。

齐召南之好友、同为武英殿校勘经史官的杭世骏撰《资政大夫礼部右侍郎齐公墓志铭》云:"武英殿分撰经史考证,而公独多。经则《尚书》《礼记》《春秋》三传。史则《史记功臣侯表》五卷,《汉书》百卷,(略)又有《史汉功臣侯第考》一卷,《历代帝王表》十三卷①,《后汉公卿表》一卷,《宋史目录》,皆其藏于家者也。"杭氏所称"《汉书》百卷"即为齐召南之《汉书考证》百卷。

嘉庆朝尝充日讲起居注官、国史馆纂修总纂、礼部侍郎的齐氏后任者陈用光撰有《齐召南传》,详载其著述,亦可补史志

---

① 笔者按,史志称其为三卷,杭、袁二《墓志铭》、陈《传》、秦瀛《墓表》、《清史列传·齐召南传》皆云十三卷。此书有不分卷本、一卷本、二卷本、三卷本、十三卷本、十四卷本,另附《历代帝王庙谥年讳谱》一卷。其卷数不一,盖诸家刻书所致。

之阙:"召南所著述,其在史局。(略)史则《史记功臣侯表》五卷、《汉书》百卷、《后汉书郡国志》五卷、《隋书律历天文》五卷、《旧唐书律历天文》二卷。"①

另外,南京图书馆还藏有史志尚未著录的齐召南的五种著述:《永嘉县志》二十六卷《图》一卷、《宝纶堂集古录》十二卷、《天台山方外志要》十卷、《天台齐袁两先生游记》二卷和《唐赐铁券考》一卷附《铁券诗》②,此又可补其阙漏。

## 二、《汉书考证》成书时地、作者及著录

### (一)成书时地

关于文渊阁四库抄本《汉书》各卷后所附之百卷《考证》的撰写时地,杭世骏《齐公墓志铭》云:

> 四年六月,充武英殿校勘经史官。十月,充《明鉴纲目》馆纂修官。(略)十一月,转左,以原衔署日讲起居注官,召对于养心殿西暖阁,旋晋翰林院侍读,以原衔充日讲起居注官。九年丁省斋公艰,戴星而奔,哀毁骨立。前曾

---

① 陈用光:《太乙舟文集》卷三《齐召南传》,《清代诗文集汇编》第489册,第558页。陈用光(1768—1835),字硕士,江西新城(今黎川县)人。嘉庆六年(1801)进士,官至礼部右侍郎。姚鼐弟子,祁寯藻的岳丈,梅曾亮的座师。陈《传》虽有抄袭杭《铭》之可能,但从对齐氏著述的情况来看,却有增补之处。下划线者,皆可补史志著录之阙。
② 此五种著作的版本分别是:清乾隆三十年(1765)刻本、光绪十四年(1888)家刻本、乾隆三十二年(1767)息园订本、宣统二年(1910)袁之球铅印本、嘉庆刻本。

承办《礼记》《汉书》考证，十年谕旨仍令在籍编辑，陆续交武英殿经进。十一年三月，《纲目》告成，议叙仍列一等，奉旨于起官日加一级。服阕入都，奉上谕仍著在武英殿校勘经史。十二年二月，补原官。三月，"经史馆"告成。

齐中嶔编《齐侍郎年谱》言之尤详：

> （乾隆八年）十二月初五日，御门奉旨以原衔充日讲起居注官，是年撰《尚书考证》。乾隆九年二月十九日闻讣丁忧。三月初十日奔丧，五月二十七日抵家。
>
> 乾隆十年三月十九日，经史馆总裁励宗万面奉上谕：经史馆考证内《礼记》《汉书》二部，原系翰林齐召南承办，今丁艰回籍。仍著寄信与齐召南，令其在籍编辑，陆续交送武英殿进呈。钦此。经史馆咨移浙抚常、浙抚行布政司潘、行台州府冯、行天台县海文。五月，到书一匣，系武英殿新刊《前汉书》一部。公书一封，于五月二十四日收到。七月十二日，将编成《前汉书考证》稿本四十卷全匣，次本县海送递。九月二十二日，将编成《前汉书考证》稿本六十卷全匣，交本县海送递。（略）乾隆十一年丙寅五月十九日服阕。（略）九月初三日，起程至省领咨。十月初四日到京。十一月十七日，经史馆告成。奉旨仍于武英殿校阅经史。①

---

① 齐中嶔编：《齐侍郎年谱》，抄本，浙江图书馆藏。

由上可知，齐召南于乾隆四年（1739）六月至十二年（1747）三月为武英殿经史校勘官。因其学问、行绩兼优，期间召南虽丁忧回台州天台，乾隆亦令其于家中撰写《汉书考证》，分两次递送进呈于京。成于乾隆十三年（1748）的《词林典故》卷三载："皇上乾隆十年（1745）三月传谕：在籍侍读齐召南，令将承修《礼记》《前汉书》考证属草后，交原籍抚臣邮递进呈。"①与康熙朝徐乾学、陈元龙皆为纂修官携书至家编撰之特例。另，乾隆八年（1743），齐召南正撰写《尚书考证》。《清史稿艺文志补编》著录是书为《尚书注疏考证》，仅一卷。可以推想，《汉书考证》或亦在修撰之中，但未成稿。次年虽丁忧，故仍令其续之。再从上文所引的《前汉书考证跋语》中，亦可知齐召南从"乾隆四年奉敕校刊经史"，网罗众本，雠对《汉书》，到"奉敕编为考证"，发明得间，条附诸卷之下，再于家中成稿而呈递京馆，故明此书大致撰于乾隆四年六月至乾隆十年九月二十二日之间。

（二）作者和《考证》之存录

现在台湾商务印书馆影印文渊阁《四库全书》本《汉书》一百卷，每卷之下皆附有《考证》，书后亦有《考证跋语》：

> 乾隆四年（1739），奉敕校刊经史。于是书，尤加详慎。臣（张）照等既与诸臣遍搜馆阁所藏数十种及本朝李光地、何焯所校，再三雠对，积岁弥时。凡监本脱漏，并

---

① 《词林典故》卷三，台湾商务印书馆影印文渊阁《四库全书》599册，第484页上栏。

据庆元旧本补缺订讹，正其舛谬，以付开雕，稍还古人之旧。臣（齐）召南，复奉敕编为考证。谨采儒先论说关于是书足以畅颜注所发明、刊三刘所未及者，条录以附于每卷云。臣（齐）召南谨识。①（括号中字，为笔者所加）

由此跋语可知，从乾隆四年开始，武英殿经史馆开馆校勘，上自朝廷大臣，下至英俊贤才，名士咸集，从其校刻"二十一史"诸臣职名即可知当时之盛况。单就史部名著《前汉书》而言，据笔者翻检四库本《前汉书》诸卷后的《考证》，在考证《前汉书》的校勘官中，齐召南的按语最多，有591条（按，含对颜师古《汉书叙例》的考证，下同），约占总数的92%。杭氏称齐考证"独多"，洵非虚言。影印文渊阁《四库全书》本《前汉书》扉页，"所附考证"标为"清齐召南等撰"，更是实情。

今检百卷《汉书考证》，可知除齐氏之外，尚有五人。现择要略述如下。张照（1691－1745），字得天，号泾南，别号梧囱，江南娄县（今属上海）人。康熙四十八年进士，改庶吉士，授检讨，南书房行走。乾隆元年，武英殿修书处行走。二年二月，起内阁学士，南书房行走。十二月充经筵讲官。五年，授刑部右侍郎，十月转左。七年四月，擢刑部尚书，五月兼领乐部。九年十二月，丁父忧，时有疾。十年正月奔丧，上勉令节哀，毋致毁瘠。至徐州而卒，谥文敏。照"才品优长，兼谙法

---

① 班固：《汉书》，台湾商务印书馆影印文渊阁《四库全书》251册，第429页上栏。

律,学问充裕,词藻清新。侍直内廷,勤慎素著"①。《汉书考证》著录其按语 17 条。

励宗万(?-1759),字滋大。直隶静海(今属天津)人。康熙六十年进士,改庶吉士,授编修。雍正二年,命直南书房,充日讲起居注官,督山西学政。六年,迁国子监司业,按试潞安。十年,起鸿胪寺少卿,仍直南书房。四迁至礼部右侍郎,调刑部左侍郎。乾隆元年十月,命直御书处办事。四年,武英殿行走。七年五月,补侍讲学士。六月,充武英殿总裁。十月迁右通政。八年擢通政使,直懋勤殿,纂《秘殿珠林》。九年迁左副都御史。十年擢工部侍郎,次年调刑部右侍郎,因坐事革职,命还里闭户读书。十五年调取来京酌用。十六年,授侍讲学士。二十四年六月迁光禄寺卿,九月卒。②《汉书考证》著录其按语 6 条。

陈浩(1687-1764),字紫澜,号未斋,又号生香。昌平(今属北京)人。雍正二年进士,选庶吉士,散馆授职编修。迁翰林院侍讲,擢学士,充日讲起居注官、詹事府少詹事,晋詹事,授通奉大夫。入武英殿校书,充《一统志》纂修官、武英殿提调官、《续文献通考》纂修官、武英殿总裁。雠对经史,参互群籍,"疑似纷纠处,为分肌擘理,同事齐次风、杭大宗皆服

---

① 《清史列传·张照传》,第五册,卷十九,第 1454 页。
② 《清史列传·励宗万传》,第四册,卷十三,第 914—917 页。

其精博"①。曾典试福建，视学湖北。立朝三十余年，举士无庸者。晚年致仕后，主掌河南大梁书院十余年，后移席开封宛南书院。曾入九老会，赐游香山。屡蒙皇恩。浩性和高洁，四十二鳏居。一生好学，于诗、文、书法俱精。正月十七日卒，年七十有八。诸臣职名署为"原任日讲官起居注詹事府詹事兼翰林院侍读学士"。可知陈浩于乾隆十二年已不居此任。《汉书考证》著录其按语19条。

杭世骏（1696－1772），字大宗，号堇浦（一说又字堇浦）②，仁和（今浙江杭州）人。乾隆元年举博学鸿词，一等第五，授翰林院编修，充武英殿纂修，分校经史。所撰考异特详。八年御试时务策，所对千言，切直无讳，忤上斥归。罢而至家奉母，交结诗社。寻游广东，主讲粤秀书院，后掌扬州安定书院。三十七年卒于家。一生撰述宏富，其考订经史之著尤多，

---

① 郭益埔：《陈浩墓表》，载李桓编《国朝耆献类征初编》卷一百二十五，台湾明文书局1985年版，第149册，第264页。李灵年、杨忠主编《清人别集总目》（安徽教育出版社2000年版，第2册，第1240页）云："陈浩（约1696—?），字紫澜，号未斋，昌平人。雍正二年进士，官至少詹事，年80余尚在世。"其生卒、年寿及最高官衔或晦或误。《墓表》曰："先生生某年月日，卒某年月日，七十有八，刻有《生香书屋诗文》《拟古帖》行世。先世苏州人，父某迁京师，隶籍昌平州。子二，长本忠，字伯思，己丑进士，工部郎中，庚子（1780）河南副考官，癸卯贵州学政，丁未七月殁。次本敬，庚辰进士，翰林院检讨，戊戌二月殁。伯思来典试时，靖举第二名，今去先生殁之日十有六年矣。二子又先后俎谢。自维受恩独深，有再世师弟之谊，大惧事积弗彰，故特揭其生平大凡勒之石以垂于世。右墓表郭益埔撰。"逆而推之，可知其生卒年。浩之官宦仕进，再参以四库本之诸臣职名亦可明断《总目》此条之误。郭之座师为浩之长子，其言凿凿，可从。
② 夏孙桐：《观所尚斋文存》卷四《拟补清史文苑杭世骏传》，1939年铅印本，南京大学图书馆藏，第22页。

史则有《史记考异》《汉书疏证》《三国志补注》《金史补》等。《汉书考证》著录其4条按语。

张永祚，生卒不详。《清朝文献通考》载云："又礼部奏：浙江杭州府生员张永祚，通晓天文，明于星象，应令其在钦天监天文科行走。奉谕旨张永祚著授为钦天监八品博士。"①诸臣职名署为"钦天监博士"。可知，永祚于乾隆十二年时仍在此任上。《汉书考证》著录4条，皆天文、星象之类。

总而言之，四库本《汉书考证》百卷，虽是诸家所成，但仍以齐召南为主。且齐氏早已撰有《汉书考证》百卷，只不过在进呈经史馆时，遵乾隆帝须袭经部之例，分附百卷《汉书》各卷之后。另外，尚须说明的是，《汉书考证》虽云百卷，但齐氏并非各卷皆有考辨，只是依《汉书》分卷而设。或许，齐氏百卷《汉书考证》稿本即由此而不独存或单行于世。至少，齐之著述中应有《汉书考证》百卷。换言之，齐召南《汉书考证》已成为四库本《汉书考证》主要的组成部分。

## 三、《汉书考证》的内容

四库本《汉书考证》百卷虽出于众手，但因齐氏所撰最多，故本文仅以齐著为考察对象。《汉书考证》共有四万七千余字，内容繁富。今分五类试述之。

---

① 清高宗敕撰：《清朝文献通考》，商务印书馆1936年版，第1册卷五十四，第5364页。

（一）校勘文字

1. 脱漏。如脱人名，《考证》卷三十四"《卢绾传》：绾以客从，入汉为将军"条，"召南按：《史记》作'从入汉中'，是也。此文'汉'下脱'中'字耳。"①齐氏以《史记》卷九十三《卢绾传》②校《汉书》同传之文字脱漏。从上下文来看，当以《史记》为是，卢绾与高祖同里，随其左右，时高祖即在汉中。惜此条中华书局点校本未采③。《考证》不仅校单字之脱，且校两字甚至多字之脱漏。如人名之漏，卷三十二"余乃使夏说说田荣"条，"召南按：《史记》作使张同、夏说，则遣说田荣者有二人，此只夏说一人。"杨树达《汉书窥管》曰："《项籍传》有张同，此偶脱。"④又如，卷十九下"《百官公卿表》下十二年"，"召南按：《陈平传》：高帝崩，平固请得宿卫中，太后乃以为郎中令。惠帝六年为左丞相。据此，则是年郎中令一格应书'曲逆侯陈平为郎中令，六年迁'，作《表》时脱漏耳。"

2. 讹误。《考证》卷八十三"廷尉直"条，"召南按：《公卿表》即廷尉庞真也。'真'字与'直'字相近而误缺笔耳。"检点校本《汉书》卷十九下《百官公卿表》载，绥和元年"少府庞真为廷尉，二年为长信少府"⑤。博士申咸诬毁丞相薛宣事发于"哀帝初即位"之时。《表》于庞真之仕履甚明，正合此

---

① 说明：引文均据台湾商务印书馆1986年影印文渊阁《四库全书》本《汉书》各卷末所附之《考证》（以下简称《考证》）。中华书局1962年版《汉书》，则简称为点校本。
② 司马迁：《史记》，中华书局1982年版，第2637页。
③ 班固：《汉书》卷三十四《卢绾传》，中华书局1962年版，第1891页。
④ 杨树达：《汉书窥管》，上海古籍出版社2006年版，第261页。
⑤ 班固：《汉书》卷十九下《百官公卿表》，第841—842页，第十格。

事。齐说不误。点校本未采①，失当。又如，《考证》卷十六"博阳节侯周聚"条，"召南按：陈濞既封博阳，不应一地两侯。据《史记索隐》曰：县属彭城，则此'博阳'应作'傅阳'，即春秋时偪阳国地。'博'与'傅'字形相近而误耳。"杨树达对是条详加辨析："《南粤传》有将军博阳侯，《补注》引胡三省说谓是陈濞，是矣。此文博阳既是傅阳之误，则《南粤传》之博阳侯决非周聚可知。今王氏又以属聚，不惟与《南粤传补注》自相矛盾，亦与此处《补注》自相违异，疏谬甚矣。"②点校本虽说以杨书为参本，此条因袭王注仍云"博阳节侯周聚"③。

3. 衍文。《考证》卷二十五上"其后十三世，汤伐桀"条，"召南按：《封禅书》作'其后三世'，是也。自帝孔甲、帝皋、帝发至桀只更三世，此文'十三世''十'字当是衍文。宋本亦误。"是条不须多辨，齐说甚是。班固《汉书·郊祀志》多采《史记·封禅书》，此或乃宋前抄本之衍。点校本于此不采④，大误。《汉书》于宋前皆为抄本行世，此类衍文之误多矣。他如，《考证》卷十六"贯齐侯合傅胡害"（百衲本同此）条之衍"合"，点校本作"贯齐合侯傅胡害"⑤；卷十九下"博士后仓为少府，一年迁。执金吾辟兵，三年迁"条之衍"迁"，点校本已无两"迁"字⑥，等等，今不赘举。

---

① 班固：《汉书》卷八十三《薛宣传》，第3395页。
② 杨树达：《汉书窥管》，上海古籍出版社2006年版，第112页。
③ 班固：《汉书》卷十六《高惠高后文功臣表》，第609页。
④ 班固：《汉书》卷二十五上《郊祀志》，第1192页。
⑤ 班固：《汉书》卷十六《高惠高后文功臣表》，第557页。
⑥ 班固：《汉书》卷十九下《百官公卿表》，第800页，第十三格。

4. 倒乙。《考证》卷二十"宋考正父"条,"监本、别本俱脱,宋本在第三格,是也。今从之。召南按:'考正父'当作'正考父',宋本亦误"。齐说甚是。梁玉绳《人表考》详云:

> 宋正考父。凌马本、殿本有,他本讹脱。正考父始见《诗·商颂》序、《左》昭七、《鲁语》下。序作甫。弗父何生宋父周,周生世子胜,胜生正考父。《潜夫·志氏姓》《家语·本姓》,盖本于《世本》,而《商颂》疏引《世本》脱去世子一代。①

景祐本无,点校本据局本补作"正考父"②。他如卷三十六"李梅冬实七月霜降草木不死注云云"条,齐氏按:"以下文'八月杀菽'例之用夏时纪月,则此文'七月'疑是'十月'之讹。周十二月,夏之十月也。又应倒其文云'十月霜降,草木不死,李梅实',则文义俱显矣。"

5. 删节。班《书》对司马迁《史记》采摭不少,但因其好古,多有删补,故二书互有增删同异者。《考证》卷三十二"《陈余传》:耳、余为左、右校尉"条,"召南按:此文上《史记》有'邵骚为护军'一句,又下文'张耳为右丞相'下有'邵骚为左丞相'一句,《汉书》删去,实于事情不核";同卷"宦为外黄令"条,"召南按:《史记》作'宦魏为外黄令',是

---

① 梁玉绳:《人表考》卷三,载《史记汉书诸表订补十种》第87条,中华书局1982年版,第586页。
② 班固:《汉书》卷二十《古今人表》,第903页。《校勘记》,第953页。

也。必有'魏'字以别于秦。《汉书》删之,即下文'秦购耳以千金',不明矣"。又如,卷五十二"上怒曰遂取武库"条,"召南按:《史记》云:'君何不遂取武库?'此怒语也。《汉书》省'君何不'三字,意遂不明";同卷"婴东朝"条,"召南按:《史记》作'魏其之东朝之往也','之'字似不可省。又'石建为上,分别言两人事',此省'事'字。又'与长孺共一老秃翁',此省'老'字。又'婴乃使昆弟子上书言之,幸得复召见',此省'复'字。皆不如本文"。卷五十"《汲黯传》:至黯十世"条,"召南按:《史记》作'七世'。又'治官民',《史记》作'治官理民'。此《传》于《史记》本文字句,多所删节处。如严助言:黯辅少主,守城深坚,招之不来,麾之不去,虽自谓贲、育弗能夺也。《汉书》改'守城'为'守成'。又删'深坚'以下二句。黯言以微文杀无知者五百余人,是所谓庇其叶而伤其枝者也。《汉书》删去'是所谓'一句,皆不如本文远甚"。班《书》虽号称叙事周详,但亦有不如《史记》之处。齐氏所云,颇有道理。

6. 增补。因班《书》后于《史记》,对世系尤多叙补。如《考证》卷三十五"荆王刘贾传高帝从父兄也"条,"召南按:《史记》曰:'刘贾诸刘者,不知其何属。'此云'从父兄'。《史记》曰:'刘泽,诸刘远属。'此云'从祖昆弟',皆班氏补《史记》之缺略也"。又,班《书》多采他书以补《史记》之缺。卷四十四"数上书不逊顺云云"条,"召南按:此文以下,'文帝令薄昭为书责厉王'至'王得书不悦',皆《史记》所无而班氏增补之者也";同卷"《淮南王安传》:招致宾客方术之士云云"条,"召南按:此《传》较《史记》有补有删。详序招客著书及入朝献赋颂，此补《史记》之缺略也。下文'日夜与左吴等按舆地图'以下，《史记》详序伍被与王反复议论，班氏以别立《伍被传》，故此从略耳"。卷四十九"上与错议出军"条，"召南按：此二句补《史记》之缺。窦婴言盎以下云云，则裁取《史记·吴王濞传》中语。丞相青翟等劾错云云，又补《史记》之缺"。由上可知，史事之增删，二书可互补。再如《考证》卷五十二"《韩安国传》：由此显结于汉"条，"召南按：安国笑曰：'可溺矣，公等足与治乎？'此《传》删'可溺矣'三字，不如本文远甚。唯与王恢论马邑之计，反复折辨，较《史记》为最详"。杨树达称："文具《新序·善谋》下篇，班氏盖采之彼。"① 班书择录集部之语，以详其事。

7. 异文。班《书》鸿篇巨帙，八十万言，史之各体二异者亦夥。因史料或阙，以致史事不显。卷五十五"封蔡为乐安侯"条，"召南按：《表》作安乐侯。又封朔为陟轵侯，《史记》作涉轵侯，而《功臣表》但作轵侯。又不虞为随成侯，《表》作随城侯。又'中郎将绾'，《史记》无此四字"；同卷"《霍去病传》以二千五百户封去病为冠军侯"条，"召南按：'二千五百户'，《史记》作'千六百户'。又'封贤为终利侯'，《史记》及《功臣表》作'众利侯'"。既有文字之异，又有史事之异。《考证》卷六十"及继功臣绝世"条，"召南按：《功臣表》：杜业纳说云云，于是成帝复绍萧何，是建议继功臣绝世乃钦兄子业之事，非钦事也。《表》《传》互异如此"。卷九十二"轵人杨季主子为县掾禹之"条，"召南按：杨掾事，与史稍异。据史则主徙解之

---

① 杨树达：《汉书窥管》，第410页。

议,发于杨㧑,故解心恨之,不止为隔绝送财也"。

8. 句读。卷三十四"其实不能"条,"召南按:不能断句,言实兵不能数万也。《史记》作'其实不过数千,能千里而袭我,亦已罢极'。'能'字属下句读"。王先谦《补注》袭王念孙之说,以"能"读为"乃"。杨树达详辨道:"齐说是也。古人凡云不至某数曰不能。《礼记·王制》云:'不能五千里者,不合于天子,附于诸侯曰附庸。'《赵策》云:'其地不能十里。'《管子·轻重丁篇》云:'行令未能一岁,五衢之民皆衣帛完履。'《史记·淮南王传》云:'方今大王之兵众,不能十分吴楚之一。'《论衡·艺增篇》云:'宣王以至外族内属,血脉所连,不能千亿。'本书《刘向传》云:'用贤未能三旬而退。'盖《汉书》自与《史记》异读,王氏以高邮读《史记》之说读《汉书》,非也。"①

(二)订补史事

《考证》是一部考订史书之作。其贡献首先即是补正《汉书》史事之阙误。如卷四"建成侯董赫、内史栾布,皆为将军"条,召南按:"《功臣表》董赫是董渫之子,封成侯,非建成侯。《史记》曰"成侯赤为内史,栾布为将军"是也。《公卿表》于是年书内史董赤,即依《史记》。《栾布传》,未尝为内史,故《公卿表》不书。此文建成侯,既衍'建'字,以内史连栾布为句,亦非实事。"又如卷六十八"诈令人为燕王上书"条,齐按:"《武五子传》作'旦闻之,喜,上疏'云云,则是燕王实使人上书也,但下文云'调校尉以来未能十日,燕王何以得知

---

① 杨树达:《汉书窥管》,第270—271页。

之?'又云'上书者果亡,捕之甚急',则此《传》谓盖主、桀、安等诈令人为燕王上书,正得其实。《燕刺王传》未及刊正耳。"

《考证》对史事的订补,不只限于《汉书》,还旁涉他书。其一,《史记》之误。订称谓之错,《考证》卷三十二"蒯通说其令徐公"条,召南按:"《汉书》于《史记》亦多所订正,如说项羽之韩生及此《传》范阳令徐公是也。又如贯高说张敖语,《史》作'今王事高祖,甚恭生前',岂应称谥?《汉书》改高祖为皇帝,当矣。"卷五十二"王皇后贤之"条,"召南按:《史记》作'王太后贤之'。在景帝时,只合称皇后耳。此《汉书》改订《史记》之失"。订官名之误,《考证》卷四十三"拜通为奉常"条,"召南按:此文订《史记》称太常之失也。下文徙通为奉常亦然。汉初因秦官曰奉常,至景帝中六年始更名太常"。

其二,《汉书》之误。卷五十"郑当时传迁为大司农"条,"召南按:《史记》作'迁为大农令',是也。当时为大农令在元光中,至太初元年始改曰大司农。此史文偶然失检处也"。《汉书》版本之误,卷七十九"《冯奉世传》:至伊修城。[注]师古曰:伊修城在鄯善国。云云"条,"召南按:'伊修城'当作'伊循城',各本俱误。《西域传》鄯善国中有伊循城,其地肥美。汉置都尉,所谓伊循田官也。《通鉴》亦作'伊循'。知宋时《汉书》本尚不误,后来刊本讹'循'作'修'耳,颜注亦然"。

其三,订他史之误。如卷十五上"陆城侯贞中山靖王子"条,"召南按:此侯即昭烈帝之祖。《蜀志》曰:先主涿郡涿县人,汉景帝子中山靖王胜之后。胜子贞,元狩六年封涿县陆城亭侯,坐酎金失侯,因家焉。按贞封于元朔二年,不封于元狩六年也。《蜀志》误耳"。

其四，订史注之误。卷五十四"《李陵传》：至东浚稽山南龙勒水上"条，"胡三省曰：《志》，敦煌龙勒县有龙勒水，出南羌中，东北入泽，溉民田，盖其下流至浚稽山下。召南按：陵出居延，遮虏障，此龙勒水当在居延塞外，直北沙碛中，故下文曰陵'出居延，北行三十日，至浚稽山'，不当以西陲敦煌之龙勒县实之也。且《志》言有氐置水，不云即龙勒水。胡氏地学极精，而此条则误"。齐氏著有《水道提纲》，乃清朝著名的地理学家。胡氏以彼当此，实误①。

其五，订史家之误。如唐刘知几之误，卷三十三"《韩王信传》：韩王信"条，齐召南按："刘知几谓韩王本名信都，史削去一字，遂与淮阴无别。此臆说也。史无削人名字之理，两人姓名偶同，故称韩王信以别之。知几因表有信都二字，妄为此解，不知因'司徒'讹为'申徒'，因'申徒'又讹为'信都'，官名本一而音转字别，遂致不同，非韩王本名信都也"。顾炎武之误，卷七十六"《王尊传》上行幸雍过虢"条，"刘攽曰：'虢'字是史氏误。召南按：顾炎武亦驳此文，云：今凤翔县，古之雍城，而虢在陕，幸雍何以得过虢？当是过美阳之误。按攽及炎武并疑虢地在陕，幸雍不当东行，而不知右扶风自有虢县也。据《地理志》雍、虢、美阳三县并属右扶风。虢县故城在今凤翔府城南三十五里，雍县即今凤翔府治。汉帝西幸雍必

---

① 司马光编著，胡三省音注，"标点资治通鉴小组"校点：《资治通鉴》，中华书局1956年版，第2册，武帝天汉二年（公元前99年）第2条，第713—714页。

过虢,道里甚明。何乃疑周之虢国东在弘农者乎?夫汉时,于周虢国地置陕县,属弘农郡,固不云虢县也。本文不误。"此可备一说,检西汉虢县在雍之南,二者毗近,而美阳虽在东却距雍甚远①。

其六,语句补释。如卷五十三"《礼》《礼记》。[注]师古曰:礼者,礼经也。礼记者,诸儒记礼之说也"条,"召南按:《礼经》即《仪礼》十七篇。《礼记》,七十子后学所记。《艺文志》所谓《记》百三十一篇是也。《戴记》在后,故师古特解之"。齐说不谬,可参见《汉书艺文志注释汇编》此条之注②。

### (三)考辨众注

《汉书》行世以来,声誉颇高,备受青睐,但因其古拙深奥难通,故注家云集。在清末王先谦《汉书补注》泽惠学林之前,《汉书》首当之功臣无疑应属唐颜师古。齐氏《考证》遍及《汉书》各家之注,对众注诸方面皆有所发明。限于篇幅,举例以颜注为主,兼及他注。

其一,注位错置。《考证》卷五十四"而令广并于右将军军,出东道"条,"召南按:后文注'右将军赵食其也'应在此文下"。从点校本来看,此为该段注二,而后文注为注一一③,且此已称及右将军,当于此作注,不应注后,体例不合。

---

① 中国历史地图编辑组编:《中国历史地图集》,中华地图学社出版社1975年版,第二册,第15—16页,④3、④4格。
② 陈国庆:《汉书艺文志注释汇编》,中华书局1983年版,第43—46页。
③ 班固:《汉书》卷五十四《李广传》,第2447页,注见第2448页注[二]、第2449页注[一一]。

其二，音义之误。卷七十"尝为匈奴间，候遮汉使者。[注]师古曰：言为匈奴之间而候伺"条，"召南按：《西域传》云：后数为匈奴反间。注云：间，音居苋反。则此'间'字亦去声。注'为匈奴之间'当作'为匈奴反间'也。'反'字误作'之'字耳"。傅介子出使西域，即因楼兰数为匈奴所离间，与汉疏远，且杀汉使。此事昭昭，齐说可成定案。点校本虽采殿本而改颜注"间"为"言"，"为"作"而"，惜并未明颜注之失①。又如卷七十七"《郑崇传》：因持诏书案起。[注]师古曰：案者，即写诏之文"条，"胡三省曰：按更始时，常侍奏事，韩夫人起，抵破书案。则案非文案之案也。召南按：胡解是。案即几案，故曰'持诏书案起'"。颜注之误，无须多辨。此条，胡三省已引李奇说为是。点校本李、颜二注两存②，甚迂，颜注可删而不采。

其三，二注矛盾。卷六十八"会奏上，因署衍勿论。[注]师古曰：署者，题其奏后也"条，齐召南按："《外戚传》同此文，[注]李奇曰：'光，题其奏也。'师古曰：'言之于帝，故解释耳，光不自署也。'二注并出师古之手而判然不同。胡三省曰：光薨后，帝始闻毒许后事。光于是时安敢言于帝耶？李奇说是也。"今检《汉书》之《霍光传》《外戚传》及《资治通

---

① 班固：《汉书》卷七十《傅介子传》，第3002页，注见第3003页注[四]，《校勘记》，第3032页。
② 班固：《汉书》卷七十七《郑崇传》，第3256页注[四]。

鉴》①，颜误甚明。点校本虽两存，实失。

其四，注中脱讹。卷六十八"光为博陆侯。［注］文颖曰：食邑北海河东城"条，齐按："'河'字下脱'间'字，而'城'字则'郡'字之讹也。《恩泽侯表》云：北海、河间、东郡。师古注曰：光初封食北海、河间，后益封，又食东郡，可知此注脱误显然。"此条点校本已采齐说②。

其五，作注曲释。卷八十八"《儒林传》：故详延天下方闻之士，咸登诸朝。［注］师古曰：方道也。云云"条，"召南按：《史记》作'详延天下方正博闻之士'，义甚明邕。当是《汉书》写本脱'正博'二字，而师古因曲为之说耳"。颜注或未对《史记》而不明《汉书》脱漏，只能曲解为之。甚至，《考证》还对注中引文之失亦有辨析。卷三十"魏文侯最为好古，孝文时得其乐人窦公。［注］桓谭《新论》云'窦公年百八十岁'，云云"条，齐召南按："窦公事见正史，必得其实。但桓谭言百八十岁，则可疑也。魏文侯在位三十八年而卒，时为周安王十五年。自安王十五年计至秦二世三年，即已一百八十一年矣。又加高祖十二年、惠帝七年、高后八年，而孝文始即帝位则是二百零八年也。窦公在魏文侯时已为乐工，则其年必非甚幼，至见文帝又未必即在元年，则其寿盖二百三四十岁矣，谓之百八十岁可乎？"颜注采摭桓谭之文，未能详辨，失之。是条，点校本袭用

---

① 班固：《汉书》卷六十八《霍光传》，第2953页注［四］，卷九十七上《外戚传》，页3967注［一六］。《资治通鉴》第2册，宣帝本始三年（公元前71年），第1条，第799页。
② 班固：《汉书》卷六十八《霍光传》，第2933页注［二］。

颜注,亦未明引文之误①。

**(四) 训释职官、姓氏、地理**

1. 职官变迁。《考证》卷九"《赞》:贡、薛、韦、匡迭为宰相"条,召南按:"贡禹、薛广德止为御史大夫,而《赞》与韦、匡并列。汉世以御史大夫为丞相之副,故与丞相并称两府,其后改丞相曰司徒,改御史大夫曰司空,遂并为三公矣。萧望之尝为御史大夫,后为前将军,曰'吾备位将相',亦是此义。"颜注曰:"贡禹、薛广德、韦贤、匡衡迭互而为丞相也。"② 比较而言,齐说解释详尽,使人焕然冰释。又如,卷九十四下"雕陶莫皋立,为复株累若鞮单于"条,召南按:"自雕陶莫皋以下,凡单于号俱冠以'若鞮'二字。《后书》注曰:匈奴谓孝为若鞮。自呼韩邪降汉,见汉帝常谥为孝,慕之。至其子复株累单于以下,皆称若鞮。自南单于比以下直称鞮也。"齐氏引《后汉书·南匈奴传》注③以释"若鞮"一称之由来,甚当。可补颜注之略。《考证》还对注中所涉及的职官加以辨析,卷十"《成帝纪》:罢六厩技巧官"条,齐按:"《百官表》:六厩技巧二官有令有丞,属水衡都尉。师古但解技巧,未释六厩。于《百官表》注引《汉旧仪》即以太仆之大厩解之,恐未当。此所罢者,止言水衡所属之六厩,非太仆所属也。下文又云减乘舆厩马,则太仆所属者矣。"至于《百官公卿表》中所涉及的某人职官之迁降,《考证》或补释或订正,兹不赘引。

---

① 班固:《汉书》卷三十《艺文志》,第1712页注[五]。
② 班固:《汉书》卷九《元帝纪》,第299页注[七]。
③ 范晔撰,李贤等注:《后汉书》,中华书局1965年版,第2939页注[三]。

2. 人名阙误。《考证》卷七十五"《李寻传》：与张孺、郑宽中同师"条，召南按："孺字误也。据《儒林传》张山拊事小夏侯建，授同县李寻、郑宽中少君、山阳张无故子儒，此文张孺即张无故，而举其字，当云张子儒。传写之讹，遂合两字为'孺'字耳。"又，卷八十八"《胡毋生传》：弟子遂之"条，"召南按：《史记》作'仲舒弟子通者'。又'东平嬴公'，《史记》无。而广川段仲，《史记》作'殷忠'。"二者未详孰是，可备一说。

3. 地理沿革。齐氏本地理名家，自是对地理沿革多有会心。如《考证》卷八十九"《召信臣传》：起水门提阏凡数十处"条，其云："'提'应作'堤'。又按，信臣于南阳水利无所不兴，其最巨者钳卢陂、六门竭，并在穰县之南，灌溉穰、新野、昆阳三县。后汉杜诗修其故迹，民有《召父》《杜母》之歌。晋杜预复其遗，规地有二十九陂之利。故读《后书》《晋书》及《水经注》《通典》，而叹信臣功在南阳，并于蜀李冰、邺史起也。颜注太略。"召南不愧为博学之师，融众书于一炉①。诸如此类，正是所长，《考证》卷九十四、九十五对地名沿革、注家之阙误多有考辨、训释。此处不赘。

---

① 可参顾祖禹撰，贺次君、施和宝点校《读史方舆纪要》，中华书局 2005 年版，第 5 册，卷五十一，河南六"六门陂""钳卢陂"等条。顾祖禹（1631—1692），29 岁始纂《读史方舆纪要》，卒前才成全书。或齐已见是书，引而未云。齐说此条中"昆阳"当为"涅阳"之误，昆阳与穰、新野甚远，形近而讹耳。《读史方舆纪要》第 2419 页云："故号为六门竭，溉穰、新野、涅阳三县五千余顷。"

## （五）论析史法

班《书》"言皆精练，事甚该密"①，笔法细腻，叙事谨严。《考证》对其笔法、史识多有管见。

其一，叙事之法。为使行文跌宕富有情致，免于平铺直叙，《汉书》亦用追叙等笔法。《考证》卷一"赦韩信封为淮阴侯"条，召南按："此文追叙也。据《功臣表》曹参等以十二月甲申封，而淮阴侯之封直至四月，则知此文为追叙矣。"又如，卷四十八"是时匈奴强云云"条，齐按："自此以下并《汉书》所诠叙也。《史记》贾生与屈原同《传》，于经国之才、救时之论概未及录，故特详补之。其《治安策》及上书并贾子《新书》文删节以入《传》。"再如，卷八十六"《师丹传》：皇后尊号未定，豫封父为孔乡侯"条，其曰"《哀帝纪》：帝以四月即位，五月丙戌立皇后傅氏，封后父傅晏为孔乡侯。则封后父时，后已正位中宫矣。以《外戚恩泽侯表》核之，阳安侯丁明及晏俱以四月壬寅封，在丙戌立后之前四十四日，与此《传》正合，盖《帝纪》系史文类叙，不如《表》为确实也。"

其二，史料裁剪。卷九十一"《货殖传》：昔粤王勾践云云"条，召南按："范蠡、子贡、白圭、猗顿、乌氏、巴寡妇清，其人皆在汉以前，不应与程卓诸人并列，此则沿袭《史记》本文未及刊除者也。刘知几每讥班氏失于裁断，此亦其彰彰者。"班孟坚"裁密而思靡"②，不免小疵。至于史料采撷、详略之笔，

---

① 刘知几撰，浦起龙释：《史通通释》卷一，上海古籍出版社1978年版，第22页。
② 刘勰著，范文澜注：《文心雕龙注》卷六《体性》，人民文学出版社1958年版，第506页。

《考证》亦有论析。如：

> 惠帝六年，置太尉官。以勃为太尉○召南按：《传》此文与《公卿表》同。盖用《史记·世家》而不取《史记》功臣、将相二《表》也。（《考证》卷四十）
>
> 今丝欲刻治○召南按：此文删去《史记》"晁错在前"一段，以详序于错《传》中也。（《考证》卷四十九）
>
> 上与错议出军○召南按：此二句补《史记》之缺。窦婴言盎以下云云，则裁取《史记·吴王濞传》中语。丞相青翟等劾错云云，又补《史记》之缺。（《考证》卷四十九）
>
> 《淮南王安传》：招致宾客方术之士，云云○召南按：此《传》较《史记》有补有删。详序招客著书及入朝献赋颂，此补《史记》之缺略也。下文"日夜与左吴等按舆地图"以下，《史记》详序伍被与王反复议论，班氏以别立《伍被传》，故此从略耳。（《考证》卷四十四）
>
> 《季布传》：夫以高帝兵三十余万○召南按：《史记》作"将兵四十余万众"，而本书《匈奴传》载布言三十二万。又，"哙时亦在其中"六字，《史记》所无。然《匈奴传》详载布言且及平城之歌。详略不同如此。（《考证》卷三十七）

由上可知，班固于武帝前之历史并非全抄《史记》，而是因人因事之宜，有所裁择。此可窥班固史识之一隅。

其三，结构安排。作史并非全是叙述，亦见史家之学。《考证》卷二"《惠帝纪》第二"条，齐召南按："《史记》于《高祖本纪》后《孝文本纪》前，止作《吕后本纪》以惠帝事附入，殊非体制。班氏列《惠帝纪》于《高后纪》之前，义理甚正。"关于高后、惠帝纪传之安排，齐氏之言可备一说。班《书》承帝命而著史，亦有史家之心，依实而述。此种做法遭到刘勰之讽①，但也无可厚非。

其四，笔法用意。卷八十八"而请诸能称者。[注]师古云云"条，召南按："《史记》作'而请诸不称者罚'。此文只换一'不'字，省一'罚'，字义遂不同。《史记》言惩儆滥举，此文言登进贤才也。"中国文字之美妙，于此可见一斑，更可见班固笔法之精到。

综上所述，可知齐著所涉之广，考证之精。值得说明的是，《考证》诸条并非专言及上文所论之一方面，实则文字、注释、史实本事、典章制度、笔法史识多有熔于一炉而冶者。

## 四、《汉书考证》的学术意义及不足

在四库闭馆之前，齐氏天不假寿。好在其《汉书考证》成书较早，四库馆臣将其稿本分卷条录正文之后。今已不见其单行之本，幸赖《四库全书》抄本而可晓其内容之广博，价值之大。现述略如下。

---

① 刘勰曰："及孝惠委机，吕后摄政，班史立纪，违经失实。何则？庖牺以来，未闻女帝也。牝鸡无晨，武王首誓；妇无与国，齐桓著盟；宣后乱秦，吕氏危汉；岂唯政事难假，亦名号宜慎矣。张衡司史，而惑同迁固，元帝王后，欲为立纪，谬亦甚矣。寻子弘虽伪，要当孝惠之嗣；孺子诚微，实继平帝之体。二子可纪，何有于二后哉！"《文心雕龙注》卷四《史传》，第285页。

## (一) 考镜源流之功绩

细绎齐氏《考证》一书,对《汉书》研究史可察晓一二。召南于是书完稿之时,作有《进呈前汉书考证后序》[①],即《四库全书》中《汉书》之《跋语》。此文既可作齐氏《汉书考证》之注脚,也是《汉书》研究史之小结。其云:

> 史之良,首推迁、固。固才似若不及迁者,然其整齐一代之书,文赡事详,与迁书异曲同工。要非后世史官所能及。故其书初成,学者即已莫不讽诵,服虔、应劭而下,解释音训,不异注经。更魏晋至唐初名家,磊落相望,而颜师古注折其衷,论者以比杜征南注《左传》,称为班氏忠臣,不谬也。自唐以前,书皆手写,而校对极精,讹脱相承,无过数处,其有板本自宋淳化中,命官分校三史始也。雕板染印日传万纸,于人甚便,人间摹刻以市易者滋多,彼此沿袭,莫识由来,辗转失真,乌焉成马,故书有板本而读者甚易,亦自有板本而校者转难,固其势然也。以人人所共习之汉书,又经师古注释,旨趣毕显校者,似易为力。乃自淳化,历景德、景祐、熙宁百年之中,三经覆校。当时名儒硕学习衔、晁迥、余靖、王洙所奏刊正增损之条,累百盈千积成卷帙。《三刘刊误》又别为书。陈绎是正文字,又在宋祁之后,亦足以征。善本难得,在北宋时已然矣。况自宋至明刻本愈杂,学士家校雠之精,远不如北宋

---

① 此文收录于齐召南《宝纶堂文钞》卷三,《清代诗文集汇编》第300册,第208—209页。

以前者哉。若国子监所存明人旧板，于颜注所引二十三家之说，十删其五，于庆元所附三刘、宋祁诸家之说，十存其一，即本书正文字句亦多讹脱，则尤板本中至陋者。（略）乾隆四年（1739），奉敕校刊经史。于是书，尤加详慎。臣照等既与诸臣遍搜馆阁所藏数十种，及本朝李光地、何焯所校，再三雠对，积岁弥时，凡监本脱漏，并据庆元旧本补缺订讹，正其舛谬，以付开雕，稍还古人之旧。臣召南复奉敕编为考证。谨采儒先论说关于是书足以畅颜注所发明、刊三刘所未及者，条录以附于每卷云。臣召南谨识。

由此可知《汉书》之学术成就、版本流传、注释考订等诸多情况。今点校本以最为完备的王先谦《汉书补注》为底本，泽惠学林甚多，但也失去了诸如殿本中所保留的一些精华。张元济《校史随笔》"殿本从刘之问刊本出"条，对此有精辟之论[①]。

据《跋语》可知《考证》所采版本者达数十种，如宋本、古本、旧本、别本、南本、监本、淳化本、汲古阁本、《三刘刊误》、凌稚隆《汉书评林》等。所引用史籍也颇多，如《史记》及其注本、《汉纪》《后汉书》《魏书》《晋书》《宋书》《北史》《隋书》《唐书》、《通鉴》附《考异》及胡注、《水经注》《通典》《括地志》，等等。还旁及经部之书，如《春秋》三传、《尚书》

---

① 张元济撰，张树年导读：《校史随笔》，上海古籍出版社1998年版，第13—14页。另据王绍曾《百衲本二十四史校勘记整理缘起》，《汉书》殿本胜宋本者704条，义可两通者22条，由此可知殿本之学术价值，详见此书《导读》第16页。

《周礼》《孟子》等。类书亦有涉猎，如王应麟《玉海》。

## （二）方法论之意义

《考证》一书成于乾隆早期，与乾嘉史学三家钱大昕、赵翼、王鸣盛尚有数十年之隔，更遑论如沈钦韩、周寿昌、王先谦之辈。从其考证的方法来看，齐书对后人也具有方法论之意义。其一，内证法。以《汉书》中纪、表、志、传互证。如以传正表之误，卷八十四"泉陵侯上书。[注]应劭曰：泉陵侯，刘庆也"条，召南按："'泉陵'，《王子侯表》作'众陵'。据《地理志》，泉陵侯国属零陵郡，则此文是，《表》误也。"点校本未采①。以表正传之误，卷八十三"右将军蟜望等"条，召南按："此哀帝建平二年八月事也。据《公卿表》，光禄勋丁望为左将军，执金吾公孙禄为右将军，至三年蟜望始为右将军。此文似应云左将军丁望等。或因其名偶同而误也。"检《表》所载②，知齐说不为无理。《通鉴》亦云："是岁（建平二年）……以光禄勋丁望代为左将军。"③。再如表补传之缺，卷十九下"中五年主爵都尉不疑"条，召南按："《直不疑传》但云'景帝后元年拜御史大夫'而已。此《表》不疑于中五年为主爵都尉，六年由中大夫令更为卫尉，后元年由卫尉迁御史大夫，可以补《传》之所不及。"其二，多种方法合用。卷五十九"周阳侯为诸卿时。[注]师古曰：姓赵"条，召南按："师古注讹。《恩泽侯表》固有周阳侯赵兼，以淮南王舅得封，然当孝文六年即以

---

① 班固：《汉书》卷八十四《翟方进传》，第3430—3431页。
② 班固：《汉书》卷十九下《百官公卿表》，第845—847页。
③ 司马光：《资治通鉴》第3册，哀帝建平二年（公元前5年），第14条，第1089页。

有罪免矣。此周阳侯即田蚡弟田胜，孝武初以皇太后弟得封。徐广注《史记》是也。下文言武安侯为丞相征汤为史，可知汤由田氏进身，谓周阳侯姓赵不亦误乎？"先以本书《表》释证《传》误，次引他书《史记》徐注辅证，再以逻辑推理参证。齐说言之凿凿，堪称确论。三种方法运用娴熟，可为范例。从这点上来说，把齐书称为乾嘉朴学中史学考证名著，也不过分。

  齐召南凭其博学多才，不仅取得在史学方面的突出成就，且对后来的研究者颇多启示，并在其基础之上，对《汉书》的补正与研究日臻完备。如王鸣盛《十七史商榷》卷七"《汉书叙例》"条论颜注之成书时间[1]，实则齐氏《考证》早已明之。卷十九"元光四年九月，中尉张欧为御史大夫，宣平侯张欧为太常"条，齐云："张'欧'与'驱'字形相近。御史大夫是安邱侯悦子，即《列传》所谓张叔。宣平侯则张敖之孙张偃之子也。但《功臣表》哀侯欧以景帝中二年卒矣，岂得至元光时乎？先儒并无疑及此者。"召南此条之疑，触引夏燮详辨其误[2]。召南善疑，虽其结论未允，但至少可启后学之思。如疑董仲舒对策之时间与岁数之抵牾，钱穆明其策中有衍文[3]。他如卷八十九"《文翁传》蜀地学于京师者比齐鲁焉"条，其云："按《蜀志》，秦宓曰：'文翁遣司马相如东受七经，还教吏民。'然则相如即文翁所拔以为蜀人师者，其语与《地理志》所云'繇文翁倡其教，相如为之师'者正合。但此《传》及《相如传》并无明

---

[1] 王鸣盛著，黄曙辉点校：《十七史商榷》，上海书店出版社2005年版，第46页。
[2] 夏燮：《校〈汉书〉八表》卷七，载《史记汉书诸表订补十种》，中华书局1982年版，第381—382页。
[3] 钱穆：《秦汉史》，生活·读书·新知三联书店2005年版，第89页。

文。"齐氏之惑，实乃秦宓误读所致。杨树达言之甚详①，召南之疑可冰释矣。

## （三）严谨审慎的态度

作为一个研究者，根本的一点还需有严谨审慎的态度。特别是做史学考证，必须信而有征，不可妄断其正误，更不可臆改史实。在这一点上，《考证》也值得后人学习。如卷十"五阮在代郡"条，召南虽是地理名家，但不遽断雌黄，只是发疑："按《地理志》，代郡无五阮关，有五原关。疑'五阮'即'五原'音之转耳。"他如：

《燕王刘泽传》：大谒者张卿。○宋祁曰：疑卿是字，释其名也。○召南按：此书《恩泽侯表》及《周勃传》皆作张释，与《史记·吕后纪》同，而《匈奴传》作张泽，与《史记·文帝本纪》及《表》同。宋祁疑卿是字，是也。但《史》《汉》每遇"泽""释"字辄互异，如《张良传》建成侯吕泽，实是吕释之。此宦者张卿，名释？名泽？究难悬定也。（卷三）

《直不疑传》：至孙彭祖坐酎金国除。○召南按：《史记》不疑子相如，相如子望，坐酎金失侯。而本书《功臣表》作"侯坚坐酎金免"。"望""坚"两字相似，未知孰正？但俱不云名彭祖也。（卷四十六）

《梁怀王揖传》揖。○召南按：梁怀王名，《史记》《表》及《世家》作"胜"，而《孝文本纪》作"揖"。《汉

---

① 杨树达：《汉书窥管》，第704页。

书·贾谊传》作"胜",而《纪》及本《传》作"揖"。李奇谓:"怀王必有两名。"理或然也。(卷四十七)

由上引"究难悬定""未知孰正""理或然也"诸语可知,若无坚确之证据,即不可乱下论断,此种谨严审慎的科学态度,更可见时下浮躁学风之危害。清代学者向以学赡五车著称,其持科学态度者,宜为当今学人所崇仰。

当然,《考证》亦有不足之处。正如清卢文弨所说:"曩余读《汉书》,见监本所载宋人校勘语,大率浅陋居多,甚有卤莽灭裂,不考原委,不究体势,于本无可疑者而亦疑之,删改凭意,传布至今。馆阁有《考证》之作,驳而正之未尽也。"① 毋庸置疑,《考证》毕竟是借于一己之力,且成于台州家中,其不足之处自不待明。如卷七十"搴歙侯之旗"条,其曰:"《西域传》俱作'翖侯'。师古注'翖'即'翕'字,则此文'歙'字误也。"笔者按,本卷《段会宗传》中作"翖侯"者有二处②,亦可作齐说之有力旁证,不须他引。尚有可商者,如卷八十"《东平思王宇传》:上于是遣太中大夫张子蟜。〔注〕师古曰:蟜字,或作侨"条,召南按:"《艺文志》及刘向、王褒《传》并作'侨',则'侨'字是也。"王先谦《汉书补注》,在颜注后,即引齐召南此条,未加以评断③。颜、王二注存疑,甚

---

① 卢文弨:《两汉刊误补遗跋》,《抱经堂文集》卷九,中华书局1990年版,第130—131页。
② 班固:《汉书》卷七十《段会宗传》,第3030页云"诸翖侯止不听""诸翖侯大乱"。
③ 王先谦:《汉书补注》,书目文献出版社1995年版,第1425页下栏。

是谨严。不错,《汉书·艺文志》及刘向、王褒二《传》皆云"张子侨"①,而同书《萧望之传》则作"张子蟜"②。齐氏遽断,似可商。《考证》亦有误按者,如卷七十二"《两龚传》:常以岁八月赐羊壹头、酒二斛"条,齐曰:"韩福事,《昭纪》作'郡县常以正月赐羊酒',《纪》系录诏书原文。疑此'八月'当为'正月'之讹。又按,'羊壹头','壹'字应作'一'。各本俱误耳。"此条,齐说正"壹"为"一"之讹,是。但云"八月"乃"正月"之讹则误。杨树达引《后汉书》以证《昭纪》之误,云:"《后书·刘平传序》记毛义事云:'章帝下诏褒宠义,常以八月长吏问起居,加赐羊酒。'又《江革刘般传》亦皆作八月。东京用西京故事,则八字是,《昭纪》误也。"吴金华撰文申论杨说,堪为的解③。又如卷三十一"南公[注]服虔曰:南公,南方之老人也"条,召南按:"南公自是姓南,虞喜《志林》曰:南公者,道士,识废兴之数,知亡秦者必楚。本书《艺文志》南公十三篇。六国时人,在阴阳家流。服注谓南方之老人,非也。"齐氏在《项籍传》中引本书,详释南公之生平事迹,融会贯通,颇益读者。惜有一小误。杨树达已提出此误,《汉书·艺文志》云"南公三十一篇"④,而非十三篇。何致此

---

① 班固:《汉书》卷三十《艺文志》,第 1748 页;卷三十六《刘向传》,第 1928 页;卷六十四下《王褒传》,第 2821 页。
② 班固:《汉书》卷七十八《萧望之传》,第 3286 页。
③ 吴金华:《〈汉书〉"正月赐羊酒"校议》,《中国典籍与文化》1996 年 1 期,第 97—101 页。谢秉洪:《〈汉书〉考校研究——以中华书局点校本为中心》亦提及,《两汉博闻》卷八"八月赐羊酒"条可为旁证,点校本失校,南京师范大学 2006 年博士论文,未刊稿,第 49 页。
④ 杨树达:《汉书窥管》,第 255 页。《汉书》卷三十《艺文志》,第 1733 页。

误?其齐之错引?抑或抄者讹误耶?

综上所述,四库本《汉书考证》主要是在齐召南《汉书考证》的基础上,汇集其他五位馆臣之少许校勘成果,条录于《汉书》诸卷后而成。齐氏《考证》大致撰于乾隆四年至十年之间,稿成于浙江天台家中。齐氏著述等身,除《考证》一书之外,尚有十余种可补史志之阙误。《考证》内容繁富,从文字校勘、史实订补、众注考辨、典章训释和史法论析五方面对《汉书》进行了详实的研究,虽有瑕疵,但在《汉书》研究史、考证方法及其科学态度上皆有重要的学术意义。

(原刊于《古典文献研究》第12辑,凤凰出版社2009年)

# "禅僧"与"诗人"：寒山的自我镜像和他者印象

随着人们的日益关注，寒山子和寒山诗的研究方兴未艾。寒山的"庐山真面目"日渐呈现。譬如，张伯伟先生将寒山的一生分为三阶段，即儒生期、黄老期、入佛期①。罗时进先生《寒山的身份与通俗诗叙述角色转换》② 一文也提出，寒山一生经历了儒生、隐士、编外僧三种角色的转换。编外僧乃寒山晚年之身份，此称深中肯綮，因为寒山并未受戒成为佛门弟子，只是与拾得诸僧谈佛参禅，过从较密。而戴诚、沈剑文《由道入佛亦道亦佛的寒山子》③ 则把寒山的人生历程大致划分为积极用世建功立业、失意归隐山林、寂灭皈依佛祖、佛门修行得道四个阶段，认为寒山是一位由道入佛的圆通佛老、以佛为主而又亦道亦佛式的人物。崔小敬考察佛道相互争锋的历程，比较

---

① 张伯伟：《寒山诗与禅宗》，载《禅与诗学》（增订版），人民文学出版社2008年版，第283页。按，此书初版于1992年。下引同，不再标注。
② 罗时进：《寒山的身份与通俗诗叙述角色转换》，《江海学刊》2005年第2期。
③ 戴诚、沈剑文：《由道入佛亦道亦佛的寒山子》，《黄冈师范学院学报》2001年第10期。

后得出寒山是一个亦道亦佛式的宗教人物。① 继而,她提出寒山"事迹"本质上是一个传说发生与流变的过程,经过佛、道及民间信仰三种力量的重构,寒山成为一个负载多种文化内涵的传说影像,佛门艳传其禅机,道流着重其清修,民间则称其和合。② 综观古今中外,囊括寒山的自我镜像在内,根据各自的文化背景和审美需求,寒山在世人面前的角色可谓众说纷纭——儒生、狂徒、隐士、侠客、禅者、诗僧,乃至圣贤③、仙人、菩萨和"嬉皮士"宗师,等等。

据现存寒山诗集中数十余首自叙诗来看,寒山少年时有过一段"联翩骑白马,喝兔放苍鹰"④ 的"游猎"生活,也有过"少年学书剑,叱驭到荆州"(拾得二十九《少年》)的"剑客"传奇。可惜任侠不成,如此"雍容美少年,博览诸经史"(一二九《雍容》),踏上了唐代另一条汲求功名的科举之路,"年可三十余,曾经四五选"(一二〇《个是》)。即使寒山"好作诗","用心力"(九十九《蹭蹬》),还是蹭蹬难行,"书判全非弱,嫌身不得官"(一一三《书判》),只好离家流浪,越秦岭,走襄阳,过荆州,顺长江,终至浙东天台山,过起了"今日归寒山,

---

① 崔小敬:《佛道争锋与寒山形象的演变》,《宗教学研究》2006年第4期。
② 崔小敬:《寒山:重构中的传说影像》,《文学遗产》2006年第5期。
③ 除了将寒山与拾得称之为"二圣"外,还有人颂扬其"孝"。宋林同撰有《孝诗》,其中就为寒山子题诗并序曰:"寒山子每见人家烹宰羊豕,即曰:煮你爷,煮你娘。锅里爷娘语,寒山太猛生。不妨时着眼,直是得人惊。"
④ 本文所引寒山、拾得诗均出自项楚:《寒山诗注(附拾得诗注)》,中华书局2000年版,下引不另标注。

枕流兼洗耳"（三〇二《出生》）的栖隐生活。① 一方面读书清心以求得道，"喃喃读黄老"（二十《欲得》），"仙书一两卷"（十六《家住》）。另一方面"炼暴黄精"（拾得二十三《一人》），"饥餐伽陀"（一九四《久住》），吸食丹药希图升仙。尽管"辛勤采芝术"（六十八《山客》），可叹"岁月如流水"，寒山还是"神仙不可得"（二三六《人生》）。寒山身处清幽胜地，毗邻佛家名刹，又频繁出入国清寺，与拾得和尚过从甚密，诗酬唱和。"忆得二十年，徐步国清归。国清寺中人，尽道寒山痴"（二七五《忆得》），虽未皈依佛门，却熟谙佛理教义，远比那些身披袈裟的寺中人深得佛家真谛。编外僧正是寒山一生儒、侠、隐等"变相"的最后身份。②

钱学烈女史说："如果单以白话诗和白话诗人或者以佛家诗和诗僧来概括寒山诗及寒山子，恐怕都不能全面、公正地反映其诗其人在中国文学史和诗歌史上的地位与成就。以佛教偈颂为主的王梵志诗和诗僧贯休、齐己、皎然等的佛教诗，都不能与内容丰富、异彩纷呈的寒山诗相提并论。"③ 张伯伟先生也说："（寒山）的道路，是由儒到释，由人到佛的路。将其人概视作疯癫汉，则看不清其真面目；将其诗概视作禅偈，则无法

---

① 余嘉锡曰："若寒山子者，遁迹空山，避人避世，不过隐逸之流，为仙为佛，总属寄托。"载《四库提要辨证》卷二十，云南人民出版社2004年版，第1071页。按，称寒山为隐逸诗人，可聊备一说。
② 编外僧，罗时进、钱学烈等学者认为寒山并未受戒入佛门，诗集中一半多150余首作品是参禅理，悟佛道。按通行的做法，寒山被称为"编外僧"是较为确当的。顾及行文和习惯，本文有时称之为"禅僧诗人"亦同此理，主要着眼于其精通佛义，借诗喻理而言。
③ 钱学烈：《寒山拾得诗校评前言》，天津古籍出版社1998年版，第94页。

确定其在文学史上的地位。"① 本文主要就寒山"诗僧"身份及由此而引发的诗歌批评作一谫论,希图从另一个视角来观照寒山和寒山诗,以求教于海内外方家。

## 一

罗时进先生曾说,寒山一生身份变化多样,志趣随之改异,倘若未沉潜到文本和社会背景去考察其复杂的生命历程和精神世界,真实而生动的寒山及其魅力四射的诗歌便有所遮蔽甚至消失。② 诚哉斯言!纵观以往的身份研究,我们应避免将作品的叙述情境和作者的写作情境混同为一。实际上,作品中的作者自我是一种已经完成的"自我镜像",而处于写作情境之外的叙述主体,只能从他产生的叙述话语中留下的(被认为是它留下的)痕迹中来窥见。不论是从叙述主体话语来考量,还是一系列叙述情境中寒山的自主性考察,寒山最后的"禅僧诗人"自我镜像大体都已完成。

从诗集版本的最终形成来看,寒山作为写作主体是以"禅僧诗人"面目出现的。清代四库馆臣曰:"其诗相传即(闾丘)允(胤)令寺僧道翘寻寒山平日于竹木石壁上及人家厅壁所书,得三百余首。……又案《太平广记》引《仙传拾遗》曰:'寒山子者,不知其名氏。大历中隐居天台翠屏山。其山深邃,当暑

---

① 张伯伟:《寒山诗与禅宗》,载《禅与诗学(增订版)》,第283页。
② 罗时进:《寒山的身份与通俗诗叙述角色转换》,《江海学刊》2005年第2期。

有雪，亦名寒岩，因自号寒山子。好为诗，每得一篇一句，辄题于树间石上。有好事者随而录之，凡三百余首。多述山林幽隐之兴，或讥讽时态，能警励流俗。桐柏征君徐灵府序而集之，分为三卷，行于人间。'"① 余嘉锡先生认为："盖闾丘胤之事，本属诬妄，所谓僧道翘者，子虚乌有之人也，安得辑寒山之诗。辑寒山诗者，莫早于灵府。"② 陈耀东认为余氏此论似谬，并根据寒山诗集中的三个内证：一是寒山子自道三五七言"都来六百首，一例书岩石"（二七一《五言》），"闲于石壁题诗句"（一八二《一住》），从其创作的精确数量与书写载体来判断诗集当出于寒山之手；二是"家有寒山诗，胜汝看经卷。书放屏风上，时时看一遍"（三一三《家有》）。寒山的自我宣传无疑在昭示其诗已经整理，诗集胜于经卷，可"书"而无须拾掇于树间石上；三是"下愚读我诗""中庸读我诗""上贤读我诗"，此外"有人笑我诗""有个王秀才，笑我诗多失""客难寒山子，君诗无道理"，以及寒山诗集中首篇首二句如同导读般的"凡读我诗者，心中须护净"，从受众的角度来推断，寒山诗最早乃为寒山子自己所编录，当然，也不排除如杜光庭《仙传拾遗》所云"好事者"的掇拾。进一步考察，寒山记录自己百余岁的诗作亦编收在集中，说明自编本当成于晚年，最后编成不迟于贞元九年（793）。③ 陈氏所论，不为无据。余嘉锡先生也曾说过："《仙传

---

① 永瑢等：《四库全书总目》卷一四九《寒山子诗集提要》，中华书局1965年版，第1277页。
② 余嘉锡：《四库提要辨证》卷二十，第1070页。
③ 陈耀东：《寒山子诗结集新探——〈寒山诗集〉版本研究之一》，《浙江师大学报》1997年第1期。

拾遗》叙寒山事，无一语涉及丰干、拾得，则二人之诗自非徐本所有。据《宋高僧传·拾得传》，本寂所注，实兼有拾得诗，不知寂何从得之，岂本寂所自搜求附入欤？抑《仙传拾遗》之文为《广记》删削不全欤？观其文义，似本无拾得事。"①简言之，寒山诗集当经过寒山自己整理编辑，即便是"好事者"掇拾，其作品集似应得到过寒山的认可。自编本在徐灵府重辑本（825－843年）、曹山本寂注本（901年前）之前。进而言之，寒山在一系列自叙文本中"禅僧诗人"的角色定位就可大致推断出来。理由有二：

其一，从寒山现存诗集中第一首作品的叙述情境即可看出其"禅僧诗人"的身份。诗云：

<u>凡读我诗者，心中须护净</u>。悭贪继日廉，谄曲登时正。驱遣除恶业，归依受真性。<u>今日得佛身，急急如律令</u>。

从诗集中第一首画线的四句来看，"导读"或"例言"性质昭昭然。第二首中则曰"重岩我卜居""住兹凡几年"，集中还有如"一向寒山坐，淹留三十年""昔日经行处，今复七十年"的句子。根据诗集编排的惯例，或以体分，或按时序，只有这种经过自己整理的诗集才会有如此的安排。寒山自编说在这里得到了再次的印证。不然，没有必要将"凡读我诗者"放在卷首，告诉读者受众"心中须护净""急急如律令"，无疑是用来标明其文本意旨的重要性。这便是自叙情境之外的寒山对自我身份

---

① 余嘉锡：《四库提要辨证》卷二十，第1070页。

的认定。此文本开篇明义地昭示读者两个信息:一,"凡读我诗者",寒山首句即自我标榜"诗人",这是最重要的身份认同。二,去"悭贪",驱"恶业",归"真性",这都是"今日得佛身"的必经之路。寒山在这里直言"佛身",很明显是借"诗"喻义。"诗"性的文本只是佛门禅宗"不立文字"而不得不立的一种外在形式,最终的旨意还是阐明佛理教义,寒山骨子里是带着"禅僧"角色来彰显"诗"的劝诫功能的。

其二,从其他文本叙述中也看出寒山对"诗人"与"禅僧"两种身份的自我认同。在寒山诗集310余首作品中,不论是早年所作还是晚年的文字,都无不彰显出寒山对"诗人"的自我认同感。归隐寒山之前,寒山子虽然"少年懒读书,三十业由未",但还是一个"打酒咏诗眠"① 的典型的唐人诗酒风流形象。有他诗为证:"蹭蹬诸贫士,饥寒成至极。闲居好作诗,札札用心力。"(九九《蹭蹬》)即便是栖身天台,晚年的寒山也是读诗作诗以自娱自遣,"栖迟寒岩下""闲读古人诗";"一住寒山万事休""闲于石壁题诗句"②。他如陈耀东一文三条内证所举的近十首篇什。此外,还有一诗值得注意:

满卷才子诗,溢壶圣人酒。行爱观牛犊,坐不离左右。霜露入茅檐,月华明瓮牖。此时吸两瓯,<u>吟诗三两(五百)</u>

---

① 此乃佚诗,为罗时进先生所辑,参见《寒山的身份与通俗诗叙述角色转换》一文,《江海学刊》2005年第2期。
② 张伯伟先生将此诗归之于"入佛期",参见张伯伟:《禅与诗学》(增订版),第289页。

首。(一〇七)①

此时寒山已归隐山林,从中间四句即可知晓。颇为人所关注的是,寒山自诩"满卷才子诗",以霜月为伍,以诗酒为娱,不管是吟诗三两首还是五百首,再配以那首"五言五百篇,七字七十九。三字二十一,都来六百首。一例书岩石,自夸云好手。若能会我诗,真是如来母",寒山对诗人的身份认同感昭然著闻。而末二句"若能会我诗,真是如来母"和集中卷首诗理义契合,同时表明了寒山另一个身份——以编外人借诗言道的"禅僧"。据钱学烈女史考察,寒山集中佛禅诗多达150余首,"占全部寒山诗的一半,相当于其他各类内容诗数的总和"②。不只是数量上足以佐证其禅者编外僧的身份,更重要的是:"寒山子写出了大量出色的禅理、禅悟和禅境、禅趣之诗,为时人和后代所称颂、推崇及模仿,千余年来广泛流传于海内外而经久不衰。寒山子之成为禅诗大家,就是理所当然的了。台湾黄永武说:'唐人中以诗来写禅理,写得最多、写得境界最精湛的,应该是寒山。'此评价实不为过。"③

---

① 按,《天禄》宋本、《全唐诗》、《四部丛刊》影宋本作"五百首"。元朝鲜本、明嘉靖本、万历本、《择是居丛书》本、《四部丛刊》、宫内省本、正中本、影高丽本作"三两首"。
② 钱学烈:《寒山拾得诗校评·前言》,第75页。
③ 钱学烈:《寒山拾得诗校评·前言》,第80页。

## 二

无论是叙述情境中还是写作情境下的主体，寒山的自我镜像都聚焦于"诗人"与"禅僧"两个身份。其实，他者观照下的寒山印象也作如是观。

首先，从其文本在列代官家艺文志、私家藏书目录的著录来看，所谓的寒山作品不是归之于释家类，就是置于别集类。这再一次有力地证明了寒山非"释子"即"诗人"的他者印象。由唐迄清，将其著录为释家类的官私目录有：《新唐书·艺文志》（因无释家类，实附于道家类之后）、《崇文总目》卷四、郑樵《通志·艺文略》、尤袤《遂初堂书目》、焦竑《国史经籍志》卷四、徐𤊹《徐氏家藏书目》卷三、高儒《百川书志》卷十四、祁承㸁《澹生堂藏书目》卷九、钱溥《秘阁书目》、晁瑮《晁氏宝文堂书目》、朱睦㮮《万卷堂书目》卷三《近古堂书目》、徐乾学《传是楼书目》等。自元下迄民国，将其著录为别（诗）集类的官私目录有：《宋史·艺文志》卷七、胡震亨《唐音癸签》卷三十、赵琦美《脉望馆书目》唐人诗集、《四库全书总目》卷一四九、《天禄琳琅书目后编》卷六集部（汲古阁所藏宋本）、邵懿辰《增订四库简明目录标注》、徐乾学《传是楼书目》、钱曾《读书敏求记》和《述古堂藏书目》、黄丕烈《荛圃藏书题识》集类、丁日昌《持静斋书目》、陆心源《皕宋楼藏书志》卷六十八、莫友芝《邵亭知见传本书目》卷十二、瞿镛《铁琴铜剑楼藏书目录》、孙星衍《孙氏祠堂书目内编》卷四、缪荃孙《艺风藏书续记》卷六、叶德辉《观古堂藏书目》、傅增湘《藏园群书经眼书》卷十二等。尤为人注意的是，清人徐乾学将之两存，分别著录，这表明寒山"释子"兼"诗人"即"诗僧"身份的公开认同。

其次，不管是官方主流话语还是民间普世观念，上自君王贵胄，下迄俊彦名宿，抑或方外之流，寒山主体身份最终还是聚焦于"禅僧""诗人"。寒山自编本之后，由道士徐灵府重辑为三卷，半世纪后被唐末曹山本寂禅师注本顶而代之，寒山集从此主要由佛门弟子刊刻流布，这一点是绝无异议的。虽然间丘胤序文乃伪托之作，僧道翘或即子虚乌有之人，但此中所蕴含的"禅僧"身份的认同感并未作假，即间丘胤序中所称"寒山文殊"菩萨转世，寒山完成了从隐道之士到菩萨化身的重要转变。不仅如此，寒山集元代刻本还远传到朝鲜、日本，这归功于僧侣及佛教信徒大力的传播和弘扬。迄及清雍正十一年（1733），朝廷更是敕封寒山为"妙觉普渡和圣寒山大士"。经过佛门的增饰与重构，寒山"禅僧"的主体身份几成定型，其道隐色彩已渐趋淡化，道教虽不甘心而竭力争夺其所有权，但无奈佛家力量过于强大，现今传世的寒山资料多源于佛藏便是明证。不只在佛国，在中国这个诗的国度里，文人们笔下的寒山也是如此。南宋吕本中曾看到描绘维摩、寒山、拾得三人的古画，并作歌说："君不见，寒山子，垢面蓬头何所似。戏拈柱杖唤拾公，似是同游国清寺。"[①] 这幅"唐画"已"传百年"之久，可知宋代人已完全把寒山子视为佛门弟子了。

---

① 吕本中：《东莱诗集》卷三《观宁子仪所蓄维摩寒山拾得唐画歌》，文渊阁《四库全书》本。

诚如学者所言,从一开始,寒山的面貌便是多重且游移的,佛徒喜其诗偈,诗人羡其才华。[1]也就是说,从另一个角度寒山在诗人骚客们的印象之中变成了"诗人",且这种身份的认同在绵远而繁富的诗史中,同样与佛家塑"像"有力而持久。这便是寒山主体身份的另一半——"诗人"。从唐代诗圣杜甫"一览寒山诗结舌"[2]开始,在诗国的王朝里,诗人们对寒山趋之若鹜,顶礼膜拜,拟和赓酬,不绝如缕。"江西诗派"一宗的黄庭坚《戏题戎州作余真》诗曰"前身寒山子,后身黄鲁直",已经到了认为自己是寒山子托胎转世的境地,还将寒山誉为"渊明之流亚"(《石门文字禅》卷二十七)。众所周知,在黄庭坚师友苏轼的手上,陶渊明已跃过诗圣杜甫而被尊称为诗人最高的典范。南宋张镃则将寒山与陶渊明、李白、杜甫、白居易、苏轼、黄庭坚、陈师道并肩,奉为"古今模轨"的"八老"[3]。此外,还出现了寒山"城中娥眉女"一诗误入《山谷集》的现象。"岂谷喜而笔之,后人误以入集欤?"[4] 无独有偶,此诗不只山谷一人深赏之,朱熹称"如此类,煞有好处,诗人未易到此"[5],并希望能刊行寒山集大字本,以便于观览。方回两度为之题诗,

---

[1] 可参崔小敬:《寒山:重构中的传说影像》,《文学遗产》2006年第5期。
[2] 日本白隐禅师:《寒山诗阐提纪闻》(日本京都书铺延享三年刊本)引《编年道论》卷二十记载黄山谷(庭坚)与晦堂宝觉禅师的对话。
[3] 张镃:《南湖集》卷五《题尚友轩》,文渊阁《四库全书》本。
[4] 刘克庄:《后村诗话》卷六,文渊阁《四库全书》本。
[5] 黎靖德编,王星贤点校:《朱子语类》卷一百四十,中华书局1986年版,第3329页。

称其"诗律精妙,尾句有开有阖"①。王应麟则称叹寒山"涉猎广博",对偶精工,学《楚辞》"尤超出笔墨畦径"②。

陈耀东认为:"自天台道士徐灵府、释子道翘编成寒山子诗集,曹山本寂禅师复注《对寒山子诗》之后,寒山子诗迅即'传布人间','流行寓内',以羽林禅院中反响尤甚。"③ 诚哉斯言。在佛门禅宗里,寒山子和寒山诗更是被那些能诗的禅师所追慕、效仿。陈文主要探讨了三种情况,现拟就诗人称引僧人学习寒山诗情况略作补充。南宋陈著《跋东皋寺主僧知恭百吟集》有云:"友山师……诗其土苴也。且知平生喜寒山子诗,故其句意多似之。有携其《百吟》求著语者。寒山子诗云:'吾心似秋月,碧潭清皎洁。无物堪比伦,教我如何说。'师知寒山者也,此心何心,自说且不能说。余又奚赘?试以转于友山,当一点头。"④ 刘克庄也作诗称扬道:"野老柴门不惯开,有僧飞锡自天台。前身莫是寒山子,携得清诗满袖来。棒喝机锋捷似飞,推敲事业费寻思。师归定被丛林笑,腹里无禅却有诗。"⑤ 明人胡应麟《送僧还赤城》时也说:"问讯寒山子,题诗遍佛堂。"⑥所引材料值得注意的是,禅僧爱寒山诗而仿习作诗,并延请诗

---

① 方回:《桐江续集》卷二十四《题布袋和尚丰干禅师寒山拾得画卷》所附题识。另一诗见卷二十八《题寒山拾得画像》,文渊阁《四库全书》本。
② 王应麟著,翁元圻等注,栾保群、田松青、昌宗力校点:《困学纪闻(全校本)》卷十八,上海古籍出版社2008年版,第1945页。
③ 陈耀东:《征引、拟作、赓和寒山子诗"热"考》,《唐代文学研究》(第六辑)。
④ 陈著:《本堂集》卷四十八,文渊阁《四库全书》本。
⑤ 刘克庄:《后村集》卷九《赠辉书记二首》其一,文渊阁《四库全书》本。
⑥ 胡应麟:《少室山房集》卷三十六,文渊阁《四库全书》本。

坛名流题跋称扬，表明禅僧诗欲求诗界之认同感，此其一；诗坛名宿直接以寒山来拟称能诗"无禅"的僧人，诗胜于禅，可见其诗人身份的重要性，此其二。在宋人周文璞眼里，更是将寒山僧人与诗人双重身份糅合在一起。他作诗曰："<u>吾闻唐诸僧，往往多人杰。有携至岩廊，可并夔稷契。伟哉寒山子，拾菜衣百结。其文似《离骚》，但自写木叶。</u>"①万俟绍之对寒山既能吟又会参禅钦羡不已，以至于游览禅寺之后欲与之试比高下："老去此心无所住，向来我见不须先。<u>狂吟但过寒山子，荐得腾腾一味禅。</u>"②迄及清代，康熙钦定的《全唐诗》将寒山列为释家第一。到了二十世纪二三十年代，白话文运动兴起，胡适1928年在其《白话文学史》中，寒山与王梵志、王绩三人被列为唐代早期的三位白话诗人，并为之大书特书。1938年郑振铎在《中国俗文学史》中也认为寒山直承王梵志的衣钵，更是将其抬到无以复加的地步——中国白话文学的先行者。由此可见，寒山"禅僧""诗人"的双重印象在诗界和佛国的他者建构中是强有力的，是极其厚重的。

## 三

上文已述，在自我影像与他者印象的双重观照下，寒山的主体身份着重于"禅僧"和"诗人"之两端，亦有糅合为一的

---

① 周文璞：《方泉诗集》卷四《写怀二首》其一，文渊阁《四库全书》本。
② 万俟绍之：《太平寺尘外闲题》，载《江湖后集》卷十一，文渊阁《四库全书》本。

趋势。而细心考察后,我们又可发现寒山及其影像接受似存有"禅僧"和"诗人"二者的偏离,甚至有一种"悖论"的关系。寒山及其文字在佛国、诗坛其实遭遇了两种境地:一方面,相对于禅僧而言,寒山极力将自己题于树间石上的文字称之为"诗",争取"诗人"身份的集体认同。从诗人的角度出发,寒山并不合乎诗坛上主流的诗体特征,而是以"非诗"之"诗"来阐明佛理的"禅僧"面目在诗苑里呈现。另一方面,在佛门中,不像那些起初理趣寡然、了无藻韵的偈颂,也不像后来如诗僧齐己、惠崇们写得"有风月情"①,而是借助自我认定的"诗"来说理弘法,这无疑是"正统"僧人之鹄的;在诗国里,又不合乎诗歌常规,而是蕴含禅理、韵律不协的"非诗"之诗,此乃"异类"诗人之新变。一言以蔽之,"禅僧"寒山的"诗"与"诗人"寒山的"禅"在接受的历程中有离有合,既有"正"的一面,也有"变"的一面。

其一,就佛徒禅僧的身份而言,劝戒说理是其要旨。此时的文本是偈颂还是诗歌,二者在叙述主体的寒山与接受客体的读者之间是有争议的。前文已述,在寒山的自我影像中,他声称题于树间石上的就是"诗"而非"偈",尽管被当时的一些"正统"文人讥笑"无道理""诗多失",不合诗体韵律——"云不识蜂腰,仍不会鹤膝,平侧不解压"。至少在中晚唐时期,寒

---

① 钱锺书先生说:"《古今禅藻集》所辑自支遁以下僧诗,乃释子之诗,非尽释理之诗,佳者即是诗人之诗。……僧以诗名,若齐己、贯休、惠崇、道潜、惠洪等,有风月情,无蔬笋气;貌为缁流,实非禅子,使蓄发加巾,则与返初服之无本贾岛、清塞周朴、惠铦葛天民辈无异。"《谈艺录》,生活·读书·新知三联书店 2001 年版,第 560 页。

山诗在当时的接受语境与审美观念中,算是一个非主流,或说是诗、佛二国中边缘化的人物。连寒山僧友拾得也有几分底气不足:"我诗也是诗,有人唤作偈。诗偈总一般,读时须子细。缓缓细披寻,不得生容易。依此学修行,大有可笑事。"(一〇九《我诗》)诗偈混同,亦诗亦偈,泯灭、化解二者之界限,话里话外的意思不外乎别人称其乃谈佛论理之文字罢了,而自己骨子却竭力去维护"诗人"的身份。这一点映射到寒山身上同样适合,详见前述。

禅僧们论佛说理的文字到底是偈还是诗,诗人和佛家对此的态度有一个动态的变化过程。像佛家禅师的"诗"体佛学和佛典中的偈颂,理胜于词,质木无文,虽同诗法,趣味寡淡,自然算不上"诗"。即便是以梵志、寒山、拾得诸家可为代表用来宣讲佛理教义的通俗文字,也是稍有异议的。撇开民间普通文人王秀才们不论,就是中唐诗坛名流刘禹锡、白居易态度也大相径庭。前者偏重僧诗的艺术性:"自近古而降,释子以诗名闻于世者相踵焉。因定而得境,故翛然以清。由慧而遣词,故粹然以丽。信禅林之葳蕤,诚河之珠玑耳。"[1] 而后者与其"歌诗合为事而作"的新乐府现实主义精神一样,强调禅僧作诗之动机与目的:"予始知上人之文,为义作,为法作,为方便智作,为解脱性作,不为诗而作也。"[2] 迄及晚唐,诗僧贯休在称

---

[1] 刘禹锡撰,卞孝萱校订:《刘禹锡集》卷二九《秋日过鸿举法师寺院便送归江陵并引》,中华书局1990年版,第394页。
[2] 白居易撰,顾学颉校点:《白居易集》卷二一《题道宗上人十韵并序》,中华书局1979年版,第471页。

扬某道士时说:"子爱寒山子,歌惟乐道歌。"① 着眼的也是寒山之"乐道"。齐名的另一诗僧齐己却径称"寒山偈"②,并不认为其文字是"诗"。如罗时进先生所说,"乐道"与"偈"正是后人接受和仿作寒山体的两个着眼点。③ 换言之,根据寒山的题咏文字,寒山在中晚唐的主体印象并不是"诗人",而是借助文字(偈)谈佛论理。④ 寒山自我"诗人"影像的主体叙述,其实是包括拾得在内"诗人"身份的"自矜"。就算是寒山的先辈梵志之文字,钱锺书先生也认为:"梵志之句,乃禅和子筋斗样子之佻滑者,虽亦有理,不得为诗",而推举寒山也是取意于其善于设譬喻理,自出机杼,不染禅语而有禅味:"初唐寒山、拾得二集,能不搬弄翻译名义,自出手眼;而意在砭俗警顽,反复譬释,言俚而旨亦浅。"⑤"至唐之近体诗盛行,佛禅应用偈颂,乃日兴盛。至禅人用之,乃日去偈颂之体远而与近体诗相近。在禅人曰偈曰颂,在诗家曰诗歌,其揆一也。"⑥ 尤其到了北宋,禅僧文人化、文人居士化翕然成风。诗人们则对寒山体的"非

---

① 贯休:《寄赤松舒道士二首》其二,文渊阁《四库全书》本。
② 齐己:《渚宫莫问诗一十五首》其三云:"莫问休行脚,南方已遍寻。了应须自了,心不是他心。赤水珠何觅,寒山偈莫吟。谁同论此理,杜口少知音。"文渊阁《四库全书》本。
③ 罗时进:《唐代寒山诗的诗体特征及其传布影响》,《江西师范大学学报》2010年第5期。
④ 张勇《寒山的论诗诗》(《安徽师范大学学报》2009年第2期)也说:"在寒山、拾得生活的时代,他们的作品往往由于其劝戒内容和浅白的语言而被嘲笑为偈颂。"
⑤ 钱锺书:《谈艺录》,第556页、559页。另参牛月明:《钱锺书的"理趣"论》,《青岛海洋大学学报》2000年第2期。
⑥ 杜松柏:《禅学与唐宋诗学》,台北黎明文化事业股份有限公司1978年版,第197页。

诗化""反文学传统"及其禅理色彩青睐有加。佛门诗僧希求借助文人名士扩大佛法，弘扬禅理，像寒山体这种诗歌范式自然受到追捧、仿效。元代中前期著名的台阁文人程文海即称"若寒山子之诗云，顶敷之颂得其旨者"①。迄及清中叶，官方主流话语则认为："今观所作，皆信手拈弄，全作禅门偈语，不可复以诗格绳之。而机趣横溢，多足以资劝戒。且专集传自唐时，行世已久。今仍著之于录，以备释氏文字之一种焉。"②将"寒山体"与宋代理学家明理见性的文字，如有名的"击壤体"视为同类："沿及北宋，鄙唐人之不知道，于是以论理为本，以修词为末，而诗格于是乎大变。此集（《击壤集》）其尤著者也。朱国桢《涌幢小品》曰：'佛语衍为寒山诗，儒语衍为《击壤集》，此圣人平易近人，觉世唤醒之妙用。'是亦一说。然北宋自嘉祐以前，厌五季佻薄之弊，事事反朴还淳。其人品率以光明豁达为宗，其文章亦以平实坦易为主。"③前称"全作禅门偈语，不可复以诗格绳之"，在这里引朱氏之论称为"寒山诗"，实际上并不自相矛盾，而是出于寒山以通俗文字劝戒流俗的社会功能来考虑的。"诗人"也罢，"禅僧"也好，儒释两道只不过是拯世济民之二途。身份的认同渐趋弱化，而文本功能合乎"正统"才是寒山获取主流社会认可的重要元素。有学者即认为寒山以佛禅思想为主，兼融儒道，以出世之人写入世之诗，佛

---

① 程文海：《雪楼集》卷十五《李雪庵诗序》，文渊阁《四库全书》本。
② 永瑢等：《四库全书总目》卷一四九《寒山子诗集提要》，第1277页。
③ 永瑢等：《四库全书总目》卷一五三《击壤集提要》，第1322页。

家面目下隐藏了儒家的淑世之心。① 纵观寒山一生,他以冷峻的眼光,忘我的境界,入世的关怀,批判的精神,对儒、道、佛都有深刻的反思,目的正是直指本心,明道见性。从这个角度来考虑,寒山自我"诗人"定位,也只不过是一种借"诗"论道能流布更广、感化颇多的策略而已,因为传统社会的信仰与思想毕竟被儒家占据统治地位。

其二,就诗歌审美的角度来说,"非诗之诗"是其新变。据上文所论,寒山题咏树间岩壁石上的文字,主要是出于论佛识理,劝戒化民之目的。为了"一语中的",面对普通的下层受众和里井小民,而非诗坛名流和社会精英,寒山诗语言上直白浅显,形式上五言为主,表达上力求"非诗"化,修辞上反复譬喻,意义上通俗哲理,风格上古淡深远,这种"寒山体"② 也就成了必然的选择。倘若从诗僧的角度来说,寒山诗具有一种去文人化、反文学传统的"非诗"特征。诚如张宏生先生所言:"值得注意的是在艺术追求上,诗僧的自我认定往往是文人,而不仅仅是僧人,因此,在创作中,也就往往用世俗的诗风取向要求自己。"③ 虽说的是北宋诗僧,但于寒山也同样适合。钟玲先生曾分析寒山诗歌创作时也说:"寒山在文字上用通俗字句,弃而不顾中国传统文学所重视的典雅、含蓄和律法,因为

---

① 胡遂、欧阳慧娟:《论寒山诗歌中的宗教与文化精神》,《求索》2007年第5期。
② 详参罗时进:《唐代寒山诗的诗体特征及其传布影响》,《江西师范大学学报》2010年第5期。
③ 张宏生:《〈心性与诗禅〉序》,张煜《心性与诗禅:北宋文人与佛教论稿》卷首,华东师范大学出版社2012年版,第3页。

他与正统文学背道而驰，当然是不被文学传统接纳的。"① 这种"非诗"特征，诗界边缘人物，在中晚唐诗人与诗僧那里并不受待见。到了元代"四大家"之一的虞集手上，也颇不以为然。他给某位僧人诗集题序时说：

> 浮图氏之入中国也，不以立言语文字为宗。于诗乎何有？然以其超诣特卓之见，搏节隐括以为辞，固有浩博宏达大过于人者，则固诗之别出者也。而浮图氏以诗言者，至唐为盛。世传寒山子之属，音节清古，理致深远。士君子多道之，乃若会风云月露、花竹山水、琴鹤舟筇之外，一语不措者，就令可传，亦何足道哉？②

虞集要么认为禅僧与诗无甚干系，要么以为寒山以诗言理，"音节清古，理致深远"，但若末流学其吟风咏露、拈花惹草、抚琴舞鹤，一派"清寂"，满纸"笋气"，又有何足道哉？虽然针对的是元代之"士君子"，骨子里却并不太认可寒山诗，起码在诗坛名宿眼里，寒山诗乃边缘之"非主流"。此种印象在明人王衡那里，说得更不客气。他为松上人《岩栖集》题序曰：

> 松上人受具足戒，修婆基行，刺指血写《华严经》若干卷。泊然深居，于世味了无嗜也，而独嗜诗。其诗清新

---

① 钟玲：《寒山在东方和西方文学界的地位》，《寒山诗集》，台北文峰出版社1968年版，第1—44页。转引自罗时进：《唐代寒山诗的诗体特征及其传布影响》，《江西师范大学学报》2010年第5期。
② 虞集：《道园学古录》卷四十五《会上人诗序》，文渊阁《四库全书》本。

雅秀，皎然、清昼之流，而镌刻过之。集凡若干卷，其游越中诗曰《岩栖集》，而属余为之序。……阇梨自有本色，禅亦有本色。诗如寒山子辈，不歌不律，鸟鸣泉流而已。①

直斥寒山文字虽称之为诗，实非"本色"，音律不谐，无"词人之藻"，只关风物罢了，既不是佛门禅僧那种质木无文的偈颂，也不是诗僧皎然、齐己之流的"诗人之诗"。明代梅村居士张守约究心佛乘，深精禅理，拟寒山诗一卷，蔡善继为之作序曰："寒山诗，非诗也。无意于诗而似诗，故谓之寒山诗。梅村居士拟寒山诗若干首，警醒世迷，发明大道声响，意为无非似寒山者，以无意于寒山，故能似寒山也。"② 清人彭绍升说："夫寒山，非诗人也，且又超乎天人之际。"③ 径称寒山人非诗人，诗乃"非诗"之诗，窃以为可略作申论：

寒山诗这种"不同寻常"的底色，首先，就诗歌功能而论，张守约自叙云："寒山子诗以及慈受诸公拟寒山诗，皆所以歌咏性灵，阐扬道妙，欲使众生去妄归真，舍凡入圣，厥旨微矣。"④ 其次，着眼于诗歌创作而言，清人潘耒说："寒山、拾得之诗，

---

① 王衡：《岩栖集序》，载黄宗羲编《明文海》卷三二四，中华书局1987年版，第3340页。
② 张守约：《拟寒山诗》卷首，《四库未收书辑刊》第6辑第27册影印明刻本，北京出版社1997年版，第667页。
③ 彭绍升：《二林居集》卷六《汪子诗录叙》，《续修四库全书》第1461册影印清嘉庆刻本，上海古籍出版社2002年版，第348页。按，孙昌武《禅思与诗情（增订版）》（中华书局2006年版）将此语误署为彭际清所作。
④ 张守约：《拟寒山诗》卷首，《四库未收书辑刊》第6辑第27册影印明刻本，第669页。

冲口成文，高处远过词客，此无意为诗者也。"①如孙昌武先生所说："正因为'无意为诗'，才写出了不同寻常的诗；寒山诗的作者也不与当时诗坛上的文人词客竞一日之长，更不去迎合社会一般的艺术趣味。"②复次，还关涉到诗歌的审美风格，明代宋濂曾以"寄兴高远，绰有寒山子之风"③来称誉江端元的《山居谣》，吴宽跋林姓僧人诗集时亦叹赏曰："酒仙名遇贤，俗姓林。在宋为苏城东禅寺僧人。传其事甚异，至号圣僧，以其嗜酒，故又号酒仙。此卷皆其所作诗也。诗意有高绝处，盖寒山子之流。当时张即之特书以刻石，其石已亡。寺之东林房独藏此本。夫寒山子之诗，虽晦庵朱夫子亦赏之。此酒仙之言，所以不可废也。"④恰恰正是这种要非"本色"的"寒山体"诗，成为佛界、诗国中的"另类"，反而渐被衲子词客们揄扬、追慕。今另增补一则罕见学人称引的材料，傅增湘据宋刊本《寒山诗集》录书末所附署名"苞"者之跋语，其曰："（寒山诗）辞采富腴赡缛，绝无寒乞相，似非其风狂子冲口而成篇书诸竹木者，不特其至理明性喃喃呵呵为警世顿祛之言而已。"⑤细绎此跋，意指有二：从诗歌的审美论创作论出发，寒山诗辞采富赡，看似率意脱口而出，实则沉潜宜于涵咏。从诗歌的社会功能来看，寒山诗喻理明性，显然是用来"警世顿祛"，感化

---

① 潘耒：《遂初堂别集》卷三《幻堂草题辞》，《续修四库全书》第1418册影印清康熙刻本，第77页。
② 孙昌武：《禅思与诗情（增订版）》，中华书局2006年版，第251页。
③ 宋濂：《宋文宪集》卷十三《题恩断江端元叟手迹后》，文渊阁《四库全书》本。
④ 吴宽：《家藏集》卷五十三《跋林酒仙诗》，文渊阁《四库全书》本。
⑤ 傅增湘：《藏园群书经眼录》卷十二，中华书局2009年版，第843页。

民众。

综上所论，寒山影像一直处于"变相"的状态，就寒山的自我镜像而言，从寒山现存诗集中第一首作品及其他文本的叙述情境中，可以看出寒山"诗人"与"禅僧"双重身份的自我认同。从他者的观照角度出发，无论是文本在列代官家艺文志还是私家藏书目录的著录，不管是官方主流话语还是民间普世观念，寒山的主体身份在诗界、佛国里被定格为诗人与禅僧。即便如此，寒山的双重身份遭遇到有离有合的境地。一方面，就佛徒禅僧的角色出发，寒山极力将自己题于树间石上的文字称之为"诗"，挣脱佛界的底色，来争取"诗人"身份的集体认同，但骨子里想的却是衲子们说理弘法的"正统"之事。另一方面，从诗人词客的角度考虑，寒山诗并不合乎诗坛上主流的诗体特征，而以"非诗"之"诗"来阐明佛理的"禅僧"面目在诗苑里呈现，可称得上是一个反文学传统、去文人化的"另类"。

（原刊于《兰州文理学院学报》2014年第3期）

# 论李白绝句的时空错综手法

恩格斯曾说:"一切存在的基本形式是空间和时间,时间以外的存在和空间以外的存在同样是非常荒诞的事情。"① 莱辛《拉奥孔》也曾提出,一切艺术都应"模仿自然"。诗歌是一种文学艺术,必然要"模仿"存在于时空之中的"自然",它自须合理地艺术化处理好时空关系。

李白是我国古代诗歌史上的"双子星座"之一,其超凡的艺术天赋尤其凸现在绝句这一短小体裁上。绝句在他的笔下,是那样自然率直、毫无滞涩,具有极大的艺术魅力。明代李攀龙《唐诗选序》曾说:"(太白)五七言绝句,实唐三百年一人。"② 李白绝句的巨大成就与他纯熟地运用时空错综手法是分不开的。这种手法增强了绝句意境之神远、想象之宏廓,丰富了诗歌的容量和内涵。

诗歌中的时空错综手法,有点类似电影艺术中的"蒙太奇"手法,也就是诗人把时间与空间存在的典型事物(即诗人选取

---

① 中共中央马克思恩格斯列宁斯大林著作编译局编:《马克思恩格斯选集》第3卷,人民出版社1972年版,第91页。
② 陈伯海:《唐诗汇评》,浙江教育出版社1995年版,第552页。

的意象）在不同时间上不同空间中用诗的语言排列组合，从而突破现实历史中的真实时空，使得诗歌的意境扩大、增添，甚至在心理层面上进行非逻辑性的跳跃，使得想象的虚拟时空意象所包含的意蕴更深、更广，在有限的事物形象之中展示出无限意味深厚的景（有形的）外之意（无形的），味外之致，达到景与情、外在现实与心灵世界的融合统一。

具体而言，时空错综手法有三种方式：一是同一空间写时间的殊异；二是同一时间写空间的殊异；三是兼写不同时空的殊异。这些在李白绝句中都有突出的表现，下面就对此作一番具体分析。

## 一

同一空间写时间的殊异是指空间地理位置的相同无异，而在其中所发生的"动作"（莱辛在《拉奥孔》提出：诗是时间艺术，宜于表现在时间中承续的"动作"）是迥异的。这种写法在李白怀古绝句中用得相当普遍。历史的遗迹历历在目，而历史上的人和事早已是过眼烟云，江山依旧（同一空间），时世已非（时间殊异）。诗人精心选取的意象（历史上发生的人和事），经过时空错综处理，变得意味深厚，散发出无限的历史情怀。如：

越王勾践破吴归，义士还家尽锦衣。宫女如花满春殿，只今唯有鹧鸪飞。（《越中览古》）
旧苑荒台杨柳新，菱歌清唱不胜春。只今惟有西江月，

曾照吴王宫里人。(《苏台览古》)①

《唐宋诗醇》云:"《苏台览古》首言其荒索,而末一语兜转其盛。《越中览古》从盛时说起而末句转入荒凉。"两首诗皆为吊古伤时之作。前一首从古宫人说到今鹧鸪,后一首从今月说到古宫人,皆以见今昔盛衰不同。诗人抚今追昔,不胜感慨。眼前的越中山水,吴王宫苑触发了诗人对发生于这一空间背景下的无数历史的喟叹。想当年越王出师凯旋,将士衣锦还乡,宫女如花满殿舞,何其豪华;如今则只见鹧鸪飞鸣,何其凄凉!忆往昔吴王宫女菱歌婉转,叹今朝柳掩荒苑,孤月冷照。真可谓物是人非,情何以堪。这两首诗的空间地点定格在越中山水,姑苏楼台;而发生在这一舞台上的事情却有古今之别。诗人的情思从眼前景掠过时间的界限,用"只今唯有……"转折句式将发生于古今不同时段的事情并置在一处,将往昔盛况与今朝残垣进行强烈对比,极力突出了诗人面对"江月年年只相似"的历史画面所产生的历史情怀。再如:

三川北虏乱如麻,四海南奔似永嘉。但用东山谢安石,为君谈笑静胡沙。(《永王东巡歌》其二)

镜湖流水漾清波,狂客归舟逸兴多。山阴道士如相见,应写《黄庭》换白鹅。(《送贺宾客归越》)

---

① 詹锳主编:《李白全集校注汇释集评》,百花文艺出版社1996年版,第3159页、3156页。本文所引李白诗皆出自此书,不再一一出注。

前首写安史之乱的时局,却处处以晋代的"永嘉之乱"空间地点未变,"国破山河在",两次战乱都发生于同一片中原大地上,但时间有古今之别。一为晋代的"永嘉之乱",一为唐朝的"安史之乱"。诗人面对国家的满目疮痍,联想到谈笑破敌的东晋名将谢安石,将自己为国平叛、拯救苍生的抱负雄心表现得十分生动而充分。后首乃送别之作。富寿荪《千首唐人绝句·评解》云:"知章越人而工书,故借王羲之与山阴道士换鹅事以美之,兼致送归之意,用典极为精切,亦饶有情趣。"① 时间亦发生了变化,从眼前的"谪仙"送别"狂客",犹如"书圣"赠别道士。诗人将古今二事天然融合,贴切地表达了其离情别意。

## 二

同一时间写空间的殊异是说空间的地点转换切合发生在特定的同一历史时间段中。诗人须通过特定的物象,触发情思,随物所移,以展开丰富的想象。"文学是想象的艺术"②,诗歌更是如此。通过借助想象,诗人的情感会对那些典型而又无确定性的物象赋"以更为个性化的具体感受,从而具有很大的包容性、变易性和普遍性"③。时间虽然界定于某一段,而诗人心之所想却是不同空间地点存在的"虚拟场景",这种手法在李白的言情抒怀绝句中较为常见。

---

① 郁贤皓主编:《李白大辞典》,广西教育出版社1995年版,第98页。
② 刘叔成等:《美学基本原理》,上海人民出版社1987年版,第177页。
③ 李泽厚:《美学三书·华夏美学》,天津社会科学出版社2003年版,第333页。

如《宣城见杜鹃花》：

> 蜀国曾闻子规鸟，宣城还见杜鹃花。一叫一回肠一断，三春三月忆三巴。

此诗乃李白晚年所作。前两句空间殊异，一是蜀国，另一是宣城；时间则是殊中有同，殊的是不在同一年，相同的是都在三春。后两句是在三春这同一时间里，空间由宣城到三巴，发生了转移。我们可以用下面的简图来表示此诗的时空关系：

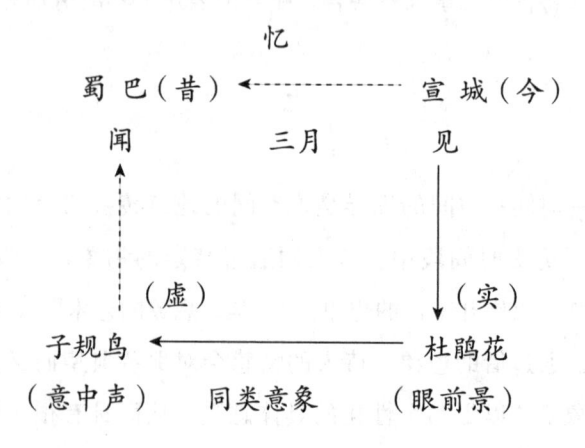

```
              忆
  蜀 巴（昔） ←--------- 宣城（今）
  闻          三月          见


          （虚）          （实）
  子规鸟  ←              杜鹃花
 （意中声）   同类意象   （眼前景）
```

诗人眼"见杜鹃花"是实，耳"闻子规鸟"是虚。由于杜鹃花和子规鸟二者意象存在着非常密切的关系，很容易产生联想，并且与李白的家乡有关。时间就定格在诗人亲眼目睹杜鹃花这瞬间，空间从异乡宣城到相隔千里的故乡巴蜀。想象的"虚拟场景"已超出了现实存在的单一物象——杜鹃花，诗人"感物动我心,缅然含归情"(《古风》其十二)。杜鹃花开得越灿烂,诗人思乡的情思越浓。从眼前景联想到了意中声,故乡的子规鸣啼,诗人则肝肠寸断。

再如《闻王昌龄左迁龙标遥有此寄》:

  杨花落尽子规啼,闻道龙标过五溪。我寄愁心与明月,随君直到夜郎西。

时间发生在诗人闻知昌龄遭贬至龙标时,看到眼前杨花落、子规啼,想到好友左迁,心中不免伤楚起来,提笔生思写下了这首流传千古的绝句,以抒发对昌龄诚挚深厚的情谊。如何表达此番情意呢?清代黄生评曰:"若单说愁,便直率少致。"(《唐诗摘抄》)诗人采用的手法之一便是同一时间写空间的殊异的手法。"杨花落"是时间之同,"我"所在之处与龙标是空间之殊。友与"我"相隔遥远,空间上可谓相异,可彼此的心却息息相通。此时此刻,愁心可寄,明月为差,心随人行,送君千里,情韵新颖而含蓄。这与"君住长江头,我住长江尾。日日思君不见君,共饮长江水"(李之仪《卜算子·我住长江头》)有着异曲同工之妙。用此种手法的还有:

  一为迁客去长沙,西望长安不见家。黄鹤楼中吹玉笛,江城五月落梅花。(《与史郎中钦听黄鹤楼上吹玉笛》)
  谁道君王行路难?六龙西幸万人欢。地转锦江成渭水,天回玉垒作长安。(《上皇西巡南京歌》其四)

前首，诗人半途遇赦与史钦同游黄鹤楼，闻笛而抒发迁谪之感。"迁客去长沙"用西汉贾谊典故。时间乃在登楼闻笛之刻，江城五月，浓浓春意驱不散诗人的思归之情，如同几百年前贾谊被贬长沙一样。"使人愁"的黄鹤楼、看不见的京都以及长沙，空间可谓殊异。后首，写玄宗幸蜀，成都遂代长安而成为临时首都。用"成""作"二字直接将成都与长安相隔千里的不同的空间作了切换，真可谓是"直把杭州作汴州"（林升《题临安邸》），"庶可安我君矣"（唐汝询《唐诗解》）。

## 三

前面说到的两种方式并非泾渭分明，各自为政。李白的诗歌创作向来是不拘泥于某种成规的。因此，兼写不同时空的殊异也就成了必然。兼写不同时空的殊异，是指诗人所摹写的空间存在物随着时间变化而变化，不固定在某一时间点上，空间物象也在时刻变化，从而更能自如地表达出其诗情。

一种是写当前现实中的时空殊异，如《峨眉山月歌》：

> 峨眉山月半轮秋，影入平羌江水流。夜发清溪向三峡，思君不见下渝州。

这首七绝是李白早期的名作，历来脍炙人口，评价极高。王世贞曰："此是太白佳境，二十八字中有峨眉山月、平羌江、清溪、三峡、渝州，使后人为之，不胜痕迹矣，益见此老炉锤之妙。"（《艺苑卮言》）王世懋曰："四句入地名者五，古今目为绝唱。"（《艺圃撷余》）金献之曰："李供奉《峨眉山月歌》五用地名字古今脍炙……供奉只四句，而天巧浑成，毫无痕迹，故是千秋绝调。"（《唐诗选脉会通》）赵翼曰："四句中五地名，毫不见堆垛之迹。此则浩气喷薄，神龙行空，不可捉摸，非后人所能模仿也。"（《瓯北诗话》）这些评语都很确切，抓住了这首七绝的一个重要特点，即地点转换多却浑成无迹。这恰是李白绝句中时空错综手法纯熟妙用的佳作。诗人描写平羌江中，山月影清，依依随人。夜发清溪，直下渝州。峨眉重山叠嶂，半轮山月，入水送人。李白离家乘舟夜行，浓郁的思乡情绪随着地点的切换、江水的流动而跳跃奔放，出蜀的万丈豪情与恋家的一缕乡愁天然相合。多种空间地点随着流水般的时间而转移，让人读之毫无滞涩呆板之感，领悟到的是诗人心底潜藏着的思乡情感之自然流露，用一丝乡思缀联出宏伟壮阔的川蜀胜境，将长距离的舟行过程浓缩于四句二十八字中，节奏明快，情调俊逸又不失含蓄。再如《早发白帝城》：

朝辞白帝彩云间，千里江陵一日还。两岸猿声啼不住，轻舟已过万重山。

"朝""日"点明了时间的变化，"白帝""江陵""过万重山"则指出了空间的转移。诗人遇赦后欢兴不已，时空的变换转移如同心理的变化律动一样和谐统一，其身形心神与万重山水化二为一，在江水直泻的瞬间，爆发出明快的情思，让人读之有气贯如虹、久久难忘的精神感受。

另一种是写想象中的时空殊异，包括过去时空和未来时空。如：

  洛阳才子谪湘川，元礼同舟月下仙。记得长安还欲笑，不知何处是西天？[《陪族叔刑部侍郎晔及中书舍人至游洞庭（其三）》]

  试借君王玉马鞭，指挥戎虏坐琼筵。南风一扫胡尘静，西入长安到日边。(《永王东巡歌》其十一)

前首用典故巧妙地将三个不同历史时空中的事件结合起来。"洛阳才子谪湘川"以贾谊喻贾至，"元礼同舟月下仙"喻李晔。从西汉的贾谊谪湘到东汉的李膺避祸归乡，再联系到当前李晔、贾至和诗人自己，抒发了"同是天涯沦落人"的感慨。后首由当前的从军永王，想象到不久的将来，定能"西入长安""静胡沙"。时间上从眼前联想到将来，空间上也随着变化，由南入西。全诗节奏鲜明，气势恢宏。诗人建功立业之情溢于言表。

## 四

  "绝句篇幅短小，难以象古体诗那样铺排场面、景物，叙写事件和情感发展的全过程，多用于抒述诗人在瞬刻间的片段的生活感受。"[1] 这就使绝句易于出现内容单薄之弊，李白绝句中通过对时空错综手法的纯熟、灵活运用，扩大了这种短小形式

---

[1] 陈伯海：《唐诗学引论》，东方出版中心1988年版，第145页。

的容量，丰富了诗歌的内涵，使其意境更加深远，情韵更加悠长。"诗人对意象的选择与组织，完全冲破了时空的局限，遵循情意运动的旋律与节奏，自由联接。这种组合（剪接式组合）拓展了诗词的容纳空间，使得诗人常常能够在短小的篇章内，表现丰富、深广的感受与体验。"① 这里说的是意象的组合方式，其实李白正是通过此种方式，在绝句体裁上来阐释时空错综诗学思维的。如前面提到的《苏台览古》《越中览古》。通过时空错综处理，特别是通过想象和联想，诗人在起、承、转、合四句之间，巧妙自然地将生活的点滴片段串联起来了。如子规鸟与杜鹃花就属于同类意象，子规，又名杜宇、杜鹃，暮春啼叫，凄切感人，其声酷似"不如归去"；杜鹃花，处处有之，即今之映山红也，以二三月中杜鹃鸣时盛开；而古蜀国有帝名叫杜宇，自号"望帝"，死后化为杜鹃。从这三点看来，李白（蜀人）看见杜鹃花而思乡就不足为怪了，反而是情理之中、顺其自然了。还有借助于对典故的活用和融通，如同是才子仙人，贾谊南迁湘浦，李白西贬夜郎，二人境遇如此相似，足以触发诗人之情思，将古今相似之事件高度浓缩在绝句这一短小体裁上了。句字虽已限定，但承载的容量与内涵获得了扩张。绝句在李白手中，化短小为悠长，达到了"句绝意不绝"的艺术效果。

李白虽非时空错综的诗学思维方式的首创者，但"他是在这种思维方式上潇洒从容地化入化出，使其变得烟波万顷、仪态多方的划时代诗人。"② 在绝句这种短小体裁上，李白纯熟地

---

① 严云受：《诗词意象的魅力》，安徽教育出版社2003年版，第316页。
② 杨义：《李杜诗学》，北京出版社2001年版，第140页。

运用时空错综手法，让我们感受到了特殊的神韵，体验到了诗人广博深邃的内在情怀。他在这方面所取得的成就是值得我们认真总结和借鉴的。

（原刊于《哈尔滨学院学报》2006年第1期）

# 《清明》的作者是杜牧吗

《清明》是否为晚唐著名诗人杜牧所作，歧见纷纭。唐代文学学会会长陈尚君教授声称，《清明》"应该是南宋后出现于民间，到《千家诗》方附会给杜牧"[1]。2020年4月，在接受《南方人物周刊》采访时，陈尚君重申旧说："此诗写于宋代"[2]，理由有二：一是杜牧文集及《全唐诗》中均未收此诗，二是唐人重寒食而宋人更重清明。罗漫教授不认同陈说，撰文《杜牧〈清明〉是宋诗吗》[3]（以下简称"罗文"），认为《清明》被长期误读、唐代"清明"被误解，从宋初宋祁词的化用和乐史《太平寰宇记》的记载来看，作者的署名权仍应归于杜牧。罗文角度新颖，给人以启迪，然百密一疏，尚有可商之处。

罗文首先论证唐人寒食与清明并重，将"《清明》理解为专咏'清明节'甚至是扫墓归途或见人扫墓而伤感的诗篇，都是学术史以及接受史上一个长期未曾觉察的极大误会"，从而推断

---

[1] 陈尚君：《唐诗求是》，上海古籍出版社2018年版，第2页。
[2] 陈尚君：《〈全唐诗〉49403首，伪诗很多》，2020年4月《南方人物周刊》第9期。
[3] 罗漫：《杜牧〈清明〉是宋诗吗》，《光明日报》2021年5月24日13版"文学遗产"。

《清明》不是宋诗。《礼记·王制》曰:"陈诗以观民风。"但由民风习俗来反推诗歌的写作年代,是一种看似可行但并不可靠的方法。因为"十里不同风,百里不同俗",更不用说时间跨度数百年的朝代,从民俗的异同来反推作者的归属并不存在必然的因果关系。不论是唐人双节并重,还是宋人偏重清明,都不能推断出《清明》作者的唯一性和必然性。顺带插一句,缪钺《关于杜牧〈清明〉的两个问题》[1]质疑《清明》作者归属的两大理由之一,是"文"韵的"纷"与"魂"韵的"魂""村"通押,不合唐人用韵习惯。从用韵来反证与从民俗来反推,二者在逻辑上犯了同样的错误。王力说,"宋人的首句用邻韵似乎是有意的,几乎可说是一种时髦",但这种风气"中晚唐渐多"[2],并列举中晚唐张籍《寄李渤》、韩偓《题宫门》等七绝为证。

罗文又紧扣宋初乐史《太平寰宇记》卷九十升州所记:"杏花村在(江宁)县理西,相传为杜牧之沽酒处",引刘学锴《唐诗选注评鉴》之说:"可证此前已有杜牧沽酒于杏花村之传说,则此诗传为杜牧作在五代时或五代前即已如此"[3],认为杜牧沽酒江宁杏花村,"在没有出现颠覆性证据之前是可以信从的"。这也并非无懈可击,因为杏花村的属地与《清明》必为杜牧所作,二者不存在因果逻辑关系。假设《太平寰宇记》所载为真,也只是记录杜牧沽酒杏花村,而未引用《清明》诗。所以连刘学锴也说此诗著作权"尚有争议"。刘永翔《〈千家诗〉七言绝

---

[1] 缪钺:《关于杜牧〈清明〉的两个问题》,《文史知识》1983年第12期。
[2] 王力:《王力文集》第十四卷《汉语诗律学(上)》,山东教育出版社1984年版,第64页。
[3] 刘学锴:《唐诗选注评鉴》,中州古籍出版社2013年版,第2149页。

句校议》①也承认《太平寰宇记》有此传说，但称《清明》诗"由于书阙有间，至今作者未能考定"。据郎永清《"杏花村"地望之争辨析》②所考，遍检刘永翔、刘学锴两位先生所说的乐史《太平寰宇记》四库全书本及古南京地方志，均无"杏花村"和"杜牧沽酒处"的记载，此传说当源于清嘉庆十六年（1811）《新修江宁府志》上"《寰宇记》谓即杜牧沽酒处"的讹传。笔者查核中华书局1999年影印《宋本太平寰宇记》和中华书局2007年王文楚点校本《太平寰宇记》，亦一无所获。不知二刘所据何本？可见，罗文以乐史《太平寰宇记》来推定北宋初年已将《清明》归于杜牧，难以令人信服。

罗文最重要的力证是宋初宋祁《锦缠道》词对《清明》的化用，实则该词的归属也存疑。卞东波《〈清明〉是杜牧所作吗？》认为，《锦缠道》为"宋祁受杜牧诗影响而成"，"目前在文献上还没有找到依据"③。更有甚者，《锦缠道》是否为宋祁所作亦未成定论。纪永贵《重审杜牧〈清明〉诗案》详考出"宋祁对这首词的著作权是明末才被提出来的"④。向以精审著称的唐圭璋也不属之于宋祁名下，中华书局1965年出版经王仲闻补订的《全宋词》，将《锦缠道》列为"存目词"，附注："无名氏作，见《草堂诗余》前集卷上。"⑤若《锦缠道》为宋祁所作，情理上也讲不通，因为宋祁于1061年去世，田棨熙宁六年

---

① 刘永翔：《〈千家诗〉七言绝句校议》，《华东师范大学学报》1996年第6期。
② 郎永清：《"杏花村"地望之争辨析》，《中国地方志》2003年第3期。
③ 卞东波：《〈清明〉是杜牧所作吗？》，《文史知识》2006年第4期。
④ 纪永贵：《重审杜牧〈清明〉诗案》，《池州学院学报》2010年第2期。
⑤ 唐圭璋编，王仲闻补订：《全宋词》，中华书局1965年版，第117页。

(1073)三月编定《樊川别集》,如果宋祁见过《清明》,而于《锦缠道》下阕化用为:"问牧童、遥指孤村道:'杏花深处,那里人家有。'"同样博闻强识且编有《京兆金石录》的田槩焉能不知?

缪钺、罗时进、陈尚君等学者从音韵学、文献学、诗歌风格学等角度质疑甚至判定《清明》非杜牧所作,缘由便是杜牧外甥裴延翰编的《樊川文集》和宋人辑的《别集》《外集》及清人整理的《全唐诗》、冯集梧的《樊川诗注》,均未收录此诗。罗文也坦称"仅仅从文献角度来看,《清明》确实来路不明",在讨论《清明》的诗题由来、诗选收录时,于文献上、学理上也有可议之处。

罗文以为"诗题《清明》可能是由首句的前二字'清明'摘录而成","也许正是《清明》诗与清明节全无关联,《锦绣万花谷》的编者,才会一方面将《清明》称为'唐诗',一方面又将《清明》的诗题改作《杏花村》"。众所周知,唐代诗人对诗题拟定已有高度自觉,更不用说宋人。作为类书的《锦绣万花谷》《分门纂类唐宋时贤千家诗选》,均以类相从,绝不能将"类名"完全等同于"诗题"。《锦绣万花谷》后集卷二十六"村"类①,下列花柳村、浣花村、杏花村、朱陈村、客愁村、江村、孤村等,名下再选录诗句。"杏花村"实际上是按内容而标设的类别名。《锦绣万花谷》的编者事实上并未将"《清明》的诗题改作《杏花村》"。首次题名"清明"且置于杜牧名下的,是成书于宋元之际的《分门纂类唐宋时贤千家诗选》,而第一次

---

① 《锦绣万花谷》,上海辞书出版社1992年影印明嘉靖刻本,第469页。

收录该诗的《锦绣万花谷》后集成书于孝宗淳熙十五年（1188）至南宋末年之间，哪有前人依据后人"将《清明》的诗题改作《杏花村》"之理？

罗文又称："《锦绣万花谷》不会无缘无故称《清明》（《杏花村》）为'唐诗'，来路不明并不直接等于或者完全等于其诗不真。"从诗选文献学的角度来推导出《清明》的作者归属，无疑是最令人信服的正道。据陈尚君、卞东波称，目前所见最早收录《清明》的，是南宋佚名编的《锦绣万花谷》后集和稍后成于理宗宝祐五年（1257）谢维新编选的《古今合璧事类备要》。前者标"出唐诗"，后者标"古选诗"，均未署作者名。二书征引虽广，但出处标注不够严谨。罗文说"《锦绣万花谷》不会无缘无故"，言下之意署记"唐诗"极为可信且可靠。据复核，《锦绣万花谷》有6处署"唐诗"，其中本属宋诗的就有3处，如与《清明》同卷的"春水（雨）断桥人不渡，小舟撑出柳阴来"[①]，实则出自徐俯的《春日游湖上》。选家之粗疏可见一斑，故《锦绣万花谷》所标出处绝不可全信。

杜牧先前自焚诗稿十之七八，病重时委托裴延翰编集。裴氏穷搜冥讨二十年，"比校焚外，十多七八"[②]，也未收录此诗。北宋初的田棨亦未得见。从南宋初期洪迈的《万首唐人绝句》到之后林清之的《唐绝句选》、柯梦得的《唐贤绝句》，均无《清明》的身影。一次次落单，是无法都用偶然性来解释《清

---

[①] 《锦绣万花谷》，上海辞书出版社1992年影印明嘉靖刻本，第471页。
[②] 杜牧撰，冯集梧注：《樊川诗集注》卷首裴延翰《樊川文集序》，上海古籍出版社1998年版，第11页。

明》突然来路光明正大的。若《清明》是杜牧所作,则无法解释《锦绣万花谷》7次署"出杜牧"却标此诗"出唐诗",更无法解释署"杜牧"多达140多处的《古今合璧事类备要》,偏署此诗出于"古选诗"。《锦绣万花谷》《古今合璧事类备要》确有粗劣之处,而《分门纂类唐宋时贤千家诗选》更是一部书坊造假伪托之作。三书在文献来源上错乱较多,在《清明》的出处标注上却呈现三种不同指向。偏信最晚出"甚至连诗作者的姓名也常常张冠李戴"(参见刘永翔先生一文)的《千家诗选》,这在逻辑上也讲不通。即便如罗文所言,存在像韦庄《秦妇吟》因某种机遇而重见天日的可能性,但不能忘了,王国维是因为熟稔韦诗名句"天街踏尽公卿骨,内库烧为锦绣灰"而觅得真经。《清明》朗朗上口、雅俗共赏,想一一避开裴延翰、田棨、洪迈等一系列"寻宝人"的火眼金睛,谈何容易?

(原刊于《光明日报》2022年5月30日13版"文学遗产")

# 论朱熹"淫诗"说的学术背景及内在理路

随着当今学人对朱熹文学及其成就日渐深入的研究，其文学家的身份也益见彰显。毋庸置疑，朱熹在文学史上的突出贡献尤以对"诗""骚"的经典阐释为著。特别是《诗集传》，它无疑是《诗经》学阐释史上的一部力作，其学术价值毫不逊色于郑笺、孔疏。此传之文学成就能为当今学人所认可，自源于朱熹破除"诗序"，兼采汉宋诸说，回归《诗经》的文学面目。而其中最为惊世骇俗、最具文学批评性质的莫过于他对以"郑风"为代表的"淫诗"的解读。虽有部分文章对此有所阐发，但诸如朱熹"淫诗"说的学术背景、生成过程和内在理路等问题，似并未能得到相应的重视和研究。本文拟就此作一探讨，敬祈方家不吝赐教。

## 一

朱熹《诗集传》中目之为"淫诗"者三十。莫砺锋先生对此归为两类：一类是《小序》认为与男女爱情毫无关系，而朱熹却解作"淫诗"的；另一类是《小序》承认所咏之事与男女之情有关，但认为诗人之意是讽刺当时的不良风俗，而朱熹却解为男女自叙其事或自咏其情的"淫诗"①。两类各占一半②。对于"淫诗"的提出和阐释，大致有四种情形：他人已提及的；自我发明的；遗漏未标明的；错以为"淫诗"的。在讨论这个问题之前，首先须知晓何为"淫诗"？在理学家朱熹眼里，"淫诗"即指男女"不正当"的、与儒家理念相悖的情事诗；而在我们看来，"淫诗"正是那些描写男女大胆、真切、坦率的、极富文学风味的爱情诗。

先说错以为"淫诗"者。30篇"淫诗"当中，朱熹疑似者有3首。而其中《郑风·叔于田》却不似"淫诗"，请看：

叔于田，巷无居人。岂无居人？不如叔也，洵美且仁。

---

① 莫砺锋：《从经学走向文学：朱熹"淫诗"说的实质》，《文学评论》2001年第2期。
② 这里有两点需要补充说明。一是《郑风·出其东门》乃误算。《诗集传》云："人见淫奔之女而作此诗。以为此女虽美且众，而非我思之所存，不如己之室家，虽贫且陋，而聊可以自乐也。是时淫风大行，而其间乃有如此之人，亦可谓能自好而不为习俗所移矣。"《钦定诗经传说汇纂》卷五《集说》："朱子曰：'此诗却是个识道理人做，郑诗虽淫乱，然此诗却如此好。'……王氏柏曰：'郑诗多淫奔，忽有《出其东门》一诗守义安分，为得性情之正，可见天理之在，人心有未尝亡。'"合而言之，是诗当非"淫诗"无疑义。二是漏录了《陈风·东门之池》。《诗集传》曰："此亦男女会遇之辞"。程俊英也认为是"男女相会的情歌"，并引"朱熹《诗序辨说》解此诗为"淫奔之诗。"（《诗经注析》中华书局1991年版，第370页）清四库馆臣案语云："《东门之池》古序以为刺时，衍其说者以为疾时之不然，而思得贤女以配君子也。朱子改为男女聚会之词而以淫诗例之。"（《钦定诗经传说汇纂》卷八）由此可知，《陈风·东门之池》在朱熹看来即属"淫诗"之例。二者合观，朱熹所说的"淫诗"数量仍为30篇，两类各占一半。

> 叔于狩,巷无饮酒。岂无饮酒?不如叔也,洵美且好。
> 叔适野,巷无服马。岂无服马?不如叔也,洵美且武。①

《毛序》:"刺庄公也。"②宋欧阳修称是"大叔得众国人爱之之辞"(《诗本义》卷四),王质也说:"当是其徒夸为之辞"(《诗总闻》卷四)。通读全诗,"终篇虽全称美,略无讥刺之辞,而所美者惟田狩饮酒之事,舍是盖无足言者"(《钦定诗经传说汇纂》卷五引元代许谦语)。确实如此,"淫诗"的味道是一丁点儿也看不出来的,不知朱熹何以疑之?《诗集传》定本说"或疑此亦民间男女相悦之辞也",实与朱熹对是诗的解读前后抵牾,首尾两端。朱熹之孙朱鉴《诗传遗说》卷二载曰:"(朱)熹今看得郑诗自《叔于田》等诗之外,如《狡童》《子衿》等篇,皆淫乱之诗,而说诗者误以为刺昭公刺学校废耳。"

就是朱熹断定为的"淫诗",也有错以为之、难以圆通者。如《郑风·将仲子》:

> 将仲子兮,无逾我里,无折我树杞。岂敢爱之?畏我父母。仲可怀也,父母之言,亦可畏也。 将仲子兮,无逾我墙,无折我树桑。岂敢爱之?畏我诸兄。仲可怀也,诸兄之言,亦可畏也。 将仲子兮,无逾我园,无折我树檀。岂敢爱之?畏人之多言。仲可怀也,人之多言,亦可畏也。

---

① 朱熹注,王华宝整理:《诗集传》,凤凰出版社2007年版,第56—57页。以下所引《诗经》作品均出自此书,不另出注。
② 阮元校刻:《十三经注疏·诗经注疏》,中华书局1980年版,第337页中栏。

《诗集传》引莆田郑氏曰："此淫奔者之辞。"① 其弟子辅广也说："此虽为淫奔之诗，然其心犹有所畏，未至于荡然而无忌也。"(《诗童子问》卷二)在朱熹看来，是诗诚如郑樵所言，辅广接受乃师之说而略有修正。若说是朱熹无此看法，权当集众人诸说以备参，也难说通。朱书虽名为"集传"，并无其实，一则没有广录众说，二则不合集传体例②。清四库馆臣案曰："此诗朱子取莆田郑樵之说定为淫奔，玩其诗辞，乃一篱落间女子虽不能自遏其情，而犹畏父母、兄弟、国人之言，不敢轻身以从其人者也。……今从《集传》为正解而录序说以备览。"(《钦定诗经传说汇纂》卷五)四库馆臣也以为朱熹作"淫诗"解。但味诗意，我们丝毫体会不到"淫奔"之行，完全是女子婉拒之言。这也与朱熹所说的"男女不正当"之情事颇为不合，倒正似理学家们所倡的"遏情欲"、"亲父兄"、"遵妇则"之淑言惠行。他如劝勉兄弟应互相信任而勿受人离间的《郑风·扬之水》。

次言遗漏未标明者。今举一例以明之：

摽有梅，其实七兮。求我庶士，迨其吉兮！　摽有梅，其实三兮。求我庶士，迨其今兮！　摽有梅，顷筐塈之。求我庶士，迨其谓之！(《召南·摽有梅》)

在我们看来，诗中即是写女子睹梅熟落地，而忧己青春将逝，

---

① 朱熹注，王华宝整理：《诗集传》，第56页。
② 朱熹注，王华宝整理：《诗集传》，第4—5页。

急欲出嫁成家。其实先贤们亦有此解。"当是妇人无依者,亟欲及时"(宋王质《诗总闻》卷一),或曰"惊其过时而至衰落,乃其求庶士以相婚姻也"(宋欧阳修《诗本义》卷二),或云"此诗述女子之情,欲得及时而嫁"(宋严粲《诗缉》卷二)。一言以蔽之,是诗乃女求男之辞也。而这种情形在"郑风"中颇为普遍。学人实已看出此诗中情事之"非常",朱熹的好友吕祖谦即有所怀疑:"是诗也,其词汲汲如将失之,岂习乱而喜始治者耶?"(《吕氏家塾读诗记》卷三)严粲也说:"时愈过而女心切矣,男当先求于女,今反欲遣媒妁以语男家也。"朱熹却并未将其列入"淫诗"之属,最重要的原因就是此诗乃存于"召南"之中。所以他不得不强而辨之:

> 问:《摽有梅》诗,固是出于正,只是如此急迫,何耶?曰:此亦是人之情,尝见晋宋间有怨父母之诗。读诗者于此亦是达男女之情。(朱鉴《诗传遗说》卷四陈文蔚录)

对于此种理屈词穷之辨,清人陈启源斥之不以为然:

> 《摽梅》诗,女之求男汲汲矣。笺、疏皆谓诗人代述其情,良是也。后世闺情、艳体出文人墨士笔正与此相类。朱子以为女子自言,闺中处女何颜厚乃尔耶?案:《大全》或问此诗谓女子自作,恐不得为正风。朱子曰:"自作亦无害里巷之诗,如此已不失正矣。又言晋魏间怨父母诗、唐人怨兄嫂诗,虽鄙俚可恶,自是人情。"吁!此言岂可为

训？(《毛诗稽古编》卷二)

清吴浩也说："《摽有梅》，刺淫奔也，礼男先乎女，而此之求士者如此，其急焉。"(《十三经义疑》卷三) 愚以为，是诗各节只易数字，女子大胆急切求偶之情昭然可知。退一步说，既是诗可以观各国风俗，"召南"作为一方之"里巷歌谣"，则也未必全是如腐儒说之"醇正高雅"。难道"二南"之地尽是"江山一片红"，而断无男女相悦之情事吗？他如《召南·野有死麕》《邶风·匏有苦叶》亦可作如是观。

为了更好地探讨朱熹"淫诗"说的学术背景和生成过程，我们现将"自我之发明"与"他人已提及"两类并行论述。通过认真的翻检和比照，笔者发现朱熹自己阐析为"淫诗"的共有十多首，基本上是莫砺锋先生所划分的第一类——"《小序》认为与男女爱情毫无关系，而朱熹却解作'淫诗'"[1]。数量虽不算多，却是朱熹个人之"发明"。这些诗解之为"淫诗"，时人与之不可比。需要补充的是，这十余首多属"郑风"，或是朱熹以"郑声淫"推衍"郑诗淫"的一个佐证吧。而值得我们深究的是，为何只有朱熹大张旗鼓地标榜"淫诗"？它的学术背景如何？其实，朱熹"淫诗"说也是渊源有自，也是学术发展的必然结果。上溯春秋，孔子即对郑声多有品评："放郑声，远佞人。郑声淫，佞人殆"(《论语·卫灵公第十五》)，"恶郑声之乱雅乐也"(《论语·阳货第十七》)。虽然孔子未有"淫诗"之论，

---

[1] 莫砺锋：《从经学走向文学：朱熹"淫诗"说的实质》，《文学评论》2001年第2期。

但我们得知道一个很重要的事实,即当是时诗乐舞三位一体。所以自然也就有了孔子"自卫反鲁,然后乐正,雅、颂各得其所"(《论语·子罕第九》)。从这一点来说,孔子"郑声淫"之论,实是朱熹"淫诗"说之嚆矢。汉代毛诗《序》中也曾论及少许"刺淫奔"之诗。降至宋朝,疑古惑经思潮蔚然成风。作为儒家最重要的一部经典《诗经》自然也在怀疑、论争之列,如欧阳修《诗本义》以人情说诗等。并且出现了颇具特色的《诗经》"宋学"。朱熹《诗集传》即是最杰出的代表之一。

现在我们就来看一看朱熹之前及同时代诸家有关"淫奔"之诗的一些阐释:

《邶风·静女》:1. 乃是述卫风俗男女淫奔之诗尔,以此求诗则本义得矣。(欧阳修《诗本义》卷三)2. 三章所咏皆男女相慕悦之事。(范处义《诗补传》卷三)3. 此淫奔期会之诗也。(朱熹《诗集传》卷二)

《墉风·桑中》:1. 卫之公室淫乱,男女相奔。(范处义《诗补传》卷四)2. 此人自言将采唐于沬,而与其所思之人,相期会迎送如此也。(朱熹《诗集传》卷三)

《卫风·氓》:1. 据序是卫国淫奔之女,色衰而为其男子所弃,因而自悔之辞……诗述女言我为男子诱而奔也。(欧阳修《诗本义》卷三)2. 托买丝而就之谋为淫乱也。(苏辙《诗集传》卷三)3. 此淫妇为人所弃,而自叙其事以道其悔恨之意也。(朱熹《诗集传》卷三)

《郑风·丰》:1. 君子亲迎,而妇人有以异志不从者,既而所与异不终,故追念其君子云尔。(苏辙《诗集传》卷四）2. 怨而自悔，遂以叔伯尊称，呼前日求昏之男子。（范处义《诗补传》卷七）3. 妇人所期之男子已俟乎巷，而妇人以有异志不从。（朱熹《诗集传》卷四）

《郑风·东门之墠》：1. 当是女家男家相邻，室甚近而人甚遥。盖男家颇难之，而女家欲成之也。（王质《诗总闻》卷四）2. 门之旁有墠……识其所与淫者之居也。室迩人远者，思之而未得见之词也。（朱熹《诗集传》卷四）

《郑风·野有蔓草》：1. 是诗男女思不期而会……夫男女相悦，邂逅相遇。（范处义《诗补传》卷七）2. 当是深夜之时男女偶相遇者也。（王质《诗总闻》卷四）3. 男女相遇于野田草露之间，故赋其所在以起兴。（朱熹《诗集传》卷四）

《齐风·东方之日》：1. 东方月出，谓十五六间也，此男女窃合同迈之日时也。（王质《诗总闻》卷五）2. 此与《桑中》《溱洧》同，作诗以刺淫奔也。（杨简《慈湖诗传》卷七）3. 东方之日，男约女奔也。（戴溪《续吕氏家塾读诗记》卷一）4. 言此女蹑我之迹而相就也。（朱熹《诗集传》卷五）

《陈风·东门之枌》：1. 盖男女淫奔多在国之郊野，所谓南方之原者，犹《东门之墠》也。（欧阳修《诗本义》卷五）2. 椒，取其气之芬，此男女相赠之物也。（范处义《诗补传》卷十二）3. 此男女聚会歌舞，而赋其事以相乐也。……男女相与道其慕悦之辞。（朱熹《诗集传》卷七）

《陈风·月出》：1. 刺好色也。（苏辙《诗集传》卷七）2. 妇人慕男子，亦犹男子慕妇人。（王质《诗总闻》卷四）

3. 此亦男女相悦而相念之辞。(朱熹《诗集传》卷七)

　　类似此种,不可尽录。"南宋之初,废《诗序》者三家,郑樵、朱子及质也。"(《四库提要》卷十五"诗总闻"条)而"最攻《序》者郑樵,最尊《序》者则处义矣"(《四库提要》卷十五"诗补传"条)。虽然"晦庵先生因郑公之说,尽去美刺,探求古始,其说颇惊俗"(黄震《日钞》),但这里有一个深广的学术环境与浓厚的学术风气,即以自出胸臆、"六经注我"为特色的疑古思潮的盛行:"先儒学问,大抵淳实谨严,不敢放言高论。宋人学不逮古,而欲以识胜之,遂各以新意说《诗》。其间剔抉疏通,亦未尝无所阐发。"(《四库提要》卷十五"诗补传"条)从上面的材料也可推断出:不管是范处义"笃信旧文,务求实证"的《诗补传》,还是王质"覃精研思几三十年始成"却迟至淳祐三年(1243)才刊行的《诗总闻》,在朱熹之前及同时代的诸多《诗经》学研究者中,已有对"淫奔"之诗的零星阐发。他们虽没有朱熹提的那么大胆,也没有朱熹说得那么直白,更没有朱熹标得那么众多,但可以说是朱熹废旧立新、倡导"淫诗"说的启蒙人与作俑者。因为这里有一个"新意说《诗》"的自由广泛的学术空间,且不论朱熹对这些论说是否采用与融通。这就是朱熹"淫诗"说生成的大背景。朱熹即曾说过:"如《诗》《易》之类,则为先儒穿凿所坏,不见不来立言本意,此又是一种工夫。直是要人虚心平气,本文之下打迭,孝空荡荡地,不留先儒一字旧说,莫问他是何人所说,所尊所亲,所憎所恶,一切莫问,而唯本文本意是求,则圣贤之指得矣。"(《答吕子约书》,《晦庵文集》卷四十八)他弃《序》解诗,"以意逆志"，正是宋代疑古惑经思潮的生动写照。虽然"郑、朱之说最著"，但郑书早已亡佚，故朱熹"淫诗"说代之而渐具规模，影响深远。

现在，我们可试举一例，以明晰朱熹"淫诗"解读的生成过程。

> 遵大路兮，掺执子之祛兮。无我恶兮，不寁故也。
> 遵大路兮，掺执子之手兮。无我魗兮，不寁好也。（《郑风·遵大路》）

毛序："《遵大路》，思君子也。庄公失道，君子去之，国人思望焉。"[①] 苏辙《诗集传》虽以废毛序名显，于此诗只云"思君子"，不道君子为谁，已是一大进步。黄櫄解之稍详，"此诗是君子去国，而国人欲留之之意。执其祛、执其手，而惟恐去之之速也。"（宋李樗、黄櫄《毛诗集解》卷十）范处义对诗中内容析之更细："既欲揽其祛，又欲执其手，以见为王留行之意甚坚。既陈故旧之情，复陈昔日之好，以见诗人述己之私情。期君子之必听。非爱君忧国者安得此言哉。"范氏虽承毛序，却比苏、黄更进一步，已领会到诗中之"旧意私情"。庄公渐渐地淡出了人们的视线，思情慢慢地深入人们的内心。朱熹，这位卓有文学才能的儒学大师，"既非单一的文本中心论者，又非单一的读者中心论者，而是二者兼而有之，在兼有中使阅读和阐

---

[①] 《诗经·遵大路》，阮元校刻《十三经注疏》，第340页中栏。

释表现出灵活的变化而又不远逸作品本有意义的索引"①。他兼采众说,味以己意:"淫妇为人所弃,故于其去也,揽其袪而留之曰:子无恶我而不留,故旧不可以遽绝也。宋玉赋有'遵大路兮揽子袪'之句,亦男女相说之辞也。"②将圣人经典还原为"感物道情",如"今之词曲"般的普通诗歌③。国人思君与淫妇思夫,实质上乃同一机理,皆是相思之意。正如北宋蔡卞所说:"《丘中有麻》之思贤……《遵大路》之思君子,是皆想望于心而愿见之者也。"(《毛诗名物解》卷十七)只不过是物件身份各有不同罢了。如此说来,倒真有点"水到渠成"。朱熹以他思想家的想象力,对此篇作"淫诗"解倒也无可厚非。就连清代四库馆臣对此种解读方式也赞美有加:"淫奔,盖疑词也,诗固在人之善观矣。"(《钦定诗经传说汇纂》卷五《有女同车》,四库馆臣案语)说"淫奔"为"疑词",即是诗歌文本的怀疑、猜测,以及文学性的想象。这种"人之善观"无疑拓展了文本解读的阐释空间,复归《诗经》于"诗"之文学本位。《诗集传》中除了把思君思贤解为思妇而以"淫诗"释之,还将人们普通的赠答行为专指圈定为二人世界的情爱举措,如写男女相互赠答的《卫风·木瓜》、"男女相与道其慕悦"的《陈风·东门之枌》。

---

① 邬国平:《中国古代接受文学与理论》,黑龙江人民出版社2005年版,第146页。
② 朱熹注,王华宝整理:《诗集传》,第59页。
③ 汪祚民:《诗经文学阐释史(先秦—隋唐)》,人民出版社2005年版,第10—16页。

## 二

众所周知，宋代士子多集官员、学者、文人于一身。朱熹也不例外。但毋庸置疑的是，朱熹绝对堪称仅次于孔、孟的思想家。不管当今学人如何对朱熹文学家身份加以阐释，也无法抹去其儒学大师的色彩。既然作为宋代最为杰出的理学家，为何反而在儒家重典的《诗经》上大造"淫诗"之论呢？其中的内在理路又是什么呢？下面就此作一推想。

朱熹虽"登第五十年，仕于外者仅九考，立朝才四十日"[1]。仕途受挫，抱负难申，治国平天下的理想频遭破灭。这促使他由"外王"之道转向"内圣"之学，通过修身养性来实现儒家精神的内在超越，达到"天人合一"的完美世界。朱熹一生中的学术研究，也着重体现在他所建立的以心、性、理、情为核心的理学体系上。自四十岁前后，朱熹已深刻地体认到"心"包含"性"与"情"两端。心之未发，则心灵澄澈纯寂；已发之时，心则隐括了理性和情欲两种趋向，若涵养节制才可达到"中和"之境[2]。朱熹在世之时，南宋理学虽丧失了朝廷政治权力的话语权，也未占有主流地位，却在士人阶层中弥漫成风，在民间知识界拥有了舆论权力、建构了公共空间[3]。被边缘化的

---

[1] 脱脱等：《宋史》卷四二九《朱熹传》，中华书局1977年版，第36册，第12767页。
[2] 葛兆光：《中国思想史》（第二卷），复旦大学出版社2004年版，第239页。下引版本同
[3] 葛兆光：《中国思想史》（第二卷），第225页。

理学也找到了它相应的生存沃土。即通过思想的世俗化、生活化，使那些本属于上层士人的道德与伦理原则，下行于民众的日常生活世界①。这必然涉及尤为人所重的家庭生活和男女情事所引发的种种问题。因为"男女者，三纲之本，万事之先也。"（朱熹《诗集传》"陈风"总案引吕祖谦语）而要想将这些问题较好地解决，并对民众进行思想道德化、伦理化的劝戒、陶冶和升华，就得有一个既普泛又重要的"经典教材"。作为士人广为熟知的《诗经》正是践行理学世俗化、生活化的一个非常好的工具和媒介。朱熹在《答杨宋卿》（《晦庵集》卷三十九）中曾说："诗者志之所之，在心为志，发言为诗。"《诗经》特别是《国风》正是先古民众言志抒怀、表情达意的产物。这一点他在淳熙四年（1177）所作的《诗集传序》②中表现得更明显：

> 或有问于余曰："《诗》何为而作也？"余应之曰："人生而静，天之性也；感于物而动，性之欲也。夫既有欲矣，则不能无思；既有思矣，则不能无言；既有言矣，则言之所不能尽而发于咨嗟咏叹之余者，必有自然之音响节奏而不能已焉。此《诗》之所以作也。"
>
> 曰："然则其所以教者何也？"曰："《诗》者，人心之感于物而形于言之余也。心之所感有邪正，故言之所形有是非。惟圣人在上，则其所感者无不正，而其言皆足以为教。其或感之之杂，而所发不能无可择者，则上之人必思

---

① 葛兆光：《中国思想史》（第二卷），第232页。
② 朱熹注，王华宝整理：《诗集传》，第1页。

所以自反，而因有以劝惩之。是亦所以为教也。"
细究文意，我们深刻地体会到朱熹以《诗》说"理"的"别有用心"。心有邪正之情欲，皆可感发为诗。因此，只有"自反"于心而涵养节制，才能去其情感之驳杂而归之于纯正。推而言之，说《诗》，说"淫诗"，增加"淫诗"数量，扩大打击范围，既而更有效地对家庭生活、男女情事中所暴露的种种道德、伦理问题加以批判、警戒，达到劝惩的社会效果。简言之，朱熹是想以"淫诗"解经的途径来实现"遏情欲"、修"心性"的理学目的。《诗集传》"召南"总案中的引语即是此理的生动表述：

　　程子曰："天下之治，正家为先。天下之家正，则天下治矣。二南，正家之道也。陈后妃、夫人、大夫妻之德，推之士庶人之家一也。故使邦国至于乡党皆用之。自朝廷至于委巷，莫不讴吟讽诵，所以风化天下。"①

　　由上移下，化下而一。唯有如此来遏制民众心中杂有的"情"和"欲"，内化为个体心灵的静思涵养和陶冶提升，使"恶""淫"的"情欲"一一被扼杀。这样，通过抑人欲、尊德性，人才能实现"心、性、情、欲"的统一，从形而下的凡尘俗世中走向澄净中和的终极世界。
　　窃以为这种推想并非毫无道理。《诗集传》乃积朱熹四十年心血，三易其稿而成。宋孝宗淳熙五年（1178），朱熹黜《毛序》、删诸说成草稿；淳熙十三年（1186），悟《毛序》之非而

---

① 朱熹注，王华宝整理：《诗集传》，第9页。

明雅正郑邪之辨，终成定稿。而思想史上著名的"鹅湖之会"即发生在《诗集传》一稿草成的前三年（1175），这正是程朱理学最富生命力的时候。是年 46 岁的朱熹，和陆氏兄弟、吕祖谦、张栻一样都处于最富思想活力的年纪，"理学中关于宇宙、人心的讨论也恰在最自由、最富于想象力的时代"①。同样，以"淫诗"解读《诗经》有关篇章，更需文学的想象。《诗经》文本上语句精炼，史实上本事难明，本身就给予了文学的想象空间。在莫砺锋先生看来，"这种解读在历史上首次还《诗经》以文学性质的本来面目"②。诗性的复归，或许是朱熹以思想家丰富深邃的想象力解读儒家经典《诗经》"意料不到"的一个收获吧。因为文学上的想象与思想上的想象也是融通的。朱熹那些颇有文学价值的理趣诗不就是一个很好的佐证吗？

但是，朱熹的思想学说存有内在的隐患，特别表现在"道心"与"人欲"的冲突、外在万物与内心情感的矛盾、思想伦理化道德化世俗化的紧张上。这也是朱熹不得不为"淫诗"说的劝戒功能，作一些无谓的巧言强辩。"诗三百"为何存有那些描述男女情事的"淫诗"，孔圣人为何不删？这其实无须辩说。一则孔子删诗乃误说，已不可信；二来即是以诗观各国风俗，男女情事当然自属其中。事实上，朱熹"淫诗"说的劝惩戒世功能正是基于理学"存天理、灭人欲"的内在要求。我们看到的是，朱熹一方面颠覆旧说，大言"淫诗"，反倒淡化了《诗

---

① 葛兆光：《中国思想史》（第二卷），第 219 页。
② 莫砺锋：《从经学走向文学：朱熹"淫诗"说的实质》，《文学评论》2001 年第 2 期。

经》的经典色彩，促使了《诗经》的文学回归。这也是朱熹未曾想到的一个收获。另一方面，大致与此同时，朱熹于宋孝宗隆兴元年（1163）编成《论语要义》，《大学章句》《中庸章句》约成书于乾道九年（1173），《论孟集注》编成于淳熙四年（1177）。就这样，朱熹提供并凸显了一个与"五经"同存且后来益受尊崇的新的经典文本——《四书集注》[①]。它合刻于宋光宗绍熙四年（1193），而包括《诗经》在内的"五经"系统却渐受冷遇。这无疑会导致二元冲突的矛盾局面：一方面，借于朱熹理学大师的光环，《诗经》的文学色彩渐行渐浓，张扬流广。另一方面，儒生们又不得不为朱熹"淫诗"说进行回护，并强加曲辨来维护《诗经》儒家经学典籍不可动摇的地位，以至形成"淫诗"解读的聚讼场面。

（原刊于《海南师范大学学报》2011 年第 1 期）

---

[①] 葛兆光：《中国思想史》（第二卷），第 231—232 页。

# 清人大型论清诗绝句与清代诗史建构

自20世纪80年代以来，通过郭绍虞、钱仲联、严迪昌等学者筚路蓝缕的研究，清诗已被公认为有别于唐音、宋调，"自领一队"。陈衍、汪辟疆、钱仲联、严迪昌、朱则杰等人通过诗话、选本、点将录、清诗史著述、专题论文等多种方式，从不同层面建构清诗史，编定清代诗人的谱系序列，奠定了清诗研究典范的坚实基础。然而事实上，据估算，清代诗人3万家，诗歌总量近千万首，自1912年清帝退位，迄今仅过百年，清诗经典化显然还不够充分，只能算迈开了万里长征的第一步。套用雷乃·威勒克1974年的说法，清诗并非"更为遥远的过去"，"文学经典已经被牢固地确定下来，远远地超出怀疑者所容许的程度"①。据潘静如②、李亚峰③的考察，陈、汪、钱等人的诗史叙事确有泛化、平面化之失，毕竟后设的"他者"潜含着

---

① 〔荷〕D. 佛克马、E. 蚁布思著，俞国强译：《文学研究与文化参与》，北京大学出版社1996年版，第54页。
② 潘静如：《陈衍与近代诗学史叙事范式的生成——以〈石遗室诗话〉〈近代诗钞〉及其接受为中心》，《文学评论》2018年第1期。
③ 李亚峰：《从晚清诗坛人物评点看诗史叙事建构》，《文学评论》2020年第6期。

"自我"中心的意识形态。既然如此,我们为何不将经典的建构主体由后置的陈、汪、钱诸人前移至粲然可观的清人呢?因为后设的他者建构不可避免带有时间的滞后性,存在"消耗性转换",本该载入诗史的却被过滤被湮没,远比不上那些"入乎其中,出乎其外"的在场者和见证人的历史书写更加直接更加本真。比如汗牛充栋的清人论清诗绝句,尤其是数十上百首的大型论诗绝句,如晚清民初诗人兼史家郭曾炘的《杂题国朝诸名家诗集后》《续题近代诗家集后》130首,既勾勒了清诗概貌,又凸显了史家眼光。这无疑是清诗经典历程中的重要途径。循此思路,我们可以重新体认清诗史,助推清诗史的重新书写。

　　清诗经典化,最核心的是清诗已具备了经典性。清诗无论是诗歌的认知功能性还是艺术的审美多样性来说,可称得上兼备唐音、宋调两峰之美的第三峰。早在民国初期,徐世昌《晚晴簃诗汇叙》从"诗教之盛""诗道之尊""诗事之详""诗境之新"四方面以为清诗"均异前规,陶镕英词","上轶元明,自成轨范"①。钱仲联从诗人之多、诗作之巨、诗境之新等角度,认为清诗开创了"超明越元、抗衡唐宋的新局面"②。此后,严迪昌又从风格的多元、流派的丰富、题材的开拓诸方面认为清诗是可以"自领一队"③。王飚以为,清诗是中国古典诗歌的总结和转型期,而"总结"和"转型"正是清诗特具,而汉魏六朝唐宋元明都没有、也还不可能有的特征④。蒋寅明确指出:

---

① 徐世昌:《晚晴簃诗汇叙》,中华书局1990年版,卷首第1—2页。
② 钱仲联:《清诗简论》,载《梦苕盦论集》,中华书局1993年版,第176页。
③ 严迪昌:《清诗平议》,《文学遗产》1984年第2期。
④ 王飚:《清诗历史地位再评议》,《苏州大学学报》2006年第1期。

"如果将清诗汰剩五万首,其精美程度也许就不亚于唐诗。即使以绝对标准来衡量,从清诗中选五十家也不会输于唐人的。如果选十家,比如钱牧斋、吴梅村、施愚山、屈翁山、王渔洋、袁简斋、赵瓯北、黄仲则、黎二樵、龚定庵,那就不仅能与唐人分庭抗礼,甚或有唐人未到之境。"[1] 作为清诗的一大硕果论诗诗,无论从类型上、数量上、水平上来看,都是空前绝后的。它融通唐宋,重铸伟辞,自成范式。诚如严迪昌所说,清人论清诗绝句组诗"更是不胜枚举,不啻为一部详尽的清诗史,对今天研究清代诗歌帮助甚大"[2]。

清人的大型论清诗绝句数量极其可观。据郭绍虞、钱仲联、王蘧常辑录的《万首论诗绝句》(人民文学出版社1991年版),清代近占四分之三强,数量之伙令人叹为观止。其中专论有清一代的,动辄数十上百。如洪亮吉《道中无事偶作论诗绝句二十首》,林昌彝《论本朝人诗一百五首》,沈景修《读国朝诗集一百首》,彭光澧《论国朝人诗仿元遗山三十六首》,廖鼎声《拙学斋论诗绝句》中的"论国朝人七十四首""补作论国朝人七十八首",郭曾炘的《杂题国朝诸名家诗集后》124首、《续题近代诗家集后》6首,凡此种种,难以赘举。《万首论诗绝句》收罗并不完备,尚有待补之作,如陈劢《仿元遗山体论国朝人诗二十首》[3]、蒋学坚《论硖川人诗三十二绝句仿元遗山论诗

---

[1] 蒋寅:《清代文学的特征、分期及历史地位》,载《清代文学论稿》,凤凰出版社2009年版,第6页。
[2] 严迪昌:《清诗平议》,《文学遗产》1984年第2期。
[3] 陈劢:《运甓斋诗稿续编》卷五,《清代诗文集汇编》第621册,上海古籍出版社2010年版,第125—126页。

体》①等。

　　清人的大型论清诗绝句内容极为丰富。自杜甫打破"以文论诗"的传统，开创"以诗论诗"的体制以来，论诗绝句组诗成为品鉴诗艺、摘赏佳句、月旦诗人、开立宗派、钩稽掌故、建构诗史的一种重要体裁。以钱锺书、严迪昌屡次征引的郭曾炘《杂题国朝诸名家诗集后》为例，其一四"七子并时峙坛坫，即庵奇气更无俦"②论诗人的座次排序，其一五"'楚人门巷潇湘色'，断句流传仅一斑"③摘名句以定诗人地位，其三四"排斥苏诗容有说，区区鹅鸭又何争"④论清初毛奇龄、汪琬的唐宋诗之争，其四一"翻为虎丘增故实，亏他幕府捉刀人"⑤论陈鹏年诗案之来龙去脉，其四三"《秋江》神韵无人会，轻薄争传《香草笺》"⑥论诗坛争相传诵黄任艳体诗的奇怪现象。举凡诗人地位升降、诗坛重要现象、诗史关键事件、诗歌观念论争，无不入诗，靡不备具。

　　清人论清诗绝句形式迈越列代。张伯伟说："论诗诗既是文

---

① 蒋学坚：《怀亭诗续录》卷一，《清代诗文集汇编》第759册，第255—257页。
② 郭曾炘：《杂题国朝诸名家诗集后》之一四，谢海林《郭曾炘论清诗绝句笺释》，人民文学出版社2022年版，第49页。
③ 郭曾炘：《杂题国朝诸名家诗集后》之一五，谢海林《郭曾炘论清诗绝句笺释》，第54页。
④ 郭曾炘：《杂题国朝诸名家诗集后》之三四，谢海林《郭曾炘论清诗绝句笺释》，第121页。
⑤ 郭曾炘：《杂题国朝诸名家诗集后》之四一，谢海林《郭曾炘论清诗绝句笺释》，第156页。
⑥ 郭曾炘：《杂题国朝诸名家诗集后》之四三，谢海林《郭曾炘论清诗绝句笺释》，第167页。

学批评,又是批评文学"①,形式上有别于摘句、选本、诗话、评点。清人论清诗绝句将辞约义丰的四句 28 字缀合成篇,连篇成章,形成首尾完整、诗旨勾连的意群世界,又在正文的基础上加注、添序,或注出处、笺故实、释正文、辨真伪,或记时间、叙背景、述缘由、诠义理,这些意义丰赡的副文本与正文成为相互阐发的超大文本。通过加注、添序,清人论清诗绝句可以有效避免吟咏对象不明、意旨不定、分析不明、体系不全的弊病。仍以郭曾炘《杂题国朝诸名家诗集后》为例,单就所论对象而言,不仅有惯用的一家一论,还有对比两家的并论、囊括数人的合论,以祖孙、父子、兄弟以及齐名诗友、同一体派来品评论列,如其八七咏冯浩及其二子应榴、集梧,其六九咏朱筠、朱珪兄弟,其四五咏满族权贵鄂尔泰、阿桂,其一〇一咏姨甥关系的舒位、王昙,其四咏"畿南三才子"殷岳、张盖、申涵光的河朔诗派,甚至在并论诗人时,细致到如其一〇三咏诗名齐称的陶澍与林则徐,其一三咏褒贬对举的卢世㴶与钱谦益。偶用史家"互见法"的分论,如顾炎武两见于其三、其一二,尚有如其一咏清初南北"岭南三家""江左三家"、"国初六家"诸诗群,其七二对乾嘉时期经学家诗人汪师韩、钱大昕、王鸣盛、凌廷堪等人的总论。

　　清人论清诗绝句是形象思维与逻辑思维的共振、诗心与史笔的融合。怀有浓郁"当代意识"的诗人,以史家的批判眼光,精心凝练,高度浓缩,吟诵出一部部小型清诗史,堪称诗性叙事与史家建构的结晶。题中标识"本朝""国朝人"的,俯拾即

---

① 张伯伟:《中国古代文学批评方法研究》,中华书局 2002 年版,第 394 页。

是。如潘德舆《夏日尘定轩中取近人诗集纵观之戏为绝句十二首》、张鸿基《论本朝各家诗二十首》、林昌彝《论本朝人诗一百五首》、叶愚《读国朝人诗九首》、钱树本《读国朝诸大家诗各系绝句六首》、王闿运《论同人诗八绝句》、沈金藻《舟中读近代诸先生诗各题一绝十首》、李绮青《论国朝诗人十五首》、沈景修《读国朝诗集一百首》，比比皆是。众所周知，马茂元《唐诗选》选录诗人124家，张鸣《宋诗选》选录诗人106家，均为学界认可的唐宋诗知名选本，从中精挑细选出百余位诗人，展现了唐音、宋调的概貌与精华。揆诸此理，清人论清诗绝句组诗大多也是吟咏数十上百人的佳篇巨制，正是千挑万选"制造"出来的浓缩版清诗小史。仍以郭曾炘为例，其《杂题国朝诸名家诗集后》所论诗人自清初"江左三家""岭南三家""国初六家"开始，下迄晚清盟主曾国藩，共评论诗人170余人；《续题近代诗家集后》论及同光时期诗人翁同龢、宝廷、张佩纶、袁昶、黄遵宪、范当世，二者品评诗人共130家。

  清人论清诗绝句，"采撷孔翠，芟薙繁芜"，选出经典有机序列，编成诗人谱系。诗史经典建构的主要途径是"以人存史"，即借助诗人的经典化来建构诗史。通过比勘清人与陈衍、汪辟疆、钱仲联等人所聚焦的清代诗人，大体上可以勾勒出经典诗人名单，也可以洞察那些被忽略、遮蔽的人物。尤其值得称道的是，清人论清诗绝句精准地抓住了清诗史的两大特征，即从地域、女性的角度别出心裁地建构诗史。前者如于祉《论国朝山左诗人绝句》12首，梁梅专论粤东诗人的《论诗绝句》10首，颜君猷《论岭南国朝人诗绝句》15首，张崇兰《怀国朝京口诗人绝句》12首，廖鼎声《拙学斋论诗绝句》中论粤西

"国朝人74首""补作论国朝人78首",俨然一部部地方诗史;后者如清末福建侯官女诗人陈芸的《小黛轩论诗诗》221首,评论清代女性诗人千余位,"有清一代女文献十罗八九"[①],称之为《清代女性诗史》也应无异议。

概言之,清人论清诗绝句价值不菲,意义不凡。将之作为清诗重新书写的"前史",加以合理有效利用,可以丰富清代诗史图景的理性认知,弥补当前清诗研究中有意或无意的遮蔽和"缺席",提供清代诗史重建的多维视角。

(原刊于《光明日报》2021年4月26日13版"文学遗产")

---

[①] 陈芸:《小黛轩论诗诗叙》,《清代诗文集汇编》第791册《小黛轩论诗诗》卷首,第209页。

# 朱彝尊《风怀》诗案的前奏与遗音

康熙八年（1669），与王士禛有"南朱北王"之称的朱彝尊（1629—1709），写下了五言排律《风怀二百韵》。按民国姚大荣的说法："竹垞四十岁以前，喜作艳冶诗，《风怀》一篇，其总叙也。"① 这首被视作朱氏前半生情事的自传体长诗，到了乾隆年间，风靡大江南北。但成也萧何，败也萧何，有人说"辛苦研经朱锡鬯，《风怀》一首冠平生"②，也有人说"谁知误学先生者，专读《风怀》一首诗"③。对此诗的本事考订及其入集的存删与否，众多注家、诗人聚讼不已，酿成了一桩长达二百多年的诗案。

---

① 姚大荣：《风怀诗本事表微》，《东方杂志》1925 年 7 月 10 日第 22 卷第 13 号，第 67 页。
② 陆继辂：《崇百药斋三集》卷十《杂题》之三，《清代诗文集汇编》第 506 册，上海古籍出版社 2010 年版，第 387—388 页。
③ 黄钺：《壹斋集》诗集卷二十七《书〈曝书亭集〉后》之一，陈育德、凤文学校点，黄山书社 2014 年版，第 501 页。

一

　　乾隆前期，与朱彝尊同乡的杨谦撰《曝书亭集诗注》，其丰赡广博，影响颇大。与之交好的吴骞说："竹垞赋《风怀诗》，为时传诵。晚年刻集，屡欲汰之，终未能割爱。诸草庐云：'古人称惜墨如金。竹垞之作《风怀》也，殆不然。'亡友秀水杨君子让谦，尝为予述之如此。子让注释《曝书亭诗集》，人称其博，过江浩亭远甚，于《风怀诗》考证尤详，几欲显其姓氏，既而复自裁节，盖犹乎草庐之意也。"[1] 而嘉庆时同乡晚辈冯登府（1783－1841），极力尊崇朱彝尊，另撰《风怀诗补注》，驳斥杨氏宣扬的"盗姨"之说，"后生小子遂据为诗案，致全德之累，皆杨注之启其端也"[2]。言下之意，杨谦乃《风怀》诗案的始作俑者。杨谦乃同里后学，熟谙朱彝尊一生行实，著有《朱竹垞先生年谱》。实际上，朱彝尊与妻妹冯寿贞（一说名寿常）之恋情在在必有，二人故事久播人口，不必至乾隆年间由杨谦揭而发之。江苏太仓人杨云璈（1755－1824）早年目睹冯寿贞遗簪，而演绎《风怀诗》本事，作南词戏《鸳水仙缘》，即是有力的佐证。与冯登府同为尊者讳的俞国琛说：盗姨固不可

---

[1] 吴骞：《拜经楼诗话》卷三，《清诗话》本，上海古籍出版社1978年版，第756页。
[2] 韦力：《尹石公跋佚名钞本〈风怀诗补注〉不分卷》，载《芷兰斋书跋五集》，国家图书馆出版社2018年版，第154页。

恕，狎妓只不过"名士风流，小德出入"①，并撰《风怀镜》予以剖白。俞氏为朱彝尊辩诬，将诗中女主释为琵琶妓王三姑，实际上同样坐实了《风怀诗》言情叙事的自传性本质。这一点，我们可以从朱彝尊那里找到诗人自觉的前奏先声。

从诗题命名来看，此诗初名《静志二百韵》，朱彝尊以"静志"为名者，前有《静志居琴趣》，成书于康熙六年；后有《明诗综·诗话》，即习称的《静志居诗话》，康熙四十四年初刊。朱氏以"静志"署其居室和著述，显然深意寓焉，诚如姚大荣所解："静志者，洗心之谓也。在竹垞，自喻则可，他人不能解也。题署'静志'，而诗中所咏，全与相反，故刻集时改作'风怀'。"②那么，"风怀"又为何义？方回《瀛奎律髓》卷七"风怀类"论道："凡倡情冶思之事"，托词寓讽抑或自省悔过，只要"意有余而不及于亵，则风怀之作犹之可也"。朱彝尊《静志居诗话》卷十九评香奁诗人王彦泓也说，风怀诗之所以擅绝，就在于"缄情不露，用事艳逸，造语新柔"，令读者"诵之感心娱目，回肠荡气"，同书卷二十二认为冯班与王彦泓分镳并驱，可称为明末最善言风怀的两位诗人。徐世昌《晚晴簃诗话》卷十五也说朱彝尊所录冯班诗多风怀之作。可见，朱彝尊偏好风怀诗这类题材，且有精深的钻研。

嘉庆年间嘉兴李富孙撰《曝书亭集词注·凡例》称："《静

---

① 俞国琛：《风怀镜·自叙》，嘉庆二十二年（1817）刻本。另详见黄裳《〈风怀诗〉案》，载《黄裳文集》（4）榆下卷，上海书店出版社1998年版，第624页。
② 姚大荣：《风怀诗本事表微》，《东方杂志》1925年7月10日第22卷第13号，第71页。

志居琴趣》一卷,大抵与《闲情》《风怀》同意。"① 因此,从写作时间来排比考察此类互文性文本集群,我们大体可以发现朱、冯二人恋情并非无中生有。顺治十年(1653),朱彝尊作《闲情》组诗数十首,此年 19 岁的冯寿贞出嫁;顺治十五年(1658)冬,冯氏归宁,朱与之同舟还居梅里,作《洞仙歌》词。康熙六年(1667),朱彝尊赋《戏效香奁体二十六韵》,回忆居家情事,词集《静志居琴趣》成书;本年冯氏病亡,年仅 33 岁。康熙八年(1669)秋,41 岁的朱彝尊返乡购宅,安葬双亲,为子娶妇,全然一副履行家庭重任的架势,同年诞生带有前半生恋情总结意味的《风怀二百韵》。每一次风怀言情题材的诗词创作,均与冯氏息息相关。二人恋情应系实事,故谓《风怀诗》深微幽隐则可,视作寓言则属皮相之论。易言之,杨谦、冒广生、姚大荣等人主张的"盗姨"说,定不是向壁虚造。

由辑集编次着眼,朱彝尊对《风怀二百韵》的修订、编集可谓念兹在兹。光绪二十二年(1896),翁之润辑刻《曝书亭词拾遗》,张预题序称文廷式藏有朱氏词集手稿本。晚清名士文廷式当寓目过朱彝尊《风怀诗》原稿,曾云:"《风怀诗》原稿尚存,涂改凡数十联"②,与刊本小异,因韵字重复而删去,原题《静志诗》,列于《静志居诗余》(即收词 87 首的《静志居琴趣》)之前,二者同编为一卷,后被杨又云析装为册页。直到 1914 年,尚有人声称:《风怀诗》原稿为朱彝尊手写,凡五纸,

---

① 李富孙:《曝书亭集词注·凡例》,嘉庆十九年(1814)校经庼刻本。
② 文廷式:《纯常子枝语》卷十一,《续修四库全书》第 1165 册,上海古籍出版社 2002 年版,第 152 页。

旧藏杨又云家①。可知《风怀诗》在朱彝尊手上就经历过二次删改。康熙四十八年（1709）七月，《曝书亭集》付梓，朱彝尊已81岁高龄，每日删补校勘甚勤，十月辞世，逝前仍过问此集雕印之事。康熙五十三年，由其孙朱稻孙刊刻竣工。现存的《曝书亭集》八十卷康熙刻本，《风怀诗》置于卷七，而《静志居琴趣》被挪至卷二十七，从朱彝尊终生未能割爱《风怀诗》来推理，二者具体编排的变动源于朱氏本人的可能性更大。翁方纲致信弟子曹振镛，对朱氏几易其稿的情景描摹得绘声绘色："昔竹垞自定其集，已删去此首，既而不能舍之，绕几回旋，至通夕不寐，乃曰：'实不欲弃此首，不过不吃生猪肉耳。'"②宁可放弃死后配享圣庙的至尊荣誉，也要保留《风怀诗》入集，可见朱彝尊牺牲之大、决心之坚和用情之深。

## 二

揆诸人情事理，朱彝尊将此诗入集不外乎出于以下考虑：

首先，从诗史辑存而言，《风怀二百韵》乃朱氏借酬昔日知音、总结半生情史之杰作，谓之史诗级佳构也不为过，套用《静志居诗话》卷十四评论王世贞《哭李于鳞一百二十韵》、胡应麟《挽王元美先生二百四十韵》的话来说："盖感知己之深，

---

① 晋玉：《香艳诗话》"朱竹垞《风怀诗》之考证"条，《文艺杂志（上海1914）》1914年第4期，第81—82页。
② 翁方纲：《复初斋文集》卷十一《与曹中堂论儒林传目书》，《清代诗文集汇编》第382册，第107页。

不禁长言之也。"① 故以人存诗、因诗入史是诗人朱彝尊的必然选择。朱彝尊合学者、史家与文人于一体，有着自觉的主体意识和强烈的责任担当，如康熙四十一年（1702）辑成有明一代文献的《明诗综》一百卷，三年后进献经学巨著《经义考》三百卷。数年后朱彝尊手自定稿，自称"宁不食两庑特豚，不删《风怀二百韵》"②，不论是林昌彝慨于祀典俗滥、方濬师有感儒门污浊而释为"有激之言"③，还是汪曰桢所谓的"自解之语"④，无不表明朱氏对《风怀诗》的格外重视。

其次，从文体创作来说，《风怀诗》是五言排律的长篇巨制，多达二千言，有清一代鲜出其右者。此等诗着实难作。清末民初著名报人邹弢（1850—1931）曾说："叔祖与余最相得，尝劝勿作风怀诗。余以竹垞不删《风怀诗》，有'愿不食两庑豚'之言为证。叔祖曰：'非不可作，恐不易作也。'"⑤ 朱彝尊摒弃词体叙写个体情史的常用模式，选取言志缘情传统的诗体；舍弃长于叙事抒情的五古，选用注重形式技巧的五律，显然是有意而为。从创作难易程度上说，朱彝尊称得上艺高人胆大。

---

① 朱彝尊：《静志居诗话》卷十四"胡应麟"条，姚祖恩编，黄君坦校点，人民文学出版社1990年版，第399页。
② 方濬师：《蕉轩续录》卷二，盛冬铃点校《蕉轩随录续录》，中华书局1995年版，第569页。
③ 详参林昌彝：《射鹰楼诗话》卷二十，王镇远、林虞生标点，上海古籍出版社1988年版，第458页；方濬师《蕉轩续录》卷二，盛冬铃点校《蕉轩随录续录》，第569页。
④ 汪曰桢：《玉鉴堂诗集》卷六《题曝书亭集风怀二百韵后用东坡芙蓉城韵序》，《续修四库全书》第1543册，第653页。
⑤ 邹弢：《三借庐赘谭》卷四"一得斋"条，清同治光绪间上海申报馆排印《申报馆丛书》本。

康熙四十五年（1706），朱彝尊作《题徐检讨釚丰草亭六首》，之五曰"不应尚恋闲钗钏，枣木流传《本事诗》"①。徐氏《续本事诗》乃经年精心构撰的本事批评集成之作，旨在收录钟情之诗，追忆当年之事。朱彝尊正是基于此，高度颂扬徐书名垂诗史。《续本事诗》广为流传，与《风怀诗》的编订入集有异曲同工之妙。而朱彝尊对此诗的反复修改、是否入集的徘徊举动，又为乾隆年间酿成诗案而埋下伏笔。

## 三

诚如同里后学吴文溥（1741—1802）所言："我乡自竹垞检讨以来，诗人辈出。然近今学检讨诗者，不辨其根本节目之所在，往往溺志于《风怀》《闲情》等作，稗贩字句，争妍取多，有终身莫之易者矣。"② 不只是学习朱诗，乾嘉两朝还催生了一批以嘉兴籍注家为主，比如江浩然、朱休承、杨谦、孙银槎、冯登府的朱诗注本。不论是学诗的还是注诗的，纷争的一大焦点即是《风怀诗》。乾嘉时期山西诗人张晋（1764—1819）曾作论诗绝句，敏锐地指出："到底不曾删绮语，教人指摘议《风怀》。"③《风怀诗》再次成为事件焦点是在乾隆后期。

---

① 朱彝尊：《题徐检讨釚丰草亭六首》之五，王利民等校点《曝书亭全集》卷二十一，吉林文史出版社 2009 年版，第 264 页。
② 吴文溥：《南野堂笔记》卷八，张寅彭主编《清诗话三编》第三册，上海古籍出版社 2014 年版，第 2137 页。
③ 张晋：《艳雪堂诗集》卷三《仿元遗山论诗绝句六十首》之五十五，载李豫主编《阳城历史名人文存》第六册，三晋出版社 2010 年版，第 590 页。

乾隆三十八年（1773），文化重建的大工程《四库全书》编纂启动，由于朱彝尊在学术、文学上的卓越成就，其著述自然成了征录对象。尽管朱彝尊《经义考》享誉儒林，曾博得康熙帝赐匾的至高荣耀，对乃祖亦步亦趋的乾隆帝也赋诗褒奖，但在以四库馆臣纪昀为代表的官方看来，诗歌不只是审美的、抒情的，更是政治的、伦理的，必须符合朝廷利益，契合文化需要。《四库全书总目》卷一七三称："惟原本有《风怀二百韵》诗及《静志居琴趣》长短句，皆流宕艳冶，不止陶潜之赋《闲情》。夫绮语难除，词人常态。然韩偓《香奁集》别有篇帙，不入《内翰集》中。良以文章各有体裁，编录亦各有义例。溷而一之，则自秽其书。今并刊除，庶不乖风雅之正焉。"① 既然征录《曝书亭集》，那么，诗歌就不只是个人的、私密的，还是集体的、公共的。在此之前，《风怀诗》已久播人口，杨谦注本风行海内。《风怀诗》惨遭抽毁，恰恰反映出纪昀等人完全认可"盗姨"说。诗词别集中与妓妾相涉的言情篇什俯拾即是，删不胜删！况且，馆臣口口声声说《静志居琴趣》词集也一同刊除，事实上并未落实。这正是馆臣严辨"诗庄词媚"的文体尊卑，严守别集编纂的传统义例的具体体现。

比对馆臣翁方纲、姚鼐、邵晋涵等人的提要分纂稿，此则提要极有可能出于纪昀之手。据管世铭（1738—1798）《韫山堂诗集》卷十六《追纪旧事》载：乾隆五十二年（1787）春，大宗伯某奏请毁禁王士禛、朱彝尊、查慎行三家诗及吴绮词，事后只抽毁《曝书亭集·寿李清》七古一首。大宗伯即礼部尚书、

---

① 永瑢等：《四库全书总目》卷一七三"曝书亭集提要"，第1523页。

《四库全书》总纂官纪昀。这仅是《曝书亭集》删毁之始。《四库全书》所收朱氏著述，凡涉嫌违碍字句，均循例予以删改或抽毁。与纪昀不同的是，翁方纲从儒林、文苑入传的角度来立论，认为删不删此诗都不影响朱彝尊的声誉，"毕竟有《经义考》三百卷，即使不可配食圣庙"①，入儒林传是毫无问题的。而与纪昀气味相投的是地方要员朱珪，即《四库全书》首倡者朱筠之弟，他致信南方诗坛盟主袁枚："《竹垞先生集》不删《风怀二百韵》，岂非孝子慈孙之恨？"②崇尚性情、追求自我的袁枚，既不同意朱珪满腔仁义道德的迂腐说教，也不同意翁方纲畏畏缩缩的含糊两可，故对存真诗抒真情的朱彝尊称颂有加，同时深刻地指出：即便删除《风怀诗》，也不见得朱氏就能与宋儒程、朱同列，配享孔庙。③他力主不删，《仿剑南小体诗》甚至高调地宣扬："年来悟得忘名意，除却风怀不咏诗。"④总之，在京城与江南，在庙堂与民间，各有两股不同意见在角力。此为《风怀》诗案的第一阶段。

杨谦注本面世之前，已有江浩然的《曝书亭诗录笺注》、朱彝尊四世孙朱休承（号育泉）《风怀诗注》，主要笺释故实，不

---

① 翁方纲：《复初斋文集》卷十一《与曹中堂论儒林传目书》，《清代诗文集汇编》第382册，第107页。
② 袁枚：《小仓山房尺牍》卷九《答朱石君尚书》附朱珪来书，王英志主编《袁枚全集新编》第15册，浙江古籍出版社2015年版，第207页。
③ 详参袁枚：《小仓山房文集》卷三十《答蕺园论诗书》、《小仓山房诗集》卷九《题竹垞风怀诗后有序》，周本淳标校《小仓山房诗文集》，上海古籍出版社1988年版，第1802页、第206页。
④ 袁枚：《小仓山房诗集》卷十三《仿剑南小体诗》之一，周本淳标校《小仓山房诗文集》，第273页。

涉今典本事。乾嘉朴学大师钱大昕也受此风之濡染，指出朱彝尊《风怀诗》"路岂三桥阻"一句，注家皆失引，实乃暗用晚唐李商隐的《明日诗》"谁言整双履，便是隔三桥也"①。到了嘉庆年间，诗案争论的焦点转移到情节本事的考订、女主身份的索隐，集中表现在注家俞国琛、冯登府对杨谦注本的翻案批驳。此为《风怀》诗案的第二阶段。道咸以来，学苑诗坛的论争大多不囿于以上两种情形之外。恪守道德而力持删却者，如吴翥、吴德旋、方东树、于源、刘声木；张扬个性而主张保存的，有梁绍壬、林昌彝、汪曰桢、谢章铤、邱炜菱等人。当然也有例外，比如自少诗学朱彝尊的晚清诗人张佩纶，从注诗体例的角度认为《风怀诗》应当删除：

> 少日实癖嗜朱诗，贪其使事繁博，足资稗贩，贫家无书，据此剽窃，犹胜于以兔园册子为秘本者。偶检所藏，无江《录》而有杨谦、孙银槎两注本。孙注后于江、杨，然于直录杨注者，便不著其名，近于盗窃。杨氏于征典之外，间附作诗情事，此纪事之例，最为注诗要著，如《风怀诗》，杨几为征实，近于扬恶讦私，此类删之可也。②

降至民国，《风怀》诗再度蹿红，如清末民初著名诗论家郭

---

① 钱大昕：《十驾斋养新录》卷十六"三桥"条，上海书店出版社1983年版，第391页。
② 张佩纶：《张佩纶日记》光绪十七年正月二十六日，谢海林整理，凤凰出版社2023年版，第306页。

曾炘说："贪多何损竹垞名，稍惜《风怀》惑后生"①，由此爆发新一波论战，像冒广生、姚大荣以及笔名双稳、晋玉的，堪为典型。

对于朱彝尊来说，死后是非谁管得？但对于朱氏后裔而言，官方的高压政策无疑有直接影响。据冯登府《风怀诗补注序》所述："余从其五世孙寄园借得自定全稿，删易最夥。原稿分体，后乃编年，而独无《风怀》一首，不知何时编入也。"② 寄园即朱稻孙之孙朱休承的嗣子，曾与冯氏同辑《曝书亭集外稿》的朱墨林。换句话说，嘉庆年间朱氏家藏的朱彝尊自定稿《曝书亭全集》已无《风怀诗》，或许正是朱休承析出并笺注的那一卷稿本，从原名《曝书亭集风怀诗注初稿》也可看出端倪。尽管如此，也无法阻挡《风怀诗》声震天下的脚步，广东番禺诗人沈世良（1823—1860）赞曰："跌宕《风怀》老未删，狂名鹊起大江南。"③ 恰如浙籍诗人沈寿榕（1823—1884）光绪九年（1883）作诗形容朱彝尊的那样："底事《风怀二百韵》，翻将狯狯弄神通"④，历史也如此狡黠。嘉道时期江南诗人曹楳坚（1786—1855），名入"吴中十子"，喜作艳情诗。与朱彝尊同为秀水籍的咸同朝词坛祭酒杜文澜（1815—1881）对此说道："中有《风怀二百韵》《闲情三十律》，风流蕴藉，可为曝书亭替

---

① 郭曾炘：《杂题国朝诸名家诗集后》之三三，谢海林《郭曾炘论清诗绝句笺释》，人民文学出版社 2022 年版，第 117 页。
② 冯登府：《风怀诗补注序》，载韦力《芷兰斋书跋五集·尹石公跋佚名钞本〈风怀诗补注〉不分卷》所附手迹照片，第 150 页。
③ 杨钟羲：《雪桥诗话三集》卷十二，雷恩海、姜朝晖校点，人民文学出版社 2011 年版，第 2062 页。
④ 沈寿榕：《玉笙楼诗续录》卷一《检诸家诗集信笔各题短句一首》之七，《清代诗文集汇编》第 695 册，第 368 页。

人。"① 诗题、篇数都亦步亦趋,此外尚有《冶春词十首》《本事诗二十首》等。这真可谓朱彝尊《风怀诗》的遗音余韵。有意味的是,曹氏遵照四库馆臣倡导的韩偓香奁诗别辑一集之法,将这些艳情诗篇统统归入《昙云阁外集》,故而仕途未受丝毫影响。

## 四

纵观《风怀》诗案,有两点尤值得留意:一、朱彝尊舍易从难,用五言排律书写新伦理、新审美的新篇章,破除了文体间的壁垒,沟通了诗人情感与个体生命的关联,实质上开启了诗歌的历史驱力,尽管一度被传统士夫的惯性观念和官方的无上权力所阉割,但掩盖不住自传体长篇言情叙事诗的幽明曙光。二、朱彝尊才高寿长,晚年手自编集,特别是以前所未有的勇气和胆识,将《风怀二百韵》入集,开辟了别集编纂的新风尚。从创作主体而言,别集的编定当遵从作家生前意愿,而大多数别集的辑集编纂由后人来董理,常出于完满心态而贪多求全,虽说这有利于学术研究,但违背了"名从主人"原则,陷入滥收无度的泥淖。因此,我们看到了乾隆年间滑稽又无奈的一幕:郑板桥发誓,后人若将无聊应酬之作改窜入集,就变成"厉鬼以击其脑"②。

(原刊于《文学研究》10卷2期,凤凰出版社2024年版)

---

① 杜文澜:《憩园词话》卷三"曹艮甫廉访词"条,《续修四库全书》第1734册,第380页。
② 郑燮:《后刻诗序》,卞孝萱、卞岐编《郑板桥全集(增补本)》第一册卷八文钞二,凤凰出版社2012年版,第269页。

# 姚鼐评选杜诗论略

清代是杜诗研究的集大成时期。乾嘉年间，在沈德潜"格调说"、翁方纲"肌理说"以及袁枚"性灵说"之外，尚有姚鼐桐城派之诗学。从姚莹、梅曾亮、方东树诸弟子到程秉钊、徐世昌、沈曾植，迄及钱基博、钱锺书父子等诸多学人，都对桐城诗派评价较高，甚至认为桐城之诗胜于桐城之文。桐城诗派声播文苑，影响邈远，实大振于刘大櫆、姚鼐二人。袁枚曾记曰："桐城刘大櫆耕南以古文名家。程鱼门读其全集，告予曰：'耕南诗胜于文也。'"[1]刘大櫆清名如此，姚鼐选诗讲授也承袭大櫆家法，但正如钱锺书所言，刘大櫆《历朝诗约选》虽是鸿篇巨著，惜其选例阙如，泛滥无法，难窥其旨。加之，刘诗远不如姚诗功深养到，实难匹敌[2]。因而，刘大櫆"不能成家开宗，衣被百世"[3]。真正振兴桐城诗派的实为姚鼐。曾有诗评家曰："桐城之文，吾所不解。而姚惜抱之近体，在当时第一。

---

[1] 袁枚：《随园诗话》卷十，人民文学出版社1982年版，第363页。
[2] 钱锺书：《谈艺录》，生活·读书·新知三联书店2007年版，第372页。
[3] 方东树：《昭昧詹言》卷一第144条，人民文学出版社1961年版，第46页。

此非袁子才辈所晓也。今日轻薄派，尤无可论。"① 姚鼐的七律尤为人所重，曾国藩、张裕钊称其为清人第一。虽有过誉之嫌，但终抹不去姚鼐桐城诗派鼻祖的地位。吴汝纶在《姚慕庭墓志铭》中曰："方侍郎顾不为诗，至姚郎中乃以诗法教人，其徒方植之东树益推演姚氏绪论，自是桐城学诗者一以姚氏为归。"② 姚鼐开宗立派，高举桐城诗派之大纛，一方面通过评点、笺注、编选诗歌选本，另一方面凭借自身诗歌的创作示范，与门生故吏、亲友同道谈诗论艺，宣扬、传授诗学心得。杨澄鉴《东隅草堂诗叙》云："吾乡称诗大宗者，田间（钱澄之）宗陶，海峰（刘大櫆）、惜抱（姚鼐）宗杜，鲜宗中唐者。田间之派，传者寥寥。近时诗人，多海峰、惜抱派别。"③ 在乾嘉学术风气之下，姚鼐在考据之外，以文法解诗，推举杜诗长律，等等，这些也足应为当今杜诗研究者所重视。许结《方东树论杜述评》④、徐希平《方东树〈昭昧詹言〉论杜甫述略》⑤ 二文就《昭昧詹言》中的杜诗学予以论述，孙微《清代杜诗学史》对许文有简要评介。⑥ 据龚敏《论方东树的诗学渊源》⑦ 考察，姚鼐对方氏的影响是最大的。惜学界对姚鼐评选杜诗的研究鲜有论及，今不揣

---

① 惨佛：《醉余随笔》，转引自钱仲联主编《清诗纪事·乾隆卷》，江苏古籍出版社1989年版，第6020页。
② 吴汝纶：《桐城吴先生文集》卷三《姚慕庭墓志铭》，《续修四库全书》第1563册，上海古籍出版社2002年版，第295页。
③ 此转引自吴孟复：《桐城文派述论》，安徽教育出版社2001年版，第83页。
④ 许结：《方东树论杜述评》，《草堂》1987年第2期。
⑤ 徐希平：《方东树〈昭昧詹言〉论杜甫述略》，《杜甫研究学刊》，2005年第4期。
⑥ 孙微：《清代杜诗学史》，齐鲁书社2004年版，第382—384页。
⑦ 龚敏：《论方东树的诗学渊源》，《中国韵文学刊》2006年第1期。

浅陋，拟就此作一探讨，以求教于方家。

一

姚鼐推崇杜甫备至，许之为"古今诗人之冠"。其《敦拙堂诗集序》曰："自秦、汉以降，文士得《三百》之义者，莫如杜子美。子美之诗，其才天纵，而致学精思，与之并至，故为古今诗人之冠。"① 桐城诗派崇雅正，尚学力；注重义理、考据、辞章的统一；主张学人之诗与诗人之诗合为一炉。② 杜甫自幼天资聪敏，平生好学勤思，读书万卷，转益多师，自成一家。在姚鼐的眼中，杜甫体兼八代，下开宗派，真可谓"丘壑万状，唯有杜公，古今一人而已"③，杜甫正是桐城诗学宗法的最高典范。这种论调在弟子方东树身上得到了延续，方东树说："杜公以《六经》《史》《汉》作用行之，空前后作者，古今一人而已。"④ 他还以为杜诗本诸六经，祖于《风》《骚》，犹如佛祖，开后人无数法门。姚鼐在《王禹卿七十寿序》中又云："孔子曰：'古之学者为己，今之学者为人。'今夫闻见精博至于郑康成，文章至于韩退之，辞赋至于相如，诗至于杜子美，作书至于王逸少，画至于摩诘，此古今所谓绝伦魁俊，而后无复逮者矣。"⑤ 桐城以文法解诗，必然以古文家为参照。韩笔与杜诗并

---

① 姚鼐：《惜抱轩诗文集》，上海古籍出版社1992年版，第49—50页。
② 刘世南：《清诗流派史》，人民文学出版社2004年版，第347页。
③ 方东树：《昭昧詹言》卷一第120条，第40页。
④ 方东树：《昭昧詹言》卷八第5条，第211页。
⑤ 姚鼐：《惜抱轩诗文集》，第126页。

称,将此二人分别赞为诗、文之"古今所谓绝伦魁俊",实质上是从推许韩愈古文的角度,侧面颂扬了杜甫在诗史上的最高地位。这些都说明以姚鼐为首的桐城诗派对杜甫的无上推崇。

具体到杜诗各种体裁,姚鼐最突出的贡献是对杜甫律诗的推举,尤其是五言排律。"世之文士,无人不作诗,无诗不七律,诚有如林子羽所讥者。不知诗之诸体,七律为最难,尚在七言古诗之上。"① 姚鼐只选近体诗作,似有这一层用意。他说:"镕铸唐宋,则固是仆平生论诗宗旨耳。又有《今体诗钞》十八卷,衡儿曾以呈览示,今日诗家大为榛塞,虽通人不能具正见。"②《今体诗钞》选录杜诗 220 首,为唐、宋诸家之冠,方东树《昭昧詹言》卷十四通论七律时也说杜公冠绝古今诸家。③杜甫律诗向为人所称,迄至清代,诗论家多以其七律《登高》为古今七律第一,而且对杜甫律诗笺注、选评的著作繁多,名家辈出。但是,对杜甫五言排律推许的人却凤毛麟角。姚鼐在这一点上,可谓独具只眼。姚鼐《今体诗钞序目》云:"杜公今体,四十字中包涵万象,不可谓少。数十韵百韵中,运掉变化如龙蛇,穿贯往复如一线,不觉其多。读五言至此,始无余憾。"④《五言今体诗钞》九卷共选唐人 88 家 552 首,而杜甫多达 160 首,几占三成,其中五排单成一卷计 37 首。再者,《今

---

① 方东树:《昭昧詹言》卷十四第 1 条,第 375 页。
② 姚鼐:《与鲍双五十八首》,《姚惜抱尺牍》,上海新文化书社 1935 版,第 33 页。
③ 方东树:《昭昧詹言》卷十四第 13 条,第 379 页。
④ 姚鼐:《今体诗钞》卷首《序目》,姚鼐选、曹光甫校点《今体诗钞》,上海古籍出版社 1986 年版,第 2 页。

体诗钞》本来笺注、品评不多，但姚鼐对杜甫五排一卷的评析尤夥，这也足以说明姚鼐对杜诗五排的重视与推举。姚鼐甚至对讥斥杜甫排律的元好问也颇有微词："杜公长律有千门万户，开阖阴阳之意。元微之论李杜优劣，专主此体。见虽少偏，然不为无识。自来学杜公者，他体犹能近似，长律则愈邈矣。遗山云：'杜（按，本作少）陵自有连城璧，争奈微之识碔砆。'有长律如此而目为碔砆，此成何论耶？杜公长律，旁见侧出，无所不包，而首尾一线，寻其脉络，转得清明。他人指陈褊隘，而意绪或反不逮其整晰。"① 姚鼐推尊盛唐，李、杜并举。虽对元稹的李杜优劣之论有所不满，但大体还是认为元稹有识。元好问以为杜诗精华并不在长律，故受姚鼐此累。弟子方东树也说："论杜诗者，前人备矣，而以元微之、韩公之语为最得实。"② 姚鼐推举杜甫长律，也是出于现实的考虑。学杜诗者，确如姚鼐所言，他体近似，长律则邈。这当然是自身修养与学力不够之故。而姚鼐编选《今体诗钞》的缘由之一即是："今日而为今体者，纷纭歧出，多趋伪谬，风雅之道日衰。"③ 他在与弟子陈用光的信中坦言道："《五七言今体诗钞》新刻本颇佳，今以一部奉寄。吾意以俗体诗之陋，钞此为学者正路耳。使学者诵之，纵不能尽上口，然必能及其半，乃可言学。故惟恐其多，不嫌其少，以谓此外绝无佳诗可增，此必无之理。亦不必

---

① 姚鼐：《今体诗钞》，姚鼐选、曹光甫校点《今体诗钞》，第124页。
② 方东树：《昭昧詹言》卷八第1条，第210页。
③ 姚鼐：《今体诗钞》卷首《序目》，姚鼐选、曹光甫校点《今体诗钞》，第1页。

求如此，欲使人知吾意所向耳。"①《今体诗钞》崇尚杜诗，尤其推举长律，这是出于重构经典、树立典型的考虑，也具有正本清源、拨乱反正的"当代"诗学意义。

姚鼐推崇杜甫律体，对杜甫古诗并不是大加贬抑。姚鼐编选《今体诗钞》，其中一个缘由就是续补王士禛《古诗选》之缺："论诗如渔洋之《古诗钞》，可谓当人心之公意者也。吾惜其论止古体，而不及今体，至今日而为今体者，纷纭歧出，多趋伪谬，风雅之道日衰。从吾游者，或请为初渔洋之阙编。"②如《今体诗钞序目》所云："虽然渔洋有渔洋之意，吾有吾之意。吾观渔洋所取舍，亦时有不尽当吾心者，要其大体雅正，足以维持诗学，导启后进，则亦足矣。其小小异同嗜好之情，虽公者不能无偏也。今吾亦自奋室中之说，前未必尽合于渔洋，后未必尽当于学者，然而存古人之正轨，以正雅祛邪，则吾说有必不可易者。世之君子，其亦以揽其大者求之。"③姚鼐希望通过编选《今体诗钞》，与王士禛《古诗选》相配合，矫伪存真，"正雅祛邪"，作为桐城诗派以及书院弟子们的学习范本。嘉庆十三年（1808），程邦瑞重刻《今体诗钞》，跋云："瑞谓是编虽与王文简公《古诗钞》意趣稍殊，而其足以维持诗教、启迪后学，则一也。"④桐城后学萧穆题序刘大櫆《历朝诗约选》

---

① 姚鼐：《与陈硕士九十六首》，《姚惜抱尺牍》，第66页。
② 姚鼐：《今体诗钞》卷首《序目》，姚鼐选、曹光甫校点《今体诗钞》，第1页。
③ 姚鼐：《今体诗钞》卷首《序目》，姚鼐选、曹光甫校点《今体诗钞》，第1页。
④ 姚鼐：《今体诗钞》卷首《序目》，姚鼐选、曹光甫校点《今体诗钞》，第4页。

时说："近代诗家选本正宗首推王文简《古诗选》，姚比部《唐宋五七言今体诗钞》。"① 民国间，扫叶山房将《今体诗钞》与《古诗选》合刊为《古今诗选》，可谓得古人之心，也正说明了王、姚二选融合互补的关系与价值。姚鼐对杜甫古诗的评论，正是由王士禛《古诗选》而发。

姚鼐教导弟子研习古诗，多以王氏所选为范本，但《古诗选》却未录杜诗一首。对此，姚鼐辩曰："凡学诗文之事，观览不可以不泛博。若其熟读精思效法者，则欲其少不欲其多。如渔洋五言诗选，吾犹觉其多耳。其选不及杜公，此是其自度才力，不堪以为大家。而天下士之堪学杜诗者，亦罕见。故不以杜诗教人，此正其不敢自欺处耳。今若病其缺此大对，只当另选一杜诗，或益以昌黎，以待天下士才力雄健之者自取法可也。若此外别家，只有泛览之诗，实无当熟读效法之诗也。"② 不选杜诗正是出于才力雄健不逮于杜甫之故，难以研习，还不如置而不选。他还说："盖阮亭诗法，五古只以谢宣城为宗，七古只以东坡为宗；贤今所宗，当正以李、杜耳，越过阮亭一层。然王所选，亦不可不看，以广其趣。"③ 意思是说，《古诗选》只能算是学习古体的过渡范本，古诗堪称典范的还是李、杜。后来孙依言《书姬传先生〈今体诗钞序目〉后》也附和道："阮亭五言不钞王、孟，非无见也。不钞老杜，则将置大、小《雅》于何地耶？"④ 古体以才气为主，纵横开阖，驰骤疾徐，短长高下，

---

① 萧穆：《历朝诗约选序》，光绪二十三年（1895）文征阁刻本。
② 姚鼐：《与陈硕士九十六首》，《姚惜抱尺牍》，第71页。
③ 姚鼐：《与管异之同六首》，《姚惜抱尺牍》，第38页。
④ 孙依言：《逊学斋文钞》卷十，《续修四库全书》本，第1544册，第428页。

神来气至。无才气者只能徒学其形,难具其神。因此,学习古诗,天分不可或缺。姚鼐在给姚元之(伯昂)的信中就说:"大抵作诗平易,则苦无味。求奇,则患不稳。去此两病,乃可言佳。至古体诗,须先读昌黎,然后上溯杜公,下采东坡。于此三家得门径寻入,于中贯通变化,又系各人天分。一时如古今体不能并进,只专心今体可耳。"① 由韩愈入手,上溯杜甫,下采苏轼,这再一次说明杜甫古诗在姚鼐心中的地位。信中最后所言,若无天分,未能兼善,还不如遵从乃师的《今体诗钞》,专修今体。

清代诗学最重要的一个特点,是更重于诗歌的审美批评而非重伦理教化,态度更加客观全面,中肯通达。具体到杜诗学上亦是如此,崇杜而不佞杜。这一点在姚鼐的身上也有体现。这里主要有两层含义,一是出于镕铸唐宋、转益多师的宗法取向。乾隆三十五年(1770),姚鼐主湖南乡试时称:"自沈约始言声病,五言近体,权舆于此。唐初言律诗者推沈、宋,其后诸家少变其法。中唐作者多以五律为长,然以视开、宝以前何如也?元微之推杜子美为第一者,其长律一体耳。子美果以是独绝,而律诗必以是为正法乎?七言律诗,明人之论,或主王维、李颀,或主杜子美,而尽斥宋、元诸作者,意亦隘矣。然苏、黄而下,气体实自殊别。意有不袭唐人之貌,而得其神理者存乎?夫唐人之诗,古今独出。然或谓惟绝句一体,最为得

---

① 姚鼐:《与伯昂从侄孙十一首》,《姚惜抱尺牍》,第79页。

乐府之遗者,是何谓也?"① 一是杜诗虽古今独绝,但也难免有瑕疵。姚鼐对杜甫推崇备至,从其以文法解诗的角度,对杜诗也提出过批评。《今体诗钞》选有杜甫五排《秋日夔府咏怀奉寄郑监审李宾客之芳一百韵》,姚鼐在诗末注曰:"此诗后半觉用意少漫,颇有牵率处。前半则峥嵘萧瑟,分别观之。公老病途穷,身无所倚,托言将往求禅,实欲郑李为之主人。然浅交难以直言,故意复郁塞。"② 撇开姚鼐所论之是非,单从审美的角度来说,杜诗白璧微瑕也是实情。清人对此多有论及,繁不胜举。

## 二

沈曾植《惜抱轩诗集跋》云:"惜抱选诗,暨与及门讲授,一宗海峰家法,门庭阶闼,矩范秩然。"③ 姚鼐《今体诗钞》对杜诗的推重,多源于刘大櫆。萧穆曰:"姚本虽有标录,而批评半涉考据,且所钞各诗均由此编录出者。"④ 姚本即《今体诗钞》,"此编"指刘大櫆《历朝诗约选》。萧穆引他人之言云:"征君批点杜诗极为精细,五言长律,凡转折、段落、筋脉一一分明,今此编录杜公五言律诗多至一百七十七首,而五言长律竟一篇不录,询之乡先生,当日曾见各家所藏全部者,亦均未

---

① 姚鼐:《乾隆庚寅科湖南乡试策问五首》,《惜抱轩诗文集》,上海古籍出版社1992年版,第139—140页。
② 姚鼐:《今体诗钞》,姚鼐选、曹光甫校点《今体诗钞》,第150页。
③ 沈曾植:《惜抱轩诗集跋》,转引自《清诗纪事·乾隆卷》,江苏古籍出版社1989年版,第6017页。
④ 萧穆:《历朝诗约选序》,光绪二十三年(1895)文征阁刻本。

有五言长律一体，殊令人索解不得，今三家藏板已亡，无由借录，为可惜也。"①《历朝诗约选》部帙浩繁，刘大櫆生前未能付梓，光绪年间由萧穆多方筹资才得以刊刻。今本《历朝诗约选》不载杜公长律，或是此编散佚非原本之故。概言之，姚鼐《今体诗钞》所选诗篇均出刘氏之选。而伯父姚范（姜坞）评语在《今体诗钞》中也偶有载录，由此透露出姚鼐论杜的诗学渊源。如所选杜甫《重经昭陵》"风尘三尺剑，社稷一戎衣"，注引姜坞先生云："宇文周宗庙歌词有'终封三尺剑，长卷一戎衣'，此子山之作也，杜盖本之。"② 又如，《惜抱轩笔记》卷八《杜子美集》姚鼐论杜诗《遇王倚饮赠歌》（按，原题作《病后遇王倚饮赠歌》）"麟角凤觜世莫识，煎胶续弦奇自见"，引姜坞先生之语"二句谓人固不易知，惟深相契合，乃识之耳"，以驳斥钱谦益笺注之陋。③

姚鼐评论杜诗，多以文法解诗。现以《今体诗钞》所录杜甫《寄张十二山人彪三十韵》为例，可见姚鼐以文法评诗之一斑：

独卧嵩阳客，三违颍水春。（首二句贯通全篇。"艰难"以下十五韵，皆三违颍水时也。"世祖"以下十四韵，皆独卧嵩阳也。）艰难随老母，惨淡向时人。谢氏寻山屐，陶公漉酒巾。群凶弥宇宙，此物在风尘。历下辞姜被，（"历下"六韵言初与山人相识，而见其德艺之美。疑其时在京师。）

---

① 萧穆：《历朝诗约选序》，光绪二十三年（1895）文征阁刻本。
② 姚鼐：《今体诗钞》，姚鼐选、曹光甫校点《今体诗钞》，第152页。
③ 姚鼐：《惜抱轩笔记》卷八，同治五年（1866）省心阁刻《惜抱轩全集》本。

关西得孟邻。早通交契密,晚接道流新。静者心多妙,先生艺绝伦。草书何太苦,诗兴不无神。曹植休前辈,张芝更后身。数篇吟可老,一字买堪贫。将恐曾防寇,("将恐"六韵,言山人奉母避乱而与己再遇也。疑其时在凤翔。)深潜托所亲。宁闻倚门夕,尽力洁飧晨。疏懒为名误,驱驰丧我真。索居犹寂寞,相遇益悲辛。流转依边徼,逢迎念席珍。时来故旧少,乱后别离频。("流转"句承"索居"。边徼者,公室家在鄜、郊时也。"逢迎"句,承"相遇"。"时来"句,承"逢迎"。"乱后"句,承"流转"。用"频"字收上,又起下半篇。)世祖修高庙,文公赏从臣。("世祖"五韵,言收京而山人遂归嵩阳也。盖山人曾见肃宗于凤翔,故用文公事,殆比之于子推尔。)商山犹入楚,渭水不离秦。("商山"句,言山人由是路去也。"渭水"句,言己留也。)存想青龙秘,骑行白鹿驯。耕岩非谷口,结草即河滨。肘后符应验,囊中药未陈。旅怀殊不惬,("旅怀"以下九韵,乃言己之在秦州而思山人也。)良觌渺无因。自古皆悲恨,浮生有屈伸。此邦今尚武,何处且依仁。鼓角凌天籁,关山倚月轮。官场罗镇碛,贼火近洮岷。萧瑟论兵地,苍茫斗将辰。大军多处所,余孽尚纷纶。高兴知笼鸟,斯文起获麟。穷秋正摇落,回首望松筠。(情事甚杂,叙来总不费力,但觉跌宕顿挫,首尾浩然。)[1]

最为明显的当然是以古文起承转合之法来分解诗篇结构。深厚

---

[1] 姚鼐:《今体诗钞》,姚鼐选、曹光甫校点《今体诗钞》,第141—143页。

的古文修养，扎实的考据功底，二者相得益彰，姚鼐的诗歌评点给人以耳目一新之感。孙琴安《中国评点文学史》（上海社会科学院出版社1999年版）对姚鼐诗文评点的成就已有定论，此不赘言。《今体诗钞》中，解诗诸如此类者，概不胜举。单就所选杜诗五排37首中，详加解析的即有16首。姚鼐还以太史公、韩愈作为参照对象来评点杜诗。《今体诗钞》选录杜甫《奉送郭中丞兼太仆卿充陇右节度使三十韵》诗，姚鼐题下注曰："读少陵赠送人诗，正如昌黎赠送人序，横空而来，尽意而止，变化神奇，初无定格。"①《秋日夔府咏怀奉寄郑监审李宾客之芳一百韵》"扶行几屦穿"至"满坐涕潺湲"后注云："太史公叙事牵连旁人，曲致无不尽，诗中惟少陵时亦有之。"② 这一点在弟子方东树身上体现得更为突出。方东树概言道："太史公、退之文法也，惟杜公诗有之。"③ 一般而言，古体重气势，今体贵结构。姚鼐将重气的审美取向引入今体诗的评论体系当中，他说："夫文以气为主，七言今体，句引字赊，尤贵气健。……杜公七律，含天地之元气，包古今之正变，不可以律缚，亦不可以盛唐限者。"④ 姚鼐将古文与律诗结合起来，重塑诗歌经典的阐释途径，这对于诗歌史、诗歌阐释史来说，无疑有着重要的意义。方东树深得乃师真传。据吴宏一推论，《今体诗钞序》中所称"从吾游者，或请为补渔洋之阙编"者，盖指方东树等人而言，姚鼐

---

① 姚鼐：《今体诗钞》，姚鼐选、曹光甫校点《今体诗钞》，第133页。
② 姚鼐：《今体诗钞》，姚鼐选、曹光甫校点《今体诗钞》，第147页。
③ 方东树：《昭昧詹言》卷十一第11条，第234页。
④ 姚鼐：《今体诗钞》卷首《序目》，姚鼐选、曹光甫校点《今体诗钞》，第2—3页。

此序作于嘉庆三年（1798）二月，方东树从乾隆五十八年（1793）至嘉庆二年（1797）冬，与管同、梅曾亮、刘开等人在南京钟山书院同受业于姚氏门下①。方东树曰："杜公所以冠绝古今诸家，只是沉郁顿挫，奇横恣肆，起结承转，曲折变化，穷极笔势，迥不由人。"②

姚鼐颇具手眼，其精辟贴切的品评与笺注更为《今体诗钞》锦上添花。《今体诗钞》作为桐城诗派的经典选本，其中对杜诗的推崇，从而也扩大了杜诗的影响。姚鼐对评点很是看重，曾曰："震川阅本《史记》，于学文者最为有益。圈点启发人意，有愈于解说者矣。可借一部，临之熟读，必觉有大胜处。"③ 对文如此，于诗亦是。萧穆曰："考征君与姚比部手札有'生平看古人书，亦多有标录而少批评，以批评则滞于语句之下，不能尽文字之妙'云，今此编有标录而少批评，即是此意。姚比部亦尝言：圈点启发人意，胜于解说。与征君所见正同。"④《今体诗钞》中姚鼐评语精切，妙解频出，夹批尾笺，形式多样。最值得关注的是对钱谦益笺释杜诗的辨析，尤见姚鼐的慧眼卓识。

《钱注杜诗》，为清代注杜一大名著。其引据该博，考订详审，删汰伪杂，廓清氛翳，厥功甚伟。但"成也萧何，败也萧何"，求新大过，时有讹误；事事征实，难免凿枘。自其面世以来，从清初潘耒直至当代洪业等人，对钱注之失皆有指摘。身

---

① 吴宏一：《方东树〈昭昧詹言〉析论》，《清代文学批评论集》，台北联经出版公司1998年版，第300页。
② 方东树：《昭昧詹言》卷十四第13条，第379页。
③ 姚鼐：《答徐季雅》，《姚惜抱尺牍》，第19页。
④ 萧穆：《历朝诗约选序》，光绪二十三年（1895）文征阁刻本。

处乾嘉考据盛行的时代，姚鼐对《钱注杜诗》的诸多纰漏有一己之见。郝润华《〈钱注杜诗〉与诗史互证方法》（黄山书社2000年版）一书已有详论，关于姚鼐批驳钱注则未提及。现拟对此稍作申论。

姚鼐针对钱笺之误的批评，一载于《今体诗钞》，"余往昔见蒙叟笺，于其长律转折意绪都不能了，颇多谬说，故详为诠释之。"① 共三条（不管一首诗中批驳多少问题，皆因姚鼐所列是诗为单位，每诗只按一条计算）。另载于《惜抱轩笔记》卷八《杜子美集》，"蒙叟杜笺，前人多推之。以余观之，其议论之颇僻，引据之舛错，纷然杂出今略举之。"② 多达十三条（其中《戏为六绝句》按一首计算）。两者除去重复的一条，计十五条。姚鼐所批钱注，内容大致可分为析词句、释人名、疏大意等几类。今援引一例，以见其貌。

《惜抱轩笔记》卷八载，《寄岳州贾司马巴州严八使君》"讨胡愁李广，奉使待张骞"："肃宗之初，以凤翔单弱拒禄山之强。虽诸将忠愤敢战，然恐徒为并命，转失爪牙，故用'公孙昆邪忧李广数与虏战，恐亡'之意，是以必有奉使借助回鹘之事也，何与言哥舒翰事？《笺》解此，极愦愦。"按，原题作《寄岳州贾司马六丈巴州严八使君两阁老五十韵》。《钱注杜诗》卷十笺："李广，当是指哥舒翰，谓以其老将败绩也。张骞，肃宗即位，即遣使回纥，修好征兵。"③《杜诗详注》亦以为"此与禄山

---

① 姚鼐：《今体诗钞》卷首《序目》，姚鼐选、曹光甫校点《今体诗钞》，第2页。
② 姚鼐：《惜抱轩笔记》卷八，同治五年（1866）省心阁刻《惜抱轩全集》本。
③ 钱谦益：《钱注杜诗》卷十，上海古籍出版社1979年版，第364页。

生擒哥舒相似"①。《读杜心解》认为上句指"潼关、陈陶之败"②。下句诸家皆无异议,关键是上句李广所指。唐玄宗天宝十五年六月,哥舒翰兵败桃林,潼关失守,是月玄宗播迁西蜀。若以杜诗中李广喻哥舒翰,以匈奴生擒李广指代安禄山生擒哥舒翰之事,此实乃皮相之论。姚鼐乃古文大家,平生精研《史记》,引此为据以驳钱注之非。笔者以为,姚说正解。首先,单从字面意思来说,此二句中"愁""待"大意相通,概指当今无人能如李广拒敌,只能出使张骞借兵。这也与杜诗意义相合。其次,从历史事实而言,李广被擒后能自脱虎口,而哥舒翰却委身求全,失节唐朝在先,劝降唐将在后,这绝非可与李广相比拟者,更不符合杜甫心中所信奉的儒家之道。

据笔者推测,此二名中的李广、张骞实分别指题中严武、贾至二人。仇注、钱注、浦注等,似皆未能得间。今略作申论,权备一说。汉唐相比,是唐代诗人包括杜甫在内的惯用技法。《史记》卷一百九《李将军列传》载,汉武帝元狩二年,李广与张骞共击匈奴,因二人所率之军异路,未能击杀匈奴大军。张骞"留迟后期",按汉律当死,赎为庶人;李广功过相抵。据唐史记载,天宝十五载(至德元载)六月,严武、贾至皆从玄宗幸蜀,肃宗至灵武,广揽忠义之士。八月,肃宗即位于灵武,玄宗遣贾至、房琯等人至灵武传位册文。九月,肃宗命仆固怀恩向回纥请兵。至德二载二月,肃宗至凤翔。四月,杜甫奔至凤翔。严武大约此年五月之前杖节赴行在。五月,房琯罢相。

---

① 仇兆鳌:《杜诗详注》,中华书局1979年版,第二册,第647页。
② 浦起龙:《读杜心解》,中华书局1961年版,第724页。

六月，杜甫疏救房琯忤肃宗。九月，长安收复，严武为京兆少尹兼御史中丞，时年三十二。次年乾元元年暮春，贾至坐房琯党，出守汝州。五月，贾至贬岳州。六月，严武因房琯党贬巴州，杜甫亦由此出华州。秋，杜甫客居秦州，作此诗寄予贾、严。此诗前八句，先说严武，次及贾至，极言贬谪之苦。接着就是"忆昨趋行殿，殷忧捧御筵。讨胡愁李广，奉使待张骞"四句，按诸家所解，说前二句指杜甫奔赴凤翔行在，当是至德二载四月事。天宝十五载（至德元载）六月哥舒翰兵败失节，九月仆固怀恩请兵。若以李广指代哥舒翰，张骞指代请兵，又在此前，那还得"忆昨"。这与诗意也扞格不通，也与诗题无涉。"趋行殿""捧御筵"实则并非指杜甫奔赴行在事，这二句与下面的"讨胡愁李广，奉使待张骞"一样，都是指贾至、严武之事。即严武杖节急赴行在，贾至受帝命捧御筵。讨伐乱贼还得像李广这样的年轻俊良，也就是如严武这样的人；奉命使节，还得像张骞这样的睿智之士，也就是如贾至这样的人。只可惜严、贾二人，现如今都身遭贬谪，犹同汉之李广、张骞，才华出众，智能双全，却落得如此下场。希求能有公孙昆邪那样的人，为皇上进言，要爱惜人才，别冷落士子们的爱国之心。如此诠释，似较圆通，也可证明姚鼐之说，见解高于众人，非泛泛之论。另外，杜甫《奉赠太常张卿二十韵》一诗，姚鼐依据原有版本，阐发诗中大意，辨张卿当为张垍，同载于《今体诗钞》和《惜抱轩笔记》之中，几成定谳，可见此为姚鼐心中得意之笔。概言之，姚鼐对钱注的辨析，多有一家之见。这对于杜诗阐释的研究，有着不可低估的学术意义。

（原刊于《杜甫研究学刊》2010年第1期）

# 袁枚《随园诗话》写作时间新考

袁枚《随园诗话》，因通俗有趣、短小精悍、个性鲜明而广受朝野士林闺阁的追捧，翻印成风，被誉为清中叶书籍市场四大畅销书之一[①]。《随园诗话》是袁枚宣扬"性灵诗学"的重要载体，也是收录点评当世诗作的前沿阵地。"至《诗话》之刻，海内投诗者，不可胜计"[②]，袁枚遂特葺"诗世界"书斋来收藏。

袁枚的声名也因《随园诗话》的刊行传播而升沉消长。誉之者赞不绝口。京城诗坛祭酒法式善甫收到袁枚赠书，乾隆五十七年（1792）七月回信说："披览一过，如入五都之市，奇珍异宝，使人心目眙骇，真大观矣。京中随园著作，家弦户诵。有志观摩者，无不奉为圭臬。"[③] 孙星衍虽然乾隆五十一年（1786）赋诗与恩公袁枚"避君才笔去研经"，但乾隆六十年（1795）移官山东后，也说："读《诗话》，阐发性灵，皆人意中

---

[①] 王学泰：《〈随园诗话〉趣谈》，《人民日报》2010年6月14日第4版。
[②] 蒋敦复：《随园轶事》"书仓诗城诗世界南轩"条，王英志主编《袁枚全集新编》第20册，浙江古籍出版社2015年版，第103页。
[③] 袁枚：《续同人集》文类卷四法式善《答简斋先生书》，王英志主编《袁枚全集新编》第19册，第388页。

所欲言，而得前人所未曾有，快极快极！"① 毁之者斥为流毒。嘉庆二、三年（1797-1798）间，章学诚撰写《诗话》《书坊刻诗话后》数文，抨击袁枚不学无识，乃"无耻妄人，以风流自命，蛊惑士女……征刻诗稿，标榜声名"②。袁枚下世仅过一年多，嘉庆四年（1799）春焦循作《刻诗品序》含沙射影严厉批评袁枚借《随园诗话》"充逢迎，供谄媚，或子女侏儒之间，导淫教乱。其人虽死，其害尚遗。一二同学之士，愤而恨之，欲尽焚其书"③。

正如蒋寅先生所指出的，研究者未对袁枚诗学观念成立及影响于诗坛的具体时间作深入考察，在谈论乾隆朝诗学流派消长时，就会因缺乏必要的历史感而流于隔膜和错位，实际上，袁枚乾隆二十五年至三十二年以后才开始掌握诗坛话语权、执诗坛之牛耳④。同理，考证《随园诗话》的具体撰写时间也是大有必要的。这部清代卷帙最富、流传最广、议论最多的《随园诗话》，其写作时间却众说纷纭，莫衷一是。吴宏一先生利用《随园诗话》35条内证，撰成《袁枚〈随园诗话〉考辨》一文，认为《诗话》正编十六卷编成于乾隆五十年（1785）袁枚70岁至五十三年（1788）73岁之间，续编《补遗》十卷编成于乾隆

---

① 陈鸿森：《孙星衍遗文再补·与袁简斋书》，《中国典籍与文化论丛》第十五辑，凤凰出版社2013年版，第261页。
② 章学诚：《章氏遗书》外编卷三《丙辰札记》，商务印书馆1936年版，第6册，第136页。
③ 焦循：《雕菰集》卷十五《刻诗品序》，刘建臻点校《焦循诗文集》，广陵书社2009年版，第286页。
④ 蒋寅：《袁枚之出世——乾隆朝诗学思潮消长的一个浮标》，《华南师范大学学报》2020年第5期。

五十五年（1790）75岁至嘉庆二年（1797）82岁之间①。黄一农先生进而指出："袁枚应是在乾隆五十年（1785）左右开始编纂此书"，"于五十五年庚戌岁左右初刊正编十六卷"，"五十七年壬子岁，袁枚又在孙慰祖家人的支助下，单独刊传《补遗》四卷，并于五十八年癸丑岁、六十年乙卯岁及嘉庆元年（1796）丙辰岁（后两系年均曾见于扉页）均曾印出不同卷数之本。此书之内容止于袁枚在嘉庆二年病卒之际，但应是在其后不久才由工作团队将补遗十卷完全刊刻出。"② 随着《稿本随园诗话》的影印行世，这一关涉袁枚诗学的重要问题可作出进一步的考订厘正。

袁枚手迹传世甚少，故《稿本随园诗话》弥足珍贵。此稿本鲜见著录，蒋寅先生《清诗话考》署有"稿本二卷［泰州古籍书店］"③。此稿本经江苏泰州新华书店收藏，末页钤有"泰州新华书店古籍审定善本"朱文印，后入藏天津图书馆。此稿本今由路伟先生觅得，浙江古籍出版社2023年6月影印出版。在此之前，潘荣生先生曾据二十世纪七十年代初传抄本，撰《今钞本〈随园诗话稿本〉述略》④ 予以揭示。王英志先生新编袁枚全集时也指出："此书有手抄本（部分内容）为上海某拍卖公司

---

① 吴宏一：《清代文学批评论集》，台北联经出版事业公司1998年版，第259页、第262页。
② 黄一农：《袁枚〈随园诗话〉编刻与版本考》，《台大文史哲学报》第79期，2013年11月，第75页。
③ 蒋寅：《清诗话考》，中华书局2005年版，第9页。
④ 潘荣生：《今钞本〈随园诗话稿本〉述略》，《古籍整理研究学刊》2003年第6期。

认定为袁枚手稿高价拍卖,未知是否赝品。"① 经笔者核对比照,此稿本近300条,其中完全未见于刻本者44条,既不是潘文所指出的63条,也不是夏勇《稿本随园诗话·前言》所说的70余条。其他诸条或删节、或糅合、或增补,情况较为复杂。甚至,潘文认定的8条"稿本即予删除"的条目,事实上除"扬州江宾谷昱"条、"余宴客"条之外②,另外6条俱见于通行本《随园诗话》。

《稿本随园诗话》最重要的一条,即是将其撰写的开始时间提前至乾隆四十二年(1777),而不是吴宏一、黄一农两位先生所说的乾隆五十年(1785)。

> 乾隆丙辰,余二十一岁,起居叔父于广西。抚军金震方先生一见,即有国士之目,特疏荐博学鸿词,手草奏章,首叙年齿,再夸文学,并云"臣朝夕观其为人,性情恬淡,举止安详,绝无年少轻浮之习,必为厚重大成之器"等语。一时广西司道争来探问。公每坐八桂堂,见属吏,谈公事外,必及枚之某诗某句,津津道之,并及其容止动作、性情嗜好夸张不已。枚每日在屏后闻之,惶悚愧汗然。闻公见客,亦必随而窃听也。临入都时,赠七排一首,有云:"万里阙前修荐表,百官座上叹文章。"盖实录也。先生有诗集数卷,没后,其家式微,无从编辑,仅记其《答

---

① 王英志:《袁枚全集新编》第1册,前言第15页。
② 此两条分别见于袁枚《稿本随园诗话》,浙江古籍出版社2023年版,第36页、第61—62页。

幕友祝寿》云："浮生虚逐黄云度，高士群歌《白雪》来。"《题八桂堂》云："尽日天香生画戟，有时鹤舞到匡床。"皆余在署中所见之句也。想见抚粤九年，政简刑清光景。今四十二年矣，知己之感，终身诵之。①

《随园诗话》卷一第九条文字与此高度雷同，仅有两处改动：一是将屏后听闻被夸的惶悚羞愧之状改为窃喜自负之态，二是删去"今四十二年矣"之后的十四字②。其实，如此修改是袁枚撰写诗话以博取声名的惯用手段，向为学界所熟知，但无形之中透露出《随园诗话》这一条的撰写时间：乾隆丙辰指乾隆元年，"今四十二年矣"即乾隆四十二年。据此，《随园诗话》的始撰时间可成定谳。

另有一事似也可作为辅证。郑幸《袁枚年谱新编》据《小仓山房诗集》卷二五《平生观书必摘录之，岁月既多，卷页繁重，存弃两难，感而赋诗》，推断此诗作于乾隆四十二年秋、冬之际，认为诗中所称读书笔记颇似其《随园随笔》。③ 郑说不为无故，但也不排除所指为袁枚另一部著作《随园诗话》的可能性。袁枚《随园随笔序》曰："不得不随时摘录，或识大于经史，或识小于稗官，或贪述异闻，或微抒己见。"④ 这与诗话"备古今、录异事、正讹误"的撰述体例是有重合之处的。大约

---

① 袁枚：《稿本随园诗话》，第121—123页。
② 袁枚：《随园诗话》卷一第九条，顾学颉校点，人民文学出版社1982年版，第4—5页。
③ 郑幸：《袁枚年谱新编》，上海古籍出版社2011年版，第435页。
④ 袁枚：《小仓山房文集》卷二八，上海古籍出版社2009年版，第1767页。

在乾隆五十九年（1794）春，袁枚致信孙星衍大谈词章与考据之别①，其中说道："老人有《随园随笔》三十卷，因五十年来看书甚多，苦不省记，择其新奇可喜者，随时摘录，终有类于考据。不过为自家备遗忘、资谈锋耳。"②所谓"资谈锋"，正与诗话"资闲谈"的功能相类。即便谈经论史，《随园诗话》也有涉猎。如《稿本随园诗话》有一条未载于通行刻本《随园诗话》："《汉书》：夏侯建笑夏侯胜所学疏阔，而胜亦讥其烦碎。又曰：贾山涉猎，不为纯儒。此即后世词章家、考据〔两〕家鸿沟所由判也。"③两夏侯相讥的文字，同样出现在《随园随笔序》之中，而且序中所论的词章与考据之争也能在《随园诗话》卷六第五一条见到类似文字。

更有甚者，《随园诗话》与《随园随笔》卷二四"诗文著述类"在文字上高度重合，试举一条以说明之：

> 诗赋为文人兴到之作，不可为典要。上林不产卢橘，而相如赋有之。甘泉不产玉树，而扬雄赋有之。简文《雁门太守行》而云"日逐康居与月氏"。萧子晖《陇头水》而云"北注黄河，东流白马"，皆非题中所有之地。苏武诗有

---

① 详参谢海林《乾嘉考据家的文学观念与文集编纂——从孙星衍、袁枚考据词章之争谈起》，《苏州大学学报》2023年第2期。
② 孙星衍：《问字堂集》卷四附袁枚《答书》，骈宇骞点校，中华书局1996年版，第93—94页。按，此段文字不见《小仓山房尺牍》，王英志主编《袁枚全集新编》第15册《小仓山房尺牍》卷九《答孙渊如观察》据孙集补录。
③ 袁枚：《稿本随园诗话》，第49页。

"俯看江汉流"之句，其时武在长安，安得有江汉？①

<u>上林不产卢橘，而相如赋有之；甘泉不产玉树，而扬雄赋有之。简文《雁门太守行》而云"日逐康居与月氏"，萧子晖《陇头水》而云"北注黄河，东流白马"，皆非题中所有之地。唐明皇幸蜀，不过峨嵋，而香山《长恨歌》乃云"峨嵋山下少人行"。宣州去江数百里，郡中无江，而谢朓登城楼诗乃云"澄江净如练"。苏武诗有"俯看江汉流"之句，其时武在长安，安得有江汉？</u>②

《随园诗话》的例证（画线部分）与《随园随笔》在文字上、语序上完全相同，起句也与后者条目名称极其吻合。他如《随园诗话》卷十二第四〇条论"近体诗通韵"，与《随园随笔》卷二四"近体诗出韵"条所举4位诗人的例句基本雷同③，只是文字、语序上略有差异，而这种撰写样态同样出现在《随园诗话》从稿本到刻本的编定之中。由此看来，虽然无法判断《随园诗话》与《随园随笔》在写作时间上孰先孰后，但起码可以推定编写《随园诗话》的种子在乾隆五十年之前业已萌发。换言之，袁枚所说的读书摘录，既可以作为考据类笔记的材料，也可以作为诗话写作的素材。

据袁枚和孙星衍的记载，《随园随笔》这类读书笔记乃袁枚

---

① 袁枚：《随园诗话》卷十五第二八条，第514页。
② 袁枚：《随园随笔》卷二四"诗赋不可为典要"条，王英志主编《袁枚全集新编》第14册，第452页。
③ 分别参见袁枚《随园诗话》卷十二第四〇条，第407页；《随园随笔》卷二四"近体诗出韵"条（《袁枚全集新编》第14册，第461页）。

日课，一直延续至乾隆晚期。江苏布政使奇丽川欲将《随园随笔》三十卷付梓，乾隆五十六年（1791）七月袁枚回信力辞。[1]乾隆五十九年五月袁枚修书法式善，也有相似说辞。[2] 袁枚三番五次推托刊刻《随园随笔》，实际上心底更看重诗歌创作与诗学批评。而且，从二者相类条目所处的卷次来看，上引的"诗赋不可为典要"条目出现在《随园诗话》正编十六卷的卷十二，明显比《随园随笔》（二十八卷的卷二十四）靠前。依照袁枚习用的编写模式，我们也不能排除《随园诗话》早于或与《随园随笔》同时编撰的可能性。更何况，就时间而言，袁枚乾隆二十五年至三十二年以后已成为诗坛盟主，乾隆四十年（1775）编成《小仓山房全集》付梓，完全有充裕的时间来进行诗话写作，而不必等到乾隆五十年才动笔。

更有意味的确证是，上引袁枚乾隆五十九年给孙星衍的答信中说："荣铁斋中丞素无一面，记有外甥王健庵诵其佳句云：'风自旁来无顺逆，水当涨处失江湖。'仆击节不已，采刻《诗话》中，已十五六年矣。刻下从君处接到中丞名纸一函，君子谦谦行先施之礼，礼无不答，故草数行，具门状奉报，求足下转献焉。附上《诗话》一部，并希转致。"[3] 荣铁斋即荣柱，大学士德福子，以荫补官，乾隆四十二年（1777）二月任河南

---

[1] 参见《袁枚全集新编》第15册《小仓山房尺牍》卷七《寄奇方伯》，第165页；郑幸《袁枚年谱新编》"乾隆五十六年"条，第567页。
[2] 参见王红霞、汤洪《袁枚致法式善、王芑亭函札考释》，《文献》2014年第4期。
[3] 孙星衍：《问字堂集》卷四附袁枚《答书》，骈宇骞点校，中华书局1996年版，第94页。

布政使,四十四年(1779)十二月升任河南巡抚。《随园诗话》卷八第二三条收录"风水"二句时,称其为"荣方伯"①。逆推之,可知此条当作于乾隆四十三年至四十四年间。此外,尚有几条写于学界常说的乾隆五十年之前。《随园诗话》卷三第五四条曰:"余年二十三,馆今相国嵇公家,教其幼子承谦。今四十三年矣。承谦官侍读,行走上书房,假满赴都,过随园。"②据郑幸《袁枚年谱新编》载,乾隆三年(1738)春,23岁的袁枚坐馆嵇璜家。③后推四十三年,此条当作于乾隆四十六年(1781)。又如《随园诗话》卷十第六八条:"余试鸿词报罢,蒙归安吴小眉少司马最为青盼。五十年来,其家式微。今年游粤东,过飞来寺,见先生题诗半山亭云。"④郑幸《袁枚年谱新编》对袁枚游粤载之甚明:乾隆四十九年(1784)闰三月过广东清远,游峡江寺,观飞泉亭,《小仓山房诗集》卷三十有《飞来寺》,七月抵广州。⑤可知此条作于乾隆四十九年。

关于《随园诗话》正编十六卷撰写的截止时间,吴宏一先生据卷十四第二九条、卷十六第一九条、第四五条,定于乾隆五十三年。所说大体不差,然似有可商补之处。《随园诗话》卷十五第六九条载:"今海内召试者,只余与箨石二人尚在。而近闻其年过八十,亦已中风。"⑥据潘中华《钱载年谱》载:乾隆

---

① 袁枚:《随园诗话》卷八第二三条,第257页。
② 袁枚:《随园诗话》卷三第五四条,第89页。
③ 郑幸:《袁枚年谱新编》"乾隆三年"条,第83页。
④ 袁枚:《随园诗话》卷十第六八条,第355页。
⑤ 郑幸:《袁枚年谱新编》"乾隆四十九年"条,第501页。
⑥ 袁枚:《随园诗话》卷十五第六九条,第530页。

五十三年，钱载81岁，八月末中风。①可知此条定作于乾隆五十三年八月末之后。又，《随园诗话》卷十六第五九条曰："钱竹初擅'郑虔三绝'之才，抱梁敬叔州郡之叹，屡次书来，欲赋遂初。余寄声规其濡滞。今秋才得解组，余贺以诗。"②钱竹初即钱维乔，其《竹初文钞》卷六《自述文》云："二十四登贤书，六赴礼闱不第……旋调鄞，在任七年，以疾归。"③钱任鄞县知县时，曾邀钱大昕纂修县志，今有乾隆五十三年（1788）刻本《鄞县志》三十卷，《续修四库全书》第706册影印收录。其《竹初文钞》卷三《答家竹汀书》说"志稿发刊已什之七，约夏秋间可蒇事"，又自陈不愿"与俗人共事，强之酬酢"④，拟挂冠引退。推之，乾隆五十三年秋县志刊竣后，钱维乔便引疾归隐。故此条当作于乾隆五十三年秋之后。袁枚赠诗即《小仓山房诗集》卷三二《寄钱竹初》，郑幸《袁枚年谱新编》系之于乾隆五十四年⑤。又，《随园诗话》卷十六第四七条载："吾乡王文庄公际华，与余有总角之好。……今公委化已久，次子朝扬选江宁司马，来修通家之礼……见赠云：'梦想名园二十年，今朝花里识神仙。……三层楼阁居宏景，一卷《娜嬛》记茂先。（公著《子不语》。）我劝上清姑少待，缓迎公返四禅天。（今年

---

① 潘中华：《钱载年谱》，上海古籍出版社2014年版，第397页。
② 袁枚：《随园诗话》卷十六第五九条，第560页。
③ 钱维乔：《竹初文钞》卷六，《清代诗文集汇编》第396册，上海古籍出版社2010年版，第282页。
④ 钱维乔：《竹初文钞》卷三，《清代诗文集汇编》第396册，第233—234页。
⑤ 郑幸：《袁枚年谱新编》"乾隆五十四年"条，第554页。

二月八日，公梦有僧道二人，来请公复位。)'"① 袁枚《子不语》刊刻于乾隆五十三年。据郑幸《袁枚年谱新编》所考，乾隆五十四年二月八日，袁枚夜梦已将逝，及期未验，有诗纪之。② 当然，这也存在另外一种可能，即前引黄一农先生之文所考："续编各条往往并不一定集中在新的一卷，而是先补入正编某些卷之卷末，以平衡篇幅，有时亦会整条替换先前各卷中不恰当的内容。"③ 但此条的写作时间定在乾隆五十四年二月八日以后，当无异议。

综上所述，《随园诗话》的写作时间最早不晚于乾隆四十二年（1777），而非吴、黄二先生所说的乾隆五十年（1785）开始编撰，最迟的条目当作于乾隆五十三年（1788）秋以后、五十四年（1789）冬《随园诗话》成书付刻之前④。

（原刊于《光明日报》2024 年 2 月 26 日第 13 版"文学遗产"）

---

① 袁枚：《随园诗话》卷十六第四七条，第 555—556 页。
② 郑幸：《袁枚年谱新编》"乾隆五十四年"条，第 550 页。
③ 黄一农：《袁枚〈随园诗话〉编刻与版本考》，《台大文史哲学报》第 79 期，2013 年 11 月，第 75 页。
④ 乾隆五十四年八月，袁枚致函李宪乔："仆近梓《随园诗话》二十卷，已将贤昆季之零章断句散布其间，约今冬、明春可以告成，即当驰寄。"可知乾隆五十四年冬，《随园诗话》正编业已开雕。袁枚此札，转引自包云志《从袁枚佚札佚文看〈随园诗话〉版本及刻书时间》，《古籍整理研究学刊》2004 年第 1 期。

# 厉鹗佚文《〈雪庄西湖渔唱〉序》考释

有清一代,从清初即有宗宋派,中期又有浙派,晚期则有宋诗派及后衍的同光体派。作为浙派诗人翘楚的厉鹗(1692—1752),尤值得研究者注意。1992年,上海古籍出版社出版了由清道咸年间董兆熊笺注、今人陈九思标校的《樊榭山房集》。《前言》中称《樊榭山房集》版本主要有三:一是乾隆本,仅收诗集十八卷;二是道光蒋刻本和光绪徐刻本,只收部分词作及《游仙诗》等;三是光绪振绮堂刻本,此本有初刻本(《四部丛刊》和《国学基本丛书》本即据此排印)及补充本,后者在初刻本的基础上增辑了《集外诗》29首、《集外文》一卷21篇,为目前最完善之版本。上海古籍出版社出版的标校本便以此为底本。事实上,此"最完善之版本"并非足本。厉鹗为汪惟宪集题序,曾引诗友水莲的话说:"多作不如多改,善改又不如善删也。"[1] 这种手自删定、精益求精的做法也为厉鹗所接受与效法。厉鹗诗集分前、续二集,便是他亲自订定的。前集存自23岁迄48岁二十六年所作诗694首,续集收自48岁至60

---

[1] 厉鹗:《樊榭文集》卷三《汪积山先生遗集序》,董兆熊注、陈九思标校《樊榭山房集》,上海古籍出版社1992年版,第747页。

岁十三年所作诗691首。其诗尚且如此，其文之散佚更可想见。田晓春《凭仗君扶大雅轮——从樊榭集外书札一通之考证论厉鹗在雍乾诗坛的地位》①，便是从《清代学者法书选集》中辑出厉鹗致陈皋书信一通，详加诠释，稽考出雍乾诗坛南北态势之生成与背景，彰显了厉鹗在"盛世"在野文坛的领袖地位，此可谓阐微知著。借助厉鹗的交游网络，复原雍乾诗坛的原生态，重估厉鹗的诗史地位，是颇值得关注的，也是很有研究意义的。

厉鹗在诗史上最重要的一笔不只是唱和雅集、开宗立派，还有以他为首众多诗友门生参与编撰的百卷《宋诗纪事》。笔者考察其他75位编撰、勘定人员时，在许承祖《雪庄西湖渔唱》卷首得以寓见厉鹗所作《〈雪庄西湖渔唱〉序》一通：

> 海昌许君复斋，抱才隽上，一洗群屐之习。性复耽闲静，筑雪庄于西湖之巾子峰下。暇日游憩所至，抉别幽隐，作为绝句三百六十五篇，诗各有题，题各有注。西湖，天下景；斯编，亦西湖杰构也。昔人摽目胜境，著语不多，每矜擅场，此诗以少为贵者。至如杨备之《姑苏百题》，曹组、李质之《艮岳百咏》，阮阅之《郴阳百咏》，许尚之《华亭百咏》，张尧同之《嘉禾百咏》，马之纯、曾极之《金陵百咏》，诸人或土著，或宦游，或羁旅，或奉敕撰，兴会所至，每足流传不朽，此诗以多为贵者。独西湖自唐宋至今，诗且无万数，而百咏惟董静传七律。静传生宋季，所

---

① 田晓春：《凭仗君扶大雅轮——从樊榭集外书札一通之考证论厉鹗在雍乾诗坛的地位》，《西北师范大学学报》2004年第2期。

述多荒宫陟殿、断础颓垣之悲，读之徒增人悽恨。继是，未有为西湖开生面者。复斋生圣明之世，目睹夫金碧之光、仙佛之庐翔涌璀璨于烟云变灭间。而复斋又自有敞楼幽轩，俯临清漪，与鱼鸟为宾主，襟灵莹发，才思玲珑，又与地相副，故其为诗也，雕绘不存，天然俊妙，以视静传所作，见闻殆一新焉。复斋方盛年，名誉日起，将践著作之庭，歌斋房，颂朱鹭。斯时一编，或付之校刊答笞之侣，与颦风蓼雨相应和，回首雪庄，当有软红香上不如之叹矣。乾隆壬申寒食日，钱唐同学弟厉鹗。①

许承祖独立承担了《宋诗纪事》卷八十五的勘定工作。其生平事迹未见载籍。今据《雪庄渔唱》卷首诸家所题序辞及《两浙輶轩录》卷三十等，稽考如下：字绳武，号复斋，自号雪庄居士，浙江海宁人。乾隆十五年（1750）乡试，中副榜。家本盐官，乾隆六年（1741）于西湖葛岭构筑别业，园名雪庄，畅游其间，发为韵语，集为《雪庄渔唱》七卷。为之作序题词者甚夥，如沈德潜、厉鹗、彭启丰、裘曰修、方苞、陈邦彦、邓钟岳、钱陈群、鄂乐舜、彭启丰、陈兆仑、王会汾、张湄、李因培、鲁煜、全祖望、杭世骏、金志章、沈廷芳、梁启心、欧阳正焕、舒瞻、王起龙、冯浩、潘作梅、汪台、杨式玉、释明中及承祖兄焞等数十人。许承祖还是乾隆九年（1744）七月汪台复园红板桥雅集，乾隆十年（1745）立冬陆腾南屏山赏红

---

① 许承祖：《雪庄西湖渔唱》，《丛书集成续编》第224册，台湾新文丰出版公司1989年版，第213页。

叶诗会,乾隆十一年(1746)闰三月三日杭守鄂敏西湖修禊的参与者之一。其生年可据《雪庄渔唱》卷首许承祖自序考知,许序曰:"仆年逾三十,学殖就荒,息影空山……乾隆十有六年,岁次辛未冬十月朔,雪庄居士许承祖绳武氏自序。"乾隆十六年(1751)冬,许承祖已年过而立,则其生于康熙六十一年(1722)。是序作于乾隆壬申十七年(1752)寒食节,同年九月十一日卒,相距仅仅半年。此序似算作当今可见的厉鹗最晚的一篇文章,弥足珍贵。细绎文意,西湖不只是许承祖的心仪之地,也是厉鹗与诗侣同道结社雅集、诗酒风流之所。

(原刊于《中国典籍与文化》2010年第2期)

# 胡期恒生卒年及其寓扬时间新考

胡期恒，字符方，号复斋，又号复翁，武陵人。胡期恒不仅是"年党的第一人"，而且是康熙后期、雍正一朝及乾隆初期广陵诗坛执牛耳者筱园主人程梦星的姨丈，扬州著名文士、王士禛门人汪懋麟的东床快婿，与东南学者、名士关系尤为密切，故考订其生平行事大有必要。姜亮夫《历代人物年里碑传综表》、杨家骆《历代人物年里通谱》仅据全祖望所撰《故甘抚复翁胡公墓碑铭》，遽定胡期恒生于康熙七年戊申（1668），卒于乾隆十年乙丑（1745）。田晓春《胡期恒生平及与韩江雅集关系之考辨》[①]（以下简称《考辨》）指出姜、杨二人"断章取义"，对乾隆初期扬州诗坛动态考察失实，以致此误；并根据《鲒埼亭集》《南斋集》《韩江雅集》《广陵诗事》及相关史书考证出："胡期恒生卒年应为康熙十年（1671）至乾隆十三年（1748），得年78岁。乾隆元年（1736）被释出狱，乾隆三年（1738）左右来到广陵，掌教扬州梅花书院，并卜居于此，与扬州本地及南北众多流寓诗人诗酒往还。"《考辨》爬罗剔抉，稽

---

① 田晓春：《胡期恒生平及与韩江雅集关系之考辨》，《西北师大学报（社会科学版）》2001年第6期。

要勾沉，堪称精致。惜其凭借间接材料，论证过于烦琐，结论不够坚确，有些材料也未采用或提及，尚有待发之覆。今就所见新材料，稽考做实比《考辨》更详的胡氏生卒年及其寓扬时间，祈方家不吝赐教。

先说其生卒年。《考辨》据韩江雅集参与者陈章《孟晋斋诗集》中《挽复翁》一诗，和厉鹗《韩江雅集》卷十二同题诗及《焦山纪游集序》，"大体推知胡期恒卒于乾隆十三年仲冬或冬末"。再以全祖望《采藿集》中作于同年的《闻故甘抚胡复斋之赴》三首诗为佐证，断定胡氏卒于乾隆十三年冬无疑。从而上推其生年。《考辨》所推断，大体无差，但尚未发现其他一些更为直接和间接的翔实材料，足可明证之。

胡期恒的姨侄程梦星，自康熙丙申五十五年（1716）退隐淮上，修筑筱园，与马曰璐的小玲珑山馆、行庵，陆钟辉、张四科的让圃等一道，大宴名士，诗酒风流。这些山水名胜成了乾嘉在野文士的"风雨茅庐"。而程梦星，其享年之久，诗文之夥，气度之大，俨然一代骚主。《淮海英灵集》称："太史少颖异，弱冠以诗鸣。迨入承明，宦情早淡。丁内艰，归筑筱园，并漪南别业，以居不复再出。扬州为东南都会，民物滋丰，人有余力。当时名流贤士流寓者多，太史主盟坛坫，历数十年，诗分十集，曰：江峰，曰分藜，曰香溪，曰畅余，曰蠡余，曰漪南，曰五觇，曰山心，曰琴语，曰就简，总名《今有堂集》，附以《茗柯词》，诗终于乾隆丙寅、丁卯间，年逾七十矣。"[①] 程

---

[①] 阮元：《淮海英灵集》甲集卷四，《续修四库全书》第1682册，上海古籍出版社2002年版，第54—55页。

氏也自道：

> 余向刻《今有堂集》凡四卷，皆五十以前所作诗也。自雍正乙巳遭家多故，又同社诸子皆散处四方，遂老懒不常为诗。间有酬应，辄随手屏弃，故十年之诗多不存。乾隆丙辰返新安故里，道中遣兴，复稍稍为之。时武陵胡中丞复斋先生侨寓于扬，主吟席。钱塘厉樊榭、陈竹町客马嶰谷之玲珑山馆，天门唐南轩、仁和杭堇浦、甬上全谢山、吴兴姚薏田尝往还邗上。十年来，广陵倡和称极盛。余以夲鄙厕名其间，故诗较昔年为多。丁卯初春，雨窗独坐，偶检近年诸作，自加删汰，得若干首，厘为六卷。余性不耐深思，词意肤浅。每任笔直书，懒于修饰，未能窥古人堂奥，其何足以存。顾念生平无他著述，独单心于诗，未忍舍去，因梓附《今有堂集》。俾世之览者，知余囊虽滥竽中秘，曾无以鼓吹休明，而退居林下之后，放情邱壑，留连诗酒，得与诸君子歌咏太平者三十余年，可不谓天之所以待我厚欤？六十有九，香溪老人书。①

乾隆十二年（1747）丁卯，程梦星检拾自作诗词刊行于世。胡期恒为《今有堂后集》题序，这篇序不仅道出了程梦星在广陵诗群的诗史地位，而且交代了胡期恒生卒年、《韩江雅集》及其诗学思想的真实面貌。兹不惮烦冗，全文引录如下：

---

① 程梦星：《今有堂后集自序》，《四库全书存目丛书补编》第42册，齐鲁书社2001年版，第69页。

诗者，性情之事，而又贵有真实学问，以摅写其性情之所欲言。夫然后追古作者之旨，垂世而行远也。今之为诗者，性情先不及古人，遑问其学古之诗人。若陶元亮、杜子美，其遭不同，而诗亦各别，要其性情，皆吟风弄月，睥睨轩冕，超然尘垢之外。降及香山、东坡，每宜游所经见，名山大川，幽崖邃谷，则低徊留连，与田夫野老讴吟而上下。盖喜泉石，厌声华，诗人之性情大抵皆同。惟其然，故能笃专于文学。人世荣宠，不一撄其心。迨所学日富，其言有物，而发为篇章，与《雅》《颂》相表里，不可磨灭，岂偶然哉？汫江太史，少负高才，声誉藉藉，举进士，登馆阁，天下方以公辅相期。而汫江性耽岩壑，年甫四十，退修初服，筑室筱园，啸歌其中，是性情早有以过人者，迄今且将七十矣。享林泉之乐三十余年，而焚膏继晷，搜奇析疑亦三十余年。以出处言之，则急流勇退，昔人比之神仙中人。以诗言之，则所谓"老去渐于诗律细"者，盖问学之功深，非一朝一夕之故也。余忝葭莩之末，素知汫江之性情。缅怀苏、白，尚友陶、杜，而犹未深悉其底蕴。十余年来侨居邗上，获与汫江、巏谷、半查诸君，花月同游，把酒赋诗，极丽泽之乐事。汫江乃尽出旧稿与新诗，合为一编以示余。余伏而读之，言短意长，讽谕靡穷，掩颜、谢之孤高，杂徐、庾之流丽，非积数十年沉浸酿郁，含英咀华，曷克至是乎？余然后知汫江之学即古人之学，盖性情者所以始之，而问学者所以成之，二者兼优，斯必传于后世无疑耳。适将付梓，因以序之。乾隆丁卯春暮，七十七岁老人复翁胡期恒书。①

乾隆十二年（1747）丁卯暮春胡氏77岁，上推之，胡期恒当生于康熙十年辛亥（1671）。道光年间，邓显鹤辑撰《沅湘耆旧集》，称胡期恒著有《颐斋居士蜀道集》一卷，惜未能寓见。按，今藏浙江图书馆。《沅湘耆旧集》卷六十九恰恰选录胡氏《生朝自寿》诗，首二句曰："我生之初岁辛亥，嘉平月朔维戊寅。"② 翻检《二十史朔闰表》，辛亥即康熙十年，戊寅即十二月③，可知胡期恒生于康熙十年（1671）十二月。又，程梦星《漪南集》中有长诗一首，题曰："乾隆壬戌嘉平朔，为复翁中丞诞辰，同人集绩学堂，演余所谱《乾坤媾》新剧，即席拟《鹤南飞曲》奉祝，以东坡生日适同此月，而李委为此曲以寿东坡，又岁在壬戌也。"其诗有云："今上乾隆之七载，嘉平月朔冬晴暄。安定先生桑弧悬，群公介寿纷赠言。以余新剧侑三爵，坎离媾合交坤乾。巴音下里那足道，或取其义通神仙。窃忆坡公姓字炳千古，文章经济称名贤。偏招谗讪屡挫折，雪堂过眼空云烟。先生才望震宇内，亦复多忌遭迍邅。忠能格主乃见白，诏许请老归田园。放情邱壑事游燕，时藉诗酒全其天。小子私幸侍研席，鄙词何意供琼筵，龟兹犯调谁当怜。但愿锡余以佳

---

① 胡期恒：《今有堂后集序》，《四库全书存目丛书补编》第42册，第67—68页。
② 邓显鹤：《沅湘耆旧集》，道光二十三年（1843）邓氏南邨草堂刻本。
③ 陈垣：《二十史朔闰表》，古籍出版社1956年版，第189页。

篇，常同郭古二生相周旋。"① 绩学堂即胡期恒寓扬之所。诗作于乾隆七年壬戌（1742），由诗题及诗中所云，胡期恒与苏轼同为十二月朔出生。此又为胡氏生于康熙十年十二月朔的有力旁证。

胡期恒的卒年甚至月份也可稽考出。正如上引程诗后半部分所说，胡氏一生遭际坎坷，大起大落，后因其牵涉"年党"而系狱。"至高宗即位，始得释。侨居江南，久之，卒。"② 与全祖望《故甘抚复翁胡公墓碑铭》所云暗契，其曰："今上登极，得归，且令给还田宅，逍遥里社，与予辈为吟伴，凡十年而始卒，享年七十有八。"③ 推之，胡期恒卒于乾隆十三年戊辰（1748），即程梦星诗集刊行的次年。田晓春《考辨》一文并没注意到早在二十世纪三十年代，蒋天枢《全谢山先生年谱》已将胡氏卒年定于乾隆十三年。《全谢山先生年谱》卷四"乾隆十三年戊辰（1748）"条称："胡复斋卒于扬，先生诗有用旧句云：'最怜拓落者，闲却圣明时。'盖复斋常吟此以惜先生故也。"④ 而将此条置于十一月之后，时全祖望至扬，取马氏小玲珑山馆藏本，始校《水经注》。⑤ 尽管蒋谱未详所据，但其发凡起例之功，实不可没。全祖望《采戬斋集》中有《闻故甘抚胡复斋之赴》诗三首，前二首云：

---

① 程梦星：《今有堂后集·漪南集》，《四库全书存目丛书补编》第42册，第103、104页。
② 赵尔巽等撰：《清史稿》卷二百九十五《胡期恒列传》，中华书局1977年版，第10365页。
③ 朱铸禹校注：《全祖望集汇校集注》，上海古籍出版社2000年版，第327页。
④ 蒋天枢：《全谢山先生年谱》，上海商务印书馆1932年版，第138页。
⑤ 蒋天枢：《全谢山先生年谱》，第136页。

老友日沦丧，凋年涕泪多。蜀冈应罢社，楚些不成歌。（复斋本武陵人，侨江都。）旧德先朝重，余生衰病过。昨冬临别语，魂断我如何。（时已在病榻，握予手，叹曰："明年此际，恐不再见。"）

累叶清华胄，兼之干济才。所因非有染，骤贵竟为灾。帝德宏有宥，朋惊感八哀。故人隔江介，絮酒待春来。（时予将至吴门，欲渡江一哭之，而不克。）①

据全氏门生董秉纯《全谢山年谱》所载，乾隆十二年丁卯："秋尽，复过维扬，岁暮归。"② 乾隆十三年戊辰："是年诗，曰《漫兴二集》，曰《望岁集》，曰《采蕺集》。"③ 蒋谱疏证曰："（乾隆十二年）岁暮南归。时胡复斋方卧病，握先生手叹曰：'明年此际，恐不得再见！'案：诗集有《蕺田扶疾渡江订予同行，予疾更甚弗能，蕺田既发，雨大作》，又有《南圻馈药诗》，则是冬先生卧病于扬。"④ 乾隆十二年冬，全祖望寓扬，时有病在身，岁暮返归。而胡期恒于十三年冬辞世，乾隆十三年及次年春，全氏皆未至扬州。⑤ 故诗题称《闻故甘抚胡复斋之赴》，当时全氏将至吴门，并未在扬，闻讣后欲渡江吊之，竟不就，只能回忆"昨冬临别语"，"絮酒待春来"。

江庆柏《清代人物生卒年表》亦据程梦星《今有堂诗后集》

---

① 朱铸禹校注：《全祖望集汇校集注》，第2246页。
② 朱铸禹校注：《全祖望集汇校集注》，第20页。
③ 朱铸禹校注：《全祖望集汇校集注》，第21页。
④ 蒋天枢：《全谢山先生年谱》，第120页。
⑤ 蒋天枢：《全谢山先生年谱》，第125、139页。

胡期恒序和全祖望《墓碑铭》,定胡生卒年为(1671—1748),又注称:"或作康熙七年(1668)生,乾隆十年(1745)卒,未知所据。"① 综上所述,胡期恒生于康熙十年(1671)十二月初一,卒于乾隆十三年(1748)冬,堪为定谳,亦足可释明江先生之疑窦。

再来梳理胡氏寓扬之行迹。试看前引胡期恒《生朝自寿》诗:

> 我生之初岁辛亥,嘉平月朔维戊寅。巡盐使者程侍御,(名可则,先阁部公壬辰会试所取士。)叩门来贺凌清晨。自脱豸服作文褓,笑谓此子非凡伦。岂知三十困场屋,骑驴踏遍京华尘。恭逢先皇南巡狩,行宫召试罗儒珍。临轩策名冠多士,沙鸥竟许陪鹓群。校书天禄七寒暑,改官蜀道乘朱轮。雄藩百二领岳牧,金城建节来西秦。才疏知短获愆咎,圣朝宽大犹全身。新政赦罪号涣汗,惟天惟大惟尧仁。蠲租放逋亿万万,四野帛菽堆云屯。闲身京洛过周岁,两经初度逢生辰。老妻十载隔风雪,再许完聚皆君恩。买羊沽酒召姻娅,密坐真率祛繁文。富贵忧患已遍历,从兹不羞贱与贫。明年此日归闾里,故乡应有无边春。

胡诗简要地自述了从出生至寓扬之前的行迹。今综合诸种典籍,概述如下:胡期恒自小受到顺治壬辰九年(1652)会元、"岭南七子"之一程可则的夸赞,而立之年却仍困场屋。直到康熙四

---

① 江庆柏:《清代人物生卒年表》,人民文学出版社2005年版,第560页。

十四年（1705）中顺天府举人，圣祖南巡，以献诗第一授翰林院典籍。"校书天禄七寒暑"即校书南书房，参修《佩文韵府》，达七年之久。田晓春《考辨》称"四十八年（1709）始出为遵义通判"，似误。"改官蜀道乘朱轮"以下四句，康熙五十三年（1714）出为遵义府通判，五十八年（1719）到任夔州知府，雍正元年（1723）二月以川东道迁陕西布政使。雍正二年（1724）十月升甘肃巡抚，次年升为甘肃总督，三月年羹尧案发，因牵连而革职下狱。据《世宗宪皇帝朱批谕旨》卷一百二十六所载，四月二十二日，胡期恒发往河南堤工赎罪。同书卷三十二载："（雍正三年八月）奉旨行查胡期恒家产，据江宁府详报，胡期恒之婿乔汲，带领期恒眷属、赀财，自扬搬运潜逃，随即水陆追赶，俱皆弋获。现经督臣转发布、按二司究审。又据无锡县详报，该县鱼腥巷有胡期恒房一所，并房内所存什物，及伊兄弟五人公共田亩。"① 至乾隆登基，始得释归，并给还田宅。而放还之后，胡期恒行迹如何？尚有待考察。《沅湘耆旧集》卷六十九《胡期恒小传》称："居无锡，又迁扬州。"此或读书得间。梁章钜有《古瓦研斋所藏国朝书画杂诗》，其中一首云："香囊麈尾少年场，老去心情转渺茫。逝水浮云过幻境，画中息壤自难忘。禹鸿胪《西神采药卷》有朱竹垞、缪湘芷下十六人题句署款，或曰南湖，或曰元方，均未详其姓系。近人冯登府撰《曝书亭集外诗》，据此入卷，亦注云：'未详其人。'余阅全谢山《鲒埼亭集》，知为故甘抚胡复斋遗照。胡名其衡（按，当作

---

① 《世宗宪皇帝朱批谕旨》，影印文渊阁《四库全书》第418册，台湾商务印书馆1986年版，第69页。

"期恒"),字元方,为前院长侍郎统虞之孙,江苏布政使献征之子,故竹垞诗有'学士方伯'语。胡以举人官翰林典籍,出判夔州,与大将军年羹尧有旧,又以才见知,遂有不次之擢。年败后,放还。此图之作,则当方伯引疾、治园惠山时。西神即惠山也,王谢风流,终得遂其初服,亦可谓无负斯图者矣。"①由上引可知,胡氏于无锡有房屋田产。乾隆元年释归后,或因身体欠佳,胡期恒退隐无锡,后卜居扬州。

关于寓居邗上的时间,《考辨》据陈章《和胡中丞卜居广陵四首韵》,间接地推定"大致为乾隆三年,至迟亦当在乾隆四年初春之前",似未得其详实。程梦星《蠡余集》有诗《题复斋中丞旧隐图》:"不识楼名曷取斯,披图指与卧游时。别无池馆营新地,惟有湖山慰夙期。人羡宦途原作梦,自书年谱总归诗。竹西亦是投闲处,且待欹簪倒接䍦。"②而是诗前有《丁巳初夏运使卢雅雨同年招同诸子集饮平山堂次方邠鹤韵二首》,后有《七月七日与李存田别驾、胡复斋中丞、许崔坪太守、唐南轩、金东山太史、汪菊田明府、魏瓜圃学博既成,畅余之会。仲冬,东山入都,王漱园明府家蓉槎农部同来复举九老会,德位年齿,虽不逮香山诸老,而故乡畅集近亦稀有,因用白傅七言六韵体以纪之,传好事者》《戊午孟春吴蛟台招集存园》《乾隆戊午仲春,蜀冈西新开莲塘,得古井,味永而甘,说者谓此即古第五泉也。余谓此特下院井耳。井有天禧钱十余枚,又砖一方,刻

---

① 梁章钜:《退庵诗存》卷二十三,清道光刻本。
② 程梦星:《今有堂后集·蠡余集》,《四库全书存目丛书补编》第42册,第76页。

"殿司"二字，余偕友人往观，率纪以诗，以俟博雅者考证焉》及《次和胡复斋中丞移居四首》，丁巳、戊午即乾隆二、三年（1737—1738）。可知乾隆二年夏，胡期恒已至扬州。程诗"竹西亦是投闲处"，即是劝其亦可卜居邗上。卢见曾亦有同题诗。卢氏乾隆元年（1736）转运扬州，五年（1740）出塞。而此图似与梁章钜所称采药惠山、旧隐无锡相吻合。胡期恒于乾隆二年夏来扬之后，虚纳亲朋相劝，寓扬心意已定。更何况扬州本与胡期恒有缘，《扬州画舫录》卷四载："胡期恒，字复斋，湖广武陵人。宗伯统虞之孙，方伯献征之子。献征，字存人，幼奉母居扬州，工诗古文词，善仿松雪行楷，荫补兵部郎，官仕至江苏布政使。复斋生长扬州，举顺天，由翰林仕至甘肃巡抚。罢官归里，与马氏结《韩江雅集》称盛事。"[①] 有了这一层关系，胡期恒定居已上议事日程。从陈章及程梦星所次和诗来看，胡期恒先有自作移居广陵诗。程梦星《次和胡复斋中丞移居四首》云：

> 小廊巷近子云居，问字常凭借秘书。一榻解悬忘旅况，三秋情话趁公余。之官祖席愁骊唱，献赋君门愧子虚。往事等闲三十载，江乡重会老怀舒。

> 黄叶村边是故家，宦游何意等浮槎。香山自信居原易，渔舍还怜约未差。岂似道旁谋筑室，几曾堂殿置匏瓜。试看三径开文宴，绩学由来笔有花。

> 忘机随处著身安，容膝翻成眼界宽。案上琴书仍楚楚，

---

① 李斗：《扬州画舫录》，中华书局1960年版，卷四，第90页。

阶前鸟雀亦桓桓。旋教扫石留宾坐,早遣移梅待岁寒。京兆旧传光德里,便斋新构胜崔郾。

底用亡羊泣路隅,幸容散客寄江湖。不烦安邑频相问,自号山翁喜见呼。梁上巧输营垒燕,林间迟比后栖乌。定知庆溢徐卿宅,月满还生老蚌珠。①

其一指回想三十年前献诗授官,入阁修书,而今又重会江都;其二指扬州本为故家,离乡赴仕,宦海浮沉,所居不易,未如归隐江边,诗酒风流。从"三秋情话趁公余""早遣移梅待岁寒""梁上巧输营垒燕""便斋新构胜崔间郾"数句及上引程氏诸诗题,可知胡至迟已于乾隆二年(1737)秋卜居扬州,修筑绩学堂,颐养后半生。距康熙四十四(1705)圣祖五巡江南三月得官,已有 28 年,称三十年盖举其整数,还与《生朝自寿》诗中"圣朝宽大犹全身,新政赦罪号涣汗……明年此日归间里,故乡应有无边春"大致相吻,也与《清史稿》"高宗即位,始得释"大体契合。此四首诗后载有《病中和复斋中丞纳凉杂咏二首》,也说明乾隆三年(1738)夏之前,居所早已修葺完善可入住。自此,胡期恒与扬州本地及流寓的众多文人雅士宴集园林之间,赏玩山水,分韵赋诗,诗酒唱和,直至乾隆十三年(1748)冬谢世。

(原刊于《兰台世界》2011 年第 4 期)

---

① 程梦星:《今有堂后集·螽余集》,《四库全书存目丛书补编》第 42 册,第 81 页。

# 从《张佩纶日记》看其流放生活和钦慕对象

新世纪以来,"晚清民国热"依然强劲。《戊戌变法的另面:"张之洞档案"阅读笔记》数次入围 2014 年好书榜名单,就是一个生动的例子。这无疑得益于如档案、日记等稀见史料的挖掘和出版。值得称道的是,由张剑、徐雁平、彭国忠等主编,凤凰出版社出版的"中国近现代稀见史料丛刊"已有两辑23 种面世,这进一步丰富了那段"数千年未有之变局"的历史细节,还原了以往被忽略被遮蔽的生活图景,重现了近现代中国的多重面相。张佩纶和张之洞既是同乡又有交谊,第二辑收录了《张佩纶日记》(本人已整理《张佩纶日记全编》,中华书局近期出版)。相比上海图书馆受赠的五千多通书信,《张佩纶日记》较为系统,时间衔接有序,事件脉络清晰,人物亲疏明了。日记从光绪四年(1878)十月取号篑斋开始,到二十一年(1895)三月离开李鸿章幕府为止。日记多记录日常生活的零篇断章,不外乎饮食起居、读书出游……近 57 万字的《张佩纶日记》将揭开这位晚清政局要角一个个不为人知的侧面。

## 一、"独戍人"并不孤独

马尾海战溃败,最风厉的清流张佩纶负谤最重,被遣戍边,自嘲道"朝是青云暮逐臣"①。从光绪十一年四月初一宿宣化府,到十四年四月初八获释回籍,日记详实地呈现了张佩纶流放三年的生活图景。

张佩纶回忆说:"光绪十四,我来自边,谤满天下,众不敢贤。"② 谤满天下倒属实情,众不敢贤却不符事实。有一个人反其道而行之,"世人皆欲杀,吾意独怜才。"③ 他就是李鸿章!十一年四月二十二日记当天见邸报,"奉谕佩纶军务获咎,毋庸查办"④。可知当初部议从严,全仰赖李鸿章暗中周旋,才不予查办。五月初一日载:"都下传言余赐环,往勘珲春界,数日始已。"⑤ 想必疏通关系时走漏了消息。张佩纶自称"门外骊驹独戍人"⑥,实际上并不如此。赴塞途中,李鸿章特派杨启泰、贾振胜护送,直到初八方遣二人回津。不光如此,次年四月初九

---

① 张佩纶:《涧于集·诗集》卷三《春暮就戍,叔宪、抑仲、公瑕、子涵、健庵送至淀园》,《续修四库全书》第1566册,上海古籍出版社2002年版,第95页。
② 张佩纶:《涧于集·文集》卷上《祭李外姑赵伯夫人文》,《续修四库全书》第1566册,第33页。
③ 杜甫著,杨伦笺注:《杜诗镜铨》卷八《不见》,上海古籍出版社1980年版,第373页。
④ 谢海林整理:《张佩纶日记》,凤凰出版社2015年版,第55页。
⑤ 谢海林整理:《张佩纶日记》,第57页。
⑥ 张佩纶:《涧于集·诗集》卷三《春暮就戍,叔宪、抑仲、公瑕、子涵、健庵送至淀园》,《续修四库全书》第1566册,第95页。

日李鸿章特上密折，保奏心腹章洪钧出任宣化知府，目的之一即庇佑张佩纶。李给张去信也说："一为戍客添谈助也。"① 章洪钧与张佩纶是同治十三年辛未科同年，早已相识。张佩纶抵塞半年后，马江战役的另一主角何如璋也被遣戍到此。七月二十五日载："子峨赴戍，寓通海店，往视之，尚不戚戚。"② 看来"独戍人"张佩纶并不怎么落寞，还没到忧伤凄惨的境地。

东坡初到海南儋州，称："此间食无肉，病无药，居无室，出无友，冬无炭，夏无寒泉，然亦未易悉数，大率皆无耳。"③ 如套用这个标准，张佩纶比苏东坡不知强了多少倍。尽管张佩纶给张曾敖写信说："初到戍所，不能无迁谪之感、离索之怀。日来闭户读书，渐忘之耳。"④ 统观日记，张佩纶在贬所并不缺朋少友。除了何如璋，还有龙继栋日夕过往，煮泉品茗，策马薄游。其他有交往的地方官绅，名单一大串：张上和、永德、托伦布、绍秋皋、景祺、褚瑨、刘盛琼、章洪钧、吉顺、祥仁阯、王枫臣、石聘之、吕子庄、定静村等。有书信往来的那就更多了，从部台要员到普通胥吏悉数登场，如李鸿藻、李鸿章、张之洞、刘铭传、邓承修、方铭山、吴大澂、袁保龄、荣禄、宗载之、严修、洪汝奎、边宝泉、汪仲伊、奎斌、王文锦、袁昶、许玉璩、洪翰香、朱亮生、朱潽、黄彭年、黄国瑾、章颂

---

① 李鸿章：《致张佩纶》光绪十二年五月初十日，顾廷龙、戴逸主编：《李鸿章全集34·信函六》，安徽教育出版社2008年版，第30页。
② 谢海林整理：《张佩纶日记》光绪十一年七月二十五日，第80页。
③ 苏轼：《答程大时一首》，孔凡礼点校：《苏轼文集·苏轼佚文汇编》卷二，中华书局1986年版，第2450页。
④ 张佩纶：《涧于集·书牍》卷四《致张晓帆太守》，《续修四库全书》第1566册，第505页。

民、邵实夫、由竹亭、于幼棠、黄花农等。尤其是章洪钧赴任之后，对他多方照顾。如十三年正月初九记："琴生遣车相召……下榻于北海轩，两儿与书郎嬉戏，耦俱无猜若一家。夜，与琴生纵谈甚乐。"① 十七日与其子颂民夜谈，"山居之乐，为之忘疲，睡已三鼓"②。可知张佩纶谪戍期间鱼雁能传书，谈笑有鸿儒。"独戍人"并不孤独！

如不出游，张佩纶就读书"养心节虑"③。尽管携书较少，还是有人主动送上门来，经史子集一应俱全。比如十二年七月初三汪仲伊送《逸礼》，洪翰香寄《槃洲集》。十二月陈启泰寄《义仓织局两记》，奎乐山除了《旧唐书》还捎了碑帖。十三年正月祥仁趾寄地图，三月章洪钧送来崇文书局《百子》，五月黄再同送和刻本《管子》，十月张之洞从岭南寄来粤雅堂刻书数种。十四年正月吴兰石寄书九函；二月又有人从上海寄来书籍和石刻《华山碑》拓本。

## 二、戍边日子不算清贫

至于衣食住行等生活问题，那更不用多虑，因为有一个保障有力的大后方。

先说住。初到塞上，张佩纶五月初六卜居不就，没隔五天，从天津来的王金荣都司为他在张家口下堡南门城根城隍庙街租

---

① 谢海林整理：《张佩纶日记》光绪十三年正月初九日，第142页。
② 谢海林整理：《张佩纶日记》光绪十三年正月十七日，第142页。
③ 谢海林整理：《张佩纶日记》光绪十二年八月二十日，第116页。

房。二十四日家中寄银二百两，专用于房租。直到次年四月章洪钧赴任后，为他在官署专辟五间房，这才圆满解决。

再说钱。细核日记，十一年十二月家中、陈启泰各寄百金。次年四月李鸿章赠银二百两；九月家中寄二百两，虽说"都中所存罄矣"①，但为了让张佩纶头年过好，十一月初八又寄来三百两。张佩纶说："是日到塞私蓄尽矣。读东坡'自笑我贫天所赋，不因迁谪始囊空'之句，不觉失笑。"② 虽自嘲天生穷，但钱袋却不空。三天后，陈启泰听说张佩纶得病立马赠送百金。十三年二月张之洞寄来三百金；大概妻病子幼，寄回家中百金；五月陈启泰送张佩纶百金；六月廖寿丰寄银百两。十四年二月，李鸿章"以余将归，遣令自保定分俸千金以资归装"③；三月陈启泰送来路费二百金。三年，张佩纶净得银2600两，年均867两。揆诸当时行情，比一般中低级官员、书院山长的年俸还高。再说张佩纶乃贬戍之人，平时开销基本没有，经济上应算宽裕。

就是吃的喝的，也有人寄来，特别在年关将至之际。赠送的品种繁多，有鸡鸭鱼肉、时令果蔬，还有酒米茶糖，甚至南北特产、奇珍异果，如张之洞从岭南寄来的海南香、广橘、荔枝、龙眼，王枫臣送来的苹婆果等。日用品、衣物也不缺，常师母寄棉衣，邓承修送洋屭，陈启泰送大同布，张上和送画扇，黄国瑾送羊毫笔，永峻峰送扇、衣履等。考虑到张佩纶体胖，李鸿章还特意送来一包暑药。耳朵偶然流汁，章洪钧立马送来

---

① 谢海林整理：《张佩纶日记》光绪十二年九月初二日，第117—118页。
② 谢海林整理：《张佩纶日记》光绪十二年十一月初八日，第125页。
③ 谢海林整理：《张佩纶日记》光绪十四年二月十七日，第180页。

药品，甚至连文人清玩雅赏的雁、菊花也送，无不周到细致！投桃报李的张佩纶偶尔也将蜜渍荔枝给章氏分享，寄给许玉瑑牛乳饼，回赠黄国瑾高丽参。颇可玩味的是，有些交情较浅的人也时常馈赠。十一年十二月初八收到周馥自天津寄来的茶果时蔬，"余与玉山无深交，而玉山以余在译署，措置与其夙论合，故患难中礼意弥笃，记之以见古谊。"① 两人同过事，政见契合，送礼物还说得过去。但有的人根本没有交集，这让他摸不着头脑。十二年八月初七荣禄托人送来果饼，张佩纶写道："余与荣无交，屡致殷勤，不解所以。"②

远方亲人的馈赠是最温暖人心的。十一年十二月廿五日，夫人边粹玉从京城寄来冰糖山楂，顿时让张佩纶有了家的感觉："内人病中尚复琐屑料量，乃知戍人赖有室家，始无迁谪之感。"③ 谁料次年三月初八夫人病故，真是屋漏偏遭连夜雨。流放塞外的张佩纶再次遭受了亡妻之痛。"亲友望我归，我归固无家。"④ 两个幼子只好托人送来塞上。在旁人看来，这时无疑是张佩纶最黯淡的时光。果然，陈启泰误信传闻，又是写书安慰，又是送钱寄书。张佩纶在日记却说："佩纶初无疾也。而时传鄙人悼亡成痗，呫呫书空，殆再同为流言所惑。艰难困苦半生，盖备尝之，杜门课子，未始非福，何至忧伤抑郁？愿故人勿以

---

① 谢海林整理：《张佩纶日记》光绪十一年十二月初八日，第94页。
② 谢海林整理：《张佩纶日记》光绪十二年八月初七日，第115页。
③ 谢海林整理：《张佩纶日记》光绪十一年十二月二十五日，第95页。
④ 张佩纶：《涧于集·诗集》卷三《丙戌重九用坡丙子重九韵》，《续修四库全书》第1566册，第104页。

我为念。"① 第二任妻子病亡并没有击垮张佩纶。虽为废人，但有如同苏东坡的忠爱之怀。十三年十月初十慈禧寿诞，张佩纶"逋臣恋阙，依斗望京"②，赋诗云："九死孤臣亲啮雪，恩深未觉塞壖寒。"③ 大体看来，张佩纶的戍边岁月并不十分艰苦。

### 三、张佩纶的偶像："真略似东坡"

若问张佩纶平生最钦慕的对象，答案并不是李德裕、司马光，也不是陶澍，而是苏东坡。知音陈宝琛说张佩纶"生平希慕苏文忠，遭际颇相类"④。两人都是早年飞黄腾达，三十几岁折戟沉沙。行迹、风神的类似拉近了彼此的距离。戍边之前追慕东坡的文字难得一见。东坡第一次出现在日记中，是到达戍所近50天之后。十一年五月二十日，东坡认为韩愈《与大颠书》"其词凡鄙"，定是伪作。张佩纶力主苏说。此后，东坡便频登张佩纶日记的"大雅之堂"。

张佩纶说："谪居问何学，所愿则东坡。"⑤ 说到"居"，张佩纶一旦谋到住所便效仿东坡。十一年五月十一日，王金荣为

---

① 谢海林整理：《张佩纶日记》光绪十二年十二月十二日，第128页。
② 谢海林整理：《张佩纶日记》光绪十三年十月初十日，第170页。
③ 张佩纶：《涧于集·诗集》卷三《谪居》，《续修四库全书》第1566册，第95页。
④ 陈宝琛：《涧于诗序》，张佩纶：《涧于集·诗集》卷首，《续修四库全书》第1566册，第71页。
⑤ 张佩纶：《涧于集·诗集》卷三《北海轩十首》其七，《续修四库全书》第1566册，第107页。

他租的房"地僻屋洁","甚惬意,不必如坡公之营雪堂矣"①。这是第一次。次年二月十一日:"西斋甫成,是日适雪,因仿坡老黄州意,名之曰'向西雪堂',取'此邦台馆一时西,南堂更有西南向'句。"②此其二。第三次,七月初十将书斋取名为"藤阴馆",虽说名字是见窗外有野藤而临时起意,但却有深意。日记有《藤阴馆记》,其云:"以藤阴名吾居,亦犹黄冈之竹楼、儋耳之桄榔庵,自适其适云尔。"③说到底还是追慕东坡。第四次,十月初七日章洪钧在宣化官署东边特辟五间房,"专为鄙人设榻"④。其子颂民也上阵帮忙,砌上云母窗,贴好素纸。张佩纶美其名曰"北海轩",取东坡"南海使君今北海,定分百槛饷春耕"之意。为了不负章氏父子的盛情厚意,18天之后张佩纶夜作《北海轩》诗十首,还打算绘制包括苏东坡在内的七贤图,说"高山仰止,景行行止,他非所及矣"⑤。张佩纶雅慕东坡已是乐此不疲了。

"为东坡寿"是清代士人雅集的传统节目。它源于康熙三十九年(1700)十二月十九东坡生日这天,恰值邵长蘅刊补《施注苏诗》完工,江宁巡抚宋荦悬东坡笠屐像,率同道诗友大举祭祀。此后,经乾嘉时期翁方纲、李彦章等师徒的发扬,寿东坡流风不坠。光绪十二年当天,张佩纶摆酒设宴,邀了何如璋,挂起苏诗笺注名家王文诰所绘的东坡像,供上张之洞特意寄来

---

① 谢海林整理:《张佩纶日记》光绪十一年五月十一日,第59页。
② 谢海林整理:《张佩纶日记》光绪十二年五月十一日,第98页。
③ 谢海林整理:《张佩纶日记》光绪十二年七月初十日,第112页。
④ 谢海林整理:《张佩纶日记》光绪十二年十月初七日,第119页。
⑤ 谢海林整理:《张佩纶日记》光绪十二年十月廿五日,第124页。

的海南香、广橘和蜜酒。本来还请了赵州举人李景纲，可惜生病未赴约。虽然规模没有前贤搞得那么大，但还聊可告慰。次年当天，张佩纶把祭祀地点移到了道台吉顺的斋中，带上了两个儿子，可谓满门父子齐上阵，敢慰东坡在天灵。寿东坡并没有因为谪戍的结束而中断。三年之后的光绪十六年，寄居在岳父李鸿章天津总理衙门的张佩纶并未忘记东坡生日，拿出东坡酒和岭南土特产，焚上海南香，好生祭拜。内人李菊耦把陆治、张奇的前后《赤壁图》以及文彭《赤壁赋》拿来助兴，真是羡煞旁人！次年这天，在寓所的书斋兰骈馆，张佩纶又悬挂东坡笠屐图祭拜了一回。

　　可以说，张佩纶崇拜东坡已到了一种着火入魔的地步，不但魂牵梦绕的是东坡，还常以东坡化身自居。这远比南宋状元王十朋做梦和东坡对谈来得更痛快！十三年五月初三日三兄、八弟来塞，同宿北海轩，"余则有飘泊彭城之感"[1]，即化用东坡任徐州太守事。有趣的是，同年六月初五章洪钧的官厅有蝴蝶翩翩而来，"绕余衣袂间，似太常仙蝶，塞上不恒见也。余以为点缀入诗，便似东坡儋耳五色雀之祥"[2]。六月十九日，张佩纶穷搜旁罗已佚的东坡《论语说》数十条，可谓东坡学术的功臣。此外，还"尝取诸家苏诗注本，有所纠补"[3]，作诗也倾心学习

---

[1]　谢海林整理：《张佩纶日记》光绪十三年五月初三日，第153页。
[2]　谢海林整理：《张佩纶日记》光绪十三年六月初五日，第156页。
[3]　张志潜：《涧于诗集跋》，张佩纶：《涧于集·诗集》卷末，《续修四库全书》第1566册，第132页。

东坡。陈宝琛说他的诗"闳壮忠恻,亦似玉局中年之作"①。二十年七月初六先父忌日,李经方来谈,闹得不愉快。张佩纶"读苏诗一册,心绪甚烦",发牢骚说:"余平生不合时宜,真略似坡公也。"②

张佩纶仿效更多的是东坡的委任顺化。回津第一年即光绪十五年的元宵节,张佩纶携眷观灯,想起东坡《上元夜诗》,百感交集,忆及自己谪所三年"意味亦不甚同",对两个儿子说:"尔等但省得坡公诗及余日记中诸上元琐事,庶几他日稍知古人委心任运之理,不至极其乐,纵其欲矣。"③ 只有经历宦海沉浮的人,才能说出如此意味深长的话来。值得玩味的是,《张佩纶日记》最后的一句话也以读东坡诗结尾:"是日舟中略理书箧,与内人共读坡诗,稍释行役之劳矣。"④ 光绪二十年八月十二日,因干预公事,张佩纶被著令回籍。尽管李鸿章上折剖辨,还是一个月后不准在译署逗留。三年前就打算偕隐江南的张佩纶没多久便买舟南下,途中读苏诗自然成了夫妻解闷释乏的上上之选。

(原刊于《博览群书》2015年第10期)

---

① 陈宝琛:《涧于诗序》,张佩纶:《涧于集·诗集》卷首,《续修四库全书》第1566册,第71页。
② 谢海林整理:《张佩纶日记》光绪二十年七月初六日,第648页。
③ 谢海林整理:《张佩纶日记》光绪十五年正月十五日,第190页。
④ 谢海林整理:《张佩纶日记》光绪二十一年三月三十日,第687页。

# 《张佩纶日记》与丰润张氏藏书考论

据报道,2013年6月18日上海图书馆宣布,由张氏后裔在年初捐赠的晚清名臣张佩纶五千余通信札、《涧于日记》底稿、《管子学》手稿等珍贵文献初步清点完毕,正式入藏。这是改革开放以来受赠数量最大、价值最高的一批历史文献。① 张佩纶不仅著述宏富,而且藏书颇丰,但在近代藏书家名单中却难得一觅,仅见郑伟章《文献家通考》著录,惜过于简略。关于张佩纶藏书的专题论文罕有人言,虽有个别论著对此有所涉及,或语焉不详,或讨理未精。徐雁平在探讨晚近江南书籍社会时说:"日记中所记录的书籍史料更具过程性和整体性,且能还原当时氛围和情状,故在书籍史的研究中,此类文献颇受重视。"② 日记等私密性较强的文献详细地记录了书籍流动、书估兜售、藏家收藏等动态情况。对于张氏日记所载的访书藏书等史料乏人问津,目前只查到邓之诚1949年9月21日日记有简短摘评,

---

① 乐梦融:《张佩纶手稿等珍贵文献入藏上图》,《新民晚报》2013年6月19日,A17版。
② 徐雁平:《〈管庭芬日记〉与道咸两朝江南书籍社会》,《文献》2014年第6期。

惜未作深论。① 笔者在整理《张佩纶日记》的过程中，发现不少与张氏藏书相关的史料，现拟就张佩纶藏书作一番探讨。

## 一、与仁和朱氏结一庐藏书之关系再考辨

张佩纶（1848－1903），字幼樵，号箦斋，室号涧于草堂。直隶丰润人（今河北唐山市丰润区）。同治十年（1871）进士，光绪八年（1882）升左副都御史。张佩纶是同光两朝清流"四谏"之一，也是一个藏书颇丰的收藏家。光绪十九年正月初六日日记载："十年购书，间有精抄本。"②《张佩纶日记》记录的时间是光绪四至六年、十一年至二十一年。由此前推后延，张佩纶的藏书时间起码有十余年之多。而学界论及张佩纶藏书的，皆从同光时期仁和朱氏结一庐藏书说起。因为张佩纶的第一任夫人朱班香（一作芷乡）乃结一庐主人朱学勤之女。似乎张佩纶藏书的来源与此脱不了干系，个中原委却大有再辨的必要。

其一，结一庐藏书是否由此开始流散？其二，此时的结一庐藏书是否尽归张佩纶所有？结一庐藏书经过朱以升、子朱学勤（字修伯）、孙朱澂（字子清）和朱潜（字子涵）三代人数十载的大肆搜罗，苦心经营，精本充牣，名甲江南。叶昌炽《藏书纪事诗》卷六称，光绪十六年（1890）朱澂病亡，"遗书八十

---

① 邓之诚著，邓瑞整理：《邓之诚文史札记》，凤凰出版社2012年版，第483页。
② 张佩纶著，谢海林整理：《张佩纶日记》，凤凰出版社2015年版，第519页。下文所引张氏日记，皆出此本，如正文中已署日期，则不再一一注明页码。

柜，尽归张幼樵副宪"①。各家对此解说纷纭。

李雄飞说："学勤死后，结一庐藏书基本是由其长子朱澂管理的，而次子朱潜则居京奉亲。澂殁，书也就很自然地传给己子，而其子不能守，遂使祖、父倾毕生心血购置的万卷缥缃易姓别归。"② 此论可谓正误参半。张佩纶光绪十六年闰二月初二日日记称，朱潜由京来津，将赴金陵。初三日日记载："答子涵。结一庐藏书均在子清处，恐遂散佚，商令子涵携归，恐不能办也。为之怅然。"听闻结一庐藏书兜售的消息，收藏家唯恐落人之后，尤其是江南的皕宋楼主人陆心源。光绪五年张佩纶连遭数劫，四月母丧，五月初五妻亡，七月小女夭折，不得已将两个儿子寄养舅家③。具体情况是，结一庐藏书并没有立即出售。光绪十六年三月二十二日日记曰："子涵自江宁归，留之午饭。子清七子家事，颇费斟酌也。"同年十一月初五日载："子涵书来，子清之子同官死军械所。……后闻浙书，同官未死，盖子清之妾毛氏伪造一电给子涵也。子清有此悍妾，贻累无穷。辛卯七月补记。"据此推测，大概朱澂子多妾悍，家事纷杂，一时难以理清，所以藏书兜售一事便搁浅下来。张佩纶估计平时与朱澂之子走动不多，与朱潜往来较为密切。这也给了张佩纶、朱潜充裕的时间来处置此事。翻检张氏日记，光绪十六年四月十三日："子涵寄伊墨卿画、钱竹汀隶书联并扇、镜等件。"十

---

① 叶昌炽著，王欣夫补正：《藏书纪事诗附补正》，上海古籍出版社1999年版，第691页。
② 李雄飞：《缥缃盈栋，精本充牣——仁和朱氏结一庐藏书研究》，《文献》2001年第4期。
③ 张佩纶著，谢海林整理：《张佩纶日记》，第17页。

八年（1892）五月二十九日载："子涵寄聚珍板八十余种来。"有张佩纶与朱澂的书信为证："续示聚珍书目单（来单不欲遗失，已装之夹），共有初装陈式本四五十种，次者四五十种可以让兄，藉此兄得有结一庐藏书，摩挲珍护，何幸如之。"①缪荃孙《艺风堂杂钞》辑有《张幼樵与朱子涵书》，张佩纶《涧于集·书牍》未收录此文。信中称"谈及同官，不胜愤闷"，听孙宝琦说，朱同官欲兜售藏书，但一时不得售主，陆心源出价仅万元，朱同官不肯售而止。张佩纶在信中申明五种益处，为了不落入他人之手，嘱咐朱澂"劝责兼施"，佩纶以陆氏所开之价购入，如嫌价少，可剔出朱澂新增之书，并答应代撰藏书目录，有助自己著述，还可原价取还，防止朱同官浪用，免得朱澂受牵连。最后说："能取到书目寄来，即可定议。今年定议，明年取书，似可。"②果然，十九年（1893）九月初六日日记载："李怡庭、杜心垣自杭州来。……《结一庐书目》四本并至。"当时朱子涵改官江南，所以委派书估李、杜十月初九再次前往商洽。张佩纶给朱澂回信说："书目居然寄到四本，以仁义礼智分编，每编四十余箱，共一百六十三箱（仁字阙廿五至四十五十八箱，义字亦阙四箱），信字一本。"③可知，当时先获得结一庐藏书目录，大致按排架来著录，便于取放，并详细地记录了箱数。光绪十九年十月二十日日记载："午后，李怡庭及王福取书回。共

---

① 陈秉仁整理：《张佩纶致朱澂书札》，上海图书馆历史文献研究所编《历史文献》第十三辑，上海古籍出版社2009年版，第163页。
② 缪荃孙辑，杨璐整理：《艺风堂杂钞》卷五，中华书局2010年版，第253页。
③ 陈秉仁整理：《张佩纶致朱澂书札》，《历史文献》第十三辑，第166页。

一百八十五箱，书百八十二箱，三箱杂帖，无佳者。"另有张佩纶致朱澂（子涵）书札为凭："李和顺及兄所派两仆于前月廿日回津，书二百箱除式如酌留洋板及楠木装潢之陈式各种，实来一百八十二箱，附以帖三箱。"① 简言之，直到光绪十八九年，结一庐藏书才经朱澂之手转给张佩纶，而且是分时段的，并不是一次性转让。至于李雄飞文中称："在这次争购结一庐藏书的过程中，时官居金陵的张佩纶近水楼台先得月。"② 此说小误。结一庐散书时，张佩纶寄居在天津李鸿章府中，而非为官金陵。

朱澂病亡后，结一庐藏书流落到哪些人手里？叶昌炽称尽归张佩纶，事实并非如此。董理过结一庐藏书的缪荃孙也说："子清即归道山，书亦尽归张幼樵前辈。"③ 这大概是未见到张佩纶藏书目录，听信传言的一面之词。比勘两家书目后，缪又曰："子清殁后，其家贱售之张幼樵前辈，价未清，书亦未全交。近得幼樵书目核之，朱有而张无者，或在子涵处，或系未交书，张有而朱无者，则子清在江南所得者。"④ 缪氏在《朱修伯大理结一庐文集序》中坐实了这个判断："子清又殁，书籍亦散，其精华悉归张幼樵前辈，其奇零有归荃孙者。"⑤ 李雄飞在考察结一庐藏书流散时说："结一庐藏书之精华为张佩纶所得，

---

① 陈秉仁整理：《张佩纶致朱澂书札》，《历史文献》第十三辑，第170页。
② 李雄飞：《缥缃盈栋，精本充牣——仁和朱氏结一庐藏书研究》，《文献》2001年第4期。
③ 叶昌炽著，王欣夫补正：《藏书纪事诗附补正》，第692页。
④ 缪荃孙：《云自在龛随笔》卷三，载张廷银、朱玉麒主编《缪荃孙全集·笔记》，凤凰出版社2013年版，第65页。
⑤ 缪荃孙：《艺风堂文续集》卷五，《续修四库全书》第1574册，上海古籍出版社2002年版，第229页。

少部分为缪氏所得,潋子及潋弟滍手中均有剩余,还有一些不知流归何处。盛极一时的'结一之藏',就此烟消云散了。缪氏乃朱氏兄弟挚友,曾先后与二人订交,他的记载应该是可信的。"① 王天然撰文也同意此说。② 缪荃孙在这句话之后接着说:"子涵亦由直隶改官江南,一日持汲古钞本《金石录》,张燕公、刘宾客、司空表圣三唐人文集明钞本,中多夹签,皆先生手校欲梓者,经理刻成,以继先志。"③ 这足以说明结一庐藏书还未流散之时,朱滍手中是有部分藏书的。再举日记中的一个例证。早在光绪十一年四月,张佩纶因马尾战败被遣戍塞外,此月三十日朱滍便赠书两种:"赠余《柳河东集》,附《龙城录》,明郭氏刻精本也。"另外,结一庐主人朱学勤藏书,并非全由朱潋(子清)之子同官所得。据张佩纶致朱滍(子涵)的书信说:"与其卖书分钱,不如弟公断,将毛、张收回书作七分分之,言明以祖父所得书归之毛、张,作钱若干,子清所得之书归同官(非尽归之也。七分之中渠处不必有祖父书),而毛、张之书则弟代守之,守得一日是一日,且他日弟分家,但分财并未分书,论理弟亦应得其半,今即不争此,难道作不得主,听乃侄卖去乎(约计书须若干钱始可售,便中未及)?"④ 换言

---

① 李雄飞:《缥缃盈栋,精本充牣——仁和朱氏结一庐藏书研究》,《文献》2001年第4期。
② 王天然:《读木犀轩旧藏〈结一庐书目〉小识》,《文献》2012年第2期。
③ 缪荃孙:《艺风堂文续集》卷五,《续修四库全书》第1574册,第229页。
④ 陈秉仁整理:《张佩纶致朱滍书札》,《历史文献》第十三辑,第163页。笔者按,毛、张乃朱潋之妾。《张佩纶致朱滍书札》(第171页)有云:"为兄计以重价购些七零八落之书,又兼须理子清五分四裂之家事……惟分给毛、张诸子则恐力有不逮矣。"

之，朱学勤结一庐藏书并非全由子清庋藏，张佩纶光绪十六年闰二月初三日日记称"结一庐藏书均在子清处"也不够严密，子清卒后也不全由其子同官继承。

而缪氏提及的这四种，即《结一庐朱氏剩余丛书》四种。李雄飞说，单从书名来看，可知结一庐藏书并未尽归张佩纶。[1] 缪文中也说，经其假借别本补足传之。据陈谊考证，此四种即缪荃孙代朱澂编校，在1912年十二月二十八日经书商钱长美之手，由朱澂之子士林售给嘉业堂主人刘承幹。[2] 此条一可证朱澂有结一庐剩余的藏书，二可证结一庐藏书并非尽归张佩纶。退一步来说，张佩纶即便获得185箱结一庐藏书，尚有26箱未能收入囊中。张佩纶给朱澂的信中说："其所阙之十八箱杳如黄鹤，并《永乐大典》采辑书四箱亦不知归于何所，计仁字号共少廿二箱，义字号共少四箱。"[3] 此前已说及此事："外舅所遗，收得一部是一部，但不知十八箱之精本已归何人，亟望来书得其详细。"[4] 随后三提此事："以此十八箱（连《永乐大典》采辑及义字共阙廿六箱）化为乌有（如是同官，不应书目中明留一漏），冀其可以得之，则书目可多一二卷之书，兄亦可多见数十种之书，公私兼便。"[5] 由此则可佐证，结一庐起码尚有26箱藏书未归张佩纶，极有可能是朱同官私下留存。而这26箱藏书却

---

[1] 李雄飞：《缥缃盈栋，精本充牣——仁和朱氏结一庐藏书研究》，《文献》2001年第4期。
[2] 陈谊：《嘉业堂刻书研究》，复旦大学2009年博士学位论文，第11页。
[3] 陈秉仁整理：《张佩纶致朱澂书札》，《历史文献》第十三辑，第170页。
[4] 陈秉仁整理：《张佩纶致朱澂书札》，《历史文献》第十三辑，第168页。
[5] 陈秉仁整理：《张佩纶致朱澂书札》，《历史文献》第十三辑，第173页。

是结一庐藏书的精华,张佩纶给朱滷的另一封信中说:"第宋元仅四五十种(宋本仅《周礼》二记,《史记》《晋书》二部不全,余竟无一经史精本,不可解),此外明抄《永乐》辑本为冠,而著名之彭文勤家《廿四史》及《聚珍》全分不见于录(亦有《聚珍》,大约与弟寄之书相似,不全甚多)。据李估则云,在李雨亭所买书却均在内,然佳本均在仁字册,恐此十八箱抽去。……而漏出十八箱精本,将来为外舅辑成书目,名不副实,转使三世藏书之声因此而灭。"① 还可据日记再举一个内证。光绪二十年(1894)四月十六日日记:"邵班卿来,云丁氏承抄文澜阁书,欲向余所藏借抄廿四种。考所藏初无此书,殆传伪也。"次日,张佩纶收到柳商贤的来信,也是替杭州八千卷楼主人丁丙来向张氏借书。张佩纶在日记里感叹道:"盖朱氏藏书名海内,惜已有散佚,不知羽化属何人矣。"张佩纶给朱滷的信中也说:"《永乐大典》各种一部无有,丁遣人来问,以子涵属撰目并无此书复之。陆子亦云见此书今在兄处,实则不知羽化何所矣(究竟子清有无此书,祈伯或知之。缪小山云曾借抄一种,《结一目》中无之)。"②据张佩纶细核,"所少旧刻精抄以结一庐旧目核之,短二百三十馀种(通行本不在内),以所寄子清手抄之目核之,又短《永乐大典》采辑书二百七十余种,而其中存书短本短卷尚难约计,蠹蚀水湿者更复不少"③。可知,结一庐藏书在出售张氏之前已有部分散落于天壤间。

---

① 陈秉仁整理:《张佩纶致朱滷书札》,《历史文献》第十三辑,第166—167页。
② 陈秉仁整理:《张佩纶致朱滷书札》,《历史文献》第十三辑,第176—177页。
③ 陈秉仁整理:《张佩纶致朱滷书札》,《历史文献》第十三辑,第175页。

缪荃孙说："子清殁后，其家贱售之张幼樵前辈，价未清，书亦未全交。"① 缪氏与朱家、张佩纶都有交往，是否存在贱售的情况，张佩纶到底花了多少两白银收购结一庐藏书？邓之诚说："涧于以万金得其妻父朱学勤藏书一百八十二箱。"②《张佩纶日记》中出现与购书有关的"万金"一词，仅见于光绪十八年七月十八日："侯念椿寄来蒋氏《书目》，美不胜收，索价万金。"据《张佩纶日记》所载，光绪十九年三月十三日书估李怡亭、杜心垣南下，又委托搜罗蒋氏书。此处所指蒋氏书，乃苏州蒋凤藻藏书。据缪荃孙《艺风堂杂钞》所载《张幼樵与朱子涵书》曰："索万金，除重复及让价外，可以得之。"③ 实际上讨价还价后，蒋氏书止三四千金。张佩纶致朱澂书信也写道："今年苏州有书出售，清卿（笔者按，即吴大澂）劝兄致之，价止三四千金（索万金，除重复及让价外可以得之）。如同官处葛藤太多，弟竟力不能了，兄无由隔海设策，或谋苏书耳。"④ 换言之，张佩纶以苏州蒋氏书为参照，如果朱同官索价过高，还不如购买蒋氏藏书。为了不落他人之手，张佩纶打算"若能以陆氏所议之值，由弟劝责兼施"⑤，若嫌价少，就剔出朱澂所增新书。从《张佩纶日记》来看，并无明确记载所购结一庐藏书的明确书价，倒是张佩纶致朱澂的信札记载颇详。"尊府之书，同

---

① 缪荃孙：《云自在龛随笔》卷三，载张廷银、朱玉麒主编《缪荃孙全集·笔记》，第65页。
② 邓之诚著，邓瑞整理：《邓之诚文史札记》，第483页。
③ 缪荃孙辑，杨璐整理：《艺风堂杂钞》卷五，第253页。
④ 陈秉仁整理：《张佩纶致朱澂书札》，《历史文献》第十三辑，第164页。
⑤ 缪荃孙辑，杨璐整理：《艺风堂杂钞》卷五，第252页。

官复信,索价五万,书目亦不寄来,其中殆有人为之谋主,恐未必愿归于兄。……无论五万巨款,兄不能有此力,恐四海富贵家亦无此款买书者。"① 另一封信中写道:"因吾弟及祈伯淳属,许以二万金之数相质。兄力不能及,据其对李估口说,二万元亦可,虽一时力不能集,拟借贷分交,以了此愿,俾外舅大人藏书不至他售,岂非幸事。……为今之计,自以急收为宜,但兄筹此款实则是数年心血,须六七年始能还清。……实为拼命买书、克家殉书。"② 一方是索价数万元,一方是举家购书。"同官亲见书之零失……亦不复持两万元之说。"③经过磋商,大概以一万元成交。具体付款流程有张佩纶给朱滢的信为证:"同官之书已令李和顺及仆人往取,兄无一毫诈伪之念存乎此间,款巨至万余,罄奁资不足,借贷得此书,岂能付之一掷。与之约付三千金,以了葬事贷款,全书收到,即为捐一同知,约三千贰百七十余金,余者则与弟妹,可则成,不可则已。"④ 据当时书价行情,缪氏称其"贱售",大体可信。至于购书款,姜鸣引柴小梵《梵天庐丛录》"出李夫人奁金,数甚巨,畀其弟,尽得之",评道:"张佩纶曾用李夫人的陪嫁,收购前任舅子的宋元古籍以帮困,倒是两全其美的双赢买卖。"⑤ 这倒与张佩纶自

---

① 陈秉仁整理:《张佩纶致朱滢书札》,《历史文献》第十三辑,第 166 页。
② 陈秉仁整理:《张佩纶致朱滢书札》,《历史文献》第十三辑,第 166—167 页。
③ 陈秉仁整理:《张佩纶致朱滢书札》,《历史文献》第十三辑,第 176—177 页。
④ 陈秉仁整理:《张佩纶致朱滢书札》,《历史文献》第十三辑,第 171 页。
⑤ 姜鸣:《清流·准戚——关于张佩纶二三事》,生活·读书·新知三联书店 2015 年版,第 94 页。

道的"馨奁资不足"相吻合。需要补充的是，张佩纶不仅将李鸿章给女儿李菊耦的陪嫁奁金拿来垫付了部分书款，还弄了借贷，并答应出钱给朱同官捐官。由此看来，张佩纶确实也是花了功夫，出了血本。

## 二、从日记看张佩纶藏书的其他来源

据上文所引缪荃孙之说，有"张有而朱无者"。换言之，除了收购的结一庐藏书，张佩纶的藏书还有其他来源。一般来说，藏书来源有家储（祖上庋藏）、购买、受赠、誊抄、交换，以及时人求序所送或代人整理的书籍。翻检日记，张佩纶藏书的来源途径主要是购买和获赠，大致情况如下：

光绪四年购买 3 种，借阅 1 种。

光绪五年受赠 2 种，购买 3 种，借阅 5 种。

光绪十一年受赠 10 种，借阅 2 种。

光绪十二年受赠 7 种。

光绪十三年受赠 17 种，借阅 1 种。

光绪十四年受赠 4 种。

光绪十五年受赠 30＋种，借阅 4 种。

光绪十六年受赠 5 种，购买 38 种，借阅 2 种。

光绪十七年受赠 31 种，购买 71＋种，借阅 3 种。

光绪十八年受赠 105＋种，购买 68＋种，借阅 3 种。

光绪十九年受赠 24 种，购买 21＋种及结一庐书帖 185 箱，借阅 4 种。

光绪二十年受赠 9 种，购买 10 种，借阅 13 种。

需要说明的是，有些书籍是赠送还是购买，日记所载较难甄别，但这不影响计算张佩纶受赠和购买的藏书数量。因日记并未记载赠送或购买的具体数量，比如光绪十五年二月初五宗湘文赠各家词集，十七年二月十三日与沈子梅至书肆买得丛书数种，十八年四月王懿荣寄书数种有两次，朱澨寄聚珍板八十余种，十九年三月二十三日称连日书估集津颇有所得，诸如此类，无法精确，姑以"＋"表示。另外，日记所载阅读书籍并未计算在内。据此，大体上能反映出张佩纶十余年的藏书来源和收藏情况。马尾战败，张佩纶被遣戍塞外。自光绪十一年四月至十四年四月三年间未购买1种书籍，"塞上携书甚少"，除了家中邮寄，全仰仗师友馈赠，但数量也较有限，仅受赠38种；借抄之书少得可怜，区区3种。张佩纶受赠、购买的高峰期在光绪十八九年。此时的张佩纶是直隶总督李鸿章之婿，寄寓天津李府，今非昔比。张佩纶购买书籍，一般从友人处购买或由亲属、师友代购，或是书估直接上门推销。现以此二年为例，作一简略考察。

先说厂肆书估。天津是重要枢纽，不管是京城南下还是江南北上，可谓不分南北，四方辐凑于张氏寓宅兰骈馆。光绪十八年三月初二日"厂肆书画估沓至矣"，廿二日书估李怡亭寄来书两种，二十五日日记称"归来倏已半月，案头书籍纵横，今日始稍稍清理"，可见网罗之勤。他如，五月初二日三余堂送书来，廿一日夜杜心垣、李怡亭两贾赴沪，又交二百金托其物色书帖，廿八日得苏州书估侯念椿书，言有宋无注本《管子》。六月初三日三余堂书估亦送书来，初八日侯估寄书四种。七月十八日侯念椿寄来蒋凤藻《书目》，日记称其美不胜收，但索价万金,"力不能致,思择一二以自娱"。八月二十三日永宝书估郭、刘来。十月初一日李怡庭、杜心垣自南致书帖来,初四日李、杜来议书价,拟全取之。十二月廿二日有书贾振胜入都,亲自作陪,连大年三十都有书贾持售《徐骑省集》。光绪十九年,杨估和杜心垣登门或邮寄出售书籍各3次,而书估李怡亭多达7次,深受张氏器重,俨然是张宅的座上常客,张氏数次委托他南下采书,三月十三日再次托其与杜估二人留意蒋氏藏书,并经李氏之手在十月二十日觅得结一庐藏书182箱,杂帖3箱。十一月初四日夜,还与之讨论求书之法。有些书估是受张佩纶亲友推荐前来的。如三月初九日欲赴朝鲜拓碑的富华阁碑贾王春山,乃王懿荣所推荐。四月初五日保定书估奎文堂王姓由内所荐来。更有孜孜不倦者,光绪十八年十二月廿九日前来兜售《六书音均表》,张氏未收,次年十二月十五日夜又持此书前来,真可谓不分昼夜,不达目的誓不罢休。三月二十三日载,"连日书估南来者集津,颇有所得"。还有许多抱书前来,因索价过昂而未成交的无名氏。这些足以证明了张佩纶处于天津藏书圈的中心地带,是众多厂肆书估青睐的重点对象。

次说亲属师友。比如,张佩纶钦慕苏轼,谪居塞上时,携书甚少,便写信给内弟朱潽说:"如游厂肆,如有《东坡七集》,代购一部,板须好,价随意酌之,便中告知安侄(笔者按,即张安圃)同留意。安侄处有《三苏全集》,但板不佳耳。"① 张佩纶长子志潜说:"再同外舅、廉生祭酒皆与先公为文字交。塞上

---

① 张佩纶:《涧于集·书牍》卷四《复子涵内弟》,《续修四库全书》第1566册,上海古籍出版社2002年版,第515页。

三年、津门七载，或论《管子》学，或谈碑板，鱼雁最烦。"①翻检日记，确如张志潜所言。张佩纶每段时期与某位藏书好友联系比较密切，谈论碑板获取书籍。比如光绪十一至十六年的黄国瑾（1849—1891），字再同，黄彭年之子。父子二人皆嗜藏书，家有书楼训真书屋、咏雪楼，所藏精品颇富，仅宋本元刻达数十种。叶昌炽乃彭年弟子，《藏书纪事诗》卷六有著录。因彭年于光绪十六年十二月初四病殁鄂藩任所。张佩纶初五日日记载，国瑾亦病，恐难往鄂奔丧，次年二月廿四日国瑾下世，故张佩纶与黄国瑾的书籍往来也于光绪十六年戛然而止。据日记所载，光是因张佩纶笺注《管子》，黄国瑾分别借寄了和刻本、明本两种，其中明本张佩纶借抄了两次，还寄过"王刻十子"、《湖海楼丛书》《张太岳集》等。他如光绪十七年的沈能虎。沈字子梅，曾从李鸿章攻捻军，官直隶通永道，后任招商局总办。此年的二至四月间，张佩纶3次从沈处买入《文选楼丛书》等数十种书籍。光绪十九年六月十四日沈又来张宅通风报信，说常熟瞿氏藏书有出售之意。而在光绪十八九年，张佩纶与谁过从甚密呢？就是张志潜说到的廉生，即王懿荣（1845—1900）之字。王氏乃著名藏书家、甲骨文学家，博涉书史，嗜好金石，有藏书楼天壤阁等，郑伟章《文献家通考》卷二十著录。这两年当中，日记所载与时在京城的王懿荣通信和会面每年达30次以上，揆诸时情，二人可谓交往十分频繁。除了前面提到的为张佩纶介绍书估之外，王懿荣有自己固定且熟知的书估。如张佩纶光绪十八年三月初七日载，在京途遇王氏，

---

① 张志潜：《涧于集·书牍后序》，《续修四库全书》第1566册，第620页。

当晚便遣一个"颇长于目录之学"的书估杨世桢来给张送书。因张佩纶与夫人李菊耦酷爱书画碑帖，王懿荣单是这两年为之物色了《雁塔圣教》、宋凤墅石刻禊图、隋砖等珍本精拓，之前的光绪十七年寄来了明拓唐帖《皇甫》《雁塔》《圭峰》《玄秘》四本。王懿荣所藏多明南监本，尤以宋刻《汉书》最为名贵。①光绪十八年三月二十二日日记载，张佩纶有幸在光绪七年花了百两白银购得监本《金史》、冯刻《三国志》及闻人本《旧唐书》，王懿荣认为后者足可抵得百金之价。十九年十二月廿三日张致信给王，托其代购监本《新唐书》，以补全监本廿二史。王懿荣为之代购过多种聚珍本，并赠送了家辑的《天壤阁丛书》和多种《兰亭》拓本等，还格外关心张佩纶所收的朱氏之书。张于十九年十一月初一收到王氏书信，"言朱处之书以《周礼》《晋书》及《两汉会要》为最，蔡梦弼《史记》次之，其难得在唐宋元明钞本各集"。

除了代购或赠送，张佩纶的好友也会为之引荐，如光绪十八年六月十七日洪翰香携其族人书籍数种来售。概之，除了获得结一庐藏书精华之外，张佩纶的藏书一部分乃自己购买、誊抄，一部分由亲友赠送。

## 三、从日记看张佩纶藏书的规模及其特色

据张佩纶日记所载，光绪十七年二月廿五日日记说："斋中书籍纵横，廿二日尽去客次床几，以书笥十列于东壁，增书至

---

① 郑伟章：《文献家通考（清—现代）》，中华书局1999年版，第1151页。

二千卷。"光绪十九年正月初一日日记称"去年储书渐富",同年十二月三十日日记号称"得书数万卷,书高于屋"。由上可知,撇去所收的结一庐185箱书帖不计算在内,张佩纶大概受赠或购买合计460种以上,借抄38种,若加上平时的阅读量200余种,按最保守的估计,总量超过700种。若加上这185箱,张佩纶的藏书量绝对令人叹为观止。同时期的钱塘丁丙、丁申兄弟建八千卷楼,尚不过万卷。上文已引,丁氏曾托人数次向张佩纶借书抄录。张佩纶号称"数万卷",绝非夸张。据《大清畿辅先哲传》卷二十六所载,张佩纶仿照《四库全书》体例,编有藏书目录《管斋书目》。今有日记为证,光绪十九年三月十八日载,张佩纶藏有《曹子建集》,认为以无《七步诗》者为佳本,但曹子建实有《七步诗》,故作了一通考证,说:"偶因《曹集》略及一二,其详具余书目附注中。"可知张佩纶在搜罗书籍时,已着手编撰书目。后又有《丰润张氏书目》,今存华东师范大学图书馆,系徐氏积学斋蓝格钞本,依箱著录,不分类。郑伟章称此目著录约600种,皆为钞本。又据今藏南京图书馆《国立中央大学国学图书馆小史》引张志潜的话说,1911年也就是离张佩纶去世尚不足十年,其藏书有五百余箱之多,但因辛亥国变遂被宋教仁攫去,宋卒后,藏书遂散,1916于右任出面,仅追回120余箱。① 据此可知张佩纶藏书最高峰时有500余箱,远远超过所收的结一庐藏书185箱。至于《丰润张氏书目》所著录的600种抄本,只是劫余后的藏书量,而张佩纶苦心搜罗的稀见刻本必定不在此数之内。一言以蔽之,张佩纶

---

① 郑伟章:《文献家通考(清—现代)》,第1168—1169页。

的藏书规模不可不谓宏富，说他能跻身于晚清藏书大家之列，当无异议。

前文已提及王懿荣告知张佩纶，朱氏结一庐藏书最难得的在于集部唐宋元明钞本。其实在购得朱氏藏书之前，张佩纶早已留心搜集抄本。光绪十九年正月初六日记载："十年购书，间有精抄本，然心绪烦劣，不能审阅也。晴窗偶检《邓巴西集》。阅之，系人抄本经校者，从《元文类》补文五篇。《石渠宝笈》补《郑佥事平安书》二通，乃从鲍氏通介叟家藏本过出，亦善本也。又得《居竹轩》及《蒲顺斋闲居丛稿》，亦抄本。然余所以爱者，则以黄荛圃所得旧抄《管子》、顾千里所得旧抄《韩子》两种为最。两本，《管》已为金陵局所刊，《韩》则吴山尊刊之，然局刊《管》本少一页。抄本诚可宝矣。"张佩纶搜罗书籍多年，至此已收得精抄本多种，认为"抄本可宝"。这在佞宋成风的清代实属难能可贵。降至清末，即便是精抄本也难得一觅。张佩纶光绪十九年十一月三十日日记曰："阅许白云、张光弼、陈夷白三集，皆金氏文瑞楼精抄本，后归法梧门，展转入结一庐。梧门不以藏书名，而所收甚富，盖其时旧本易得，不如今日之难能可贵，且见老辈无不储书，决不如今之名士手一二唐宋人集，便胆大以粗睥睨一切也。"换言之，当下名士捉笔抄写唐宋人集也是较为名贵的，故有王懿荣之说。但是，我们也别以为张佩纶唯抄本是瞻。光绪二十年六月初六日载，张佩纶已收有宋人周密所著《志雅堂杂抄》刻本、抄本各一种，翻阅之后，认为此书"殊琐碎无足取"，"极浅陋，无异兔园册子，其人特今之骨董家而已，士大夫得一精抄以为秘本，甚无谓也"。也就是说，张佩纶认定抄本的标准是从学术价值上而言的，并非只从抄工等外在形式上着眼。光绪十五年三月十二日日记称，读书当求诸善本。十七年六月十八日日记载，因见方志陈旧，体例浅率，考证疏陋，也是想觅得善本以资披览。正是由于这个原则，张佩纶才对清中期著名的黄氏校抄本、顾氏校抄本珍若拱璧。据日记所载，张佩纶所珍爱的黄抄本是光绪十八年十月初一日觅得。此本是乃黄丕烈旧藏影宋《管子》抄本，且十三卷以下由黄氏精抄补全。细检日记，诚如张佩纶所说，在购得结一庐藏书之前，十年间有精抄本，数量并不多，除了上引的名家精抄本之外，还收藏了宋穆修《伯长集》抄本、清人杭世骏《续礼记集说》抄本。光绪十八年三月十一日日记曰："九弟寄《宋三贤集》，柳河东、穆参军、尹河南。余在都正得穆集抄本，见此可发一笑，物罕见珍，此之谓矣。"

张佩纶藏书不仅对名家抄本视若珍宝，还对一些雕刻精良的善本青眼有加。即以穆修集为例，光绪十八年三月二十日日记载："穆修《伯长集》，代州冯秋水方伯如景顺治中刻之金陵。……据此则穆集已有冯刻，然《四库》所收乃钞本，粤刻《三宋人集》亦据丁雨生所藏抄本，盖冯刻已如星凤矣。"他如，光绪十九年正月初七日读宋刘敞《公是先生弟子记》，盖此本为四库所收的浙江巡抚采进本，《四库提要》称此本乃宋淳熙赵不黯校本，证以《永乐大典》所引，也可谓"罕觏之笈"，所以张佩纶也说"传刻者犹善本也"。仅以日记所载为限，张佩纶藏有以下旧椠精刻：

（一）宋本或影宋本 5 种：光绪十六年二月十四日莫友芝翻刻宋本《陶渊明集》。六月廿七日宋本《管子》。光绪十八年十月十二日宋本《祖龙学集》。光绪十九年十月廿二日明项墨林、季振宜藏宋本《陆士龙集》。十一月廿四日宋本《广韵》。

（二）元本7种：光绪十一年十一月二十日草堂麻沙本《杜诗》。光绪十七年九月初七日元《纂图互注荀子》《扬子》《文中子》三种。光绪十八年十月初一日元本《千家注杜》。光绪二十年二月廿六日元本《文粹》及刘须溪评点《王荆文公集》。①

（三）明本8种：光绪十五年正月廿六日汲古阁本《元遗山集》。光绪十七年七月廿二日汲古阁本《说文》。十一月三十日汲古阁本《韦苏州诗》。光绪十八年十月初一日明初刻足本《贝清江集》，初八日明嘉靖本《周礼》。光绪十九年二月廿六日明刻钱谦益《初学集》。光绪二十年正月廿一日明弘治吕㦂刻本《王右丞集》。四月十四日明刻《王忠文集》。

（四）清本16种：光绪十七年九月初十日缪荃孙刻本五种，"纸板甚精"。十三日雍正云间赵骏烈刊本《后山集》。十二月十五日《带经堂全集》，"纸板初刻精雅"。光绪十八年三月二十日顺治冯刻本《伯长集》、浙江翻聚珍本《文恭集》。廿一日聚珍本《西台集》。四月十三日雁湖《荆公诗注》《陆宣公奏议》一部，"皆精本也"。光绪十九年十一月十五日陈思胪刻本《吕东莱集》，"亦佳"。光绪二十年正月十一日《永乐大典》辑本《王魏公集》。十六日武英殿聚珍本《刘忠肃集》。二月十九日武英殿重编本《攻媿集》，"诚为旧帙孤本"。

邓之诚在1949年9月21日日记中说："阅《涧于日记》毕，

---

① 据缪荃孙《云自在龛随笔》卷三所附张佩纶藏书目来看，宋版有34种，元版35种。《日记》所收宋元版12种中，《陆士龙集》《广韵》《文粹》与缪氏所录张佩纶藏书目重合。载张廷银、朱玉麒主编《缪荃孙全集·笔记》，凤凰出版社2013年版，第68—71页。

亦有一二轶事可采。润于以万金得其妻父朱学勤藏书一百八十二箱（艺风云：款未交足，书亦未全交），集部钞本最多，宋本以《周礼》《晋书》《两汉会要》为甲观。"[1] 因日记并未记载这3种宋本的来源，盖乃结一庐藏书流出之物，故上述名单中未予胪列。而邓氏所言"集部钞本最多"，也是就此而言的。实际上从四部分类来看，在收购结一庐藏书之前，张佩纶日记中所载集部书并不多。十八年八月十九日日记称"箧中集部最少"，当是实话。书家向来会凭着自己的喜好来藏书，张佩纶也如此。因为不喜欢清初王士禛，张佩纶在日记中三番五次对其口诛笔伐，这自然影响到他的收藏门类。光绪十八年三月二十日日记载："又得《池北偶谈》一种。余向不喜渔洋，故此类全未收取也。今乃无意遇之。津门书少，收例稍宽。"只不过是碍于此时藏书较少，故而不得不放宽范围。

## 四、娱情与治学：张佩纶藏书的两大目的

张佩纶搜集图书碑帖的主要目的，一是娱情，二是治学。

读书能消遣时光，娱悦身心。如光绪五年七月二十七日日记称，向顾肇熙借《南宋杂事诗》，"阅注中琐闻，碎录以资消遣"。而谪戍塞外的日子更加寂寞孤独，正如张佩纶给张曾敭写信所说："初到戍所，不能无迁谪之感，离索之怀。日来闭户读

---

[1] 邓之诚著，邓瑞整理：《邓之诚文史札记》，第483页。

书，渐忘之耳。"① 打发时光的一大方式便是读书。光绪十二年八月二十日曰："连日体颇不适，间阅朱子集，以养心节虑。"十月初十日读《庄子》遣闷。更多的是读苏轼诗来解闷。张佩纶作诗曰："谪居问何学，所愿则东坡。"② 入塞三年，四次谋居，或以苏轼诗命名，或自比苏轼来解嘲。③ 而寄寓李鸿章译署的日子也并不十分如意。光绪十七年五月初十日晚与李鸿章讨论洋布机器局事，因意见不合，张佩纶说："余已废弃，分当不交人事，而贫困无归，遇事又不能默默，非吏非隐，殊自愧也。"光绪二十年（1894），日本出兵朝鲜。五月二十六日日记说："余废人也，谋未必合时，殊为愤闷，姑无言预坐而已。"七月初五日又说："余执不在其位之例，不听即已，亦不力争也。"张佩纶的尴尬身份与秉性议事，结果被逐出译署。光绪二十年九月十四日日记载，乘舟漫游之际，也是携杜甫、苏轼、王安石、朱彝尊及李商隐四家诗集以解寂寞。除了消磨时间，张佩纶是真心爱书之人。光绪十八年五月十一日日记说他嗜好本朝黄仲则诗，十八岁时从宗载之处借抄全集，27年之后才买得《两当轩诗集》，"披阅一过，如遇故人"。书籍不仅使张佩纶如遇故友，欣喜若狂。光绪十八年十月十二日，因为没有翻检到宋本《祖龙学集》，为之郁闷数日。而光绪十九年三月初七

---

① 张佩纶：《涧于集·书牍》卷四《致张晓帆太守》，《续修四库全书》第1566册，第505页。
② 张佩纶：《涧于集·诗集》卷三《北海轩十首》其七，《续修四库全书》第1566册，第107页。
③ 详参拙文《从〈张佩纶日记〉看其流放生活和钦慕对象》（《博览群书》2015年第10期），又见本书第十二篇。

日，案上的元瓷水盂被新来的小僮误碎，张佩纶说："余从不以误碎物呵斥僮仆，惟书则禁止涂抹耳。"心疼的是书！张佩纶喜好收藏书帖，还有一个同好李菊耦。如《兰亭序》拓本便有定武肥本、神龙本、定武瘦本3种，《圣教序》《雁塔》也有精拓旧本好几种。光绪十九年四月初七日，书估送来《珊瑚帖》《复官帖》，索价千金，因无力购买，李菊耦"暇中双钩之，惟妙惟肖，亦闲中一乐也"。诚如张佩纶光绪十七年三月初七日所言："余校《管》余暇，颇以书画为怡性遣闷之具，较量吏隐闲者之福多矣。"

其二是治学。张佩纶光绪十八年四月十一日日记曰："藏书不多，何能轻言著述哉！"治学，必须拥有大量藏书。张佩纶一生当中最主要的学术活动就是笺注《管子》。为了注《管》，可谓孜孜不倦，不遗余力。光绪十七年五月十六日日记曰："修理《管》注，苦无养性之乐，至是始定日注《管》而夜读书，或诗或文，不事考证，以畅其趣。"张佩纶是一边注《管》，一边读书，穷索冥搜四部中对《管子》及管子本人的评议文字。比如光绪十一年十一月向朱潏借俞荫甫《诸子平议》之《管子》六卷，阅《周礼注疏》以证《管子》。光绪十七年四月从《玉海》《东都事略传》稽考出丁公雅有《管子要略》五篇。光绪十八年九月以《艺文类聚》大字本、《长短经》校引《管子》数十条。光绪十九年，二月读《唐书》摘录所引《管子》一条，收入逸文当中；又杂阅宋人集中题跋来考《管子》，仅取韩元吉《读管子》入抄；六月摘录朱武曹校诸子之《管》数十条。有趣味的是，张佩纶于诗人当中最敬仰苏轼，光绪十七年十月初六日读其《琴诗》时，以《管子》注苏诗，自鸣得意地说："是能读

《管子》者，莫如东坡矣。余数年来作《管》注，读坡诗，为两家结一重缘，亦熟能生巧欤。"当然，最有效的无疑是获取各种版本的《管子》及相关著述。细核日记，大致如下：（一）光绪十一年4种：十月初二日《十子》本、江宁局本，十月廿六日方望溪删定本、士礼居宋本。（二）光绪十三年7种：正月初六日明朱长春《管子榷》、明梅士享《诠叙管子成书》，均为内府藏本。三月初一日章洪钧寄崇文书局《百子》本。五月二十一日黄国瑾寄日本刻《管子》。六月初六日尹注《管子》。八月初五日《管子义证》，戴子高校《管子》。（三）光绪十五年3种：正月初四日向于式枚借吴勉学《管子》本。七月初五日向胡云楣借王南陔《管子·地负篇考证》，二十八日黄国瑾寄《管子》明十行无注本。（四）光绪十六年1种：六月二十七日常熟瞿氏校本。（五）光绪十八年3种：四月二十九日何如璋注本，闰六月初五日书估侯念椿寄莫友芝藏明本，十月初一日黄丕烈藏影宋补抄本。另外，光绪十二年二月初五日载，谪友龙继栋许借吴山尊注《晏韩合编》刻本，但始终未借。概之，张佩纶购买、借抄的《管子》多达18种，其中黄国瑾所藏的明十行无注本在光绪十六年四月又借抄了1次。单论注《管》所引版本，张佩纶也可傲视群雄了。

## 五、结论

综上所述，通过以《张佩纶日记》为中心的考察，我们可以对张佩纶藏书得出如下结论：

一、仁和朱氏结一庐藏书的精华归于张佩纶。张佩纶通过结一庐主人朱学勤次子朱澂的介绍，于光绪十九年十月请书估李怡亭、杜心垣运作，在十月二十日午后由李怡庭及家仆王福从杭州取回至天津寓所，共计185箱，其中书182箱，杂帖3箱。《张佩纶日记》并无明载所耗资金，但据信札来看，大概是按陆心源所开的万元之价购入的。在此之前的光绪十一年四月，朱澂曾赠书给谪戍塞外的张佩纶。结一庐剩余藏书一部分由朱同官留存，一部分归于朱澂，后来其子朱士林出售四种给湖州嘉业堂。

二、除了所购结一庐的185箱书帖，张佩纶藏书的主要来源途径是受赠、购买及借抄。张佩纶藏书有十数年之久，光绪十七年仅有二千卷，到了光绪十八九年藏量激增，到光绪二十一年其藏书总量起码超过680种及185箱，达数万卷之多，1911年辛亥革命前藏书规模达到顶峰，高达500多箱。藏书期间，张佩纶已着手编撰藏书目录。而《丰润张氏书目》乃国变劫余后追回的120余箱之存目，约600种，皆为抄本。张佩纶所收结一庐藏书之精华是《周礼》《晋书》《两汉会要》、蔡梦弼《史记》以及唐宋元明集部钞本。此外，还藏有一些精刻精抄的宋元明清善本。张佩纶收藏书画碑帖的主要用于娱情和治学。

（原刊于《文献》2017年第2期）

# 晚清朱氏结一庐藏书售卖始末
## ——以张佩纶信札、日记为中心的考察

晚清道咸年间，朱学勤、朱澂、朱潜父子的结一庐藏书精本充牣，名甲江南。关于朱氏的聚书过程及其藏书特点，李雄飞、陈祺已有专文讨论。[①] 朱澂殁后，结一庐藏书被迫流散。叶昌炽、缪荃孙、邓之诚等人认为其精华归于朱学勤之婿张佩纶。[②] 实际上，张佩纶除获得185箱结一庐藏书之外，尚有26箱未能收入囊中。结一庐藏书的流散，李雄飞一文亦有涉及，而关于结一庐藏书售卖的详细过程、最终售价及剩余书籍的归属，仍语焉不详，实有探讨的必要。缪荃孙《艺风堂杂钞》辑录两封张佩纶致妻弟朱潜信札[③]，可略窥一斑。陈秉仁整理三十

---

[①] 李雄飞：《缥缃盈栋，精本充牣——仁和朱氏结一庐藏书研究》，《文献》2001年第4期；陈祺：《结一庐藏书考论》，《宁波大学学报》2012年第2期。
[②] 详参叶昌炽著，王欣夫补正：《藏书纪事诗附补正》，上海古籍出版社1999年版，第691页；缪荃孙：《艺风堂文续集》卷五，《续修四库全书》第1574册，上海古籍出版社2002年版，第229页；邓之诚著，邓瑞整理：《邓之诚文史札记》，凤凰出版社2012年版，第483页。
[③] 缪荃孙辑，杨璐整理：《艺风堂杂钞》卷五，中华书局2010年版，第252—254页。

二通并予刊出①，其中十六通与结一庐藏书的售卖有关。这对于了解双方买卖的过程和细节具有重要的史料价值，今据张佩纶的信札和日记，作进一步的考察，权作抛砖之引。

## 一、结一庐藏书售卖的两大缘由

张佩纶光绪十六年（1890）二月二十九日日记载，二月廿六日朱澂（字子清）去世。② 结一庐藏书并未立即流散。是什么导致结一庐藏书也逃不脱人死书散的宿命呢？大抵说来，有以下两大缘由。

其一，朱澂子嗣较多，姬妾蛮悍，家事繁乱，全家分崩离析，这无疑牵涉到重要的遗产结一庐藏书。张佩纶光绪十六年三月二十二日日记载："子涵自江宁归，留之午饭。子清七子家事，颇费斟酌也。"③ 朱澂有七个儿子和多个姬妾，人多心杂，无法团结一道，共同守护祖先留传下来的图书遗产，就连弟弟朱潜也袖手无措。而张佩纶的原配朱芷芗早于光绪五年五月初五日病逝，作为姑父的张佩纶也爱莫能助。他致信朱潜曰："将来为同官官事，屏当申官嫁事，亦当竭蹶任之，惟分给毛、张

---

① 陈秉仁整理：《张佩纶致朱潜书札》，上海图书馆历史文献研究所编《历史文献》第十三辑，上海古籍出版社 2009 年版，第 155—177 页。按，张佩纶《涧于集·书牍》（载《续修四库全书》第 1566 册）卷三、卷四、卷六共收录九篇《致朱子涵内弟》，均与结一庐藏书售卖无涉。缪氏所收两通亦见于陈文，个别文字稍有出入。
② 张佩纶撰，谢海林整理：《张佩纶日记》，凤凰出版社 2015 年版，第 232 页。
③ 张佩纶撰，谢海林整理：《张佩纶日记》，第 245 页。

诸子则恐力有不逮矣。"① 叱咤风云的清流"四谏"之一张佩纶也坦称"力有不逮",可见朱澂家事实在过于繁乱,张不仅要为朱澂之子同官捐官、申官嫁娶出谋划策,还得考虑到朱澂两个悍妾的野蛮抢夺。同年十一月初五日日记载:"子涵书来,子清之子同官死军械所。"光绪十七年七月为之补记曰:"后闻浙书,同官未死,盖子清之妾毛氏伪造一电给子涵也。子清有此悍妾,贻累无穷。"② 为了抢夺财产,朱澂姬妾不惜动用卑劣的手段。这场旷日持久的家产争夺战必然殃及朱氏重要的财产结一庐藏书。"据同官云,子清下世后数日渠始归,恐毛姬或取数箱精本以去,亦未可知。毛之箱件均存其姊家。"③ 朱澂甫一离世,姬妾毛氏便打起了藏书的主意,公然掠去数箱。不只是毛氏,还有张氏,有张佩纶致朱潽信札为证:"与其卖书分钱,不如弟公断,将毛、张收回书作七分分之,言明以祖父所得书归之毛、张,作钱若干……而毛、张之书则弟代守之,守得一日是一日。"④ 更可恶的是,在光绪十九年十月张佩纶派人购买结一庐藏书的交易现场,"李及两仆检点时,张姬诸子出而抢窃,虽经式如追出十余册,而污损狼籍不堪,更难保不有抛弃隐匿者,真藏书之一劫也"。⑤ 江南名门朱家居然出现哄抢遗产的卑劣不堪之事,可谓斯文扫地。

其二,作为继承了大部分藏书的朱澂长子朱式如,身陷债

---

① 陈秉仁整理:《张佩纶致朱潽书札》,《历史文献》第十三辑,第171页。
② 张佩纶撰,谢海林整理:《张佩纶日记》,第291页。
③ 陈秉仁整理:《张佩纶致朱潽书札》,《历史文献》第十三辑,第172页。
④ 陈秉仁整理:《张佩纶致朱潽书札》,《历史文献》第十三辑,第163页。
⑤ 陈秉仁整理:《张佩纶致朱潽书札》,《历史文献》第十三辑,第170页。

务危机，加上自己嫖赌逍遥，故打算兜售书籍来析分家产，还清欠款。据张佩纶给朱潽信中称："同官之书已令李和顺及仆人往取……与之约付三千金，以了葬事贷款，全书收到，即为捐一同知，约三千贰百七十余金，余者则与弟妹，可则成，不可则已。"① 另一封信说："慕韩（按，指孙宝琦）亦止能向同官理直欠案。"② 可知，朱式如数事缠身，丧葬、捐官要花钱，欠款案也需打点，所以开销上捉襟见肘，不得不打结一庐藏书的主意，来解决燃眉之急。另外，朱式如有纨绔子弟的恶习，喜欢嫖赌。张佩纶给朱潽的一封信中透出端倪："弟诚思之，以兄之为人，岂有以竭蹶而得之巨款供内侄嫖赌者？"③ 朱式如深陷多个经济危机，兜售价值不菲的结一庐藏书可能是一大选择。

朱式如为了卖得一个好价钱，似乎跟姨太毛氏有过商议。因为在朱式如看来，与其任凭姨太明抢，不如由自己这个结一庐藏书的"大股东"来统一打包兜售，这样可以满足朱、毛、张等人的利益最大化。据张佩纶光绪十八年九月至十一月间写给朱潽的信中称："大约一时不得售主。陆心源曾还以万元之值。时方得毛之横财，同官不肯售而止。"④ 此时的朱式如已经收回毛氏所抢之书，捂书惜售，希望卖出更高的价钱。而且，朱式如还有一个更大的"野心"，如有机会便独吞售书款。有张佩纶给朱潽的信为证："弟当云不能禁其为，非能禁其卖书之直

---

① 陈秉仁整理：《张佩纶致朱潽书札》，《历史文献》第十三辑，第168页。
② 陈秉仁整理：《张佩纶致朱潽书札》，《历史文献》第十三辑，第169页。
③ 陈秉仁整理：《张佩纶致朱潽书札》，《历史文献》第十三辑，第170页。
④ 陈秉仁整理：《张佩纶致朱潽书札》，《历史文献》第十三辑，第164页。

不独吞乎。"① 换言之，朱潜是无法禁止朱式如的售书行为，更不能杜绝其独吞书款。

## 二、结一庐藏书的最大买家张佩纶

朱式如一开始并不想卖书，而是想打着"献书"的旗号来达到捐官的目的。张佩纶给朱潜的信中说："慕韩昨有书来，亦劝兄怂恿合肥买书，否则盛道所见殊谬，兄何取以岳家之书复送一岳家手乎？……何况今日卖书亦非雅事，兄不忍向合肥启齿也。"② 孙宝琦来信建议张佩纶劝李鸿章收购结一庐藏书。但张佩纶不忍承受把旧岳父之书转手给新岳父的谴责，加上一身的书生气，觉得卖书也不是什么光彩的事，羞于启齿，故张佩纶在信末感叹道："献书之说尤谬，合肥何至如此糊涂，岂代卖书而助赈耶？"③ 孙宝琦只好作罢，不得不把目光转向盛宣怀。

结一庐藏书名震江南，自然受各路藏书家的青睐。孙宝琦希望游说李鸿章、盛宣怀购入结一庐藏书，这自然有政治的考虑，终皆化为泡影。风传的买主还有广东南海的孙广陶："据介轩云，旧书已售与粤东孔氏。慕韩云不确。"④ 真正有意愿的，是当时鼎鼎大名的藏书家陆心源、丁丙，而最终的赢家则是张佩纶。后来朱潜责备张佩纶有"骗书"之说，张佩纶反驳道："倘以诱令售书为兄过，试问丁松生、陆心源买之（陆过

---

① 陈秉仁整理：《张佩纶致朱潜书札》，《历史文献》第十三辑，第163页。
② 陈秉仁整理：《张佩纶致朱潜书札》，《历史文献》第十三辑，第163页。
③ 陈秉仁整理：《张佩纶致朱潜书札》，《历史文献》第十三辑，第164页。
④ 陈秉仁整理：《张佩纶致朱潜书札》，《历史文献》第十三辑，第164页。

津，商与盛合买，兄力阻之，并讽陆以买此书，我必见怪，因而中止），弟能遥制否？……兄实万不得已而姑为此孤注。"① 另一封信也坚称："卖书之说，同侄不讳，慕韩则欲归之盛道，存斋则启遍告之都津，岂兄诱人子弟为非者？"② 陆心源为了想得到结一庐藏书，一方面与盛宣怀联手，打算合伙购买；另一方面，在张佩纶寓居的天津强打广告牌。

朱式如选择姑丈张佩纶，其实是多个因素的结果。而张佩纶利用自己的身份、地位及其手段，获得了最终的胜利，这源于两个极有利的原因：一是朱式如的姑丈，有内弟朱濬的襄助，先行公关，"劝责兼施"③，从中斡旋，有人和之利；二是天津直隶总督李鸿章的快婿，有政治上的优势，能为朱式如的捐官提供一臂之力，还可为中间人朱濬的改差向李鸿章打探内情。朱濬致信张佩纶时，常闪烁其词，张佩纶也看出来了："来书吞吐之间，无非有一合肥在念耳。"④ 因为朱濬要改差，不得不求助于张佩纶。光绪十六年五月，张佩纶给朱濬传话："兄仅将中郎不妥之说向合肥略及，留为后图。……成与不成亦只能听之天意，兄无十分把握也。"光绪十九年九月去信又称"据合肥云……属弟初试格外谨慎云。"⑤ 光绪十九年九月致信朱濬："及兄出头，而合肥于弟事本不甚在意，特因兄言之再三，允为致

---

① 陈秉仁整理：《张佩纶致朱濬书札》，《历史文献》第十三辑，第169页。
② 陈秉仁整理：《张佩纶致朱濬书札》，《历史文献》第十三辑，第172页。
③ 缪荃孙辑，杨璐整理：《艺风堂杂钞》卷五，第252页。
④ 陈秉仁整理：《张佩纶致朱濬书札》，《历史文献》第十三辑，第173页。
⑤ 陈秉仁整理：《张佩纶致朱濬书札》，《历史文献》第十三辑，第162—163页。

书。……兄意弟已得差，亦无庸再向合肥之幕友细询，转似弟过河拆桥者。好在兄并未引以为功。"① 光绪二十年五月，朱澂想调优差，张佩纶分析情势后称："弟乏奥援，此时未必能调优差，止可顺时作退一步想而已。"② 从光绪十八年五月至二十年五月之间，张佩纶均为朱澂向李鸿章探询差遣内幕，并从中打通关系。

除了这两条，张佩纶还列出了五条颇富情理的说辞：

> 一则尊府三世之藏不落他人之手；二则兄可以余暇代纂《结一庐藏书目》，以报廷尉知爱，以慰三姊九京；三则兄暂得此书籍以著述，俟吾弟得缺，仍原价取回；四则款由岳母手分，不至同官浪用，终于一钱不存；五则毛款清厘，日后免波及老弟受累。有此五则，兄所得之益甚微，然所以发愤一言者，至戚谊无可辞，又深恨贵乡人之窃笑于后也。③

关于第一条，这是张佩纶自以为最坚确的理由。他三番五次说："外舅大人藏书不至他售，岂非幸事？"④ "此事兄不必以才见，乃以义之所在，成则保全外舅之书。"⑤ 感戴朱学勤的恩德，最好的方式就是保全结一庐藏书。张佩纶甚至用朱学勤两

---

① 陈秉仁整理：《张佩纶致朱澂书札》，《历史文献》第十三辑，第169页。
② 陈秉仁整理：《张佩纶致朱澂书札》，《历史文献》第十三辑，第176页。
③ 陈秉仁整理：《张佩纶致朱澂书札》，《历史文献》第十三辑，第164页。
④ 陈秉仁整理：《张佩纶致朱澂书札》，《历史文献》第十三辑，第166页。
⑤ 陈秉仁整理：《张佩纶致朱澂书札》，《历史文献》第十三辑，第170页。

次"托梦"的方式来陈情,希望说服朱澂和朱式如:"当李估归日,兄因书散佚烦闷,夜梦三姊侍外舅之侧,大理手于几上画一敬字,默无一言,而神采如兄初见时。知此番书之得脱浩劫而归之蒉斋,乃大理之灵爽式凭也,安得不敬而承之。"① 这无疑具有极大的"合法性"。大约在光绪十九年十二月十八九日,张佩纶致信朱澂曰:"如其外舅不欲书归蒉斋,则何不于事先梦阻吾弟,而梦中整顿书籍乃在至日书已到津之后。"他接着说,自己和朱家是至戚,此举主要是为了保全藏书,不致落入外姓之手。"以家中三世之藏书,一旦为之外姓,原不能不憯然悚然,故兄前数年全未动念,后知万难保全,始为此竭力之举,负债六七千金,焦劳二三百日,始得稍副外舅冥冥之意,而欺之乎?欺鬼神必降殃祸,欺弟有何便宜?"耗费人力、财力,抢救结一庐藏书,就是报答岳父朱学勤的知遇之恩。此信还说:"两梦遥遥相证,似外舅灵爽实不能忘情于书,未能忘情于书目。……细阅乃辛巳年所梦,当时何未告兄,然则刻书目乃老人意,已兆于十年之前矣。"② 朱学勤确有托付之意,真正用意实是嘱托张婿整理藏书目。这也就是张佩纶说辞中的第二条理由。推之,如果没有结一庐藏书,那么编纂结一庐藏书目就成了一句空话,朱学勤的"遗嘱"便形同一纸空文。这两条确实最具说服力。张佩纶为了表明自己的仁义与孝心,还说:"见在杭人均知尊处之书归我,尚无卖书之名,而廉生诸公兄告以

---

① 陈秉仁整理:《张佩纶致朱澂书札》,《历史文献》第十三辑,第171页。
② 陈秉仁整理:《张佩纶致朱澂书札》,《历史文献》第十三辑,第172页。

子涵托撰书目,属同官寄押我处,他日由弟取归。"① 廉生即王懿荣。张佩纶向好友王懿荣等人宣称,是朱澂委托自己编纂书目,让朱式如寄押在此,倘如朱澂得到实缺之官,赴任当差,有钱可原价取回。而且,宣称结一庐藏书在姑丈张佩纶处,还可以保全朱家的颜面,免去"卖书"的不孝骂名。至于后三条,只是顺带之利而已。

综合朱澂、朱式如叔侄各自的艰难处境,统观张佩纶直隶总督女婿的身份、财力及政治能力,加上所提出的五大允诺,朱、张二家关于结一庐藏书的"交易"便达成了。实质上,朱家也是骑虎难下,张佩纶也确实是不二人选。后来张佩纶致信朱澂也承认:"来书云卖亦悔不卖亦悔,此则实情。"②

### 三、张佩纶收购结一庐藏书的详细过程

自光绪十六年二月下旬朱澂去世,朱澂子妾对家产的纠缠争夺两年多后,即到光绪十八年五月朱家才开始售书给张佩纶。而这一部分藏书并不是朱式如的,而是朱澂存留的结一庐旧藏。朱澂先寄来书单,张佩纶欣喜过望:"续示聚珍书目单(来单不欲遗失,已装之夹),共有初装陈式本四五十种、次者四五十种可以让兄,藉此兄得有结一庐藏书,摩挲珍护,何幸如之。"③ 朱澂寄送书单如此谨慎,可见十分在乎这次交易。而张佩纶此

---

① 陈秉仁整理:《张佩纶致朱澂书札》,《历史文献》第十三辑,第170页。
② 陈秉仁整理:《张佩纶致朱澂书札》,《历史文献》第十三辑,第172页。
③ 陈秉仁整理:《张佩纶致朱澂书札》,《历史文献》第十三辑,第163页。

时已饶有藏书，能入手结一庐旧藏当然珍护有加。说是交易，是因为张佩纶摆出一副公事公办的姿态，怀着报答朱学勤知遇之恩的心情，信中说："俟书到后，兄开明令廉生估一价寄缴。至戚本不忍说价，惟兄廿年中无一毫图报外舅知遇之处，若复吾弟慨赠异书，受之不安，如此有无通共，尚属相宜。"① 几日之后，光绪十八年五月二十九日日记载，"子涵寄聚珍板八十余种来。"② 这是张佩纶小尝胜果的第一步，而朱式如并未拉开售卖的序幕。如上文所说，朱式如此时想献书来捐官。张佩纶抛出"卖书亦非雅事"的说辞，希望通过朱澂劝说朱式如："此时只有守定不卖之说，尚可稍缓数年，以拥巨资者未必爱书，爱书者未必有此巨款耳。"③ 像陆心源、丁丙等人，都是爱书如命且家资殷富的藏书家，张佩纶的理由并不坚确，只不过是见书起意的小小"伎俩"而已。

数月后，光绪十八年九至十一月间，张佩纶向朱澂陈诉了买书的想法，并详述五大理由。在此半年内，想必朱式如已抛出售书的风声，而陆心源也只开价万元。所以张佩纶和朱澂商议，采用了几个对策：一，买书之事请朱澂与张笃协商，"能取到书目寄来，即可定议。今年定议，明年取书，似可"④。二，动用李鸿章女婿的身份，"以合肥为名诱之"，告知朱式如，如

---

① 陈秉仁整理：《张佩纶致朱澂书札》，《历史文献》第十三辑，第163页。
② 张佩纶撰，谢海林整理：《张佩纶日记》，第475页。
③ 陈秉仁整理：《张佩纶致朱澂书札》，《历史文献》第十三辑，第163—164页。
④ 缪荃孙辑，杨璐整理：《艺风堂杂钞》卷五，第253页。

此是为了保全其祖朱学勤的颜面,"并非设心诓骗幼侄"①。三,借朱澂之口,转达朱式如,如开价过高,还不如花三四千元购买苏州蒋凤藻之书,以此来杀价。张佩纶压价过低,朱式如寻找更好的买家,此事便被搁置。此时的张佩纶仍想买书:"式如之书且俟明年开河再议","明春拟遣宝森之伙李怡庭持书前往",与时任浙江富阳知县的八弟张佩绂商量对策,希望朱式如顾及至戚之谊,"不能出重价"②。事与愿违,光绪十九年三月二十日张佩纶修书朱澂:"尊府之书,同官复信,索价五万,书目亦不寄来,其中殆有人为之谋主,恐未必愿归于兄。"张佩纶不得已,请京城有名的宝森书坊店主李雨亭派人前往杭州,与朱式如洽谈。希望朱澂从中劝责朱式如,因为自己无此巨款,"恐四海富贵豪家亦无以此款买书者","此事究是公事也,成则保全多矣"③。

或许是张佩纶的诚意及其五条承诺打动了朱家,或许是朱澂、朱式如顾及朱家藏书的声名和各自的"小算盘",一番讨价还价之后,朱式如在朱澂和张笃的劝说之下,"许以二万金之数相质"。张佩纶一时难以筹集二万元巨资,"拟借贷分交,以了此愿"④。终于经过半年的观望、磋商,光绪十九年九月初六日张佩纶"得式如书。《结一庐书目》四本并至"⑤。为了保全老岳丈朱学勤的声誉,不至售予他人,张佩纶迫不得已,九月十二

---

① 陈秉仁整理:《张佩纶致朱澂书札》,《历史文献》第十三辑,第164页。
② 陈秉仁整理:《张佩纶致朱澂书札》,《历史文献》第十三辑,第165页。
③ 陈秉仁整理:《张佩纶致朱澂书札》,《历史文献》第十三辑,第166页。
④ 陈秉仁整理:《张佩纶致朱澂书札》,《历史文献》第十三辑,第166页。
⑤ 张佩纶撰,谢海林整理:《张佩纶日记》,第560页。

日致信朱澂,"为今之计,自以急收为宜,但兄筹此款实则是数年心血,须六七年始能还清",宣称自己是"拼命买书、克家殉书"①。但由于朱式如所寄书目竟有十八箱精本残缺,张佩纶"不免踌躇不决",想采购结一庐全部藏书,又想据此编撰完整的结一庐藏书目,所以写信再三叮嘱在扬州的朱澂,也电函朱式如,希望年底商定此事,避免朱式如年关将至而横生枝节,"即派一家人与李估同往",实在不行,恳请浙江的张笃、孙凤钧出马洽谈。果然不出张佩纶所料,据九月十九日写给朱澂的信中透露,朱式如处境极其窘困,丧事、捐官都急需用钱,所以"两电促书事",催促张佩纶汇去书款,并向李鸿章打听捐纳一事。这正中张佩纶下怀。另一方面,"据甄贵云,逋负不少,如不成,年内恐有出书之患"。张佩纶也担心藏书售出,"不得已以三千金先收若干,已派人前往。外舅所遗,收得一部是一部"②。次日九月二十日张佩纶便"遣王福偕李怡庭至浙取书"③。

朱式如用钱、谋官心切,直接越过朱澂和张佩纶电话商谈,这使得朱澂大动肝火。九月二十三日日记载,"得子涵书",朱澂信中对张佩纶兴师问罪,说他有"骗书"之嫌。结一庐藏书售买又起波澜。九月二十五日,张佩纶回信给朱澂,大呼冤枉:

> 兄无一毫诈伪之念存乎此间,款巨至万余,罄查赀不足,借贷得此书,岂能付之一掷。与之约付三千金,以了

---

① 陈秉仁整理:《张佩纶致朱澂书札》,《历史文献》第十三辑,第167页。
② 陈秉仁整理:《张佩纶致朱澂书札》,《历史文献》第十三辑,第167页。
③ 张佩纶撰,谢海林整理:《张佩纶日记》,第562页。

葬事贷款，全书收到，即为捐一同知，约三千二百七十余金，余者则与弟妹，可则成，不可则已。……以势以利，均非姑丈所宜施之内侄者。兄惟以诚处之，十八箱不可得则亦决裂无成，然兄此心已可质诸冥冥。若所寄四本则仁字册尚是旧本，余皆新书，大半局刻耳。兄历年收书，大半有之，倾家而博一大罪，亦正何必，况持此巨款以待书，书亦未必不得也，一笑。①

张佩纶首先打出"苦情牌"，说花掉继室李菊耦的嫁妆钱②，还借贷不少。然后摆出一副仗义的姿态，先预付三千元，全书一到，还为朱式如捐官，付清尾款以便分给其他弟妹。从情势、利益来看，作为姑丈的张佩纶也没有欺骗内侄朱式如。从买卖的角度着眼，张佩纶也大可不必倾家荡产来购买破损残缺之书，所寄的书目尚有18箱精本阙如。总之，在张佩纶看来，朱式如占尽了便宜。而朱澂对此事袖手旁观，仍有怨言，有九月二十八日张佩纶致朱澂的信为证："细玩弟论同官售书之意，未免操之过蹙。兄所办亦与来意不甚背，有此巨款收书，实在愿其书

---

① 陈秉仁整理：《张佩纶致朱澂书札》，《历史文献》第十三辑，第 168 页。
② 姜鸣《清流·淮戚——关于张佩纶二三事》引柴小梵《梵天庐丛录》卷七"出李夫人奁金，数甚巨，畀其弟，尽得之"，评道："张佩纶曾用李夫人的陪嫁，收购前任舅子的宋元古籍以帮困，倒是两全其美的双赢买卖。"（生活·读书·新知三联书店 2015 年版，第 94 页。）而同年十二月间，张佩纶致信朱澂则说："兄此次一力担承书事，一毫未借合肥之力。若借新妇家之金而谋故妇家之书，书雅物，如此已俗，且亦不合于义。"（《张佩纶致朱澂书札》，《历史文献》第十三辑，第 173 页）似乎没有典卖李菊耦嫁妆。所以此时说"罄奁资不足"，可能是张佩纶的自我夸饰之辞。

不外售、款不浪掷,如弟能助,原可办到来书地位。今弟不肯露面,惟欲兄于书到后全扣其款,未免自处于逸而责人以无已。"① 又说:"且书本外舅所贻,两房未分,弟本可预闻,乃弟以胞妹之尊畏首畏尾,听其私售,绝不过问。及兄出头,而合肥于弟事本不甚在意,特因兄言之再三,允为致书。兄因人成事,于弟前并无德色。"② 据此看来,朱式如数事缠身,丧葬、捐官要花钱,欠款案也需打点,所以开销方面捉襟见肘,已同意张佩纶的购买方案。而朱澂之前任凭朱式如出售藏书,作壁上观,现在跳出来横加指责,无疑心中有鬼,想张佩纶向李鸿章打探消息,从中改派官差。或许是朱澂官差改派未卜的烦恼过深,没过七天,又修书前来理论。这迫使张佩纶拿出看家手段:

> 甄贵献策云,函致浙藩,勒令交书,必然不费一钱,俟书到再议直,此等办法可乎?如弟不与同官决裂,与兄略作商榷,则此事早谐矣,惜哉惜哉(李和顺尚在杭,弟得书不过七日,如专人赴杭告之,亦尚来得及)。③

朱澂不但跟朱式如闹翻了,还再次惹怒了张佩纶。十月初九日日记载:"李怡庭及王福亦报今日由杭起程。"④ 不能让煮熟

---

① 陈秉仁整理:《张佩纶致朱澂书札》,《历史文献》第十三辑,第168—169页。
② 陈秉仁整理:《张佩纶致朱澂书札》,《历史文献》第十三辑,第169页。
③ 陈秉仁整理:《张佩纶致朱澂书札》,《历史文献》第十三辑,第170页。
④ 张佩纶撰,谢海林整理:《张佩纶日记》,第568页。

的鸭子飞了。张佩纶说出甄贵之策，动用政治攻势，抬出曾任李鸿章幕僚、今为浙江布政使的刘树堂，目的是吓唬朱澂，这样主动权便不在朱式如手上。且张佩纶已预付三千，算是仁至义尽，还是想做成这笔交易。张佩纶通过"旁敲侧击"，朱澂也无话可说，而朱式如急需用钱，且张已派人在杭，结一庐藏书售买便落槌成交了。十月二十日，"午后李怡庭及王福取书回"①。张佩纶十二月致朱澂信中也说："李和顺及兄所派两仆于前月廿日回津，书二百箱如酌留洋板楠木装潢之陈式各种，实来一百八十二箱，附以帖三箱。……李估等以廿八到杭，初九折回，而式如坚欲同来津门。"② 朱式如来津送书只是一个幌子，深层用意还是为了捐官，因前已收书款三千。朱式如对书价也有松动："价值一节，同官亲见书之零失，惟有攒眉顿足，亦不复持两万元之说，惟托李求兄酌量给直。"③ 可见其求官心切。

本已尘埃落定，朱澂给张佩纶的来信又惹风波。张佩纶仅花万元便购得结一庐藏书，自然让人心生嫉妒。缪荃孙说："子清殁后，其家贱售之张幼樵前辈，价未清，书亦未全交。"④ 据张佩纶十二月给朱澂的回信称："兄之取书，屡与弟商，且酬以直，并非豪夺巧取。遣一书估、一仆，何尝动势用术。卖书之说，同侄不讳，慕韩则欲归之盛道，存斋则启遍告之都津，岂兄诱人子弟为非者。不知何者为欺，兄则百思不解。弟前书俱

---

① 张佩纶撰，谢海林整理：《张佩纶日记》，第572页。
② 陈秉仁整理：《张佩纶致朱澂书札》，《历史文献》第十三辑，第170页。
③ 陈秉仁整理：《张佩纶致朱澂书札》，《历史文献》第十三辑，第171页。
④ 缪荃孙：《云自在龛随笔》卷三，载张廷银、朱玉麒主编《缪荃孙全集·笔记》，凤凰出版社2013年版，第65页。

在，愿以重价诱同侪，而书到则价作各股分之，此能办否？今之晓晓，仍似为此故。"① 可知朱潜听信谣言，认为张佩纶"动势用术"，"豪夺巧取"。说到底，还是为了一个钱字。因为据目前看来，张佩纶只先行垫付了三千元。当然张佩纶是不承认花三千元骗书之说的，他接着说："如弟说，今即同官不与捐职，尚存七千金，分给其弟，各得一千，终身能温饱否，而申官嫁事亦复无着。"如想捐同知一级，"须三千二百余金，连捐免十金及结费（未得确数），恐须五千金之数"；如想捐通判一级，则耗费少一些。总之，"同知余三千，通判稍多，供申官嫁事外亦无几矣"。这样一来，张佩纶之前与朱式如、朱潜谈妥的五条约定中的后两条就落空了。再者，向以"清流"自居的张佩纶以人格担保，说："兄若如此取巧，早为津人所轻矣。……若稍用亲戚势利骄人诈人，此人即万不是人矣。"② 朱潜仍不收手，来信说"卖亦悔不卖亦悔"，继续指责。对此，张佩纶义正词严地回复道：

> 至价本未定之词，然即兄前书亦云，后七千金并前则万数矣。今将前寄之项不算，是何道理？且一切方往询同官，更作为定论。第兄之力本竭蹶，此数尚须东拼西凑而成，且当时原兼保全同官卖书之名及兄免零星收书之费二意，始有此举。弟亦极力怂恿，有书为证。今忽然唇枪舌剑，以骂同官者骂兄亦何取，费此重金转受一欺诈不仁恶

---

① 陈秉仁整理：《张佩纶致朱潜书札》，《历史文献》第十三辑，第172页。
② 陈秉仁整理：《张佩纶致朱潜书札》，《历史文献》第十三辑，第173页。

名，议不成即全数取去，官照已填，捐免未出，请弟及同侄凑足六千余金，取书而去，另售他人可也（意在得财而已）。①

张佩纶信中开头说"久而自明可以已矣，乃犹纠缠不已"，以为朱澻的无端误会能自行消解。没料到，朱澻围绕书价大做文章，说价格都没定。据此信看来，朱澻确实有点儿理屈词穷。张佩纶在信中重点解释了书价：一、价钱已商定，且朱式如亲口应允，共计一万金，先预付三千。何来"价本未定"之说？二、朱式如售书又不是一次，而是屡次出售未果，何来"诱侄骗书"之说？三、撇开至戚的关系，以市价而论，所售之书残佚不全，重要图书竟少了二百多种，部分书籍还有"蠹蚀水湿"，耗费万金购买如此残破之书，占了便宜还卖乖！四、张佩纶光绪十九年十二月二十日日记载，"为朱式如填通判"②，已费数千金，另外还得兼顾朱家析分遗产的琐事。退一步说，如果只为金钱，可以凑钱来赎书。或许朱澻三番五次的"侮辱"，触及了张佩纶的底线，大有撕破脸面的意思，故而还出现了"原信奉还"的情节。尽管如此，在信末，张佩纶还是打算付清书款，"倘弟全不管，将来同官用去，勿又咎兄"③。经过数次推心置腹的沟通，也有可能是张佩纶的斡旋调停，朱澻似乎改差海

---

① 陈秉仁整理：《张佩纶致朱澻书札》，《历史文献》第十三辑，第174—175页。
② 张佩纶撰，谢海林整理：《张佩纶日记》，第587页。
③ 陈秉仁整理：《张佩纶致朱澻书札》，《历史文献》第十三辑，第176页。

关道台，"弟作海关道似意中事"①，朱张两人终于冰释前嫌。光绪二十年五月十三日致信朱澂称："书事承释然，感佩。"并和朱澂商讨尾款的缴付方式："计除付三千及捐同判尚余五数，或以一千还申嫁资，余皆寄扬（按，朱澂时在扬州）及存孙（按，指孙慎娱）均可。"信末声称："如弟不愿问，兄亦即缴清此项，算作了结可也。"② 似乎张佩纶剩余书款有缴清的意思。而缪荃孙说："子清殁后，其家贱售之张幼樵前辈，价未清，书亦未全交。"③ 书未全交是实情，而书款最终结清与否，无从得知。张佩纶先付三千之后，又给朱式如捐官，揆诸情理，余款似已缴清，因为连朱澂这个袖手人都对书款喋喋不休，何况兹事体大，朱澂子多妾众，人悍心杂，是绝不会善罢甘休的。自此，结一庐藏书售予张佩纶画上了一个比较圆满的句号。

## 四、张佩纶编纂《结一庐藏书目》未果探因

结一庐藏书名闻四海，但藏书目却并不像其书人人皆知。这当然有其版本繁多，名实不一的原因，而版本繁多实质又源于藏书不断添置，书目递修增补而导致的。据王天然的研究，《结一庐书目》分四卷本和不分卷本，不分卷抄本较四卷本更能

---

① 陈秉仁整理：《张佩纶致朱澂书札》，《历史文献》第十三辑，第175页。
② 陈秉仁整理：《张佩纶致朱澂书札》，《历史文献》第十三辑，第176页。
③ 缪荃孙：《云自在龛随笔》卷三，载张廷银、朱玉麒主编《缪荃孙全集·笔记》，第65页。

体现朱氏藏书的面貌。① 而四卷本和不分卷本，均出于朱澂之手。姐夫张佩纶认为朱澂所编书目并未达到朱学勤的夙愿，所以耗费巨资来接盘结一庐藏书，一大目的就是重编书目，以慰岳父的在天之灵。他在给朱溍的信中说：

> 兄初入婿乡时，外舅爱三姊，屡属兄借书，兄未尝借一种，子隽亦笑其狭。惟此狭不可及当日能狭，今日所以能为外舅任书目，岂其假托书目以取媚于老弟为骗书计乎？真是梦呓小儿语也。且弟自乙亥后，子清挈书而去，弟于家藏之书既不能寓目，即外舅手校何书亦不能知，所剩皆通行之书，假使书售于他人，据为己有（以子清之长于目录，竟未为大理刻书二种，厘局筹刻资亦尚不雅，实不可解），弟终身不知。②

据《翁同龢日记》所载，同治十三年（1874）七月，朱学勤将女嫁给张佩纶，次年正月卒于京师。而朱溍袖手旁观，听任朱澂"挈书而去"。虽然朱澂编有藏书目，但并不能反映结一庐藏书的全貌。张佩纶对此有直言不讳的批评。光绪十九年春，张佩纶派宝森堂书估李怡庭赴苏州访书，同时写信给朱式如。九月初六日，"书目居然寄到四本，以仁义礼知分编，每编四十余箱，共一百六十三箱（仁字阙廿七至四十五十八箱，义字亦

---

① 王天然：《读木犀轩旧藏抄本〈结一庐书目〉小识》，《文献》2012年第2期，第83—84页。
② 陈秉仁整理：《张佩纶致朱溍书札》，《历史文献》第十三辑，第173—174页。

阙四箱），信字一本。据云子清未曾抄毕，当一并归来"①。换言之，朱澂的书目实际上是一个不全之书目。这一点，连朱澂也不避讳。缪荃孙光绪十五年（1889）冬经眼过朱澂所编的《结一庐书目》，说："子清曾言续有所得，出此目者几及一倍。"②可与朱式如之说相印证。此时朱澂尚未离世，父子所言当属不虚。张佩纶给朱潖的另一封信中称，勘验之后发现："仁、义中亦参以新本，礼、智、信大半新本，其所谓旧者，乾嘉间所刻读本之佳者，而非藏书也。"③ 到了朱澂手上，旧藏新购相杂，良莠不齐，还散佚不少，已非朱学勤原貌。总之，在张看来："外舅书名闻天下，若仅按子清所录书目四册则不足传世，然兄已发此愿，必当设法成之。"④ 连擅长目录学的朱澂都难以如愿，遑论朱式如等不肖子孙，"束之高阁，雨淋日炙，徒饱蠹蟫"，所以张佩纶理直气壮地提出为其重编藏书目："今归兄料简，则每有外舅一签，必加护惜，俟遍加浏览后，并可为外舅理出一二可刻之书，兄诚分所应为。"⑤ 重编书目成了张佩纶的"份内事"，但最终却成了泡影。是什么原因导致信誓旦旦的张佩纶食言了呢？最大可能当是张佩纶所得的结一庐藏书并非完整的朱学勤旧藏，想要编纂符合原貌、名实相副的书目只能宣

---

① 陈秉仁整理：《张佩纶致朱潖书札》，《历史文献》第十三辑，第166页。
② 缪荃孙著，黄明、杨同甫标点：《艺风藏书记（附续记再续记）》，上海古籍出版社2007年版，第356页。按，《结一庐书目》四卷本按四部编排，收书800种。《别本结一庐书目》不分卷本似为朱氏寄给张氏之书目，收书921种，分宋版、元版、旧版（明刻）、钞本、通行本（清刻本）五类。
③ 陈秉仁整理：《张佩纶致朱潖书札》，《历史文献》第十三辑，第171页。
④ 陈秉仁整理：《张佩纶致朱潖书札》，《历史文献》第十三辑，第171页。
⑤ 陈秉仁整理：《张佩纶致朱潖书札》，《历史文献》第十三辑，第174页。

告流产。

张佩纶虽获一百八十二箱书、三箱帖，但仁、义册中所参新本，礼、智、信册中大半新本，价值大打折扣；更有甚者，还有一些缺损严重，这在一定程度上影响了张佩纶重编结一庐藏书全目的初衷。据光绪十九年十二月张佩纶给朱澂的信中称："各箱堆积一屋年久，从不抖晾，以致梅雨淋湿数箱，旧本亦残缺不少，其中并有蟫蠧全部蚀成罗孔、触手即如蛱蝶翻飞者。李及两仆检点时，张姬诸子出而抢窃，虽经式如追出十余册，而污损狼籍不堪，更难保不有抛弃隐匿者，真藏书之一劫也。此书若非兄亟为料理，不过一二年，则二百箱丛残乱纸化作亿万蠹鱼而已。"[1] 据此可知，结一庐旧藏因保护不善，虫咬鼠啮，梅雨侵蚀，部分藏书受损颇为严重，张氏及其子嗣的哄抢又雪上加霜，结一庐藏书深受劫难。这也促使张佩纶必须在一二年之内编纂出藏书目。正如此信随后所说："弟处所存日记，如有切实妥便可寄来，以为考证之资，以两年为期，此书可就，当再就正廉生诸人，俾可踵季沧苇、张月霄之后。"[2] 若想编纂出如季振宜、张金吾辈声海内的书目，必须广肆搜罗结一庐旧藏，当然也包括朱学勤的日记，以此来考镜源流。

令人遗憾的是，结一庐藏书尚有一部分流入他人之手，有的甚至不知所终。这大大影响了张佩纶编纂结一庐藏书全目的进度和效果。撇去张佩纶所收之书帖，结一庐藏书到底散佚多少？另售多少呢？

---

[1] 陈秉仁整理：《张佩纶致朱澂书札》，《历史文献》第十三辑，第170页。
[2] 陈秉仁整理：《张佩纶致朱澂书札》，《历史文献》第十三辑，第171页。

光绪十九年九月十二日，张佩纶致信朱澍说："仁字阙廿七至四十五十八箱，乂字亦阙四箱。……佳本均在仁字册，恐此十八箱抽去，即是另售，但求其质典与人或隐匿为另售地犹可设法，否则无可收拾矣。……而漏出十八箱精本，将来为外舅辑成书目，名不副实，转使三世藏书之声因此而灭，是受同官之赚而兄转为世诟病，一己受债台之累小，廷尉减书库之名大。"① 仁字册缺十八箱，而这也是结一庐藏书的精本，诚如张佩纶信中所言，"稍有出入，颇为关系"，自然影响到朱学勤的声名和藏书目的编纂。这十八箱精本，到底是朱式如另售、隐匿，还是典当他人，不得而知。乂字册的四箱也阙如。这二十二箱书如未能及时追回，想要编纂出与藏书声名相符的书目只能是奢望，远的比不上清初中期的季、张两家，近的不如同时代的海源阁主人杨绍和："如能廿二箱根究取回，即以此数成交，否则决撤不问。廿二箱必精本旧抄，无此则外舅藏书不完，将来刻出，不如杨氏《楹书隅录》，为世诟病，无所取义也。"② 尽管张佩纶三番五次通过朱澍晓以情理，拜托孙铨伯、王懿荣、张笃等人从中打听，四处寻访，总共二十六箱书最后不知所终。"所阙之十八箱杳如黄鹤，并《永乐大典》采辑书四箱亦不知归于何所，计仁字号共少廿二箱，乂字号共少四箱，礼、智号已迷乱，余为目所不载者，均是新旧杂糅，当即信之号矣。"③

这二十六箱书到底因何散逸？据张佩纶推断，除前文所述，

---

① 陈秉仁整理：《张佩纶致朱澍书札》，《历史文献》第十三辑，第166—167页。
② 陈秉仁整理：《张佩纶致朱澍书札》，《历史文献》第十三辑，第169页。
③ 陈秉仁整理：《张佩纶致朱澍书札》，《历史文献》第十三辑，第170页。

朱澂去世时，姬妾毛氏抢夺藏书，匿存其姊家。另一个"元凶"当是朱式如，张佩纶给朱潽信中说："所要秘本渠非别售即属扣留，屡索皆以游词相应，意欲小靳之，以索其书。"① 朱式如数次含糊其词，明显心中有鬼。张佩纶给朱潽的另一封信中也透露出一丝马脚："《永乐大典》各书遗失，近陆存斋辑《宋诗纪事》中颇有引用，大约非丁即陆。兄思托人访之，确即备价往赎，但一经查考，于同官声名有碍，而又恐得书者故昂其值，兄一时力不能办，是以踌躇未决。"② 陆心源编撰《宋诗纪事补遗》，大量引用了《永乐大典》辑出的宋人集。张佩纶据此推测朱式如另售给陆心源或丁丙，为了顾及朱式如日后的声名，才犹豫不决。现在看来，实际上，陆、丁二人并非买主。"《永乐大典》各种一部无有，丁遣人来问，以子涵属撰目并无此书复之。陆子亦云见此书今在兄处，实则不知羽化何所矣。"③ 丁丙派人来问张佩纶有无《永乐大典》辑出的宋人集，陆心源则说看见这些书在张佩纶处，而张声称手中没有。一边是朱式如的闪烁其词，一边是张佩纶的空空如也，这不得不使张佩纶心生疑惑："究竟子清有无此书？"如果朱澂没有这些书，那为何所编《结一庐藏书目》有记载。这其中有一种可能，就是朱澂有其书，但书目并无记载。比如，"缪小山云曾借抄一种，《结一

---

① 陈秉仁整理：《张佩纶致朱潽书札》，《历史文献》第十三辑，第176页。
② 陈秉仁整理：《张佩纶致朱潽书札》，《历史文献》第十三辑，第171—172页。
③ 陈秉仁整理：《张佩纶致朱潽书札》，《历史文献》第十三辑，第176—177页。

目》中无之"①。另外一个可能是朱式如未对书目做手脚,"以此十八箱,连《永乐大典》采辑及义字共阙廿六箱,化为乌有。如是同官,不应书目中明留一漏"②,而是捂书藏匿,或另售他人。这有一个有力的旁证:"字画清卿得其数种,而苏州、杭州并子清双钩署款之件亦皆出售。"③ 也就是说,朱学勤旧藏的字画、朱澂双钩的碑帖,几种卖给了吴大澂。不消说张佩纶有此疑惑,就连董理过结一庐藏书的缪荃孙也如此判定:"子清殁后,其家贱售之张幼樵前辈,价未清,书亦未全交。近得幼樵书目核之,朱有而张无者,或在子涵处,或系未交书,张有而朱无者,则子清在江南所得者。"④ 所言大体属实。除了朱式如未交付给张佩纶之书外,前文已述,朱澂手上确有结一庐的旧藏。事实也的确如此。朱澂后来由直隶改官江南,缪荃孙曾为其编校《结一庐朱氏剩余丛书》四种,由朱澂之子售与嘉业堂刘承幹。⑤

散佚的二十六箱精华是何书?光绪十九年九月十二日张佩纶致信朱澂,声称:"宋元仅四五十种(宋本仅《周礼》二记,《史记》《晋书》二部不全,余竟无一经史精本,不可解),此外明抄《永乐》辑本为冠,而著名之彭文勤家《廿四史》及《聚珍》全分不见于录(亦有《聚珍》,大约与弟寄之书相似,不全

---

① 陈秉仁整理:《张佩纶致朱澂书札》,《历史文献》第十三辑,第177页。
② 陈秉仁整理:《张佩纶致朱澂书札》,《历史文献》第十三辑,第173页。
③ 陈秉仁整理:《张佩纶致朱澂书札》,《历史文献》第十三辑,第169页。
④ 缪荃孙:《云自在龛随笔》卷三,载张廷银、朱玉麒主编《缪荃孙全集·笔记》,第65页。
⑤ 详参拙文《〈张佩纶日记〉与丰润张氏藏书考论》(《文献》2017年第2期),又见本书第十三篇。

甚多）。"① 而这些确是结一庐藏书的精华之一。同年十一月初一日，王懿荣致信张佩纶，"言朱处之书以《周礼》《晋书》及《两汉会要》为最，蔡梦弼《史记》次之，其难得在唐宋元明钞本各集"②。十二月初，张佩纶致信朱漪："至于宋本《汉书》（未见）、元本《管子》（未见）、彭批校《廿四史》（未见）、武英殿（全分无）、《永乐大典》（全分无）、《东坡七集》（无）（其目中有而箱中不符者甚多，且亦尚未检齐，不敢臆断）。"③

这二十六箱散佚的书大概有二百多种："所少旧刻精抄，以结一庐旧目核之，短二百三十余种（通行本不在内），以所寄子清手抄之目核之，又短《永乐大典》采辑书二百七十余种，而其中存书短本短卷尚难约计，蠹蚀水湿者更复不少。"总之，张佩纶耗费巨资，谋划日久，最终所得到的结一庐藏书并非朱学勤的旧藏，且已残缺二百多种。这与张佩纶当初编纂名实相副的《结一庐藏书目》的设想大相径庭。话又说回来，据此信来看，"《结一庐书目》兄允为抄出，勒成字本，写付吾弟，彼时弟差况有余则刊之，否则兄力可任刊则兄刊之。……岂有肯任作《书目》而不肯抄《书目》奉上者乎？"④ 可知当时张佩纶已在编纂《结一庐藏书目》，并答应撰写完毕之后，另抄副本给朱漪，如有余钱，就刊行于世，但藏书目的编纂最终还是流产了。

---

① 陈秉仁整理：《张佩纶致朱漪书札》，《历史文献》第十三辑，第166—167页。
② 张佩纶撰，谢海林整理：《张佩纶日记》，第575页。
③ 陈秉仁整理：《张佩纶致朱漪书札》，《历史文献》第十三辑，第172页。
④ 陈秉仁整理：《张佩纶致朱漪书札》，《历史文献》第十三辑，第175页。

## 五、结论

综上所述，我们可得出以下结论：

一、从光绪十八年五月底开始，张佩纶眼见朱氏结一庐藏书流散，积极修书给朱澂商议，并邀请张笃、孙凤钧、王懿荣等人从中斡旋，从朱式如处购买到结一庐藏书一百八十二箱、杂帖三箱，于十九年十月二十日由书估李怡庭、仆人王福从杭州运抵天津。

二、张佩纶与朱式如商定以一万金成交，先支付三千，并帮其捐官，尾款另付。为了顾及朱氏藏书世家的颜面，张佩纶对外宣称只是寄押，如期能凑足钱款，可将图书取回。这导致"诈侄骗书"的谣言四处风传，一度引发了朱澂与张佩纶的口角之争。

三、由于朱式如保存不善，加上继母、兄弟们的哄抢，结一庐藏书已非完帙，残缺二十六箱，达二百多种。除张佩纶所得大部分之外，另有吴大澂、刘承幹得到数种。张佩纶之前许诺编撰藏书目，虽已着手进行，但最终因收书不全而宣告流产。

（原刊于《中国典籍与文化》2017年第4期）

# 郭曾炘《邴庐日记》的两个版本及其价值

郭曾炘身经晚清民初几大世变，久在枢府，深交名流，著述宏富，其诗集、奏疏、日记、笔札所蕴含的文献价值和历史文化价值不容小觑。郭曾炘百余首论诗绝句《杂题国朝诸名家诗集后》向被研治清诗者所征引，而晚年撰写的《邴庐日记》亟待揭橥和发扬。

## 一、郭曾炘的生平、著述简介

郭曾炘（1855.10.2—1929.1.4），原名曾炬，字春榆，号匏庵、遯叟，晚号福庐山人。幼聪颖过人，过目成诵，时誉为神童。光绪元年（1875）恩科举人，六年（1880）二甲第十名进士，旋选翰林院庶吉士，散馆授主事，改官签分礼部仪制司，参修会典。十九年（1893）充军机章京，升礼部员外郎，迁郎中，晋三品冠服。三次京察皆为一等，寻擢内阁侍读学士。二十五年（1899），转太常寺少卿，升光禄寺卿。二十六年（1900）庚子事变，慈禧、光绪西迁长安，冬月郭曾炘驰赴行在，授通政使，仍直枢府。回銮后，予侍郎衔，旋署工部左侍郎，调礼部右侍郎，兼署户部左、右侍郎，枢直如故。三十一年（1905），丁父忧。服阕，授邮传部左丞，旋任右侍郎，调礼部左侍郎，次年补礼部右侍郎。宣统元年（1909）充实录馆副总裁。辛亥（1911）改设典礼院，授副掌院学士。清亡，仍追随溥仪，每岁时趋朝。民国二年（1913），奉命自备馆费修纂《德宗本纪》。书成，颁御书匾额。十七年（1928），值裕陵、定东陵被盗，祭奠归居，感愤致心痛疾，十一月廿四日（1929年1月4日）卒于京城。溥仪诏赠太子太保，派贝子溥忻奠醊，照一品官议恤，谥号"文安"。

郭氏是福建侯官望族，簪缨世家。曾祖郭阶三（1778—1856），字世敦，号介平。嘉庆二十一年（1816）举人，所生五子皆登科甲，一时传为佳话。祖郭柏荫（？—1884），字远堂，一字弥广，号荫堂、石泉，道光十二年（1832）进士，选翰林院庶吉士，授编修，累官至湖北巡抚，署湖广总督。光绪元年（1875）归居福州，先后主讲清源玉屏书院、福州鳌峰书院。著有《天开图画楼文稿》《嘤嘤言》《变雅断章衍义》《石泉集》等。柏荫一支尤为显赫，累世科名。柏荫生有五子。长子式昌（1830—1905），字谷斋，咸丰九年（1859）举人，官至浙江金衢严道，署按察使，著有《说云楼诗草》等。式昌长子曾炘、次子曾准、三子曾程及曾炘子则沄，均在光绪年间进士及第。

郭曾炘清勤廉慎，刚正不阿。入直枢垣，密计玄策，当权者多决于公。久在礼曹，一时修订典制，匡持政教，简拔上进，多由其手草。关心国是，条奏新政，端除旧弊，深中肯綮，切直可行。又学通中西，主经世致用，与严复论析东西学术，质疑辨难，称为挚友。尤爱士重才，人有一善，揄扬不已。所荐严修、杨钟羲、张鸣岐、叶景葵、林纾诸辈,后多通显。一生交游颇广,与政界、学林之耆老名流,如陈宝琛、曾习经、陈懋鼎、张元奇、沈瑜庆、梁鼎芬、叶在琦、冒广生、罗惇曧、王树楠、杨守敬、傅增湘等多有往来。

郭曾炘工诗,初不多作。辛亥后始致力风雅,常追忆往事,悼怀故友,与诸遗老陈宝琛、樊增祥、孙雄、李宣倜、丁传靖等唱酬赓和,时称诗坛名宿。又家学深厚,累代能诗。樊增祥曾赞曰:"石泉中丞(指祖郭柏荫)之启文安(曾炘),犹审言之启少陵也。文安之嗣说云楼(指父郭式昌),犹黄庭坚之嗣黄庶也。……郭氏自中丞公以至蛰云(指曾炘子则沄)学使,一门四世,簪缨相接,风雅相承,将来家集刊成,以视北宋钱氏驷马锦楼之集,何多让焉!"①郭曾炘惓怀故国,推崇诗教,"平生笃嗜吟咏,于杜诗涵咏最深"②。加之熟谙掌故,精于考订校雠,选材隶事,典切工雅;见闻翔实,寓史于诗。陈宝琛跋其诗,谓"婉至似元好问,沉厚如顾炎武",诚"一代献征之所寄"。③徐世昌《晚晴簃诗话》曰:"此于其性情见之,实则深于杜诗,不必规规趋步而神与之合。"④汪辟疆《光宣诗坛点将录》

---

① 樊增祥:《说云楼诗草跋》,载郭式昌撰《说云楼诗草》卷末,民国二十四年(1935)侯官郭氏家集汇刊本。
② 叶恭绰:《〈读杜札记〉序》,《读杜札记》卷首,上海古籍出版社1984年版,第1页。
③ 陈宝琛:《匏庐诗存序》,《匏庐诗存》卷首,民国二十四年(1935)侯官郭氏家集汇刊本。
④ 徐世昌著,傅卜棠编校:《晚晴簃诗话》卷一七二,华东师范大学出版社2009年版,第1245页。

将之誉为"地强星"。① 曾炘虽辛亥之后开始多作诗，但也多有删订甚至散佚。今存诗集《匏庵诗存》九卷、《匏庐剩草》一卷、《再愧轩诗草》一卷，另有文集《郭文安公奏疏》一卷，学术札记《楼居偶录》一卷，日记《邴庐日记》二卷。郭曾炘于诗浸淫尤深，于学谨严不懈，好读书穷理，辨正舛误，撰有《施注苏诗订讹》《五臣本〈昭明文选〉注校误》《读杜札记》若干卷，其中《读杜札记》已有上海古籍出版社1984年整理本。

## 二、《邴庐日记》的成书过程及其版本

《邴庐日记》今有手抄本与家集刻本两个版本。手抄本今见于李德龙、俞冰主编《历代日记丛钞》②，此影印本乃民国间抄本，每半叶九行，每行二十字，双行小字同。白口，单鱼尾，四周双边，书口处署"东四同春荣"。卷首有郭曾炘自序。每则日记抬头标明日期。细绎之，全书以端楷抄录，字体不统一，大致有两种不同笔迹，似为两人抄录缀辑而成。

郭曾炘所著诗文集、杂著、日记，与祖郭柏荫、父郭式昌、叔郭传昌之撰述，由其子郭则沄辑录汇刻成集，今有民国二十四年（1935）侯官郭氏家集汇刻本，最末的第17册即《邴庐日记》。1966年10月，台湾文海出版社敦请沈云龙主持纂辑"近代中国史料丛刊"，侯官郭氏家集汇刻本也被收录在内。每半叶

---

① 汪辟疆撰，王培军笺证：《光宣诗坛点将录笺证》，中华书局2008年版，第296页。
② 李德龙、俞冰主编：《历代日记丛钞》，学苑出版社2006年版，第183册影印民国间抄本。

十一行，每行二十一字，双行小字同。白口，单鱼尾，四周粗边，版心署"邴庐日记卷上/下"。每则日记末用小字标明日期。扉页有杨钟羲题签，卷首载郭曾炘自序，卷尾附子郭则沄辑录的日记残篇十六则及跋识。

据卷首所载郭曾炘作于民国十六年（1927）正月的自序，名曰"邴庐日记"①，实乃"欲还吾初名，虑骇耳目，因以邴庐自署，取根矩之姓而隐藏其字，用志穷则返本之思"②。自序又曰："自去冬始为日记，旋复遗失，今春又续为之。"③大概曾炘于次年正月十一日（1927年2月12日）才开始留意，几乎每天写日记，仅见民国十七年（1928）二月初八日（2月28日）缺载，而四月十六日（6月3日）竟有一日两记，直到易箦之日民国十七年十一月二十四日（1929年1月4日）仍在笔耕不辍，留有数语。而民国十五年（1926）冬所撰日记未能悉心保存，以致有遗失之憾，后来郭则沄倾筐倒箧，精心辑佚，得十六篇，附于家集刻本之末，名曰"过隙驹"，为手抄本所无。据抄本和家集刻本之内容，知现存日记始于民国十五年十月初二日（1926年11月6日），此年仅见16则，最后一则为腊月廿九日，即《过隙驹》一卷。郭曾炘《邴庐日记》自序亦云："自去冬始为日记，旋复遗失，今春又续为之。"④次年民国十六年正月十一日（1927年2月12日）开始，直至民国十七年十一月廿四日

---

① 郭曾炘著，谢海林点校：《郭曾炘集》，人民文学出版社2018年版，第463页。
② 郭曾炘著，谢海林点校：《郭曾炘集》，第463页。
③ 郭曾炘著，谢海林点校：《郭曾炘集》，第463页。
④ 郭曾炘著，谢海林点校：《郭曾炘集》，第463页。

（1929年1月4日）去世那天仍作有数语，此为《邴庐日记》。

家集刻本卷末所附郭则沄跋识称，于民国二十四年（1935）夏六月上旬全部辑校完毕。家集刻本扉页上有夏孙桐题"侯官郭氏家集汇刊"，所署"甲戌四月"即民国二十三年（1934）四月，此乃郭则沄敦请夏孙桐题签之时，而粗识者多误以为刊行之期，却不知汇刊本竣工之日实为次年夏六月。

据笔者比对，《邴庐日记》手抄本与家集刻本存在较大的差异。

一是成书时间上有先后之别，手稿抄本在前，家集刻本在后。家集刻本将《邴庐日记》刊行，并置于家集汇刊本的最后一册，源自其子郭则沄对先人遗著强烈的文献保存意识。据郭则沄跋识所言，本来郭则沄"初拟仿松禅、越缦二公之例，石印行世"[1]，但郭曾炘同乡兼好友周登皞（字熙民）认为郭曾炘日记私密性比较强，"皆随手掇拾，但可藏示子孙"[2]。故而郭则沄便有所犹豫，刊行一事随即搁置。直到民国乙亥二十四年春，郭则沄谒祭先祠，拜读先公日记手迹，"觉其中考证史事及阐明儒先学说者，多为前人所未道，撮录之，得若干条。复读先公自序，云'无一语自欺吾方寸，无一事不可揭诸人'，则此零珠断锦，流播人间，倘亦先公所许也。爰先付剞劂，以与家集并传。"[3] 直到夏六月校毕付梓，流布天下。话又说回来，据手抄本所载，日记也经郭曾炘亲自删削。民国十六年十一月二十一

---

[1] 郭曾炘著，谢海林点校：《郭曾炘集》，第699页。
[2] 郭曾炘著，谢海林点校：《郭曾炘集》，第699页。
[3] 郭曾炘著，谢海林点校：《郭曾炘集》，第699页。

日（1927年12月14日）有记为证："日来无聊之极，间取此日记，略删汰其冗蔓者。……膏火久熬，恐终不能久于一世，聊存此冗散笔墨以留吾真于万一，后之人容有悲其遇而哀其志者，未可知也。"① 简言之，此抄本并非郭曾炘手稿本，乃誊录本。1927年四月十一日（5月11日）谈及曾炘酷嗜浙西嘉禾诸名诗人，抄本将钱香树（陈群）误写为"香榭"，显然是抄写者之误。若是作者手稿本，断不会出现如此低级错误。他如，戊辰年正月初一日（1928年1月23日），抄本抬头将"戊辰"误作"丙寅"，大谬。据郭则沄跋语丙寅年日记仅存冬季数则。家集本此年从初九日始，署为"戊辰正月初九"，与抄本初九日中的部分文字相同。另，日记中所记《匏庐诗存》刊行之事在丁卯、戊辰年，也与其诗集刊本时间相符，陈宝琛序作于丁卯年（1927）三月，孙雄跋作于丁卯夏。故不可能下面提到诗集刊行一事的日记作于丙寅年（1926），而应是戊辰年（1928）。而且，郭曾炘去世那天仍撰有寥寥数语，断非作者请人誊抄，而家集刻本此日所记删汰未录。至于今所见手抄本是为了刊本修订之便而誊录的本子，还是保存稿本而另录的副本，就不得而知了，也就是说抄写的时间无法详考。今作者手稿本已不知是否存世，故而本文只好将抄本与家集刻本进行比勘，因为此抄本应算是最接近稿本原貌的本子。尽管如此，仍可断定抄本至少在内容形成的时间上在前，而家集刻本在后。我们还可从所署日期来推断，手抄本每日日记首标日期和天气情况，而家集刻本只于每则日记末尾署上日期，这明显不太符合日记撰写的习惯，实

---

① 郭曾炘著，谢海林点校：《郭曾炘集》，第564页。

是家集刻本据手抄本抄撮、修订而露出的痕迹。如家集刻本将抄本1927年二月二十一日（3月24日）所记、1928年八月初二日（9月15日）"前日蛰园"至"仍将南下也"一段文字，皆误系于次日。更为惊愕的是，1928年七月二十一日（9月4日）"晤癸老"至"亦自可传"一段，家集本错署于九月廿一日。1928四月十六日（6月3日）所记，家集本误置于廿六日。另外，从记载内容的删改也可推定，详见下文。

二是内容上互有增损改益，后出的家集刻本对手抄本多有删节、窜改、倒乙、订补之处。

先谈删节例。家集刻本将手抄本进行了大量的删汰，文字省略极其严重。抄本1927年四月二十二日（5月22日）记云："晴。午后，赴宰平松筠庵诗社第二集。到者有健斋、夷俶、董卿、众异、敷庵、征宇、秋岳、半丁。"① 家集刻本则删减为"林宰平招集松筠庵，约同人赋谏草堂前双楸"。他如1928年五月十六日（7月3日），抄本载："晴。蛰园第九十会期，六桥、沇叔、默园及沄儿值课，社友到者有师郑、守瑕、彤士、征宇、子威、志黄、吉符、颖人、寿芬、富侯、巽庵、迪庵、荃仙、孟纯、君坦。惟熙民未到，书衡因有他局，到时已将散矣。"② 其中，家集刻本删去"六桥"一句，并将"社友……散矣"数句省作"社侣到者尚十余人"。如此一来，对于民国初期清朝遗老、旧体诗人雅集结社的盛况便有所遮蔽，历史的现场感无疑大大地淡化了。他如1927年五月二十八日（6月27日），

---

① 郭曾炘著，谢海林点校：《郭曾炘集》，第503页。
② 郭曾炘著，谢海林点校：《郭曾炘集》，第613页。

抄本详述《黄报》载有孙雄《天刑篇》歌咏唐继尧病中见鬼事，兼及蜀中颜楷、尹昌衡之惨死。郭曾炘于日记中先对孙诗作了一番评论，移录了其诗序，最重要的还将尹、颜二人不为人知的逸事也直笔秉书。郭曾炘洞明掌故，诚如陈宝琛所言："朝章国故，与夫人才世运陵替变嬗之所繇，皆所身历手经。"①而家集本是日文字极为简略，删除了这段隐秘的文字，抑或出于为死者尊者讳、避鬼神虚幻之故。但如此一来，个中原委只能消失于天壤之间了。此例甚多，不胜枚举。

次谈窜改例。家集刻本编纂在后，出于种种原因，在字词上多有窜改。比如1927年三月二十五日（4月26日）载："孟纯来，言明早赴东出差，津贴附，为致张季骧栋铭书，托其向省长吹嘘。"②而家集刻本改作"为致书门人张季骧栋铭"，毕竟孟纯乃曾炘好友，故而省去一些不太体面之语，又能交代曾炘与张栋铭之关系。又如，王国维自沉之后，虽然末帝溥仪已退位，但仍有予谥一事。郭曾炘身为礼臣数年，阅报刊载此事后，在1927年五月十三日（6月12日）记曰："阅晚报，载皇室有王国维恤典谕旨一道，并予谥'忠悫'。不胜骇愕，不知是真是赝？年来旧臣，如吕海寰、张人骏，皆无恤典，但独为此破格之举，即使出上意，左右诸臣亦应谏止。况王公自有千古，并不因谥法为重轻。愚见：如令词臣作一篇沉痛之诔文或祭文，转可感动人心。此等浮荣，徒滋谤议，期期以为不可也。"③家

---

① 陈宝琛：《匏庐诗存序》，《匏庐诗存》卷首，民国二十四年（1935）侯官郭氏家集汇刊本。
② 郭曾炘著，谢海林点校：《郭曾炘集》，第493页。
③ 郭曾炘著，谢海林点校：《郭曾炘集》，第509页。

集本先删去"不知"以下八字,因为刊行时王国维确已封谥号。又将吕海寰、张人骏分别改作"吕镜宇、张安圃","皆无恤典,但独为此破格之举"改成"且不得恤,何独为此破格之举",复将"王公"改作"静安","沉痛"以下六字省作"哀诔",由此看来,反倒见改窜者郭则沄之心态,而郭曾炘对予谥未成定论之前的平议则有所掩盖。

复论倒乙、糅合例。家集刻本亦有将一日或数日所记颠倒、糅合的情况。例如,1927年二月二十八日(3月31日)载吊唁王菉生,菉生祖王文韶与曾炘祖郭柏荫交好,而菉生又出于曾炘门下,却英年早逝。日记作"年甫四十,以急病亡"①,此二句家集刻本互乙。因果倒置,也可显现作者与编者心情之差异。又如,1928年三月初四日(4月23日)所记,抄本载王小航来赠书及《书昌黎讳辨文》,并托查吾乡先辈林鉴塘仕履,之后郭曾炘谓王氏关于讳辨之论与己意契合。而家集刻本除了删去赠书一事外,还将论讳之辞与托查之事倒乙。至于糅合之处,也不少见。比如1927年四月二十二日(5月22日)日记,家集本此日所载前半部分乃手抄本二十二日、二十六日糅合而成,而后半部分置于二十六日。又如1928年十月三十日(12月11日)所记"在季友案头,携归《人生指津》一册,系聂云台所著,前闻叕老亟称之,粗阅一过,持论虽正,尚未能警切动人"② 一段,家集本将之置于十一月初六日中,与其糅合为一日,实际原因是此两日都论及《人生指津》一书之故。

---

① 郭曾炘著,谢海林点校:《郭曾炘集》,第485页。
② 郭曾炘著,谢海林点校:《郭曾炘集》,第657页。

再论订补例。家集刻本虽较简略,但由于编纂在后,所以对抄本中涉及的人事有所订正、增补。比如,1927年六月二十九日(7月27日)详记京师福州会馆之地理方位、建筑规制、历代沿革。家集刻本认为虎坊桥街西北者为福州新馆,而虎坊桥街西,并称光绪中叶陈玉苍于东偏拓地添建南北厅事"略规洋式",四字为抄本所无。他如1927年十月初五日(10月29日)日记述及张元济在沪被绑票事,郭曾炘论曰今日世界醉心欧化,而道德弃之如弁髦,家集刻本增补"横流遍地"四字,当时之乱象顿然跃然纸上。复如,1928年四月十六日(6月3日)记阅宋辛瓛《陵阳集》,录其《送文心之钓台山长序》,家集刻本将抄本中"使肯蟠然相助为理,必将以仁义尧舜其君"①一句,"蟠"字改正为"幡","陛下差惜于往"中的"惜"字改作"增",今查曾枣庄、刘琳主编《全宋文》卷八二二七所载此文,家集刻本不误。当然,家集刻本在内容上也有舛误之处,除了前面提到的日期署错外,还有将人名错署的。如1928年七月二十一日(9月4日)载黄质斋允中有书致南政府论东陵盗墓一事,家集本误将"质斋"作"执斋"。也有字形近之误的,如"大抵"误作"大拓",汪孟铜、仲钤兄弟之"裘抒楼"误作"裘抑楼"。

三是卷帙、字数上手抄本数倍于家集刻本。尽管郭则沄有所增补、辑佚,但家集刻本删汰较重,且空缺数日日记的情形极为常见。手抄本今厘为七卷,远远超过二卷的家集刻本。据笔者整理后统计,手抄本大概十四万多字,而家集刻本仅二万字左右。

---

① 郭曾炘著,谢海林点校:《郭曾炘集》,第606页。

## 三、《邴庐日记》的内容及其价值

郭曾炘《邴庐日记》自序日记有四种旨趣："日记之大旨有四，一省愆尤，二辑闻见，三纪交游，四则倾吐胸次之所欲言者。"① 郭曾炘纵横群籍，捭阖古今，观察时变，研求性理，世间万象与个人体验悉诉诸于笔端。《邴庐日记》具有丰富的文献史料和重要的学术价值，弥足珍视。下面拟举其荦荦大者，以尝鼎一脔。

其一，议朝政，广时闻。日记作为私密性较强的历史书写体式，记录得更为隐密，也更加直露。郭曾炘《邴庐日记》自序说："无一语自欺吾方寸，无一事不可揭诸人。其大戒亦有二，不稗贩报纸时事新闻，不言人过失。"② 说的就是日记要以"纪实"为上。虽说不抄撮时闻，不言人过失，但并非不记录时政要闻，不臧否人物。三月二十八日（1927年4月29日）记曰："余日记禁例不入时事，偶摭其大者书之。"③ 实际上，日记中所涉时事要闻也不少。现举两个事例来谈一谈。第一个即是轰动朝野的民国十七年（1928）7月军阀孙殿英盗掘清东陵案。兹事体大。损毁、勘查、复葬之个中详情，今人多倚赖于耆龄《东陵日记》、宝熙《于役东陵日记》、陈毅《东陵纪事诗》等，李莲英侄李成武的《爱月轩笔记》则注重记录被盗宝物，而逊

---

① 郭曾炘著，谢海林点校：《郭曾炘集》，第463页。
② 郭曾炘著，谢海林点校：《郭曾炘集》，第463页。
③ 郭曾炘著，谢海林点校：《郭曾炘集》，第494－495页。

帝和旧臣遗老的祭奠情况、报纸的刊载时间却语焉不详。这些在郭曾炘日记中记载尤为详细：①京报刊载乾隆裕陵、慈禧定东陵被盗案在六月十九日（8月4日），而今一般采信的是《顺天时报》（8月12日）登载的报道。②日记二十三日（8月8日）载，溥仪在天津张园素服设坛，早晚祭拜，外来故臣随祭不绝，二十五日（8月10日）委派载泽、溥伒、耆龄、宝熙、陈毅等人先往勘验。十月二十日（12月1日）又记曰，得子则沄信，附寄陈诒重《东陵道》诗册。诒重与则沄乡举同年，此次奉派与宗室泽公、忻贝子、溥侗、恒煦、大臣宝熙、耆龄同诣陵履勘。是为最详备的勘查名单。③七月初七日（8月21日）郭曾炘赴津拜奠。溥仪素服望哭，设高宗及孝钦后神牌，高宗神牌在中厅，并奉宫中所藏画像，前有御题诗，孝钦后则在左偏，所供系照片。第二个事就是九月初五至初七日（1928年10月17—19日）日记中对封建帝制的评论、国家前途的忧虑，足以窥测民初遗老具体复杂的思想情形。初六日郭曾炘与友陈懋鼎（字征宇）等人游景山，观崇祯帝自缢之树，上悬有好事者所书之血诏，由此引发了一场讨论，曾炘认为："盖彼辈较里俗传闻，谓庄烈缢于此树下。树并不甚高，断非二三百年前物。彼之为此，非有憨于庄烈。不过欲揭示帝王末路之惨，藉示炯鉴而已。不知天生民而立之君，非为一人，为亿兆人也。得一人以为君，汉祖、明祖之兴于草泽，君也。李唐、赵宋之篡夺以至元、清之以异族入主中夏，亦君也。但使其才力足以统一区宇，其法制足以约束臣民，或二三百年，或数十年，使闾阎得以安居乐业足矣。岂如今日之扰攘不定，并六朝五季而不如乎？昨与征宇畅谈，余即谓非帝制复生，断无望于久安长治，但数千年治统一朝破坏殆尽,帝制从何发生?此则视乎天意,非人力所能强为矣。"① 初七日曾炘又称:"余谓帝制既无从发生,清室更似无再兴之望。此时若出一大英雄能为桓文之事者,暂假名义以为号召,置一守府于上,成则为夏少康,退或为汉山阳,但使禅授得人,亦何必私于一姓,此则项城失之,后人得之,未始非气运一大转机也。……古人称纲常,五常又依于三纲,纲亡而常亦不能存,此今日所以廉耻丧尽而几沦于禽兽也。然三纲之道,亦实有不可解于心者。余自辛亥以后,故国故君之想,每饭不忘。所作诗,不知者或讥其千篇一律,实则皆发于天机,而非有意为之。忆复辟之役,张奉新与同来诸公什九旧交,余深以为此举为卤莽,绝不谋面。复辟诏下,犹杜门不出,实录馆诸同事强为递安折,始入内蒙召见。其时上犹冲龄,略问外面情形,敷衍对答。出内右门,遇奉新,一揖,外无他语。苏拉问到军机处见议政诸大人否?余答以我与彼无话说,可不见。故当时纷纷简任,曾未见及。惟每日下午必至奘老处探问消息,亦略陈鄙见,大抵为事后安全退步计。其年中秋入内谢赏,坐朝房,苏拉愀然曰:'各位大人又散尽,仍剩郭大人一个矣。'余谓彼辈自散,我自在也。比年津门往来,常以踪迹太疏引为终身之憾。此中志事,惟自喻而自知之,不愿向途人索解也。"② 面对数番鼎革世变,如末帝逊位、洪宪登基、张勋复辟、军阀混战,民初遗老们的心路历程、出处行世,如此详细的注脚、鲜活的图景,宛然可作一大段文化史、思想史

---

① 郭曾炘著,谢海林点校:《郭曾炘集》,第 643 页。
② 郭曾炘著,谢海林点校:《郭曾炘集》,第 644 页。

读之。文中所论,足可发覆,犹堪珍视。

郭曾炘以诗纪史,寓史于诗,有一种浓郁的"诗史"特征,这一点已由当时诗坛翘楚遗老陈宝琛所揭示,樊增祥亦有同感。《邴庐日记》作为私密性较强的历史书写体式,此种特征更加明显。《邴庐日记》载民国十七年六月二十二日(1928年8月7日)曰:"理斋送来刊正《匏庐集》,又勘出讹字数处,其中触时忌,拟再酌改,仍托理斋付梓人。"① 这便是其诗纪录时事的显证。郭曾炘官礼部最久,"一时修订典制,匡持政教,端简上进,靡不手自属草,所作实多"②。杨钟羲称他"于典章制度多所该洽,清望冠一时"③,张之洞则说他:"百年以来,礼臣能识大体者,一人而已。"④ 奏疏所涉之重大事件,朱彭寿《郭文安公奏疏跋》概之甚详。⑤ 其中最重要的,莫过于疏请"晚明三大家"(顾炎武、黄宗羲、王夫之)从祀之折。此事不只关乎礼法、祭祀的仪制变动,还是一件涉及政治改革、思想转向和国家命运攸关的大事件。像郭嵩焘、曾国藩、张之洞、陈宝琛、梁启超、谭嗣同等政界、学林名流,皆参预其中。再者,此事之奏请、准允几乎与整个光绪朝局相始终。今人夏晓虹、秦燕春等

---

① 郭曾炘著,谢海林点校:《郭曾炘集》,第621页。
② 郭则沄:《郭文安公奏疏跋》,《郭文安公奏疏》卷末,民国二十四年(1935)侯官郭氏家集汇刊本。
③ 杨钟羲:《郭文安公奏疏序》,《郭文安公奏疏》卷首,民国二十四年(1935)侯官郭氏家集汇刊本。
④ 王树枏:《陶庐文集》卷二十《赐进士出身诰授光禄大夫郭文安公神道碑》,清光绪陶庐丛刻本。
⑤ 朱彭寿:《郭文安公奏疏跋》,《郭文安公奏疏》卷末,民国二十四年(1935)侯官郭氏家集汇刊本。

学人对此多有探讨。① 郭曾炘官居礼部侍郎，正属份内之事。其中在奏请黄宗羲从祀时，礼部郎中吴国镛认为黄书驳杂，不可从祀。针对吴说，尚书溥良（以为"是"）与曾炘（以为"非"）争端不断。最终由张之洞从中干预，黄氏得以和顾、王一并从祀。而此事之曲折变化，张之洞为何最终动用权力来拍板，这些珍贵的史料在郭曾炘的奏折、诗集中记载颇详，可补夏、秦二人论著之阙。诚如孙雄所称誉的："匏庵宗伯前辈，国之耆献，邦之典型。久掌容台，早参密勿。议顾黄从祀，岳麓齐光。"② 而其中之原委，曾炘在1928年十月初八日（11月19日）中记曰："复理斋信，言《三儒从祀奏稿》辛亥之变已遗失，无从检取。礼部覆奏之稿只准亭林，而黄、王则请旨定夺，余另有封奏，力请一并从祀，此折留中未发抄也。"③ 这又是一则待覆之珍贵史料。

其二，结诗社，集雅会。《邴庐日记》还详载了晚清民初囊括政界权要、诗坛文士雅集结社的重要文献。郭氏乃福建侯官望族，累世簪缨，与当时众多名门显宦有着姻亲关系。郭曾炘虽生性喜好僻静，但交游来往的人也不在少数。初步统计，郭曾炘熟识的人物可以开出一列长长的名单，如陈宝琛、孙雄、张元奇、宝熙、郑孝胥、冒广生、杨钟羲、林葆恒、郭㐽伯、

---

① 参见夏晓虹《明末"三大家"之由来》，《瞭望》1992年第35期；秦燕春《清末民初的晚明想象》第一章《从江湖到庙堂：晚清的"晚明三大家"》，北京大学2008年版，第31—99页。
② 孙雄：《匏庐诗存后序》，《匏庐诗存》卷末，民国二十四年（1935）侯官郭氏家集汇刊本。
③ 郭曾炘著，谢海林点校：《郭曾炘集》，第652页。

樊增祥、严复、林纾、严修、张坚白、叶揆初、陈懋鼎、廖纶、李宣倜、周景涛、沈瑜庆、易顺鼎、杨儒、黄懋谦、丁传靖、王树枏、傅增湘、杨守敬、刘冠雄、闵尔昌、曾习经……这些遗老、名士们经常定时定地聚集在一起，结社团，赏名物，游胜景，斗才学，诗酒风流，效法前贤。单据《邴庐日记》所载，有名有号的诗社就有灯社、冰社、瓶社、合社、荔香吟社、榕社、丁卯诗钟社、蛰园社、秭园社。其中蛰园社集有近百期之盛，期期有人轮流主课，分韵赋诗，每次到会者有数十人之多。而且在雅集结社的时间、地点、内容、人物上已经仪式化、制度化，有的还将诗作结集成册，刊行于世，如《荔社吟稿》凡二十余册。

生逢衰世，华夏板荡，诗社之风流如日薄西山，非承平时代所能比。1928年七月二十九日（9月12日），郭曾炘记曰："结社赋诗乃承平之事，否则山林遗逸今日为此？"① 结社的主要目的是会友晤谈。此日又云："蛰园社友，如六桥、守瑕、仲骞、治芗诸君，每来亦不甚作诗，大抵意在聚晤。《论语》云：'君子以文会友，以友辅仁。'诗社之辟，本不专为作诗计。吾于同乡吟社必到者亦此意，亦俗物所知也。"② 故而对乾隆时期扬州马曰琯、曰璐兄弟"小玲珑山馆"钦羡不已，"当扬州盛时，以盐贾延揽名流。樊榭、寿门、授衣、谢山皆常客其家，觞咏风流，令人神往不置。"③ ［1927年三月十八日（4月19

---

① 郭曾炘著，谢海林点校：《郭曾炘集》，第631页。
② 郭曾炘著，谢海林点校：《郭曾炘集》，第631页。
③ 郭曾炘著，谢海林点校：《郭曾炘集》，第490页。

日〕尤值得关注的是,《邴庐日记》对诗社的成立、发起人记载得颇为详细:

①1927年正月二十五日（2月26日）顾著先倡丁卯诗社,专作诗钟,昨函托刚儿代求任第一期主课并命题,即拈诗社二字嵌首,又拈汉高帝戮丁公卯饮作,分咏取本地风光而已。①

②二月二十三日（3月26日）存社为严范孙所创,略仿旧时书院之法,并课诗、史、词章。②

③四月初四日（5月4日）初拟社名,众异谓不如丁卯诗社为雅切,释戡出横幅、宣纸,推数庵署题,半丁画紫藤于其后。此次即以释戡宅看藤花为题,不拘体韵。③

④六月二十九日（7月27日）光绪中叶,陈玉苍重葺之,复于东偏拓地添建南北厅事,略规洋式。是时平斋方提倡荔香吟社,每数日必就此作吟局。④

此可为文人结社增添数则珍贵史料。而郭曾炘对诗社在末世风雨飘摇的局面下独力难支的感喟也极为动人。

①1927年二月二十三日（3月26日）去年,为章太史钰主课,经费由省长岁拨三千金。闻不甚可靠,恐难持久,

---

① 郭曾炘著,谢海林点校:《郭曾炘集》,第469—470页。
② 郭曾炘著,谢海林点校:《郭曾炘集》,第483页。
③ 郭曾炘著,谢海林点校:《郭曾炘集》,第489页。
④ 郭曾炘著,谢海林点校:《郭曾炘集》,第521页。

修脯更说不到也。①

②四月初一日（5月1日）余先散，出城赴榕社之期，作诗四唱，甚酣，而社侣日寥落。此局颇不易支持也。②

③七月二十五日（8月22日）伯南自闽来，借幼庸宅约耆年会。此会创自琴南，初约每月一举，嗣改于各人生朝前后款客，行之已十稔矣。今年玉苍、贞贤、朗溪、幼庸生朝皆未款客，在会者人亦寥寥，不久当废矣。③

④1928年七月二十九日（9月12日）蛰园第九十三课，……题羌无故实而各出心思，极有兴会意者。社事尚有振兴之望耶？④

世局诡谲，兵火频仍，西学东渐，新文化革命，加之经费紧张，社侣无几，兴致寥寥，旧式传统文化命脉的赓续承衍无疑面临着前所未有的挑战，衰落是在所难免的，甚至是灭顶之灾。1928年七月十二日（8月26日）日记中谈及孙雄十来年靠文字讨生活，收入尚且丰裕，而今却"儒丐同侪"，面对此种现象，郭氏论曰："前此辛亥名为种族革命，亦为政治经济之革命。然老生宿儒，偷息其间，遗秉滞穗，尚不至尽绝生路。若此次革命，则文学之大革命，且一革将无复兴之望矣。可哀已！"⑤ 读之，令人唏嘘不已。

---

① 郭曾炘著，谢海林点校：《郭曾炘集》，第483页。
② 郭曾炘著，谢海林点校：《郭曾炘集》，第496页。
③ 郭曾炘著，谢海林点校：《郭曾炘集》，第528页。
④ 郭曾炘著，谢海林点校：《郭曾炘集》，第631页。
⑤ 郭曾炘著，谢海林点校：《郭曾炘集》，第627页。

其三，评诗衡艺，谈古论今。曾炘向以论诗诗著称于世。《邴庐日记》中载录了大量评论诗人诗艺的文献，既涵盖了前辈诸贤，也涉及当时同好，从中可窥探出郭曾炘的诗歌旨趣。试看下例：

> 四月十一日（1927年5月11日）连日阅《甘泉乡人稿》。余于本朝诗，酷嗜嘉禾诸名家。自竹垞后，香树一门，则二石为嫡传，旁枝为箨石、百泉、裘抒楼之汪氏丰玉、康古兄弟、丁辛老屋王氏父子，此外又有万柘坡、蒋春雨诸人。而竹垞后人自笛楼至育泉，皆以诗鸣。梓庐亦竹垞同宗，尤为后起之劲。至吴牧驹、张叔未，才力稍逊矣。乙盫同年复起而振之，皆不落寻常蹊径。雅材萃于一郡，且多以风雅世其家，真令人神往也。警石作教官三十余年，寝馈书丛，以校勘为乐，尤想见儒官风味。今岂有此世界乎？①

细味此记，郭曾炘酷嗜浙派诗人，可推想其诗学宗旨。推源溯流之后，还值得注意的是，与当下诗坛之风貌作一比较，以瞥见今昔之别，实乃时代风会使然。这一点，在两月前阅读乾嘉时期王昶编辑的《湖海诗传》即已点明："1927年二月初八日（3月11日）阅《湖海诗传》两册。康、乾间诸大老，如香树、归愚、望山、松泉、芝庭、芎林、拙修、树峰、绳庵、葛山，不必以诗名，而所作皆有一种雍容华贵气象，自是盛世元音。

---

① 郭曾炘著，谢海林点校：《郭曾炘集》，第500页。

吾所见同、光台阁人物,去之远矣。"① 郭曾炘推崇浙派,喜好"宋诗派"自是情理之中。比如,《䣙庐日记》中载有数则关于程恩泽(春海)的重要史料。1927年六月二十二日(7月20日)记云,程春海寓居龙泉寺,窗前植一株楸树,殁后即停柩寺中。阮文达(元)率何子贞(绍基)、陈颂南(庆镛)、汪孟慈(喜孙)诸公往检遗书,戴文节(熙)为之作图,诸公皆有题跋。民国十四年(1925)四月,寺中主僧明净向郭曾炘等人征启诗作,属题检书、听琴二图。今春李星樵(哲明)诸人在寺雅集,贺履之(良朴)为之绘听琴图。郭曾炘曰:"春海与文达诸公,皆一代斗山。"② 并于七月十二日(8月9日)作《题龙泉检书图》七律一首。注云:"此诗数易稿,皆不称意,以春海先生为平日景仰之人,画中诸君及作画者并第一流人物,非一诗所能包括也。"③ 程恩泽是近代"宋诗派"的倡导者,影响深远。"同光体"中的闽派对程氏青睐有加,这几则即其师法源流的重要书证,从中窥见民初诗坛遗老雅集赋诗之取向。

除却诗人品鉴,郭曾炘还对有清一代诗话作过论断。如1926年十月十五日(11月19日)载曰:"阅清诗话中吴槎客《拜经楼诗话》四卷。所谓清诗话者,自当汇集一代,而遗漏甚多。随园或以俗滥不收。以余所知,若覃溪、北江、雨村、荔乡、祥伯、四农所著,皆在珠遗。大抵近来坊贾择一好书目,随便凑集数种,便印行射利,误人不浅。……本朝诗话,论诗

---

① 郭曾炘著,谢海林点校:《郭曾炘集》,第476页。
② 郭曾炘著,谢海林点校:《郭曾炘集》,第519页。
③ 郭曾炘著,谢海林点校:《郭曾炘集》,第525页。

宗旨以四农为最精，辑录文献以雪桥为最富，此二种宜列学堂云得教科书，于后学大有益处，惜无人可语也。"①清代诗话蔚为大观，郭曾炘认为翁方纲《石洲诗话》、洪亮吉《北江诗话》、李调元《雨村诗话》、郭麐《灵芬馆诗话》、潘德舆《养一斋诗话》当其中之佼佼者。其中，尤其推举潘氏不遗余力，盖潘氏亦尊崇杜甫与曾炘契合之故。而杨钟羲《雪桥诗话》辑录文献，记载掌故，罕见其匹，这一点已是当今学界所共识。郭曾炘品评诗人诗话，持论公允，见解精到。据此看来，洵非虚誉。

不光如此，郭曾炘对同时代的诗人也多有品鉴。请看：

> 1927年二月十九日（3月22日）苾卿殁，未及五十，与潘文勤为中表亲，故尤肆力于金石考证，诗文皆有法度。庚辰同年节庵、乙庵诗皆能自成一家，晚节卓然。仲弢、晦若皆不愧学人，遗诗间传一二。晦若在北洋幕，文忠公牍多出其手。伯愚诗亦不俗，死难甚惨。袁子才数同征友，谓吾于雅威则师之。余所低首者，此数公而已。外则左笏卿，今年逾八十，尚健在，诗文亦渊雅。王文敏殉庚子之难，其文学又是一路，颇近驳杂，要亦庸中佼佼矣。②

> 1927年六月十六日（7月14日）得君九书，送来叶鞠裳《奇觚集》续刻诗词二本，据云前有《奇觚集》三本，送在沄儿处，尚未及见。此殆其零缣碎锦也。近所得菱卿、子修、尧琴遗集及此，皆不失为当代学人诗文较有法度者。

---

① 郭曾炘著，谢海林点校：《郭曾炘集》，第694—695页。
② 郭曾炘著，谢海林点校：《郭曾炘集》，第480—481页。

比来后进之学诗，但恃聪明，唯掉弄笔锋而根柢不立，气味终逊。此则时代为之矣。①

这二则材料既再现了今昔诗坛的盛衰图景，又品评了古今重要诗人的风味差别，对于了解清末民初诗坛之风会转向，有着重要的文学批评价值，可补史乘之不足。

作为出身闽地的诗人，郭曾炘虽然寓居京城多年，但十分熟谙闽籍诗群的源流演变。这一点，可作为诗歌地域流派的珍贵史料来读。1928年九月二十八日（11月9日），作叠韵《和征宇并送南归》诗，其中有云："闽诗开山溯薛欧，十子代兴各师友。近年宛在拓诗龛，蜂房一一开户牖。"② 是诗亦收录《匏庐剩草》，句下注曰："郑荔乡辑闽诗话，以薛令之、欧阳行周冠首。"③ 康、雍年间，闽人郑方坤辑撰《全闽诗话》，以初唐薛令之、中唐欧阳詹作为闽地的开山诗人。降至满清民国，闽籍诗人层出不穷，尤以当下的郑孝胥、陈衍、陈宝琛、林纾、严复等人卓领风骚，四方辐凑。1928年八月十六日（9月29日）记云：

> 检尘架，得己酉（宣统元年，1909年）冬《荔社钵吟稿》数册，其时弢老正宣召来京，赞老、涛园并在京，几道亦时来，当时健将如畏庐、石遗、绎如、梅贞、松孙、

---

① 郭曾炘著，谢海林点校：《郭曾炘集》，第516—517页。
② 郭曾炘著，谢海林点校：《郭曾炘集》，第649页。
③ 郭曾炘著，谢海林点校：《郭曾炘集》，第316页。

仲沂、心衡、征宇、朗溪、熙民、寿芬、陀庵、季咸、啸龙，外籍则实甫、鹤亭，偶亦参入笔阵，纵横各极逞才思，大都以造意为主，不以隶事为能，尚不坠闽派风矩。与今之梯园、蛰园风气迥别，洵为闽派正宗，亦可谓极一时之盛。①

在这一连串的名单中，囊括了闽派正宗数十人，外带易顺鼎、冒广生等名诗人。郭曾炘认为："鹤亭诗有清气，固近日南派之佼佼者。"②〔二月二十八日（1928年3月19日）日记〕把这二位也吸引过来了，由此可推断出闽派诗群在当时诗坛上的影响力。闽派风头如此劲盛，是与郭曾炘的祖父郭柏荫抚鄂时，喜好主持风雅分不开的。他在九月初三（10月15日）的日记中作诗记曰："文肃天矫人中龙，往往真气惊户牖。文襄武库森甲兵，爱搜秘笈资谈薮。流派遂有闽粤分，坛坫益振同光后。……先祖在鄂时，公暇亦常集宾佐联吟，后十数年而文襄督鄂，此风乃大盛。"③

其四，品藻人物，辑录掌故。《邴庐日记》还记载了郭曾炘对一些朝野名流的评语，多涉及到不为常人知晓的旧闻逸事。如邓之诚《骨董琐记》，虽然郭曾炘数次称此书"可采者殊无多，姑消遣耳"④，但也不乏稀见之史料。1927年正月二十八日（3月1日）记曰：

---

① 郭曾炘著，谢海林点校：《郭曾炘集》，第637页。
② 郭曾炘著，谢海林点校：《郭曾炘集》，第588页。
③ 郭曾炘著，谢海林点校：《郭曾炘集》，第642页。
④ 郭曾炘著，谢海林点校：《郭曾炘集》，第471页。

其书虽以古董名，亦间及故事，大都抄撮而来。中亦有希见者，如所载李安溪自书纪事数则，于康熙朝局颇见一斑。忆数年前，闻叕庵说渠家曾有抄本，为边润民借去，转钞其中所言昆山、孝感各节，与叕庵所见原书吻合。不知是否即从润民家得之。昆山之力排安溪，至欲挤之死地，可谓狠毒之极。孝感为安溪座师，初亦牢笼之。据所记，每造见，必有健庵在。见时又不说及学问，但以明末门户人语胡乱说过。尝拟一书，欲上之，为陈则震所阻，则震即梦雷，与安溪同出熊门下。谓熊老师岂道学耶？又是一路作用耳。孝感之为人可想见。大抵国初名臣惟睢州、江阴可谓粹然无疵。张孝先、孙锡公晚年已不免刓方为圆。后此则陈榕门，虽无讲学名，而政治一本于儒术。中兴若曾文正、胡文忠，则因遭值艰危，以动心忍性之实功，建旋乾转坤之大业，又所谓时势造英雄者。罗罗山若不死，未知建树何如也。此一段去冬日记曾及之，原本遗失，复记于此。①

上引一大段，涉及康熙朝重臣徐乾学、李光地、陈梦雷、熊赐履等人，徐、李人品皆有为人诟病处，党派纷争，形同水火，这关捩着康熙朝局之变幻。而学问与人品虽为殊途，但实为一人之二面，本应内外如一，阴阳调和，而不是"伪道学"。后面所引发的，包括理学名臣张伯行、孙嘉淦、陈宏谋、曾国藩、胡林翼、罗泽南，说的则是理学与事功之关系，又可作一则理

---

① 郭曾炘著，谢海林点校：《郭曾炘集》，第471页。

学史来读。郭曾炘善发议论,尤其擅于点评人物,对于清代学派诸家的论断还可在1927年七月十三日(8月10日)的日记中看到,后来《匏庐剩草》也收录此诗,稍有改异。是诗从乾嘉时期的阮元、程瑶田开始,一直说到道咸年间的张穆、郑珍,宛如简明的清中后期思想流变史。"侯官郭文安公,今儒宗也。"① 郭曾炘《楼居偶录》《郭文安公奏疏》中对儒家理学、心学诸派学说之优长、人物之谱系,作出了简要而公允地评述。

陈宝琛虽说郭曾炘"性乐易,不轻臧否人"②,那只是针对诗歌而言。在《邴庐日记》中,随处可看到他清议时政,识鉴人物的一面。如1927年四月初三日(5月3日)论前清内务府重臣庆小山:"小山为内务府有名人物。光绪中叶被参劾,闲废十余年,选江西监道。旋值辛亥之变,回京。以稗贩古董与西人,交际颇获其利。苏龛总理内务府,时曾访之,允为暗中帮忙,然为时已晚矣。此人物虽亦巧宦,然清廷早用之,犹胜于世博轩、绍越千一流。"③ 言语之中,透露出对清廷不善用人的指摘和哀惋。又如七月初三日(7月31日)纵论民国初期军阀吴佩孚、张其锽,以及林长民、邵飘萍、林白水三位中年殒命的进步人士:"若林宗孟、邵飘萍、林白水,若生在承平,彼等手辈决不至坐困风尘,卒为时势所乘,走入死路。"④ "就中,子

---

① 郭宗熙《楼居偶录序》,《楼居偶录》卷首,民国二十四年(1935)侯官郭氏家集汇刊本。
② 陈宝琛《匏庐诗存序》,《匏庐诗存》卷首,民国二十四年(1935)侯官郭氏家集汇刊本。
③ 郭曾炘著,谢海林点校:《郭曾炘集》,第497页。
④ 郭曾炘著,谢海林点校:《郭曾炘集》,第523页。

武、又铮实庸中佼佼者矣。即以吴佩孚论，使在中兴曾、胡、左、李麾下，虽不知视江、塔、罗、李何如，断不在刘铭传、刘松山下也。"①《邴庐日记》还记载了诸多掌故逸闻，像张元济在沪被绑票一事，而其中较有价值的无疑是对1927年王国维之死的记录：

> 五月初五日（1927年6月4日）闻王静安前日自沉于昆明湖。静安，嘉兴诸生。游学日本归，曾为学部主事。国变后，以教员糊口。癸亥岁，内廷因南斋人少，求堪充其选备顾问者。罗叔韫、沈子培交荐之，与杨子勤、温毅夫同入南斋。二君皆词材宿望。静安特赏五品顶戴。甲子秋，逼宫之变，奔走日使馆，颇有接洽。张园定居后，回京就清华大学教员，仍不时赴津。闻此次沉渊，乃因赤氛紧迫，恐以后乘舆益无安处之地，忧无计，愤而出此。其死与梁巨川相类而大节炳然。然巨川愤共和之失政，在以死讽世，于故国之痛尚在其次。静安则纯乎忠赤，大节炯然，又在其上。余癸亥后，于内廷始识之。其诗文皆根柢槃深，又博古多通。心窃敬仰，惜共事日浅，未共深谈也。闻君怀中尚有遗草，必非寻常文字，当有为之刊布者。②
>
> 初六日（6月5日）数日前失眠之病，听之竟自愈。早晨起后，愁绪纷集，支枕复睡，午后再睡，皆甚酣。奈醒后愁闷依然，能如静安之长睡不醒，岂不大乐哉？盖必如

---

① 郭曾炘著，谢海林点校：《郭曾炘集》，第523页。
② 郭曾炘著，谢海林点校：《郭曾炘集》，第508页。

彼之勇,决乃能得死所。空言祈死,皆惜死之人也。①

十三日(6月12日)阅晚报,载皇室有王国维恤典谕旨一道,并予谥"忠悫"。不胜骇愕,不知是真是赝?年来旧臣,如吕海寰(镜宇)、张人骏(安圃),皆无恤典,但独为王公破格之举,即使出上意,左右诸臣亦应谏止。况静安自有千古并不因谥法为重轻。愚见:如令词臣作一篇沉痛之诔文或祭文,转可感动人心。此等浮荣徒滋谤议,期期以为不可也。②

十六日(6月15日)接津寓寄来王静庵讣文,赐恤予谥皆载之,果真有此事矣。其开吊即在明日,假全浙馆,匆匆不及作挽章,仅作一联挽之,"一代经师朱竹垞,千秋骚怨屈灵均",亦太空泛矣。夜间复拟一联云:"止水自澄在,先生固堪瞑目;浮云皆幻愿,来者各自折心。"较为超浑,惜前联已送去矣。③

十七日(6月16日)饭后,出城,至全浙馆吊静庵。座间晤凤孙、艾卿、珏生诸人。静庵易名乃忠悫,非忠懿。珏生云,此举纯出宸衷,并未与左右商之,但愚见终未以为是。④

上引五则,尚不过千字,详细地记录了当时旁人对王国维死因的具体看法,溥仪予谥的来龙去脉,设馆祭奠的地点、时间,

---

① 郭曾炘著,谢海林点校:《郭曾炘集》,第508页。
② 郭曾炘著,谢海林点校:《郭曾炘集》,第509—510页。
③ 郭曾炘著,谢海林点校:《郭曾炘集》,第510页。
④ 郭曾炘著,谢海林点校:《郭曾炘集》,第510页。

以及遗老们对王国维的吊唁和所作的挽联等等，为王国维的相关研究提供了宝贵的背景材料。

值得关注的是，《邴庐日记》记录了一件挺有趣味的事情。这就是用诗歌来为香烟作广告。二月初一日（1927年3月4日）载："泉侄来，以大美卷烟公司售买康素、金银花两种，即以烟名出启征诗，意在以风雅代广告，请函，恳樊山任评骘，即书付之。"① 三天后，樊增祥答应评阅大美卷烟公司征诗卷。七月十一日（8月8日）记云："樊山书来，送所阅卷烟公司课卷。系石琴求其阅定者，题为金银花七绝康素二字，凤顶金银花、康素皆卷烟名也。该公司征诗代广告，即以烟卷作奖品，此事发端于数月前，以资本未集，因并风雅游戏，亦为之搁置。樊山甚不悦，余居间亦甚惭歉也。"② 恭请诗坛名宿樊增祥、郭曾炘评定参赛作品，为香烟作宣传，打广告，尽管樊、郭很不高兴，但这个点子较有新意，昭示着新媒体开始介入旧体诗的领域，也从侧面反映了旧文学在新时代的困境以及文人对此颇感无奈的面相。

其五，网罗散佚，收集遗逸。日记中保存了部分重要作家的集部文献，有着不可忽视的辑佚价值。纵览侯官郭氏家集汇刻的郭曾炘集，却没有专集专册的古文、辞赋一类作品。并不是说郭曾炘不善于文，大概平时未有留意，因而大多已散佚。不过，整理《邴庐日记》后发现，里面载录了郭曾炘数篇重要的诗序，如《陀庵诗序》《居易斋集序》《弢庵太傅七十寿文》

---

① 郭曾炘著，谢海林点校：《郭曾炘集》，第473页。
② 郭曾炘著，谢海林点校：《郭曾炘集》，第525页。

《恐高寒斋诗集序》，等等。对于了解郭曾炘的诗学思想、交游事迹，这些有着不可替代的作用。而且，日记中保存了大量诗篇，通过与诗集的家刻本比对，可寻绎郭曾炘诗歌创作的心路历程以及语词锤炼的变化轨迹。另一方面，《邴庐日记》还辑录了他人的诗词文作品，如八月二十八日（1927年9月23日）所录的曾克耑（履川）《弢老七十寿文》、九月二十九日（10月24日）所记南云的数首遗诗，以及四月十九日（1928年6月6日）抄录的数篇樊增祥诗词，保存了作家作品之原始风貌，可补诗史之缺。

## 四、结论

综上所述，郭曾炘《邴庐日记》大致从1927年2月开始，迄至1929年1月，另外残存1926年冬的16则。稿本今已不得见，尽管作者对日记有少许的删订，但抄本应算是最接近原稿的本子，此外还有其子郭则沄整理的家集刻本。抄本与家集刻本存在明显的差异，时间上抄本在前而家集刻本在后，内容上二者互有增损改益，因家集刻本删汰、省略过重，故七卷抄本在卷帙、字数上远超过二卷的家集刻本。大体说来，《邴庐日记》内容丰赡，材料赅备，议论精当，考证翔实，涉及晚清民初的朝政时闻、读书论艺、人物品藻、交游宴集等诸多层面，尤其是那些关涉重大事件和人物的记录具有丰富的文献史料和重要的学术价值，自然会随着研究的深入而逐步显现出来。

（原刊于《兰州文理学院学报》2014年第6期）

# 郑珍年谱新编

**嘉庆十一年（1806）丙寅　一岁**

三月初十日巳时生于贵州省遵义府遵义县西乡天旺里河梁庄（今遵义市鸭溪镇金钟村禾庄组）玉磬山下草宅。为长子。字子尹，号柴翁，又号巢经巢主、子午山孩，晚号小礼堂主人、五尺道人，晚署且同亭长。

黄万机、黄江玲校点《巢经巢诗文集》之《诗钞前集》卷九（上海古籍出版社2016年版，第163页，以下所引郑珍诗词文，均出于此本）咸丰元年（1851）辛亥《谷日知元旦家举孙女再用沐字韵》诗，其曰："似我手诚难，同我禄已足"句下自注："戊日巳时，星家谓之归禄。"可知郑珍生于巳时。郑知同《敕授文林郎征君显考子尹府君行述》（载白敦仁《巢经巢诗钞笺注》附录三，浙江古籍出版社2016年版，以下简称"郑知同《征君行述》"）、吴道安《郑子尹先生年谱》（初刊有1928年版，今有冯济泉、陈训明校点本，载《贵州文史丛刊》1987年第3、4期，以下简称"吴道安《年谱》"）、钱大成《郑子尹年谱》（《国专月刊》第二卷第一、二、三期，1935年9月至11月无锡国专刊行，以下简称"钱大成《年谱》"）、凌惕安《郑子尹

（珍）先生年谱》（初刊于《贵州文献季刊》创刊号、二号、三号及《贵州文献汇刊》1938年至1940年，后收入沈云龙主编《近代中国史料丛刊续编》第83辑，文海出版社1981年版，以下简称"凌惕安《年谱》"）均作"巳时"。赵恺《郑子尹先生年谱》（初刊于1929年铅印本《巢经巢遗诗》卷首，今有《北京图书馆藏珍本年谱丛刊》影印本，北京图书馆出版社1999年版，第152册；又载白敦仁《巢经巢诗钞笺注》附录三，浙江古籍出版社2016年版，以下简称"赵恺《年谱》"）误作"卯时"。案，《巢经巢诗文集》之《诗钞后集》卷四《十月十七日行经故里》自注："余生玉磬山下草宅。"赵恺《年谱》误作"玉罄山"。

**原籍江西吉水**（今江西省吉安市吉水县），**七世祖郑益显**于明万历二十八年（1600）以刘綎部将征播州，留驻遵义西六十里水烟，子孙遂家遵义。子斗宸。斗宸生维垣。维垣生之珑。**曾祖郑菘**，字雪容，郑之珑长子。有隐德，为遵义处士。迁郡西六十里之天旺里河梁庄。**祖郑学山**，字崇峰。郡诸生。懂医术。**父郑文清**，字雅泉，崇峰长子。**母黎氏**，遵义沙滩黎安理第三女。

《巢经巢诗文集》之《诗钞前集》卷二《阿卯晬日作》自注。郑珍《播雅》（黄万机等点校《郑珍全集》第七册，上海古籍出版社2012年版）卷二二"郑秀才学山"条小传。郑知同《征君行述》。案，郑珍《播雅》卷二二"郑秀才学山"条作"字崇峰"。吴道安《年谱》作"名仲侨，字学山"，未标出处。钱大成《年谱》据郑知同《征君行述》署："祖父名学山，字〇〇。"凌惕安《年谱》据《遵义府志》《播雅》作"名仲侨，字学山,号崇峰,以字行"。

时父郑文清三十岁,母黎氏三十一岁。

《巢经巢诗文集》之《文集》卷四《先妣黎太孺人墓表》。《巢经巢诗文集》附录一莫友芝《郑母黎孺人墓志铭》。案,钱大成《年谱》误将郑父、郑母之岁数倒乙。

嘉庆十二年(1807)丁卯　二岁

幼时聪慧,及长颖悟非常。

郑知同《征君行述》:"在岐嶷日,已有异质,长益颖悟。"姑系于此。

贺长龄乡试第一。郑珍后有诗上贺长龄:"当公领解日,我始双髻悬。"

罗汝怀《皇清故兵部尚书云贵总督善化贺公传》(《耐庵文存》卷首,《清代诗文集汇编》第550册影印本,上海古籍出版社2010年,以下简称"罗汝怀《贺公传》"):"丙寅入岳麓书院。(中略)明年举本省乡试第一,联捷成进士。"《巢经巢诗文集》之《诗钞前集》卷四《乡举与燕上中丞贺耦庚长龄先生》。

嘉庆十三年(1808)戊辰　三岁

外祖黎安理赴京候选,大挑二等,得贵州永从(今贵州黎平)训导。

凌惕安《年谱》。

嘉庆十四年(1809)己巳　四岁

正月二十日,次弟㻞生。字子行,精堪舆。卒于光绪五年

郑珍年谱新编 | 245

(1879）九月十六日，寿七十一。

吴道安《年谱》。凌惕安《年谱》。黎庶昌《郑两山人传》（《拙尊园丛稿》卷四，《清代诗文集汇编》第733册影印本）误作"卒年七十"。

**嘉庆十五年**（1810）**庚午　五岁**
**舅黎恂中举。**

郑珍《巢经巢诗文集》之《文集》卷四《诰授奉政大夫云南东川府巧家厅同知舅氏雪楼黎先生行状》（以下简称"《雪楼行状》"）。黎庶昌《尊拙园丛稿》（《清代诗文集汇编》第733册影印本）卷四《诰授奉政大夫黎府君墓表》。

**表弟黎兆熙生。**

《播雅》卷二二"黎国子兆熙"条小传："兆熙，字仲咸，号寿农。为国子监生。仲咸为余舅雪楼先生次子，性纯悫。少余四岁。"故系于此。

**嘉庆十六年**（1811）**辛未　六岁**
**祖父郑学山教读蒙课。**

《播雅》卷二二"郑秀才学山"条小传："当珍之生，家已非昔。记六七岁时，一小斋中犹盛书满满数巨橱。时先大父目昏极，家人日难喻，益一切不复问之。暨嘉庆甲戌（案，即十九年1814）从先子归自于陵，而数巨柜者已皆乌有。"案，《播雅》收郑学山五言诗《座右铭》一首，可知其会诗，藏书数盈，能课读子孙。《播雅》曰"六七岁时"，王燕玉《郑珍年历考要》（《贵州师范大学学报》1994年第3期）系于嘉庆十五年，似误。

凌惕安《年谱》系于嘉庆十七年。今姑系于此。

**春，程恩泽中二甲第五十二名进士。**

阮元《诰授荣禄大夫户部右侍郎兼管钱法堂事务春海程公墓志铭》（《程侍郎遗集》卷首，《清代诗文集汇编》第 548 册影印本，以下简称"阮元《春海程公墓志铭》"）。江庆柏《清朝进士题名录》（中华书局 2007 年版，第 754 页）。

**五月初三日午时，独山莫友芝生。**

张剑《莫友芝年谱长编》（中华书局 2008 年版）。

**十月十一日亥时，湘乡曾国藩生。**

黎庶昌《清曾文正公（国藩）年谱》（王云五主编《新编中国名人年谱集成》第 1 辑，台湾商务印书馆股份有限公司 1978 年影印本）。凌惕安《年谱》将曾国藩生辰误署"二月"。

**嘉庆十七年**（1812）**壬申　七岁**

**父文清以诸经授之，课读颇善，诵而不忘。**

《播雅》卷二二"郑布衣文清"条小传。黎庶昌《郑征君墓表》："自幼精力独过绝人，寓目辄能记诵。"凌惕安《年谱》将此置于嘉庆二十年条。吴道安《年谱》、王燕玉《郑珍年历考要》系于此年，姑从之。

**桐梓赵旭生。**

《巢经巢诗文集》之《文集》卷二《僵饮轩诗钞序》："晓峰少余六岁耳。"案，赵旭，字石知，号晓峰。

**嘉庆十八年**（1813）**癸酉　八岁**

**外祖黎安理署山东长山（今山东邹平）知县，父文清携郑**

珍及黎恂长子兆勋前去看望，行次河南朱仙镇，资用乏绝，遣健步者往取，三人留旅舍以待。数日李文成事发，镇邻战地，浸无居人。父文清仍严令郑珍日读《毛诗》，滞留数月，卒诵得《毛诗》而去。

《播雅》卷二二"郑布衣文清"条小传。《巢经巢诗文集》之《文集》卷四《敕授修职佐郎开州训导子元仲舅黎公行状》（以下简称"《仲舅黎公行状》"）。

**嘉庆十九年（1814）甲戌　九岁**
随父文清自山东长山归里，数柜书籍化为乌有。

《播雅》卷二二"郑秀才学山"条小传："嘉庆甲戌从先子归自于陵，而数巨柜者已皆乌有。"

始读诸子、《山海经》。

《巢经巢诗文集》之《诗钞后集》卷五《埋书》。

舅黎恂中进士，补浙江桐乡知县。

《巢经巢诗文集》之《文集》卷四《雪楼行状》。黎庶昌《尊拙园丛稿》卷四《诰授奉政大夫黎府君墓表》。

**嘉庆二十年（1815）乙亥　十岁**
二月，祖郑学山卒。

《播雅》卷二二"郑秀才学山"条小传。

应童子试。

吴道安《年谱》。

**嘉庆二十一年（1816）丙子　十一岁**

入私塾发蒙，母黎氏用出嫁银饰支付读书费用。郑珍自馆归，种陌豆，有余力，辄读书。

郑珍《母教录》(《巢经巢诗文集》附录一)。

**嘉庆二十二年（1817）丁丑　十二岁**

年甫十二，貌尪瘠，授句读于塾师张先生之门。

黎汝谦《夷牢溪庐文钞》(《清代诗文集汇编》第776册影印本)卷二《赵母郑宜人家述序》。案，王燕玉《郑珍年历考要》误系于嘉庆二十一年。

粗识庾信、鲍照诗。

《巢经巢诗文集》之《诗钞后集》卷五《埋书》。

闻父文清言，昔唐汉芝官黔西州，授读陈氏子，视如己出。陈父厚谢，辞不受，只收所藏朱熹自书诗卷，郑珍能心识朱子诗。

《巢经巢诗文集》之《文集》卷四《书朱子诗卷真迹后》。

喜搜讨辑录乡邦文献。

郑珍《播雅引》(《播雅》书首)曰："余束发来，喜从人问郡中文献，得遗作辄录之。"凌惕安《年谱》。案，钱大成《年谱》系于道光元年。王燕玉《郑珍年历考要》称道光二十二年"搜抉地方遗诗，始辑《播雅》"。

四月初七日，季弟珏生。字子俞。擅医道。卒于咸丰九年（1859）七月初五日。

郑珍《巢经巢诗文集》之《诗钞前集》卷三《适滇却寄子行珽子俞珏两弟》。黎庶昌《拙尊园丛稿》卷四《郑两山人传》、凌惕安《年谱》将郑珍季弟误作"珏，字子瑜"。郑知同《征君行述〉、钱大成《年谱》将季弟名误作"珏"。钱大成《年谱》误置于嘉庆二十三年。

赴遵义府县城外湘川书院就读，掌教为临川宿儒李邺芸。课余顽嬉于讲舍后堂药圃。暇游桃源山寺，登谪仙楼，逛百花林，时时摘花惹僧骂，师长每以神童庇之。

《巢经巢诗文集》之《诗钞后集》卷五《借启秀书院粗整腐敝移家来居》《借启秀书院居，新入举火，独夜诵少陵〈题衡山县新学堂〉诗，感念湘川讲舍之废，因次其韵，呈蹇臣仪轩、萧吉堂光远两长兄》自注、《偕萧吉堂游桃源山山经甲寅兵燹亭观荡然无遗归与张筱皋思敬同守夜话作歌》。因诗中自注称之"丁丑、戊寅"事，凌惕安《年谱》系于此年。

八月十七日，莫友芝弟庭芝（字芷升）生。

张剑《莫友芝年谱长编》。

**嘉庆二十三年（1818）戊寅　十三岁**

读《史记》《汉书》。

《巢经巢诗文集》之《诗钞后集》卷五《埋书》。

秋，自湘川书院还乡。

《巢经巢诗文集》之《诗钞后集》卷五《借启秀书院粗整腐敝，移家来居》《借启秀书院居，新入举火，独夜诵少陵〈题衡山县新学堂〉诗，感念湘川讲舍之废，因次其韵，呈蹇臣仪轩、萧吉堂光远两长兄》自注。

仅存祖郑学山所遗经本一簏，从外祖黎安理读，常侍左右。

《播雅》卷一四"黎府君安理"小传、"郑秀才学山"小传。

**嘉庆二十四年（1819）己卯　十四岁**

仲春，父母以天旺河梁里俗捻恶，聚赌酗酒，虑习染不良，举家迁东乡夷牢斤竹溪之尧湾，依外祖黎安理家居，仍就村塾读书，但习科举帖括之学，恒意天下所读书必不尽是。

郑知同《征君行述》。莫友芝《郑母黎孺人墓志铭》（《巢经巢诗文集》附录一）。《巢经巢诗文集》所载《诗钞后集》卷五《还山》作"卅年尧湾居"、《文集》卷四《先妣黎太孺人墓表》作"垚湾"，郑知同《征君行述》作"窑湾"。

《巢经巢诗文集》之《诗钞前集》卷二《检外祖黎静圃安理府君文稿感成》自注。

**时就外祖请业，持册问字。**

《巢经巢诗文集》之《诗钞前集》卷二《检外祖黎静圃安理府君文稿感成》。

**仲舅黎恺为之讲授诸经，喜偷看舅家插架之书。**

《播雅》卷二四"黎训导恺"条小传，《巢经巢诗文集》之《诗钞后集》卷五《埋书》。恺字雨耕，外祖黎安理次子，恂弟。

**小试未售，以致十日不就塾。**

《母教录》。

**十一月十三日，外祖黎安理卒。**

《巢经巢诗文集》之《文集》卷四《外祖静圃黎府君家传》。《播雅》卷一四"黎府君安理"条小传。张裕钊《张裕钊诗文集》（上海古籍出版社 2007 年版）之《濂亭文集》卷五《诰赠奉政大夫山东长山县知县黎府君墓表》。案，王燕玉《郑珍年历考要》将黎安理卒年误署于嘉庆二十五年。

**嘉庆二十五年（1820）庚辰　十五岁**

十一月初一日，舅黎恂始自浙江桐乡县任奔丧回里，挟图书数千卷，辟锄经堂。

黎汝谦《赵母郑宜人家述序》。黎庶昌《郑征君墓表》。

**道光元年（1821）辛巳　十六岁**

二月二十五日，舅黎恂至遵义，家居丁忧。

凌惕安《年谱》。

舅黎恂发所蓄典籍与子弟研读。恂为之讲授经义，与恂子兆勋同席共砚。郑珍恒通宵达旦，肘不离席，资性颖悟。恂点拨数语，立识要领，奇其才。

《巢经巢诗文集》之《文集》卷二《黎雪楼先生七十寿序》。郑知同《征君行述》。黎庶昌《郑征君墓表》。黎汝谦《赵母郑宜人家述序》。

得见张履祥《杨园先生集》、顾侠君《韩诗补注》，酷爱之，抄而熟读。

《巢经巢诗文集》之《文集》卷二《重刻杨园先生全书序》、卷一《柴翁说》。

**道光二年（1822）壬午　十七岁**

补遵义县学弟子员，旋食廪饩。读舅黎恂藏书数千卷，纵观古今，究心四部，日过目数万言。未几，潜心程朱之学，精研性理。恂工诗古文，授郑珍诗法，时加启蒙，靡不称奇，故妻以长女。

郑知同《征君行述》。黎庶昌《郑征君墓表》。黎汝谦《赵母郑宜人家述序》。陈田《黔诗纪略后编》。据《巢经巢诗文集》之《文集》卷二咸丰二年（1852）所作《〈千家诗注〉序》曰："前三十年既以诗法授珍辈内外兄弟。"凌惕安《年谱》系于此，可从。吴道安《年谱》、王燕玉《郑珍年历考要》系于道光三年，似误。案，潜心程朱之学，王燕玉《郑珍年历考要》误系于道光四年。

**舅黎恂复丁杨太君忧。**

郑珍《巢经巢诗文集》之《文集》卷四《雪楼行状》。

### 道光三年（1823）癸未　十八岁

**与舅黎恂长女成婚，黎氏二十一岁，嘉庆八年正月十四日子时生。**

郑知同《征君行述》。黎汝谦《赵母郑宜人家述序》。案，赵恺《年谱》将成婚时间误系于道光二年。

**六月十一日丑时，贵州贵筑黄彭年（字子寿）生。**

陈定祥《黄陶楼先生年谱》（黄益整理《陶楼诗文辑校》附录二，齐鲁书社 2015 年版）。

**十月，莫友芝年十三，父莫与俦（字犹人）官遵义府学教授，随侍左右。初与郑珍订交，以兄事之。**

《莫友芝诗文集》（张剑等校点，人民文学出版社 2013 年增订版）之《郘亭遗文》卷六《影山草堂本末》。张剑《莫友芝年谱长编》。《巢经巢诗文集》之《文集》卷二《郘亭诗钞序》。案，郑知同《征君行述》、赵恺《年谱》、凌惕安《年谱》误以为郑、莫缔交于道光八年。

**冬，贵州学政程恩泽按试遵义。**

阮元《春海程公墓志铭》。《程侍郎遗集》卷二《橡茧十咏序》曰"冬，泽试遵义"，钱大成《年谱》、凌惕安《年谱》均署之"十一月"。

至此年，雅有抱负，自云："我年十七年，逸气摩空蟠。读书扫俗学，下笔如奔川。谓当立通籍，一快所欲宣。"

《巢经巢诗文集》之《诗钞前集》卷二《阿卯晬日作》。

**自此年始，购钞书籍。**

《巢经巢诗文集》之《诗钞后集》卷五《埋书》。

**道光四年（1824）甲申 十九岁**

十二月中浣，外祖黎安理归田后捐资重修平远桥，至是年竣工，为之书《平远桥碑》。

凌惕安《年谱》。

**道光五年（1825）乙酉 二十岁**

程恩泽主考全省拔贡生员，取七十五名，郑珍年最少。阅其文，叹为奇才。程恩泽教之"为学必先识字"，宜读三代秦汉书。以乡先贤东汉人尹珍相期许，以"子尹"字之。遂肆意文字训诂，服膺许郑之学，恪守大师家法。

黎庶昌《郑征君墓表》。郑知同《征君行述》。《巢经巢诗文集》之《文集》卷二《张子佩琚诗稿序》。案，程恩泽以"子尹"字郑珍一事，陈田《黔诗纪略后编》（载《巢经巢诗钞笺注》附录三）署于督学湖湘时期，吴道安《年谱》系于道光八年，此从钱大成《年谱》、赵恺《年谱》、凌惕安《年谱》。

母黎氏见郑珍选拔贡，谓所望得名，不堕先声，宦路险恶，如日后高中春秋榜，可勿图仕。

《母教录》。

**黔西张琚中同年拔贡副榜，与之定交。**

《巢经巢诗文集》之《文集》卷二《张子佩琚诗稿序》。

**秋闱乡试，仲舅黎恺中举。遵义乡荐九人，黎恺在列。**

《巢经巢诗文集》之《文集》卷四《仲舅黎公行状》。王澧华校点《曾国藩诗文集》（上海古籍出版社2005年版）之《文集》卷四《遵义黎君墓志铭》。

**腊月，贵州学政程恩泽以翰林院侍讲学士衔调任湖南学政。**

案，《程侍郎遗集》卷二《湘中两番雪歌》，诗题自注："乙酉腊作。"《新化县志》（清同治十一年刊本）卷一五："道光五年以侍讲学士提督湖南学政。"钱大成《年谱》亦称此年卸贵州学政任。阮元《春海程公墓志铭》误称"六年，调湖南学政"。

**道光六年（1826）丙戌　二十一岁**

**二月初四日，偕仲舅黎恺、同年喻经赴京参加礼部会试，不售。在京晤表叔唐树义。**

《巢经巢诗文集》之《诗钞前集》卷一《芝女周岁》《文集》卷四《仲舅黎公行状》。郑知同《征君行述》。

**二月十一日，长女芝女生。**

凌惕安《年谱》。案，吴道安《年谱》误系于初十日。

**三月初一日，与仲舅黎恺、同年喻经等人回黔，路经樊城、沙头市。八月抵公安。时程恩泽已任湖南学政，张琚随行，因招入幕，故至浦市（今属湘西）与黎恺分途。**

凌惕安《年谱》。

《巢经巢诗钞》前集诗自是年始。

春，莫友芝补独山州学弟子员，文名籍甚。

张剑《莫友芝年谱长编》。

**道光七年（1827）丁亥　二十二岁**

九月，奉湖南学政程恩泽招，往岳州（今湖南岳阳），至已试竣先发，偶遇张琚，遂相携登岳阳楼，游君山，观洞庭，赋诗纪胜，后同诣澧州（今属常德），回帆武陵（今属常德）。

《巢经巢诗文集》之《文集》卷二《张子佩琚诗稿序》。

入程恩泽幕，其间结识湖湘诗坛耆旧新化欧阳磵东、邓显鹤，诗酒唱和，大有长进。时任宁乡训导邓显鹤称之畏友。与宁乡黄本骥结忘年交，饱览所藏先秦两汉以来金石墨本数千卷，妙悟隶楷笔法。

郑知同《征君行述》。陈田《黔诗纪略后编》。案，凌惕安《年谱》将入幕结识邓、黄等人之事误系于道光六年。

随程恩泽赴湖湘各地按试选材。自道光五年受程春海之训，肆意文字训诂，誓通许慎之学，数从问故，造诣益深。见段、钱诸书证义未备，而补正伪脱，得百六十五文，汇为《说文逸字》。

《巢经巢诗文集》之《诗钞后集》卷二《王个峰言某友家有〈说文〉宋刻本，亟属借，至则明刻李仁甫〈韵谱〉也。书凡二函，皆锦赙金签，极精善，细审函册，分楷标题，并先师程春海侍郎手迹，知是生前架上物也。凄然感赋，识之册端》。《莫友芝诗文集》之《邵亭遗文》卷一《〈说文逸字〉后序》。案，吴道安《年谱》称"程恩泽是时得见先生此稿"。

冬，作诗送别同年萧品三（字芝水）。

《巢经巢诗文集》之《诗钞前集》卷一《柬别同年萧芝水品三甘子园》。案，是诗置于《发武陵》之后，有"来年待我春冰泮"之句，似冬日所作，姑系于此。

**本年湖南学政程恩泽属郴州知府曾钰修韩愈祠。**

《巢经巢诗文集》之《诗钞前集》卷一《游北湖，怀昌黎公。湖在郴州北郭外，周广可四十里，今皆为稻田矣。去年程春海先生属刺史惠安曾钰于道侧蓄一池，祠昌黎于其上》。

### 道光八年（1828）戊子 二十三岁

三月初十日，值生日，适在零陵（今湖南永州），有诗纪之，诗中用柳宗元、黄庭坚之典，极工切。

《巢经巢诗文集》之《诗钞前集》卷一《永州廿三初度》。

**随程恩泽视学道州（今属永州），游浯溪，获唐李阳冰篆书《元次山浯溪铭》石刻，为金石家所未著录，乃攀剔摹之，手被群蛤所毒，肿两月余始愈。**

《巢经巢诗文集》之《诗钞前集》卷一《浯溪游》。《程侍郎遗集》卷二《浯溪诗》。《莫友芝诗文集》之《邵亭诗钞》卷四《巢经巢观李少温篆书元次山〈浯溪铭〉拓本，用皇甫持正题〈浯溪石〉韵》自注。

**游郴州、耒阳及衡阳石鼓书院，又至醴陵谒蔡道宪墓，均有诗纪之。**

《巢经巢诗文集》之《诗钞前集》卷一戊子诸诗。

**在郴州校士期间，与程恩泽有诗歌唱和。**

《巢经巢诗文集》之《诗钞前集》卷一《郴之虫次程春海恩

泽先生韵》。

六月，从程恩泽至长沙。为应乡试，旋告辞还，程有"吾道南矣"之叹。

《巢经巢诗文集》之《诗钞前集》卷一《留别程春海先生》。郑知同《征君行述》。

送王金策归山东诸城，宿乔口柬同幕诸君；归途次清浪滩，均有诗。

《巢经巢诗文集》之《诗钞前集》卷一戊子诸诗。

秋，应乡试不中，与友遵义唐敏同号舍，稿成，评鉴得失。

《播雅》卷二一"唐冕宁敏"条。案，唐敏，字子英，遵义人，道光八年举人，历官四川冕宁、犍为知县。《播雅》收诗二首。

及归遵义，构书室，曰"巢经巢"，取玉川子拾遗经书于空巢，喻家贫蓄书难，僦寓夷牢水上，犹如禽无定栖，并作文记之。号巢经巢主。所缺之书，借于舅氏及遵义故家。

《巢经巢诗文集》之《文集》卷三《巢经巢记》。郑知同《征君行述》。案，王燕玉《郑珍年历考要》误系于道光九年。

从府学教授莫与俦游，为学与其子莫友芝同志，相互切磋。

郑知同《征君行述》。

**道光九年（1829）己丑　二十四岁**

正月，陪外舅黎恂游碧霄洞。居乡，颇有闲适之乐，有数诗纪之。

《巢经巢诗文集》之《诗钞前集》卷一己丑诸诗。

四月十六日，子才儿生。

《巢经巢诗文集》之《诗钞前集》卷二《才儿去年四月十六,少四十日一岁而殇,埋之栀冈麓》。案,凌惕安《年谱》误署四月十七日。

### 道光十年(1830)庚寅　二十五岁
三月初六日,子才儿殇。

《巢经巢诗文集》之《诗钞前集》卷二《才儿去年四月十六,少四十日一岁而殇,埋之栀冈麓》。

夏,酷暑,集内弟黎兆勋斋中,望雨心切,直至六月始雨。

《巢经巢诗文集》之《诗钞前集》卷二《酷暑黎柏容兆勋内兄斋中》《雨》《晦雨》。

冬日,穷甚,泰然处之。暇作画,重意境,不求形似。

《巢经巢诗文集》之《诗钞前集》卷二《雪风》《与柏容论画》。

是年母五十五岁,病危,血指书状,祷于文昌之神,愿减己寿十年以增母。母疾旋愈。

郑知同《征君行述》。

同邑举人洪应奎常与之把酒论诗,乞与芟勘,随抄录之。

《播雅》卷二一"洪举人应奎"条。案,洪应奎,字霞坡,遵义人,道光五年举人。

### 道光十一年(1831)辛卯　二十六岁
二月初八日,子知同生。字伯更,小字卯儿。

《巢经巢诗文集》之《诗钞前集》卷二《阿卯晬日作》:"我非无大男,夭不与我玄。逾年幸举汝,吾道方艰难。"案,昨岁才儿夭，逾年生阿卯，即知同。是诗道光十二年阿卯周岁作，故有此叹。郑知同《屈庐诗稿》（《清代诗文集汇编》第720册影印本）卷二《生日走笔戏书柬诸弟索和》自注："先子生丙寅，余生年、月、日辛卯。"卷三《眉州试院与苏祠东西隔墙，余分校士，小住祠中，敬谒三苏袍笏像，退而赋之》自注曰："苏次公以己卯年丁卯月生，长公尝以卯君称之。余生年月日皆辛卯，少时先君赐以小卯君印，用识向往。"案，吴道安《年谱》、凌惕安《年谱》俱引郑知同《屈庐诗稿》卷二《花朝戏作》云"百花后我一日生"，以为民间二月十二日为花朝，实则花朝有初二、十二、十四及十五之众说，故皆误。据陈垣《二十史朔闰表》（古籍出版社1956年版）推之，二月初一日为甲申日，初八日即辛卯日。

**溪上老屋已十年，残破不堪，逢雨则漏，有诗纪之。**

《巢经巢诗文集》之《诗钞前集》卷二《屋漏诗》。

**秋，以试事至贵阳，落榜。游省垣，有诗。**

郑知同《征君行述》。《巢经巢诗文集》之《前集》卷二《贵阳秋感二首》《游黔灵山憩云栖亭》。

**八月，莫友芝中举，考官吴嵩梁叹赏之。与郑珍肆力于许郑之学，旁及乙部、诸子百家、诗古文辞。**

莫祥芝《清授文林郎先兄邵亭先生行述》（张剑《莫友芝年谱长编》附录四）。

**道光十二年（1832）壬辰　二十七岁**

**春，书贩拥礼书数种至，母黎氏以金耳环质之，方购读。**

《母教录》。

家贫乏食,苦中作乐,以诗调之。

《巢经巢诗文集》之《诗钞前集》卷二《瓮尽》《饭麦》。

二月初八日,子阿卯周岁。

《巢经巢诗文集》之《诗钞前集》卷二《阿卯晬日作》。

秋,内弟黎兆勋种菊邀赏,有诗纪之。

《巢经巢诗文集》之《诗钞前集》卷二《柏容种菊盛开招赏》。

九月初九日,偕黎兆勋同侍黎恺禹门寺登高,闰重九日复登石头山,均分韵赋诗。

黎恺《石头山人遗稿》(王德毅主编《丛书集成三编》第40册,台北新文丰出版公司1997年影印一卷本)有《九日禹门寺登高,与郑子尹珍甥、伯庸兆勋侄,用马东篱〈秋思〉双调"和露摘黄花,带霜烹紫蟹,煮酒烧红叶"句,分韵拈得"五"字》。《闰重九复偕子尹甥、伯庸侄登石头山,饮普同塔下,用东坡"今日我重九,谁谓秋冬交"句,分韵拈得三字》。

**道光十三年(1833)癸巳 二十八岁**

正月初二日,外父黎恂、仲舅黎恺来饮,父文清公招待。

凌惕安《年谱》。

为莫友芝所藏明文徵明《西湖图》题诗。

《巢经巢诗文集》之《诗钞前集》卷二《题莫邵亭藏文衡山〈西湖图〉》。

五月初一日,祀唐原先生,以去年为母医右臂故,今左臂有恙,无医可求。

《巢经巢诗文集》之《诗钞前集》卷二《五月一日祀唐孙华

原先生》。

五月初五端午，内妹黎湘佩来省，留之过节。

《巢经巢诗文集》之《诗钞前集》卷二《留湘佩内妹》。

植树山中。

《巢经巢诗文集》之《诗钞前集》卷二《山中杂诗四首》。

夏，邀仲舅黎恺观荷。

黎恺《石头山人遗稿》有《子尹甥复邀观荷》。

八月二十六日，《说文新附考》撰成。

《巢经巢诗文集》之《文集》卷二《说文新附考自序》。案，序末署作于"道光昭阳大荒落岁八月甲子"，即道光十三年八月二十六日。据《郑珍全集》第二册《说文新附考》点校称，《文集》无此句，乃依 1936 年上海商务印书馆影印《说文新附考》光绪四年（1878）初刻本出，当无误。赵恺《年谱》、凌惕安《年谱》均误系于咸丰九年。

冬至日，父文清招仲舅黎恺赏雪。

黎恺《石头山人遗稿》有《至日雅泉招饮赏雪》。

**道光十四年（1834）甲午　二十九岁**

检外祖黎安理文稿，有感作诗纪之。

《巢经巢诗文集》之《诗钞前集》卷二《检外祖黎静圃安理文稿感成》。

四月二十日，外父黎恂咨选入都，托之附书上礼部侍郎程恩泽，述别后治学宗旨。黎恂八月二十七日到京，住樱桃斜街吉祥店。

凌惕安《年谱》。《巢经巢诗文集》之《文集》卷二《上程春海先生书》。

夏,赴省城贵阳应乡试,经息烽,喜遇大雨。到省,宿南明河上。仲舅黎恺亦同来。出贵阳威清门,绕郭而西,村景可爱。

凌惕安《年谱》。案,吴道安《年谱》误引所据诗作。

**秋试不售。与桐梓赵旭相识。**

赵旭《播川诗钞·复郑子尹学博》。

**八月二十七日孔子诞辰,为子知同发蒙。**

《母教录》。

**自贵阳还遵义,作诗招黔西张琚。**

《巢经巢诗文集》之《诗钞前集》卷二《招张子佩琚》。

**无事到郡,闲游三日,有诗纪之,诗中称莫友芝邈然清妙,喜读书,似唐人裴迪。**

《巢经巢诗文集》之《诗钞前集》卷二《无事到郡游三日二首》。

**十一月初十日,与舅黎恺、内弟黎兆熙赴京。由桶口(今属贵州石阡龙泉)入安化(今属贵州思南),经偏崖,由省溪司放舟至铜仁,过铜崖,由铜仁登舟入湘。**

黎恺《石头山人诗稿》有《除夕同子尹甥、仲咸兆熙侄襄城度岁三首》其一有"出门五十日",推之,系于此。《巢经巢诗文集》之《诗钞前集》卷三《渡桶口》《安化道中》《偏崖》《晓登铜崖》《铜仁江舟中杂诗六首》。凌惕安《年谱》。白敦仁《巢经巢诗钞前集笺注》卷三《安化道中》注释。

**达浦市(今属湘西),至湖南桃源明月池有诗寄邓显鹤。**

黎恺《石头山人诗稿》有《浦市舟中与子尹甥话旧》

曰："与甥分手处，十载到于今。"白敦仁《巢经巢诗钞前集笺注》卷三《明月池寄邓湘皋显鹤诗老》注释。

十二月朔，舟泊桃源，夜半船破，翌晨至武陵，启箱簏，皆透渍，烘书三日，残者殆半。再经湖北公安、松滋，宿孙黄驿，抵荆州，再自荆门改旱路至丽阳驿，之襄阳过除夕。

《巢经巢诗文集》之《诗钞前集》卷三《武陵烧书叹并序》《公安》《松滋》《伤歌行二首襄城除日作》。黎恺《石头山人诗稿》有《孙黄驿早行》《荆州》《自荆门乘骡至丽阳驿》《除夕同子尹甥、仲咸兆熙侄襄城度岁三首》。

自道光八年夏归乡至本年六七年间，与莫友芝、莫庭芝、内弟黎兆勋、赵旭、张琚交善，诗酒往还。

郑知同《征君行述》。

**是年次女章章生。**

《巢经巢诗文集》之《诗钞前集》卷四丁酉《度岁澧州寄山中》诗其三。

## 道光十五年（1835）乙未　三十岁

正月初一日，由湖北襄阳出发，抵石固（今属河南许昌）。初七日渡荥泽口（今属河南郑州），至河北邯郸。

黎恺《石头山人诗稿》有《襄城元日》。《巢经巢诗文集》之《诗钞前集》卷三乙未有《元日石固》《人日度荥泽口》《邯郸》。凌惕安《年谱》所标路线为：人日渡荥泽口，过邯郸，汤阴，过南阳宿颖桥，以正月抵京师。案，凌谱南北错乱，明显有误，《汤阴谒岳祠》以下诸诗乃由北向南的回乡路线。

正月抵京师，谒工部右侍郎程恩泽，相得甚欢，多识中州人士。

《巢经巢诗文集》之《诗钞后集》卷二《王个峰言某友家有〈说文〉宋刻本，亟属借，至则明刻李仁甫〈韵谱〉也（后略）》自注："余以乙未正月至京师。"郑知同《征君行述》。

外父黎恂到部拣选，分发云南。因偕出都，还里。至河南安阳，抵汤阴谒岳祠、嵇侍中祠，至汲县谒比干墓，经南阳，宿颍桥。三月初十日至湖北沙洋，过公安，至湖南武陵、辰溪。四月二十一日抵家，二十五日宴饮外父黎恂。

《巢经巢诗文集》之《诗钞前集》卷三《汤阴谒岳祠》《经嵇侍中祠》《望苏门怀孙钟元先生》《谒比干墓》《南阳道中》《宿颍桥》《三月初十沙洋》《自沙洋步至黄家林就舟二十里村景佳绝》《纲篱行》《过武陵》《望乡吟》《辰溪县北三十里许（后略）》。黎恂《蛉石斋诗钞》卷二《郑子尹珍婿生日作长句示之》有云："郑子能文苦不遇，即今三十已虚度。（中略）小住京华歇行脚，依旧归心殊落落。如入宝山空手回，江湖与我同飘泊。买鱼沽酒向沙津（时泊舟沙洋），一醉东风桃李春。"又有《桃源县偶占》《辰溪县》《铜仁舟中不寐》《到省溪江口》《月夜登栀子冈》《四月廿一由京之官云南，便道归家，后四日饮巢经巢，醉后偶题四绝赠雅泉》。案，钱大成《年谱》称"春尽抵家"，不确。

六月，阿苏自京还，旋又上书户部侍郎程恩泽，求为外祖黎安理撰墓志。

《巢经巢诗文集》之《文集》卷二《再上程春海先生书》曰："六月阿苏自京还，知先生阶转户部，襄赞愈繁，日几无一时暇，故先外祖墓铭未获拜赐捧归。"案，今《程侍郎遗集》无黎安理墓志。据阮元《春海程公墓志铭》载："十五年，会试知贡举，调户部右侍郎管钱法堂，充殿试读卷官，闰六月谕程恩泽部务较繁，著无庸在上书房行走。"可知道光十五年会试之后方调任户部。故是信当作于此年六月之后，姑系于此。钱大成《年谱》系于此年秋，所据未作辨析。凌惕安《年谱》将此信与前一封上程恩泽信均误置于道光十四年。

**冬，冒雪至郡黉，有次韵苏轼《江上值雪》诗寄唐成杰。十日前，莫友芝北上入都，以备明年春试，作诗追寄。**

《巢经巢诗文集》之《诗钞前集》卷三《雪中度吴桥至郡黉》《晨出乐蒙，冒雪至郡，次东坡〈江上值雪〉诗韵，寄唐生》《追寄莫五北上》。

**本年，为先外祖黎安理作《外祖静圃府君家传》。**

《巢经巢诗文集》之《文集》卷四《外祖静圃黎府君家传》。

**本年，仲舅黎恺大挑二等，补贵阳府开州（今贵阳开阳）训导。**

凌惕安《年谱》。

## 道光十六年（1836）丙申　三十一岁

**正月，晤唐成杰，言即将赴滇。**

《播雅》卷二二"唐秀才成杰"条《丙申正月子尹来舍道其归即赴滇赠别二首》。

**正月间，外父黎恂权云南平彝县（今曲靖富源），随往县署。临行前，作诗寄两弟。途经贵州安顺，观白水瀑布，自郎岱至毛口，由毛口入滇。入黎恂幕，所至必识其掌故。**

《巢经巢诗文集》之《诗钞前集》卷三《适滇却寄子行瑎子

俞珏两弟》《白水瀑布》《自郎岱宿毛口》《自毛口宿花堌》,《文集》卷四《雪楼行状》《乞巧文》。郑知同《征君行述》。

**三月初十日,在平彝度生日。**

《巢经巢诗文集》之《诗钞前集》卷三《平夷生日》。

**五月初五日,作诗思念阿卯。**

《巢经巢诗文集》之《诗钞前集》卷三《端午念阿卯》。

**八月十五日,饮韩锡学博官舍。**

《巢经巢诗文集》之《诗钞前集》卷三《中秋饮韩仲山锡学博官舍》。

**莫友芝在京春试报罢,旋归里以书抵先生,作诗慰之。**

《巢经巢诗文集》之《诗钞前集》卷三《寄答莫五》。

**在滇期间,游历稍广,读顾炎武《日知录》。**

《巢经巢诗文集》之《诗钞前集》卷三诸诗。

**本年,仲舅黎恺曾在平夷,后归里,作诗送别。**

《巢经巢诗文集》之《诗钞前集》卷三《送黎子元恺舅自平夷归里》。

**在滇度岁。**

据《诗钞前集》卷三诸诗及丁酉年诗首篇《人日嵩明道中二首》,嵩明县今属昆明市,东距曲靖寻甸界五十里。案,吴道安《年谱》误称居滇约半载,凌惕安《年谱》不误。卷三另有《宿普定却寄雪楼舅新平四首》其三曰"一载平夷城",亦可补证。

**本年,修书邓显鹤,欲作湖湘之游。**

《巢经巢诗文集》之《文集》卷二《与邓湘皋书》:"今先生已六十矣,(中略)若明岁老母安健,竟赢粮访先生于资湘之间，亦未可知。（中略）大集刻成否？宛转寄一部易到。"案，据张青松《邓显鹤年谱》（《湖南人物年谱》第一册，湖南人民出版社2013年）知邓生于乾隆四十二年十二月十六日，推之，此信当作于道光十七年（1837）之后。而道光十九年十月郑母病，道光二十年三月卒，可知此信最晚不迟于道光二十年。《邓显鹤年谱》亦将此信系于道光十六年。本年秋，陶澍归里省墓，访邓于宁乡县学，适《资江耆旧集》六十卷编成，二人商榷体例、补正舛漏。故郑珍此信，姑系于此。凌惕安《年谱》将此信与上程恩泽二信均误置于道光十四年。

## 道光十七年（1837）丁酉　三十二岁

**正月初七日，赴昆明途中，经嵩明（今昆明嵩明）。外父黎恂移宰云南新平县（今玉溪新平），故有昆明之游。**

《巢经巢诗文集》之《诗钞前集》卷三《人日嵩明道中二首》。钱大成《年谱》曰："是年春，先生舅氏黎雪楼先生调任云南新平知县，先生随从，便道游昆明。"此说可从。

**二月初八日，携舅家弟妹重上昆明大观楼。**

《巢经巢诗文集》之《诗钞前集》卷三《二月初八日携舅家弟妹重上大观楼》。

**暮春归里，路经普定（今属贵州安顺），作诗寄别外父黎恂。**

《巢经巢诗文集》之《诗钞前集》卷三《宿普定却寄雪楼舅新平四首》《诗钞后集》卷五《启秀书院十咏》其七《老桃》自注。《文集》卷四《雪楼行状》。

**抵遵义，知县德亨延主启秀书院掌席，携季弟珏入院读书。**

凌惕安《年谱》。

**与遵义知府平翰唱和甚欢，平翰邀商辑纂郡志。**

《巢经巢诗文集》之《诗钞前集》卷四次韵平翰诸诗。

**程恩泽有《橡茧十韵》，追和之。**

《巢经巢诗文集》之《诗钞前集》卷四《追和程春海先生〈橡茧十咏〉原韵》。案，《程侍郎遗集》卷二有作于道光四年九月的《橡茧十咏并序》。

**七月，昔著有《樗茧谱》，郡守平翰、德亨索之，由莫友芝音释疏注，刊刻于世，作自序。**

《巢经巢诗文集》之《文集》卷二《樗茧谱自序》。

**七月二十九日，程恩泽卒于京，年五十三，停柩于城南龙泉寺。八月，阮元、何绍基等人集龙泉寺检点遗书，戴熙作龙泉寺检书图，何绍基作文记之。**

阮元《春海程公墓志铭》。《巢经巢诗文集》之《诗钞后集》卷二《王个峰言某友家有〈说文〉宋刻本，亟属借，至则明刻李仁甫〈韵谱〉也（后略）》。何绍基《东洲草堂文钞》卷四《龙泉寺检书图记》（《续修四库全书》第1529册，上海古籍出版社2002年影印本）。

**八月十五日，表弟黎庶昌生。**

凌惕安《年谱》。

**秋，至贵阳应乡试中举。**自道光五年得中拔贡以来，道光八年、十一年、十四年三次应乡试不中。此次获膺乡荐，房师为新昌俞汝本。是科解元为思南府安化县人吴观乐，湖南善化贺长龄以巡抚充监临官，正考官为翰林院编修闽县陈文藻，副考官为内阁中书仁和王积顺，同考官为镇远知县俞汝本。同里好友萧光远亦中举。

《巢经巢诗文集》之《文集》卷三《梅崦记》、附录一莫友芝《郑母黎孺人墓铭》。凌惕安《年谱》。黎庶昌《萧吉堂墓志》。

乡试末场，因矮屋无聊，成诗数十韵，出场续成之。诗中感叹应试志在娱亲，以慰老母。称知此志者，当属内弟黎兆勋。

《巢经巢诗文集》之《诗钞前集》卷四《完末场卷，矮屋无聊，成诗数十韵，揭晓后因续成之》。案，同卷此诗之后有《出门十五日，初作诗，黔阳郭外三首》其二有"策名公家言，其实止求食""我本窗下人，胡为异方客"，其三有"读书究何用，只觉伤人情"。

八月二十六日，巡抚贺长龄乡试监临事竣，服郑珍之才，赠阮元《揅经室丛书》，罗致门下，知其贫困，时加周恤。

《巢经巢诗文集》之《文集》卷三《梅崦记》。《巢经巢诗文集》之《诗钞前集》卷四《乡举与燕上中丞贺耦耕长龄先生》。

十二月初一日，偕莫友芝赴北上应明年春试。

《巢经巢诗文集》之《诗钞前集》卷四《度岁澧州寄山中四首》其一有"我行三十日，至此醴水头"句，除夕在澧度岁，上推三十天，知十二月初一日已在赴京途中。卷四《思亲操》："自腊初之俶驾，倏榆火之已新。"腊初盖指十二月初一日启程。《诗钞前集》卷四有《莫五题壁有"不若弃书学剑，扬旗万里封侯"句，因和》，此诗后又有《病中绝句二首》曰"莫五璃厂回，又回璃厂路"，莫友芝《巢经巢诗序》（《巢经巢诗钞笺注》附录五）："丁酉后，春官奔走，郡乘牵绊，两人共晨夕尤伙。"均可证莫友芝与之同赴春闱。

自贵州贵筑县皇华驿启程，至镇远县镇远驿，改走水路，十五日抵湖南黔阳县（今湖南怀化黔阳），经溆口（今湖南怀化溆浦），除夕至澧州（今属湖南常德澧县）度岁。

《巢经巢诗文集》之《诗钞前集》卷四《出门十五日，初作诗，黔阳郭外三首》《溆口晏起》《泊雷尾》《度岁澧州寄山中四首》。案，凌惕安《年谱》所言路线可从，但所言时间不合，称正月十五日抵湖南黔阳县，误。黔阳在澧县之南。除夕在澧，岂有正月十五日在黔阳之理？张剑《莫友芝年谱长编》袭此误。

### 道光十八年（1838）戊戌　三十三岁

正月初一日从澧州出发，抵樊城（今属湖北襄阳），十五日至新野（今河南南阳新野），在博望驿（今属南阳）连夜赴裕州（今河南南阳方城），经叶县（今河南平顶山叶县）光武庙，过新郑（今河南郑州新郑），出郑州（今河南郑州），渡河，过比干墓、黄粱祠，至沙河县（今河北邢台沙河），夜奔邢台（今河北邢台），后宿滹沱南岸，乘夜抵安肃（今河北保定徐水）。

《巢经巢诗文集》之《诗钞前集》卷四《樊城感旧》以下至《夜趋安肃》诸诗。

二月十八日，到京即病，住城外杨梅竹斜街寓所，莫友芝常赴琉璃厂购书。

《巢经巢诗文集》之《诗钞前集》卷四《到京即病稍闲偶成》《病中绝句》。案，《病中绝句》其二曰："安排六个月，偿足二万里。"盖言自昨岁九月开始筹备赴京应试之事，耗时半载，自遵义抵京师，行程二万余里。另，吴道安《年谱》称二月末到京，凌惕安《年谱》据《缙绅录》《蟫香馆使黔日记》推算,称二月十八日到京,此从凌说。

到京后,与莫友芝逆旅对床,闭门析赏,不谐于世,不谄权贵,未及两月,外议沸起,目为厌物。

《莫友芝诗文集》之《郘亭遗文》卷五《答万锦之全心书》。

三月初,强撑病体偕莫友芝应礼部试,榜发,均落第。

郑知同《征君行述》。张剑《莫友芝年谱长编》。

试罢,常至琉璃厂购书。

《巢经巢诗文集》之《诗钞前集》卷五《愁苦又一岁赠郘亭》:"试罢精更疲。日日琉璃厂,烂纸纵所窥。(中略)万里问何得?笑指书几堆。"

诣城南龙泉寺停柩处哭程恩泽。

《巢经巢诗文集》之《诗钞后集》卷二《王个峰言某友家有〈说文〉宋刻本,亟属借,至则明刻李仁甫〈韵谱〉也(后略)》自注。

居京思亲,有诗纪之。

《巢经巢诗文集》之《诗钞前集》卷四《思亲操》。

夏初,偕莫友芝出京,途次湖南武陵,水涨,作诗三首。

《巢经巢诗文集》之《诗钞前集》卷四《武陵值盛涨》《候涨退》《早起上横石滩》。

八月二十五日,灯下为内妹黎湘佩作画题词。二十六日,入郡。

凌惕安《年谱》。

九月初九日,登龙山,用苏轼诗韵赋诗。

《巢经巢诗文集》之《诗钞前集》卷五《九日登龙山和樾峰用坡公次苏伯固袁公济两〈九日〉诗韵》。

**遵义知府平翰复次前韵，以府志相嘱，作诗和之。**

《巢经巢诗文集》之《诗钞前集》卷五《樾峰次前韵以郡志稿重属仍和道怀二首》。

**暮秋，外父黎恂调补云南大姚县，冬月到任。**

《巢经巢诗文集》之《文集》卷四《雪楼行状》。《蛉石斋诗钞》卷二《暮秋赴大姚任，晚出省门，夜深宿独树铺，偶阅溪西集，用其韵题壁》，姚荣黻《蛉石斋诗钞序》（《蛉石斋诗钞》卷首）。案，吴道安《年谱》、凌惕安《年谱》等均未署月份。

**孟冬月，遵义知府平翰定议修纂府志，聘郑珍主事，莫友芝佐之，设志局于府署来青阁，赵旭任采访。受事伊始，茫然无措，留心一年，始知有孙陈两志及各州县草志而搜得之。又一年，乃悉发荒碑仆碣及各家所遗旧记事状，乃始具稿，稿盖数月间事耳。**

《巢经巢诗文集》之《诗钞前集》卷五《次韵寄张子佩威宁》《愁苦又一岁赠郘亭》。莫友芝《郘亭诗钞》卷一《次韵子尹赠晓峰》自注、卷二《二哀诗并序》自注。案，吴道安《年谱》称："道经贵阳，适新撰《贵阳府志》具稿，巡抚贺长龄留先生改勘，固以疾辞，遂归遵义。"此乃道光二十四年事，详见《莫友芝诗文集》之《郘亭诗钞》卷一《次子尹韵赠晓峰》自注。据数诗所言，当是路经遵义，知府平翰请其修改郡乘，而非巡抚贺长龄请其勘定《贵阳府志》。

**在志局，得玉屏箫二支，与知府平翰有诗唱和此事。与莫友芝于府听莺轩诗歌唱和，黔西史胜书亦迭和再四。**

《巢经巢诗文集》之《诗钞前集》卷五《得玉屏箫二，闲辄与方仲坚凝鸣之，樾峰以诗戏赠，次韵和答》。莫友芝《郘亭诗钞》卷二《二哀诗并序》。

**游大觉寺,作文记之。**

《巢经巢诗文集》之《文集》卷三《游至大觉寺记》:"戊戌之冬,十月几晦,(中略)昨约游大觉寺,忘耶?"

**十一月十五日,莫友芝父生辰,为之作寿诗。**

《巢经巢诗文集》之《诗钞前集》卷五《郡教授独山莫犹人与俦先生七十六寿诗》。张剑《莫友芝年谱长编》谱前之《莫与俦年谱简谱》。

**十一月二十日,作诗寄内妹黎湘佩。**

《巢经巢诗文集》之《诗钞外集》有《醉寄湘佩》。

**十二月初八日,张琚来信,不与修府志,托其借书。**

《巢经巢诗文集》之《诗钞前集》卷五《得子佩讯及诗,仍次韵寄答,兼托借书周执庵廷授观察,时仁怀、温水贼已平》。

**十二月,连襟杨华本寄诗乞点评。**

《巢经巢诗文集》之《诗钞前集》卷五《寄杨子春华本弟》:"腊月寄诗来,正月未点评。"

**岁末,作《愁苦又一岁赠邱亭》诗。**

**本年某月初十日,三女馥于生,月未详。**

《巢经巢诗文集》之《诗钞前集》卷五《举三女》。案,《诗钞后集》卷一有《三女馥于以端午(后略)》,钱大成《年谱》误作"馨",吴道安《年谱》、王燕玉《郑珍年历考要》均误作"于宾"。

### 道光十九年(1839)己亥 三十四岁

正月在府修志。初六日夜与邻居山阴江延桂大醉雷雨中,有诗纪之。

《巢经巢诗文集》之《诗钞前集》卷五《山阴江丹轮廷桂从温水回，正月初六夜与大醉雷雨中》、遗诗卷一。

　　二月十九日，作诗寄连襟杨华本。

　　凌惕安《年谱》。

　　在志局，暇抄唐人孟郊诗，作诗示启秀书院诸生。

　　《巢经巢诗文集》之《诗钞前集》卷五《钞东野诗毕书后二首》《病夜听雨不寐示诸生四首》。

　　三月，遵义知府平翰以上年剿办仁怀、温水暴动事被议离职，孟夏离职，三月张锳代署知府。修志之事几辍。

　　案，凌惕安《年谱》署为二月事，此从张剑《莫友芝年谱长编》。

　　寒食节，游桃源洞，至湘山寺，数醉歌之。游回龙山，作文记之。

　　《巢经巢诗文集》之《诗钞前集》卷五《寒食游桃源洞至湘山寺醉歌》《重醉湘山寺歌》，《文集》卷三《游回龙山记》。

　　暮春，友方凝将归金陵，作诗送之。友史胜书以《秋灯画荻图》乞题诗。

　　《巢经巢诗文集》之《诗钞前集》卷五。

　　夏，饮酒有诗，诗中言弟瑨客滇，内弟黎兆勋自滇归，又称己藏书甚多，且嗜酒。

　　《巢经巢诗文集》之《诗钞前集》卷五《夏山饮酒杂诗十二首》。

　　五月十二日夏至，作诗戏嘲莫友芝晏起。

　　张剑《莫友芝年谱长编》。

　　七八月间，与莫友芝、傅天泽、叶仰山，步湘川上纳凉。

作《晨起感怀六首》，邀莫友芝和之，今诗不存。

张剑《莫友芝年谱长编》。

八月，顺德黄乐之继任遵义知府，续聘郑、莫任纂辑，赵旭任采访，设局于府署之来青阁。

凌惕安《年谱》。

重阳节前，回家探母，约莫友芝作秋游。母尝至书室小坐，劝读甚切。为外祖黎安理《读书秋树根图》题诗。

张剑《莫友芝年谱长编》。《母教录》。《巢经巢诗文集》之《诗钞前集》卷五《书外祖黎静圃府君〈读书秋树根图〉后》。

九月二十四日，与莫友芝、黎兆勋游，次日游禹门山。

《巢经巢诗文集》之《诗钞前集》卷五《同莫五、黎仲咸兆熙溯藻米溪，度青山，出栀子冈，得诗四首》《明日同柏容、郘亭泛舟过禹门山，还饮姑园》。

十月初四日，别母到郡，时母已患病。

《巢经巢诗文集》之《诗钞前集》卷六《系哀四首并序》。

十一月初四日，谒高崖李公庙，莫友芝作诗和之。

《巢经巢诗文集》之《诗钞前集》卷五《十一月初四谒高岩李公庙》。

遵义知府黄乐之出所藏手迹共赏，作诗题之。

《巢经巢诗文集》之《诗钞前集》卷五《黄爱庐乐之郡守出所藏方正学、文衡山、医理思白、黄石斋手书诸卷鉴别，皆真迹也》《书黄石斋先生临颜鲁公书〈竹山联句〉及〈告身卷〉后二首》。

编去今两年所著词为《巢经巢㰒语》一卷。

莫友芝道光二十六年（1846）丙午夏序《莳烟亭词》

云："子尹词旧兼工，七八年前已自编集，曰《巢经巢瓃语》，曾为序之以存。"案，上推之，姑系于此。

本年，外父黎恂由大姚县任调权云州，在任仅三十五日而罢职，致书劝其归隐。

《巢经巢诗文集》之《文集》卷四《雪楼行状》。《蛉石斋诗钞》卷二《卸云州任归途感赋》自注。

本年，出所有薄田数亩，尽授其弟。

郑知同《征君行述》。

**道光二十年（1840）庚子 三十五岁**
在遵义府主纂府志。

《巢经巢诗文集》之《文集》卷二《送潘明府光泰归桐城序》《重刻杨园全书序》。

二月初，母黎氏久病益剧，携外祖黎安理所著《梦余笔谈》至郡，将付梓，母病言归，三月初八日卒，年六十五。五月，具母行状，请莫友芝撰墓志铭。

《巢经巢诗文集》之《文集》卷三《跋〈梦余笔谈〉》、卷四《先妣黎太孺人墓表》。莫友芝《郑母黎孺人墓志铭》。

五月，仲舅黎恺赴任贵阳府开州（今贵阳开阳）训导。

《巢经巢诗文集》之《文集》卷四《祭开州训导子元仲舅文》。

秋，与莫友芝、姜丹轮、傅天泽等人同游桃溪。

张剑《莫友芝年谱长编》。

八月，辑录母平日教言，摹母口吻，凡六十八条，成《母教录》，并自序之。

《母教录》。案，钱大成《年谱》认为《母教录》一卷、《樗茧谱》一卷与《遵义府志》同时付梓。据《郑珍全集》第六册《母教录》点校说明称，此书有道光二十年家刻本传世。而吴道安《年谱》系于道光二十二年夏，当误。

**本年至次年丁母忧，无诗。**

**道光二十一年（1841）辛丑　三十六岁**
二月初三日，来遵义志局。
《巢经巢诗文集》之《文集》卷三《辛丑二月初三日记》。

二月十五日，外祖黎安理《梦余笔谈》付梓，作跋。买邻近子午山葬母。
《巢经巢诗文集》之《文集》卷三《跋〈梦余笔谈〉》、卷四《先妣黎太孺人墓表》。莫友芝《郑母黎孺人墓志铭》。

二月，谒遵义知县潘光泰。
《巢经巢诗文集》之《文集》卷二《送潘明府光泰归桐城序》。

三月十五日，葬母于县东八十里子午山，墓旁架屋取名望山堂，守制读书，自号子午山孩。
郑知同《征君行述》。

三月二十七日，郡教授莫与俦创汉三贤祠于学宫之左，越数日，作文记之。
《巢经巢诗文集》之《文集》卷三《汉三贤祠记》。

闰三月，潘光泰将归桐城，作序送之。
《巢经巢诗文集》之《文集》卷二《送潘明府光泰归桐城序》。

六月，检点所藏书籍，见纸成灰，几近半烬。

《巢经巢诗文集》之《诗钞前集》卷八《腊月廿二日遣子俞季弟之綦江吹角坝，取〈汉卢丰碑〉石，歌以送之》自注。

七月将望，将还山，往省莫与俦病，二十二日与俦卒，年七十九，作文祭之。

凌惕安《年谱》。

秋，出游。

冬，《遵义府志》全书刻成。

凌惕安《年谱》。案，钱大成《年谱》称道光二十年付梓。

冬末，与莫友芝出资刊成《杨园集》，二人均有序。

《巢经巢诗文集》之《文集》卷二《重刻杨园全书序》。

## 道光二十二年（1842）壬寅　三十七岁

春，《遵义府志》已成，撤志局，旋以校板加叶，入夏始竣。书凡四十八卷。

《巢经巢诗文集》之《文集》卷四《祭开州训导子元仲舅文》。

五月初八日，偕内弟黎兆勋、莫庭芝、黎兆普泛舟夷牢溪至禹门山。有诗记之，黎兆勋和之。

凌惕安《年谱》。

五月二十二日，致书莫友芝，言《府志》换纸移板校误事，有郡人因府志而叫嚣仇郑、莫者。又称已作《韩诗笺》。《遵义府志》虽备受赞誉，但郑、莫二人对其疏漏也有清醒认识。莫友芝已于上年自号"郘亭"，以志过失。

《巢经巢诗文集》之《逸文·与莫友芝书》。案，据张剑

《莫友芝年谱长编》所引，汉牂柯郡属县十七，而邸亭失收，故以此为号。而郑珍《桐筌序》亦自道其舛漏，"固深悔之"。

六月，释母服，有诗。

郑知同《征君行述》。《巢经巢诗文集》之《诗钞前集》卷六《系哀四首并序》。

夏杪，始入郡城，一二无赖对所修《府志》迭兴诽谤。

《巢经巢诗文集》之《文集》卷二《上俞秋农先生书》。

外父黎恂以运滇铜赴京，归途于四月十九日便道还家，与居月余。六月初六日，黎恂取道开州，省弟黎恺，旋还滇去。

凌惕安《年谱》。

为俞汝本题《书声刀尺图》。

《巢经巢诗文集》之《诗钞前集》卷六《题新昌俞秋农汝本先生〈书声刀尺图〉》。

七月，自郡归，倦不欲出，嗜酒，和陶渊明诗。

《巢经巢诗文集》之《诗钞前集》卷六《和陶渊明〈饮酒〉二十首并序》。

八月初一日，母墓下屋成，偕两弟与庋以绳、王德厚、黎兆勋、丁元勋、莫友芝、黎兆熙、莫生芝、黎兆铨联句赋诗。

《巢经巢诗文集》之《诗钞外集·壬寅八月朔，望山堂成，偕仲弟（中略）席上联句》。

九月，前遵义知府俞汝本以其父行状，乞墓志，为之撰就，并赠《府志》一部。

《巢经巢诗文集》之《文集》卷二《上俞秋农先生书》。

季冬，为亡母撰墓表。

《巢经巢诗文集》之《文集》卷四《先妣黎太孺人墓表》。

十二月十八日，仲舅黎恺卒于开州训导任，年五十五。

《曾国藩诗文集》之《文集》卷四《遵义黎君墓志铭》。

**本年，外父黎恂回任云南大姚县。**

《巢经巢诗文集》之《文集》卷四《雪楼行状》。

**道光二十三年（1843）癸卯 三十八岁**

**正月二十四日，仲舅黎恺柩运抵遵义，为之作行状。**

《巢经巢诗文集》之《文集》卷四《仲舅黎公行状》。

**和陶渊明诗示子知同。**

《巢经巢诗文集》之《诗钞前集》卷六《和渊明〈责子〉示知同》。

**三月，作《古本大学说序》。**

**夏末，访仁怀厅同知平翰，到后五日病疟，几危，盘桓半月，取道四川合江、江津、綦江而归。**

《巢经巢诗文集》之《诗钞前集》卷六《至仁怀厅，五日即病几危，取道重庆归，述怀与樾峰平公四首》《留别樾峰二首》《舟出合江》《江津》《綦江》。

**九月，目渐失明。**

《巢经巢诗文集》之《诗钞前集》卷七《自去年九月，目渐失明，及入都，至不辨壁间径尺字，而视钞发皆知有物，奇疾也》。

**冬初，赴贵阳，取道镇远，进京应明年春试。莫友芝出借父之羊皮裘御寒。舟次湖南黔阳，遇黄本骥，留话竟日。回途卧病。**

《巢经巢诗文集》之《诗钞前集》卷六《贵阳寄内》《车家

湾登舟寄莫五》《舟次黔阳，遇黄虎痴本骥于学官，留话竟日，时虎痴方丧良子》《卧病旅中》。张剑《莫友芝年谱长编》。

**本年，黄彭年中顺天乡试举人。**

陈定祥《黄陶楼先生年谱》。案，吴道安《年谱》误系于道光十一年。

**道光二十四年（1844）甲辰　三十九岁**

**清明节，抵京，寓杨梅竹斜街。适病寒，遂夜疟，昏厥。三月初七夜气断，三更复苏，以必进场方予火牌驰驿。初八日扶病勉强入闱，卧两日夜。初十交白卷出，适逢生日。**

《巢经巢诗文集》之《诗钞前集》卷七《自清明入都，病寒，遂夜疟。至三月初七二更，与乡人诀而气尽，三更复苏，以必与试，归始给火牌驰驿。明日仍入闱，卧两日夜，缴白卷出，适生日也。作六绝句》《自内城复杨梅竹斜街旧寓》。郑知同《征君行述》。

**出闱后，调养经月，以大挑二等充教职用。夏始出都归黔，有《出都》诗。**

郑知同《征君行述》。

**至贵州镇远，寄书莫友芝。**

《莫友芝诗文集》之《郘亭诗钞》卷一《子尹镇远寄书，讶有"不料生见无阳江"语，既晤，乃悉其京尘剧病，博二等官，九死归来状》。

**六月末，归遵义，还莫友芝羊皮裘。时莫友芝主启秀书院，留饮莫氏影山草堂。**

《莫友芝诗文集》之《郘亭诗钞》卷一《郑子尹珍自京师

归，留饮影山草堂》。张剑《莫友芝年谱长编》。

秋抵贵阳，适新撰《贵阳府志》具稿，巡抚贺长龄留先生改勘，固以疾辞。九月十六日，贵阳知府周作楫又衔巡抚贺长龄命，遣使持函聘修贵阳府志，复书婉谢。

《莫友芝诗文集》之《文集》卷二《与周小湖作楫太守辞贵阳志局书》。《莫友芝诗文集》之《邵亭诗钞》卷一《次子尹韵赠晓峰》自注、《自青田沿溪过垚湾、檬村，呈柏容、子尹，兼似丁吉哉》自注。

秋，到遵义，晤莫友芝、赵旭。作诗赠赵旭，莫友芝和之。

《巢经巢诗文集》之《诗钞前集》卷七《赠赵晓峰旭》。《莫友芝诗文集》之《邵亭诗钞》卷一《次子尹韵赠晓峰》。

腊月朔，莫友芝访郑珍，适郑家邻居邀饮，晚回郑家，友芝门人丁元勋又至。友芝作《雪中用东坡韵》，郑珍和之。次日，莫友芝、黎兆勋、丁元勋等人过望山草堂。莫、郑有诗唱和。

《巢经巢诗文集》之《诗钞前集》卷七《腊月朔邻翁招饮，适莫五来，同拉去，晚归，丁吉哉元勋复至，莫五出次东坡〈江上值雪〉韵诗，即依韵作》《明日同人过话山堂次莫五韵》。《莫友芝诗文集》之《邵亭诗钞》卷一《雪中用东坡韵》《自青田沿溪过垚湾、檬村，呈柏容、子尹，兼似丁吉哉》。

**本年，与莫友芝、黎兆勋诸人，有消寒唱和雅集。**

张剑《莫友芝年谱长编》。

**本年，选荔波（今黔南荔波）教谕，不赴。**

陈田《黔诗纪略后编》。

道光二十五年（1845）乙巳　四十岁

正月初四日，莫友芝来访，以郑珍署古州厅（今贵州榕江）训导。

《巢经巢诗文集》之《诗钞前集》卷七《正月四日邵亭东来喜赋》。

初七日，与莫友芝在尧湾作联句之会，次韩愈诗韵。莫友芝有《送郑子尹署古州厅训导序》。

《巢经巢诗文集》之《诗钞前集》卷七《人日尧湾桂花树下联句次韩韵》。

二月，携子知同到任古州厅，兼掌榕城书院。有诗别莫友芝、黎兆勋。

《巢经巢诗文集》之《诗钞前集》卷七《往摄古州训导，别柏容、邵亭二首》。《文集》卷二《上贺耦耕先生书》。

初以文赋开塞，继以道化其顽，尊法程朱，砥砺名节，远近来学者百余人，誉称"广文郑老"。培育人材，杰出者有胡长新、刘之琇。

郑知同《征君行述》。案，胡长新，字铭三，一字子何。刘之琇，字子莹。

三月，以府试赴黎平。

《巢经巢诗文集》之《文集》卷二《上贺耦耕先生书》。

三月初九日，黎平府开泰县训导余芝欲次日为之作生日，谢不赴。次日，访何腾蛟故宅。二十四日，诣城西西佛崖拜谒何墓。咸丰元年，黎平知府胡林翼见郑珍诗，慨然莅封树，制兆域，创祠亭。

《巢经巢诗文集》之《诗钞前集》卷七《开泰学博余紫岩芝

三丈期明朝为作生日，谢不赴，兼约游城东》《三月初十访何忠诚公故宅》《三月廿四西佛崖拜何忠诚公墓》，《文集》卷三《访杨价墓记》。案，《访杨价墓记》称胡林翼修祠亭事在郑诗"后数年"，凌惕安《年谱》称十年，不确。据郭嵩焘《文集》卷十二《赠总督湖北巡抚胡文忠公行状》称，咸丰元年权黎平府。

**五月，还古州，黎平府学廪生胡长新来从学。科试，刘炳蔚补弟子员，奉钱四千文来贽，赧而受之。上书巡抚贺长龄，喜称得士。**

凌惕安《年谱》。

**诸生次韩愈诗，约郑珍和之。**

《巢经巢诗文集》之《诗钞前集》卷七《诸生次昌黎〈喜侯喜至〉诗韵，约课诗于余，和之》。

**欲诸生创立朴长史祠。**

凌惕安《年谱》。

**秋，次韩愈诗示子知同。**

《巢经巢诗文集》之《诗钞前集》卷七《次昌黎〈符读书城南〉韵示同儿》。

**九月初九日，携知同与诸生饮于载酒阁。**

《巢经巢诗文集》之《诗钞前集》卷七《九日携儿与诸生渡江，饮车寨载酒阁，阁无名，余名之》。

**携诸生游卧龙冈。**

《巢经巢诗文集》之《诗钞前集》卷七《携诸生游卧龙冈饮抱膝亭》。

**十月，卸教职。**

郑知同《征君行述》。

十一月，归遵义，以束脩粗余经营子午山，扩建望山堂，撰《巢经巢藏书记》，述苦积二十余年，藏书万余卷，汉魏以后金石及宋元名人真迹近千卷。

《巢经巢诗文集》之《文集》卷三《巢经巢记》《望山堂后记》。郑知同《征君行述》。

### 道光二十六年（1846）丙午　四十一岁

春初，莫庭芝来省，晤谈甚欢。

凌惕安《年谱》。

二月二十五日，子午山望山堂落成。父郑文清款客。父四月三十日卒，年七十。

郑知同《征君行述》。

六月初二日，致书莫友芝，言胡长新恐贫而难与乡试。

凌惕安《年谱》。

九月初九日，率家人自尧湾移子午山望山堂。

《巢经巢诗文集》之《逸文·迁居纪事》。

本年，弟子胡长新中举。

黎庶昌《尊拙园丛稿》卷二《翰林院典簿胡君墓表》。

### 道光二十七年（1847）丁未　四十二岁

春，弟子胡长新中进士，即用江苏知县，不赴，请改教职，授贵阳府教授。

黎庶昌《尊拙园丛稿》卷二《翰林院典簿胡君墓表》。

夏，葬父郑文清于母墓之右。念父母俱逝，益绝意仕进，日以读书课子种树为业。

《巢经巢诗文集》之《文集》卷三《米楼记》。郑知同《征君行述》。案,王燕玉《郑珍年历考要》误系于上一年。

夏,外父黎恂兼知姚州(今属云南楚雄)。

《巢经巢诗文集》之《文集》卷四《雪楼行状》。

八月,于子午山中得父禁薁文,跋之。

《巢经巢诗文集》之《逸文·文清公禁伐花木薁跋》。

九月二十九日,游黔西州。知州俞汝本款留,下榻州署独香室。次日王阳明生日,俞率州人祭祀,参与观礼。

《巢经巢诗文集》之《文集》卷三《阳明祠观释奠记》,《诗钞前集》卷八《书俞秋农先生墨竹四首》自注、卷九《赠瓮安傅确园汝怀明经,时为黔西主讲》。

黔西之游,似房师俞汝本之邀,与张琚一同为之删订诗稿。与张琚流连逾月,冬月乃归。

凌惕安《年谱》。《巢经巢诗文集》之《文集》卷二《张子佩琚诗稿序》。

本年丁父忧,无诗。

**道光二十八年(1848)戊申 四十三岁**

春,到贵阳,游东山,晤莫祥芝,莫庭芝随至。

《巢经巢诗文集》之《诗钞前集》卷八《游东山,晤莫九韶祥芝,去话寓中,顷芷升自江肘六十里省我亦至》。案,据张剑《莫友芝年谱长编》,正月初七日莫友芝送庭芝赴都匀岁试。清代岁试常于春季举行,故是诗当作于此年春。

六月二十七日,游都匀,下榻知府鹿丕宗府署之四橘堂,暇日笺注李文贞公所辑《无欲斋诗》。

《巢经巢诗文集》之《诗钞前集》卷八《四橘堂歌并序》。

六月，为鹿丕宗所藏《三贤遗迹》、先世鹿石卿朱卷及明孙文正公墨迹作文题诗。

《巢经巢诗文集》之《文集》卷四，《诗钞前集》卷八。案，凌惕安《年谱》误作鹿丕忠。

**住四橘堂四十日，八月始归。**

《巢经巢诗文集》之《诗钞前集》卷八《蒲翁行并序》。郑知同《征君行述》。

**九秋，莫友芝过望山堂，邀之赋诗咏所植公孙橘。**

《莫友芝诗文集》之《邵亭诗钞》卷四《公孙橘二首并序》。

**于望山堂下建桃湖，莫友芝同黎兆勋效元结体赋诗纪之。**

《莫友芝诗文集》之《邵亭诗钞》卷四《子尹于望山堂下为桃湖，同柏容效次山〈招孟武昌〉体，并用韵落之》。

**莫友芝作诗为之释跋金石。**

《莫友芝诗文集》之《邵亭诗钞》卷四《为巢经巢释跋〈汉人记右扶风丞武阳李君永寿末完褒斜大台刻字〉而系以诗》。

**外父黎恂权沾益州（今云南宣威）事。**

《巢经巢诗文集》之《文集》卷四《雪楼行状》。

**本年，长女淑昭嫁同邑庠生赵廷璜。**

黎汝谦《夷牢溪庐文钞》卷二《赵母郑宜人家述序》。

**道光二十九年（1849）己酉　四十四岁**

三月，释父服。

三月，为子知同求字于莫友芝。友芝字之曰伯更，并作《郑知同字说》。

张剑《莫友芝年谱长编》。

**张琚来馆遵义县署，时来晤，意郁郁不乐。五月初，莫友芝送张琚归省黔西。**

《巢经巢诗文集》之《文集》卷二《张子佩琚诗稿序》。《莫友芝诗文集》之《邵亭诗钞》卷五《送张子佩琚归黔西》。

**与莫庭芝、子知同山亭联句赋诗。**

《巢经巢诗文集》之《诗钞前集》卷八《山亭联句》。

**八月，寓贵阳。内弟黎兆勋十次乡试落第，以父黎恂军功捐教职，得权石阡府学教授，赋诗送之，次日归遵义。**

《巢经巢诗文集》之《诗钞前集》卷八《八月贵阳寄新化邹叔绩汉勋兴义四首》《柏容将以乡试了，往权石阡教授，余明日归，志别二首》。

**八月初，弟子胡长新来遵义拜见郑珍、莫友芝，适郑珍行省未归。十五日晚，胡长新至郑珍望山堂，十七日与莫友芝、王槐琛、萧光远同聚望山堂，畅谈甚欢。郑珍有《胡子何来山中喜赋此》诗。**

张剑《莫友芝年谱长编》。案，吴道安《年谱》误署九月来省。

**八月二十六日，为胡长新题赵奕《桃源图》。**

凌惕安《年谱》。

**重九前三日，有诗，胡长新和之。**

凌惕安《年谱》。

**腊月二十二日，遣弟珏往綦江吹角坝，取汉卢丰碑，期明年正月初七日到望山堂。珏以腊尽不能致，埋之为后图，咸丰八年戊午（1858）珏卒，遂无人知其处。**

《巢经巢诗文集》之《诗钞前集》卷八《腊月廿二日遣子俞季弟之綦江吹角坝，取〈汉卢丰碑〉石，歌以送之》《诗钞后集》卷四《二苕季弟哀词二十首》其十九自注，《文集》卷二《〈偃饮轩诗钞〉序》。赵旭《播川诗抄》卷五《吹角坝忆汉碑》。

**外父黎恂留任大姚县。**

《巢经巢诗文集》之《文集》卷四《雪楼行状》。

### 道光三十年（1850）庚戌 四十五岁

正月初八日偕胡长新在子午山观梅，十四日为胡长新所携明人周之冕梅花画卷题诗，十六日作诗送胡长新归黎平，十七日胡长新作《留别子尹师三十韵》答之。

《巢经巢诗文集》之《诗钞前集》卷九《正月十四日作三绝句，即书子何所携明周服卿之冕〈梅花〉卷后，时子何将行矣》《十六日送子何归觐》。凌惕安《年谱》。案，王燕玉《郑珍年历考要》误作十五日胡长新辞归。

**春末，权威宁（今贵州毕节威宁）学正，到任甫三日，而实任者至，卸职还家。**

《巢经巢诗文集》之《诗钞前集》卷九《至大定受威宁学正事，三日实任者至，将还，赠同年杜杏园芳坛学博》。《莫友芝诗文集》之《郘亭诗钞》卷五《寄子尹镇远》诗题下注。杜芳坛，字杏园（案，一作杏东，莫友芝《郘亭遗诗》卷四有《哭杜杏东及其子云木三首》），遵义人，道光十七年副贡，咸丰三年选任瓮安县教谕。

五月十五日，与弟珽及子知同，过莫友芝所主湘川书院，晤桐梓赵旭、黔西张琚、遵义赵商龄、仁怀卞天桂、王槐琛及莫友芝弟祥芝。会饮，赏李龙眠《白描兰亭图》。莫友芝、赵旭赋诗纪盛。

《莫友芝诗文集》之《郘亭诗钞》卷五《五月十五日子尹携其子知同过余讲舍，袁竹坞德成、卞子丹天桂两明经，张子佩、赵晓峰、王子覸亦不期而会，因举展端阳之饮》。赵旭《播川诗钞》（《清代诗文集汇编》第649册影印本）卷二有《五月十五日访莫子偲于湘川书院，不期而会张子佩琚、赵芝园商龄、卞子丹天桂、郑子尹珍及其弟瑄、其子伯更知同、王子覸槐琛、主人之弟九茎祥芝，子尹倡展端午诗，余亦有作》。案，吴道安《年谱》误系于道光二十九年，凌惕安《年谱》误系于咸丰二年。张剑《莫友芝年谱长编》系于本年。

父文清公喜花，遗四盆，作诗纪之。有长生无极瓦当，拓之寄黄本骥。

《巢经巢诗文集》之《诗钞前集》卷九《盆花诗四首并序》《拓长生无极瓦当，寄黄虎痴，縢以短句》。

九月十五日，晨起视植桐，方雨，下阶，跌泥沟中，左腕骨折。秋末，忽奉委署镇远府训导，因贫，带伤携子知同到任。

《巢经巢诗文集》之《诗钞前集》卷九《腕伤将复聊短述》。《莫友芝诗文集》之《郘亭诗钞》卷五《寄子尹镇远》诗题下注。

次弟子行生子，次苏轼诗韵贺之。

《巢经巢诗文集》之《诗钞前集》卷九《次坡公〈斗老〉诗韵贺子行弟生子》。

十一月二十三日，携子知同游铁溪至石厂。又同登云中山、石屏山，游香炉岩、东仓坪。

《巢经巢诗文集》之《诗钞前集》卷九《十一月廿三携儿子游铁溪至石厂》《与儿子登云中山，取间出绝顶，由石屏山后入城，憩四官殿，周览而归》《登香炉岩（后略）》《游东仓坪》。

**十二月初一日，过甘忠果公祠。又游南洞。**

《巢经巢诗文集》之《诗钞前集》卷九《腊月朔过甘忠果公祠》《游南洞》。

**莫庭芝自京归，舟过镇远，遣书招之话旧。**

凌惕安《年谱》。

**十二月十七日，遣子知同还家。**

《巢经巢诗文集》之《诗钞前集》卷九《书遣知同以十七日归五首》。

**同年利瓦伊寯馈岁，作诗纪之。**

《巢经巢诗文集》之《诗钞前集》卷九《县学博李价人维寯同年馈岁》。

**除夕，灯下读韩愈诗，次韵苏轼诗。**

《巢经巢诗文集》之《诗钞前集》卷九《次东坡〈密州除夕〉韵》。

**本年，外父黎恂擢升东川府巧家厅（治所在今云南巧家县）同知。**

《巢经巢诗文集》之《文集》卷四《雪楼行状》。

**咸丰元年（1851）辛亥　四十六岁**

**正月初一日，孙女如达生，初八日作诗贺之。**

《巢经巢诗文集》之《诗钞前集》卷九《谷日知元旦家举孙女，再用沐字韵》。

同年利瓦伊寯两儿冒雪过谒。

《巢经巢诗文集》之《诗钞前集》卷九《价人两儿过谒》

正月十五日，在镇远过元宵节，夜游观灯，客心凄凉，有诗纪之。

《巢经巢诗文集》之《诗钞前集》卷九《十五夜》。

腕伤渐愈。

《巢经巢诗文集》之《诗钞前集》卷九《腕伤将复聊短述》。

夜听邻居之子读书，句读有误，因感训导之责。

《巢经巢诗文集》之《诗钞前集》卷九《夜听邻儿读》。

读《小戴礼记》，有感年老眼昏，精力不如当年。

《巢经巢诗文集》之《诗钞前集》卷九《读〈小戴〉》。

惊蛰日，出游。

《巢经巢诗文集》之《诗钞前集》卷九《惊蛰出游，见樱桃尽开》。

客居无聊，思子心切，检点旧藏。

《巢经巢诗文集》之《诗钞前集》卷九《念同儿将至》《检藏碑本，见莫五昔为〈汉宜禾都尉李君碑考释〉并诗，次其韵》。

夏，卸镇远训导，归里。

郑知同《征君行述》。

遵义唐树义上年由湖北布政使致仕回居贵阳，郑珍与之往来较密，时赴唐家待归草堂。唐出示所藏朱子诗卷真迹，得以寓见，并作文纪之。在省月余，与唐氏往来最洽，时时为之考证所藏书画。

《巢经巢诗文集》之《文集》卷四《书朱子诗卷真迹后》。郑知同《征君行述》。

外父黎恂称病,由东川巧家厅同知致仕归里。郑珍请出旧稿编排付梓,恂固辞。

《蛉石斋诗钞》卷末郑知同跋。《巢经巢诗文集》之《文集》卷四《雪楼行状》。

七月,山阴王介臣取莫友芝钞次谢君采诗三卷,付诸剞劂,名《雪鸿堂诗搜逸》,作文跋后。莫友芝六月十五日作跋。

《巢经巢诗文集》之《文集》卷四《书谢君采先生诗刻本后》。张剑《莫友芝年谱长编》。

**访得明代贵州清平县著名诗人、学者孙应鳌《教秦绪言》石刻拓本。**

《莫友芝诗文集》之《郘亭遗诗》卷四《书孙淮海先生楷书〈谕陕西官师诸生檄〉石本后》自注。《巢经巢诗文集》之《诗钞后集》卷三《前八九年,访得明清平孙文恭公〈教秦绪言〉一卷刻本于其家祠中,今年夏,莫郘亭从吉安周小湖作楫观察寓所搜得石本,前题〈谕陕西官师诸生檄〉,其文即〈绪言〉也。(后略)》。案,凌惕安《年谱》将之系于道光二十八年,误。莫诗自注曰:"辛亥、壬子间始于麻哈、清平亲故许,搜得先生所著《教秦绪言》。"郑诗作于咸丰八年戊午(1858),上推八九年,姑系于此。

**闰八月初二日,莫友芝致信与郑珍论学。**

张剑《莫友芝年谱长编》。

**《巢经巢诗钞》前集九卷止于本年。**

本年,洪秀全称天国,太平天国定都金陵。

**咸丰二年(1852)壬子 四十七岁**

正月十五日，莫友芝过望山堂作上元节，时外父黎恂、内弟兆熙在座，郑珍把酒慨叹，遂编次著作。编次道光六年丙戌以下、咸丰二年壬子以前诗九卷，付子知同写刊，名《巢经巢诗钞》，即望山堂家刻本。五月莫友芝序之，述其学问、人品、诗艺及两人情谊，并自道诗学见解。八月十五日贵州学政翁同书亦序之。又收经学考证文十九篇，刻《经说》一卷。

《巢经巢诗钞笺注》附录五莫友芝、翁同书、黎汝谦序跋。

四月二十一日，黎汝谦生。郑珍视之异于常儿。

凌惕安《年谱》。

六月，外父黎恂《千家诗注》刻成，作文序之。

《巢经巢诗文集》之《文集》卷二《〈千家诗注〉序》。

七月初四日，携子知同赴贵阳，宿郡城湘川书院，次日逢莫友芝为汉郑玄释奠，与执馔。

《巢经巢诗文集》之《诗钞后集》卷一《七月初五日家康成公生日，莫邵亭释奠于湘川书院，余适携子赴行省，以昨日宿院，遂与执馔焉。邵亭有诗示诸生，因次其韵》。《莫友芝诗文集》之《邵亭诗钞》卷六《郑君生辰，敬赋二十四韵并序》。案，张剑《莫友芝年谱长编》误将郑诗系于咸丰元年。

莫友芝得见贵阳潘氏自明以来八世诗集，内弟黎兆勋从定番张氏假得杨龙友《山水移集》，当有同快。表弟黎庶蕃应试来省，似与郑珍同伴。张琚亦来省应试，同寓河神庙。

凌惕安《年谱》。《巢经巢诗文集》之《文集》卷二《张子佩琚诗稿序》。

中秋，因整理周起渭《桐野集》，裔孙应秋试携康熙时禹之鼎所画《西崦春耕》《桐野书屋》两图来，为之绘周起渭像，并各题诗一首。

凌惕安《年谱》。

在唐家待归草堂期间，与大定章永康讨论石刻，谓綦江吹角坝卢丰碑为洞庭以南第一，章氏以为大定《济火碑》第一。

《巢经巢诗文集》之《诗钞后集》卷三《寄仲鱼大定属访〈济火碑〉》。

秋，乡试毕，子郑知同、友张琚均下第，以子归里送张琚及河神庙左石桥上。

《巢经巢诗文集》之《文集》卷二《张子佩琚诗稿序》。

翁同书督学贵州五年，离黔入觐，作诗文送之。时已草撰《说文逸字》《说文大旨》《转注本义》《汗简笺正》诸稿，但未写正，故未奉质翁氏。

《巢经巢诗文集》之《诗钞后集》卷一《送翁祖庚同书中允毕典黔学入觐四首》及后附信札《上翁中允书》。诗中称曾登翁门求教，勖以许郑之学。案，吴道安《年谱》误系于咸丰三年。

秋，莫友芝拟北上赴礼部试，兼候大挑，至望山草堂晤别，郑珍作诗送别。

《巢经巢诗文集》之《诗钞后集》卷一《石头山歌送邵亭还郡》。

九月初九日，为莫友芝诗钞作序。

《巢经巢诗文集》之《文集》卷二《〈邵亭诗钞〉序》。

秋，所辑《播雅》书成，唐树义为之校订并出资刊印，子郑知同写定。

《播雅》卷首郑珍自序，及唐树义、莫友芝二序。

十月初三日，表弟黎兆熙忽起步而蹶，郑珍奔视，已遽逝。

十二日，获见黎兆熙著稿，为之题跋。

《播雅》卷二二"黎国子兆熙"小传。

冬，送表弟黎庶焘、庶蕃赴京应会试。

《巢经巢诗文集》之《诗钞后集》卷一《送表弟黎筱庭庶焘、椒园庶蕃赴礼部试》。

本年，表弟黎庶昌在京以诸生应诏上万言书，特授知县，发往江南大营，两江总督曾国藩留幕任用。莫友芝北上，因太平军攻占武昌，道阻而返。

凌惕安《年谱》。

**咸丰三年（1853）癸丑　四十八岁**

春，唐树义奉诏安抚湖北，邀郑珍同行，谓可与王柏心共图厥政，不欲远游，力辞之。

《巢经巢诗文集》之《文集》卷四《书唐子方树义方伯书札后》。《巢经巢诗文集》之《诗钞后集》卷一《送唐子方方伯奉命安抚湖北，兼寄王子寿柏心主事》。案，吴道安《年谱》署于夏，误。

三月初十日，《播雅》撰成，自序弁端。

《播雅》卷首郑珍自序。

三月下旬，胡长新在贵阳学舍，新构小轩，莫友芝题曰"枣花桐叶轩"，黎兆勋、莫庭芝亦驻其中，郑珍因送唐树义，亦逗留之，一时咸集，觞咏称盛。

凌惕安《年谱》。张剑《莫友芝年谱长编》。

四月十三日，偕莫庭芝登相宝山。

《巢经巢诗文集》之《诗钞后集》卷一《四月十三日偕芷升

登相宝山，次董观桥教增廉访嘉庆癸亥九日诗韵》。

四月十五日，唐树义赴鄂，作诗送别。郑珍以诗集属乞王柏心题序。时《播雅》已成，唐树义挟行，舟中无事览焉，六月中旬为之作序。

凌惕安《年谱》。

六月，《汗简笺正》写定，自题识之。

凌惕安《年谱》。

奉檄权仁怀厅（今贵州遵义仁怀）学务，以当地"奇热"辞之。

《巢经巢诗文集》之《诗钞后集》卷一《檄权仁怀厅学务不上》。《巢经巢诗钞笺注》附录五赵懿《巢经巢诗钞后集跋》。

八月十五日，为赵旭作《偃饮轩诗钞序》。

《播川诗钞》卷首，序末署"咸丰癸丑八月之望，遵义郑珍识于巢经巢"。（《清代诗文集汇编》第649册）案，《巢经巢诗文集》之《文集》卷二《偃饮轩诗钞序》只署"癸丑八月"。

久病且贫，深居山中，作诗赋愁。

《巢经巢诗文集》之《诗钞后集》卷一《久病》。

十一月初一日，为黎庶焘评诗。

凌惕安《年谱》。

十二月，闻安徽庐州同知新化人邹汉勋与巡抚江忠源战死，作诗纪之。

《巢经巢诗文集》之《诗钞后集》卷一《闻新化邹叔绩汉勋以贰守从徽抚江忠烈忠源死难庐州二首》。

本年，为禹门寺左侧大悲阁作楹联，并跋之。

《巢经巢诗文集》之《逸文·大悲阁联跋》。

**咸丰四年（1854）甲寅　四十九岁**

正月初一日，作诗有感世局。

《巢经巢诗文集》之《诗钞后集》卷一《甲寅元日》。

正月初七八日，王柏心为郑珍诗钞作序。

《巢经巢诗钞笺注》附录五王柏心《巢经巢诗钞序》。

正月初十日，致书胡长新。

凌惕安《年谱》。

正月二十三日，唐树义投江死，闻噩耗，愤而有诗。

《巢经巢诗文集》之《诗钞后集》卷一《闻唐子方方伯正月二十三日舟至金口，贼大上，募卒尽散，遂投江死》。

莫友芝子彝孙年十二，能读经求解，奇之，携至巢经巢亲教之，并以女字之。

凌惕安《年谱》。

三月十六日，为山阴王个峰之父王惠《竹里诗存》勘定完毕，并作跋识。

凌惕安《年谱》。

三月二十一日，外父黎恂七十寿辰，为之作寿文。

《巢经巢诗文集》之《文集》卷一《黎雪楼先生七十寿序》。

四月十五日，于望山堂设位奠唐树义，作诗酬之。

《巢经巢诗文集》之《诗钞后集》卷一《四月望设位山堂，奠子方，酹以诗四首》。

五月初六日，三女蘙于夭，年十七，越六日，葬于母兆下。

《巢经巢诗文集》之《诗钞后集》卷一《三女蘙于以端午翼日夭，越六日葬先妣兆下，哭之，五首》。

闻唐树义死事惨状。

《巢经巢诗文集》之《诗钞后集》卷一《闻奏得子方尸金口旁小水，体有矛伤，失其右目》。

六月初二日，孙阿庬生。

《巢经巢诗文集》之《诗钞后集》卷一《六月二日生孙阿庬二首》。

编唐树义诗五十九首都为一卷，殿诸《播雅》后，至此《播雅》凡二十五卷。

《播雅》卷首《点校说明》。

八月，桐梓杨龙喜起事，初六日据桐梓，十三日败官军于板桥，二十六日开泰知县陶履诚战死，遵义被围四月余。

《巢经巢诗文集》之《诗钞后集》卷一《闻八月初六日桐梓九坝贼入据其城》诸诗。案，黎庶昌《拙尊园丛稿》卷二《禹门寺筑塞始末记》、赵懿《巢经巢诗钞后集跋》、张剑《莫友芝年谱长编》均作"杨龙喜"。郑知同《征君行述》、凌惕安《年谱》皆作"杨隆喜"。

因城乱恐巢经巢藏书被毁，遂有移书之举。

《巢经巢诗文集》之《诗钞后集》卷一《移书》。

九月初九日，独游，见盗贼如毛。

《巢经巢诗文集》之《诗钞后集》卷一《九日独游》。

九月二十八日，同知韩超攻雷台斩栅深入，失助而返。

《巢经巢诗文集》之《诗钞后集》卷一《闻九月二十八日韩南溪超别驾督卒百人，攻雷台，斫栅深入，以官兵不助，失贼魁而返》。

十月十五日，莫祥芝自郡至山中，始知莫友芝在围城之中，寄诗慰之。

《巢经巢诗文集》之《诗钞后集》卷一《十月望莫九茎自郡至山中，始知邵亭数月在围城，寄之五首》。

**眼见时局动荡，听闻郡城街肆毁败，愁心难遣，独游禹门寺，欲觅地避乱。**

《巢经巢诗文集》之《诗钞后集》卷一《闻郡东门外街肆尽毁》《愁》《独游禹门》《觅避地至后坪》。

**旋选得荔波县（今黔南荔波）教谕，县为汉先贤尹珍故地，计借官避寇，挈家赴任。**

《巢经巢诗文集》之《诗钞后集》卷一《选得荔波教谕》。《巢经巢诗钞笺注》附录五赵懿《巢经巢诗钞后集跋》。郑知同《征君行述》。

九月二十五日，杨龙喜军放火焚烧府学、县学房舍，莫友芝募勇士抢救文籍，《黔诗纪略》文稿、《邵亭诗钞》校样和刻板仍有少部分惨遭损毁。

张剑《莫友芝年谱长编》。

**十月，次女章章字绥阳丁诰。**

《巢经巢诗文集》之《诗钞后集》卷一《三女蕡于以端午翼日夭，越六日葬先妣兆下，哭之，五首》自注。郑知同《屈庐诗稿》卷一《避乱纪事》自注。郑知同《征君行述》。

**十一月二十五日，挈家眷之荔波，度羊岩关，至平越，令家人先往都匀，只身赴省领凭，过孙家渡，至贵阳遇傅寿彤赞襄河南防务，饮酒作别，又与王介臣、莫庭芝、赵旭话别。过唐树义待归草堂，其子唐炯书来。祀灶日在贵阳，十二月二十八日赴都匀，除夕将抵贵定，子知同来信，言除夕前一日孙女如达痘殇于都匀。**

《巢经巢诗文集》之《诗钞后集》卷一《十一月二十五日挈家之荔波学官，避乱纪事八十韵》以下诸诗。郑知同《屈庐诗稿》卷一《如达女痘殇于除夕前一日，哭之》。《巢经巢诗钞笺注》附录五赵懿《巢经巢诗钞后集跋》。

**咸丰五年（1855）乙卯　五十岁**

**正月初一日，早发贵定，至谷洞，初二日至都匀。**

《巢经巢诗文集》之《诗钞后集》卷二《元日贵定早发》《元日行至谷洞》《正月二日至都匀》。

**正月十三日，至城北郭视孙女葬茔。是日庞孙亦痘殇，十四日晨亲埋之，与其姊同穴。**

《巢经巢诗文集》之《诗钞后集》卷二《十三日出北郭视女孙葬所》《是日庞孙痘忽变，逾时亦殇，明晨亲埋之，与其姊同墓四首》。

**时前陕西布政使陶廷杰致仕居家，时而过往。**

《巢经巢诗文集》之《诗钞后集》卷二《同陶子俊廷杰方伯往观小井李花，并在东山下》《陶子俊廷杰招饮淡园次韵二首》。

**二月二十二日自都匀之荔波，月杪到任，路人惊其书多。因孙儿连夭，寄情园圃。又叹荔人愚而多禁忌，感荔波为生平瓣香所在，因考稽山川地理、文献掌故，手创《荔波县志稿》。**

《巢经巢诗文集》之《诗钞后集》卷二《初到荔波》以下至《荔农叹》诸诗。

**四月初八日，门生赠黑饭。荔人时有酒食之馈。郑珍常下乡视学。**

《巢经巢诗文集》之《诗钞后集》卷二《四月八日门生馈黑

饭，谓俗遇是节，家家食此，莫识所自，余曰此青精饭也，作诗示之》以下诸诗。

八月，都匀苗军进攻荔波，荔波县令蒋嘉谷病，不能理事，复托郑珍暂代军政，乃调集官兵，招募丁勇，四出迎战。九月十二日，苗军数千越险逼城，郑珍开门指挥官兵死斗，击退之。蒋嘉谷病起复位，遂解兵柄辞归。十六日挈家自荔波启程，次日至里湖，道梗，绕广西南丹州，知州莫树棠派人相迎，逗留二日，由芒场至六寨，而戈坪，而月李，渡月林河，过槁里，抵罗斛（今黔南罗甸），匝月达贵阳，寓表弟唐炯待归草堂，晤莫友芝、莫庭芝、王介臣，因怀黎兆勋，新识黄辅辰、彭年父子，一时诗酒风流。

《巢经巢诗文集》之《诗钞后集》卷二《九月十六日挈家发荔波》以下至卷末诸诗。郑知同《征君行述》。

秋，杨龙喜事平。教军曾陷铜仁、思南、石阡、思州，苗军曾陷丹江、八寨、古州、清江、台拱、施秉、都匀、黄平、清平等府厅州县。

黎庶昌《拙尊园丛稿》卷二《禹门寺筑塞始末记》。

冬，王介臣言友人有《说文》宋刻本，借观之，乃程恩泽故物。

《巢经巢诗文集》之《诗钞后集》卷二《王个峰言某友家有〈说文〉宋刻本，亟属借，至则明刻李仁甫〈韵谱〉也。书凡二函，皆锦赙金签，极精善，细审函册，分楷标题，并先师程春海侍郎手迹，知是生前架上物也。凄然感赋，识之册端》。《莫友芝诗文集》之《邵亭遗文》卷一《〈说文逸字〉后序》。

**咸丰六年（1856）丙辰　五十一岁**

春，贵阳知府刘书年拟聘入幕，欲卜居东山，不果，遂还山。

《巢经巢诗钞笺注》附录五赵懿《巢经巢诗钞后集跋》。

二月二十三日，偕唐炯拜唐树义墓，为书碑阴，留二日，因邻县动乱，遣子知同往贵阳馆唐炯家，自守墓庐，撰《仪礼私笺》。

《巢经巢诗文集》之《诗钞后集》卷三《咸丰六年二月二十三日偕唐鄂生往其成山别业，拜子方先生墓，因为书碑阴，留二日，闻贼度轻水，鄂生督团众往攻击，余遂还行省，往返得诗四首，用高秀东纸书质鄂生》。郑知同《征君行述》《仪礼私笺后序》。案，凌惕安《年谱》称《仪礼私笺》草就，不确。

聘任书院监院，力辞。

《巢经巢诗文集》之《诗钞后集》卷三《次韵答子寿，时方力辞监院》。

三月初八日，偕江夏夏成业、山阴王介臣、溆浦舒必浚及黄彭年、唐炯、高以庄游芙峰山。

《巢经巢诗文集》之《诗钞后集》卷三《三月初八日，偕江夏夏秋丞成业刺史、王个峰介臣上舍、溆浦舒文泉必浚学博及黄子寿、唐鄂生、高秀东以庄游芙峰山，余为图，系长句于上，存子寿所》。案，凌惕安《年谱》误作舒必滨。

三月，为章永康《机声灯影图》作跋。

《巢经巢诗文集》之《文集》卷三《跋〈机声灯影图〉》。

早起观梅，次苏轼诗韵。

《巢经巢诗文集》之《诗钞后集》卷三《早起观梅，次坡公〈松风亭〉韵》。

**季秋，代外父黎恂书联，悬禹门寺玉皇阁。**

凌惕安《年谱》。

**咸丰七年（1857）丁巳 五十二岁**

**正月十一日，拄杖出户观溪景。又作《行年》诗叹年老体衰。**

《巢经巢诗文集》之《诗钞后集》卷三《开岁十一日漫书》《行年》。

**适赵廷璜女归宁省亲，婿廷璜自省垣还。**

《巢经巢诗文集》之《诗钞后集》卷三《寄赵芷庭兼寿张氏嫂》。

**内弟黎兆勋将赴鹤峰州（今属湖北恩施）任，作诗送别。**

《巢经巢诗文集》之《诗钞后集》卷三《送柏容之鹤峰州州判任二首》。

**四月，贵阳知府刘书年聘莫友芝为家塾讲席，闰五月友芝始赴贵阳。**

张剑《莫友芝年谱长编》。

**四月，致书贵阳知府刘书年讨论《说文》。**

《巢经巢诗文集》之《文集》卷二《与刘仙石太守书年书》。

**自闰五月酷暑少雨，居子午山四月，辄取考工车制经注，至撰成《轮舆私笺》，凡二卷，八月自序之。同治七年戊辰，莫祥芝刻之于金陵。**

《巢经巢诗文集》之《文集》卷二《〈轮舆私笺〉自序》。凌惕安《年谱》。

**九月二十三日，致书莫庭芝。**

《巢经巢诗文集》之《文集》卷二《与莫莛升书》。案，此信不署年份。凌惕安《年谱》考证有据，从之。

**十一月十七日，适冯氏姊归宁。**

《巢经巢诗文集》之《诗钞后集》卷三《腊月十七日冯氏姊还瓮海》。

**本年，莫友芝致信郑珍，郑珍就《佩觿》一书与之交换心得。**

《巢经巢诗文集》之《文集》卷二《答莫子偲论〈佩觿〉书》。案，凌惕安《年谱》、张剑《莫友芝年谱长编》均系于此年。

## 咸丰八年（1858）戊午 五十三岁

**正月初一日，《说文逸字》脱稿，为之撰叙目。**

《巢经巢诗文集》之《文集》卷二《〈说文〉逸字叙目》。案，《郑珍全集》第二册《说文逸字》卷首载郑珍自序，末署"孟陬之月朔日戊寅"。

**正月初，婿赵廷璜来山中省视，与之论书法。**

《巢经巢诗文集》之《诗钞后集》卷三《正月初赵仲鱼廷璜婿来山中漫书》《与赵仲鱼婿论书》。

**赵廷璜旋赴大定，寄诗属访《济火碑》。**

《巢经巢诗文集》之《诗钞后集》卷三《寄仲鱼大定属访〈济火碑〉》。

**唐炯时在四川，作诗寄之。**

《巢经巢诗文集》之《诗钞后集》卷三《浣溪吟寄唐鄂生》。

夏，莫友芝从吉安周作楫处访得明代贵州著名诗人、学者孙应鳌《教秦绪言》石刻拓本，作长诗记之，郑珍和之。

《巢经巢诗文集》之《诗钞后集》卷三《前八九年，访得明清平孙文恭公〈教秦绪言〉一卷刻本于其家祠中，今年夏，莫郘亭从吉安周小湖作楫观察寓所搜得石本，前题〈谕陕西官师诸生檄〉，其文即〈绪言〉也（后略）》。

秋，刻年初脱稿之《说文逸字》一卷，即望山堂家刻本。十月，贵阳知府刘书年题序。十一月初三日，莫友芝作后序。

《郑珍全集》第二册《说文逸字》卷首所载刘书年、莫友芝二序。

秋，莫友芝欲赴京，荐郑珍继主刘书年馆。郑珍十月初启程，至贵阳与之话别，并为之画《影山草堂图》。

凌惕安《年谱》。

十月初四日，莫友芝将归遵义，郑珍作诗送之。

《巢经巢诗文集》之《诗钞后集》卷三《贵阳送郘亭赴京就知县选兼试春官》。

十月二十五日，致信莫友芝。

案，是信载张剑《莫友芝年谱长编》，考证后系于此年。黄万机《巢经巢诗文集》据之编入《巢经巢逸文》，但题下误署为咸丰九年十月二十九日。

冬，觅得赵云生精刻宋林亿校王注元本《内经》，赠季弟珏。

《巢经巢诗文集》之《诗钞后集》卷四《二莙季弟哀词二十首》其十三自注。

十二月，孙玉树生。

《巢经巢诗文集》之《诗钞后集》卷四《玉孙种痘作二首》。

除夕日，由贵阳还家。

《巢经巢诗文集》之《诗钞后集》卷四《二月二十日以病新愈，命同儿赴贵阳，书寄刘仙石观察》有"忆我除日归，绝粒已半月"。

**咸丰九年（1859）己未　五十四岁**

春，自上年除夕归即病，绝粒已半月，故以病辞贵阳知府刘书年馆。书年曰：必不得已，其子知同亦可。二月二十日，命知同赴贵阳刘馆。

《巢经巢诗文集》之《诗钞后集》卷四《二月二十日以病新愈，命同儿赴贵阳，书寄刘仙石观察》。

玉孙种痘，作诗感之。

《巢经巢诗文集》之《诗钞后集》卷四《玉孙种痘作二首》。

端午，在次弟子行家。

《巢经巢诗文集》之《诗钞后集》卷四《重五子行家》。

五月二十二日，为表侄黎汝弼书《王右军笔势论》一卷。

凌惕安《年谱》。

七月初五日，季弟珽以疾卒，年四十三。

《巢经巢诗文集》之《诗钞后集》卷四《二莒季弟哀词二十首》。郑知同《征君行述》。黎庶昌《拙尊园丛稿》卷四《郑两山人传》。

秋，郑知同自贵阳还山。

凌惕安《年谱》。

十月，四川南溪知县唐炯约往访蜀中山水。十七日行经玉磐山故宅，放舟取道仁怀，十一月初一日抵南溪。时唐炯已往援叙州东营，次日往东营留半月，还南溪。十二月初四日南溪水师攻南岸真武山，坐江石梁上观之。初八日再上七星山观水师。唐炯单骑绥抚，作诗歌之。十五日为唐炯作《携琴载酒图》，并题诗，作诗跋其诗稿。农民军攻遵义南乡，辞唐炯归。知同携家间道绕南川入蜀抵南溪相寻，道歧相错，乃访桐梓赵旭，遣人命知同返。

《巢经巢诗钞笺注》附录三郑知同《征君行述》、萧光远《郑子尹征君诔》，附录五赵懿《巢经巢诗后集跋》。

**除夕至家。**

《巢经巢诗文集》之《诗钞后集》卷四《除夕至家八首》。

**本年，似作有次韵祁寯藻诗。**

案，《巢经巢诗文集》之《诗钞后集》卷五有《次韵答祁春圃相国柬莫邵亭兼寄鄙人之作》，题署"以下丁酉"。白敦仁《巢经巢诗钞笺注》（第1244页）称，此四字乃据1940年刊印的《巢经巢全集》而补，《全集》本"编排次第亦多所变动"。据张剑《莫友芝年谱长编》载，咸丰九年莫友芝赴京候选，二月半至京后，候选期间因王拯绍介其师祁寯藻，见面后，祁对莫大加赞赏，惠赠《馒飦亭集》并赠诗，并题曰："独山莫子偲孝廉友芝，定甫农部礼闱所荐士也，著有《邵亭诗钞》，定甫以渊朴许之，顷持诗来见，并以同里郑子尹珍〈说文逸字记〉见示，可谓黔中二俊矣，题句赠之，兼寄子尹》。"祁诗有二首，莫、郑、王皆有和作，今皆存。郑诗即卷五此二首。故郑诗似非咸丰十一年丁酉所作。另，据郑诗自注曰："相国促余《礼笺》早就稿。"盖指《仪礼私笺》。据郑知同《仪礼私笺后序》

（载《郑珍全集》第一册《仪礼私笺》卷末，第 207 页）称："五十以还，始操笔发摅，（中略）初志于《仪礼》全经皆有考论，不幸中年半为饥驱，（中略）故强半尚未脱稿。（中略）甲子秋，先君即世。知同悉心裒录详校，都为八卷。"可知郑珍在世时《仪礼私笺》并未完稿。今所见郑知同编校者乃郑珍未完之遗稿。再者，从诗题来看，也非数年后之追和，追和于情实皆不通。咸丰十年正月莫友芝已出都外游，二月回京会试，出闱后有诗寄郑珍，因榜发未中，决意出京，七月启程。概之，算入路上寄信时间，郑诗似作于咸丰九年四月至咸丰十年七月之间，姑系于咸丰九年，断非咸丰十一年之作。

**咸丰十年（1860）庚申　五十五岁**

**二月十七日，以湄潭城复失，西走避乱，度娄山关至桐梓，依赵旭复数遣人至南溪命知同归。**

《巢经巢诗文集》之《诗钞后集》卷四《二月十七日度娄山关》题下注。郑知同《征君行述》。

**三月初，家人自蜀归，遂僦居桐梓杨家河岸刘氏宅居，号且同亭长。**

《巢经巢诗文集》之《诗钞后集》卷四《遇家人自蜀归，遂僦杨家河岸刘氏宅居，赵晓峰作〈魁岩歌〉见慰赋答》。案，王燕玉《郑珍年历考要》称别号五尺道人，当在此修纂府志数年内，未明所据。凌惕安《年谱》将五尺道人之号系于此。郑知同《征君行述》、赵恺《年谱》均仅载"号且同亭长"。据郑珍道光十三年八月《说文新附考自序》所署，即曰"五尺道人郑珍书于巢经巢"，可知凌、王皆误。

**谷雨前，移录朱彝尊、何焯批点韩愈诗于方扶南笺本上。**

《巢经巢诗文集》之《文集》卷二《题移写韩诗批本》。

**三月初十日生日，携知同游桐梓天门山。**

《巢经巢诗文集》之《诗钞后集》卷四《携儿子游上下天门山过生日，地在桐梓郭东十五里（后略）》。

**三月初八至初十，莫友芝入闱会试，出闱后有诗寄郑珍，拟出都。**

《莫友芝诗文集》之《郘亭遗诗》卷六《试春官毕，有作，寄郑子尹、黎筱亭》《郭筠仙、龙皞臣、邓弥芝、王壬秋订余同出都，连夕集尹杏农寓话别，赵沅卿、李眉生皆生，呈主人及诸君子》。

**三月，序《周易属辞》。闰三月，作《访杨价墓记》。四月，作《桐筌序》。**

《巢经巢诗文集》之《文集》卷二、卷三。

**寓桐梓期间，与赵旭日夕唱和。**

《巢经巢诗文集》之《诗钞后集》卷四《和晓峰》以下数首。

**六月，移写《贾子新书》卢文弨校本。七月，借得《春秋繁露》卢文弨校本，对勘何镗本。**

《巢经巢诗文集》之《文集》卷二《题移写〈贾子新书〉卢氏校本》《题移写〈春秋繁露〉卢氏校本》。

**秋，还山，湄潭军逼近东里。**

郑知同《征君行述》。

**十一月，跋所藏吴荣光刻《东坡诗稿》拓本。**

《巢经巢诗文集》之《文集》卷三《跋吴荷屋刻〈东坡诗

郑珍年谱新编 | 311

稿〉拓本》。

十二月，点勘内弟黎庶焘诗。

《巢经巢诗文集》之《文集》卷三《跋内弟黎鲁新〈慕耕草堂诗钞〉》。

本年，另撰有《游蟠龙洞记》《送黎莼斋表弟之武昌》《跋〈易林〉》。

### 咸丰十一年（1861）辛酉　五十六岁

春，避乱来城，主讲遵义湘川、启秀两书院。为黎庶焘选定《慕耕草堂诗钞》三卷、《依砚斋诗钞》四卷。

凌惕安《年谱》。

三月，为蹇谔点定《秦晋游草》，并题序。拟选蹇谔诗续《播雅》之末。

《巢经巢诗文集》之《诗钞后集》卷五《蹇一士谔〈秦晋游草〉题词四首》自注、《文集》卷二《〈秦晋游草〉序》。案，凌惕安《年谱》将此序误系于咸丰十二年。

五月，点勘亡友张琚诗稿并题序。

《巢经巢诗文集》之《文集》卷二《张子佩琚诗稿序》。

六月初八日，于启秀书院为莫友芝长子彝孙书《归去来辞》，并作跋。

凌惕安《年谱》。

七月十一日，点勘内弟黎庶焘诗。

《巢经巢诗文集》之《文集》卷三《跋内弟黎鲁新〈慕耕草堂诗钞〉》。

冬，郡乱，子午山惨遭焚毁，藏书半烬，海内孤本亡三四十种。无所归,寄家书院。得老友萧光远而耽于《易》理,与李蹇臣谈诗,聊舒悒怏。

郑知同《征君行述》。《巢经巢诗文集》之《文集》卷三《重修启秀书院记》,《诗钞后集》卷五《吉堂老兄示所作〈鹿山诗草〉题赠》《贺仪轩生曾孙》《萧吉堂二兄孟冬朔七为览揆之日,守程朱教谢客,其明日乃招余饮,礼也,然而其寿自在,书鄙句携往酢之》。案,凌惕安将后一首诗系于同治元年。

除夕,避乱至北村潘家坝。

《巢经巢诗文集》之《诗钞后集》卷五《潘家坝除夕》。

**同治元年(1862)壬戌 五十七岁**

正月初三日出游,初四日至望山堂,五宿墓下,将返北村。

《巢经巢诗文集》之《诗钞后集》卷五《开岁三日,破雪出野葱坝,度洪江,明朝至山堂,五宿墓下,将返北村有述》。

正月初十日,闻伪秦王张保山占据禹门寺。

《巢经巢诗文集》之《诗钞后集》卷五《闻初十日贼据禹门寺纵烧诸村》。

正月十四日,子行弟与甥侄来潘家坝。

《巢经巢诗文集》之《诗钞后集》卷五《十四日子行弟以三更与甥侄至潘家坝,五更复返贾萧坝迎儿媳》。

正月十七日,闻望山堂被毁,惟米楼独存。平生所收图籍,亦遭焚毁。

《巢经巢诗文集》之《诗钞后集》卷五《闻望山堂以十七日为贼毁书示儿》《还山》,《文集》卷二《〈守拙斋诗钞〉序》。

乐安江贼占据三年后出境,心喜又思善后之难。

《巢经巢诗文集》之《诗钞后集》卷五《喜乐安贼出境》。

**借启秀书院，移家来居，见书院遭毁复建感而赋诗。**

《巢经巢诗文集》之《诗钞后集》卷五《借启秀书院粗整腐敝移家来居》《借启秀书院居，新入举火，独夜诵少陵〈题衡山县新学堂〉诗，感念湘川讲舍之废，因次其韵，呈謇臣仪轩、萧吉堂光远两长兄》《启秀书院十咏》《伯英观察新建书带讲堂成，即旧启秀堂地也。或云可以徙居，适读裕之先生〈戏题新居〉诗，其事颇合，因次其韵》。

**三月初三日上巳节，为李謇臣诗集题序。**

《巢经巢诗文集》之《文集》卷二《〈守拙斋诗钞〉序》。

**四月二十六日，为全祖望集作跋。**

《巢经巢诗文集》之《文集》卷三《书全谢山〈鲒埼亭集〉后》曰："同治元年，岁在壬戌四月晦前三日。"案，据陈垣《二十史朔闰表》，五月初一日为壬午日，推之，当为四月二十六日所作。

**五月端午，出游。**

《巢经巢诗文集》之《诗钞后集》卷五《重午出游醉归》。

**七月，启秀书院重修，作文记之。**

《巢经巢诗文集》之《文集》卷三《重修启秀书院记》。

**八月二十七日，孙儿玉树殇。**

《巢经巢诗文集》之《诗钞后集》卷五《玉树殇，命同儿送棺归葬子午山感赋》。

**闰八月，有感遵义之乱，作长诗纪之。**

《巢经巢诗文集》之《诗钞后集》卷五《闰八纪事》。

**冬，黄彭年自成都来信，乞为所辑《贤母录》题序，十一**

月作文复之。

《巢经巢诗文集》之《文集》卷二《〈贤母录〉序》。

**冬，四川绥定知府（今四川达州）唐炯邀往，未成行。此前，黄彭年邀之前往，不果。**

案，郑知同《征君行述》称同治元年事，凌惕安据《成山老人年谱》系于同治二年正月，误。赵恺《年谱》误书为"定远府"。据《巢经巢诗文集》之《诗钞后集》卷六《三月初四挈家自郡归抵禹门，拟留十日，即避乱入蜀，旋以道梗，勾留，因迁米楼于寨，四月朔入居之，读元遗山〈学东坡移居诗〉八首，感次其韵》其五有云："黄九与唐四，冬来书屡饷。促我赴浣溪，勿及桃花浪。"可知同治元年冬即来信邀入蜀，至次年不果行。据陈定祥《黄陶楼先生年谱》，此年六月黄彭年抵成都，由四川布政使刘蓉推荐入总督骆秉章幕。

**十月，还子午山，收拾藏书灰烬埋之。**

《巢经巢诗文集》之《诗钞后集》卷五《还山》《埋书》。

**残腊将尽，有感穷苦困顿，全家都在病吟中，作诗纪之。**

《巢经巢诗文集》之《诗钞后集》卷五《祀灶》。

### 同治二年（1863）癸亥　五十八岁

**三月初四日，挈家归乡，适内弟黎庶蕃、黎兆祺修禹门山寨御乱，暂寓内妹黎湘佩处，有数诗道及黎妹。欲赴绥定依唐炯，愁绥阳道梗难行，遂四月初一日移家山寨内，贫困益甚。**

郑知同《征君行述》。《巢经巢诗文集》之《诗钞后集》卷六《三月初四挈家自郡归抵禹门，拟留十日，即避乱入蜀，旋以道梗，勾留，因迁米楼于寨，四月朔入居之，读元遗山〈学东坡移居诗〉八首,感次其韵》。

八月二十九日,外父黎恂卒,寿七十九。时子黎兆勋在湖北鹤峰州判任,未及归。卒之前,日以行状命先生。十月初一日为之作行状。

《巢经巢诗文集》之《文集》卷四《雪楼行状》。黎庶昌《拙尊园丛稿》卷四《诰授奉政大夫黎府君墓表》《从兄伯庸先生墓表》。

冬,间入郡城,馆于萧光远家,忽大病,牙痛已数月不复饮酒。腊尽将归,除夕在萧家纵谈达旦。

《巢经巢诗钞笺注》附录三萧光远《郑子尹征君诔》。

十一月二十五日上谕,郑珍等十余人发往江苏,以知县用。案,中国第一历史档案馆编《咸丰同治两朝上谕档》(广西师范大学出版社1998年原档影印本,第十三册,第580-581页)载有十一月二十五日上谕,首为李鸿章奏请,依次为郑珍、莫友芝等十四人,次为祁寯藻保奏端木采、郑珍、莫友芝等八人,后又有曾国藩保奏向师棣、黎庶昌等三人,骆秉章保奏朱次琦、朱宗程,沈葆桢保奏郑维驹、徐仗祖等三人,曾国荃保奏赵烈文、成果道二人。张剑《莫友芝年谱长编》据《曾国藩日记》十二月十五日载当日廷寄,莫友芝次年致郑珍信称十一月廿六奉谕旨,俱可证为同治二年事。盖郑珍收到朝廷谕旨则在同治三年初。郑知同《征君行述》署为同治二年事,不误。凌惕安《年谱》据《十朝圣训》而误署为十一月二十六日。赵懿《巢经巢诗后集跋》误称同治元年事,不确。吴道安《年谱》称祁寯藻密荐十四人,以郑珍为首,莫友芝次之,亦误,首列郑珍者为李鸿章而非祁寯藻。赵恺《年谱》则称"祁相国、李鸿章以先生等十四人荐于朝,先生名居首",语较含混。

同治三年(1864)甲子 五十九岁

正月初一日,自萧光远家归禹门山寨,旋奉谕旨以知县发往江苏,致书萧氏,称当出。十五日,莫友芝秉曾国藩意,自安庆驰书促行,劝其出山。拟先游蜀,再筹资东下,与莫友芝相聚。

《巢经巢诗钞笺注》附录三萧光远《郑子尹征君诔》、郑知同《征君行述》。张剑《莫友芝年谱长编》。

正月初七日,思念望山堂,次韩愈诗韵以纪之。

《巢经巢诗文集》之《诗钞后集》卷六《人日思山堂,病不能去,次昌黎〈城南登高〉韵》。

正月,伐柏作棺。

《巢经巢诗文集》之《逸文·经巢后计》,原载凌惕安《年谱》。

清明,上冢。自正月初卧病,已近两月不出门。

《巢经巢诗文集》之《诗钞后集》卷六《将两月不出门,叔吉来劝,强游溪上》《上冢七绝句》。

三月十五日,为外父作墓铭。

凌惕安《年谱》。

五月后,有讹传已归道山。八月初八日、二十二日,先后致萧光远长函二通,言口疾未愈。

《巢经巢诗钞笺注》附录三萧光远《郑子尹征君诔》。

八月十五日,为黎兆祺点勘诗集,并作序。

凌惕安《年谱》。

九月十一日，负疾致书唐炯托孤。

凌惕安《年谱》。

九月十五日，命子知同校订平生著述，十七日亥时逝。十二月十八日厝于父墓左侧。学者私谥文贞。

《巢经巢诗钞笺注》附录三郑知同《征君行述》、萧光远《郑子尹征君诔》。

著有《巢经巢经说》《仪礼私笺》《轮舆私笺》《凫氏为钟图说》《亲属记》《郑学录》《说文逸字》《说文新附考》《汗简笺正》《巢经巢诗钞》《巢经巢文集》《母教录》《田居蚕室录》等，编有《播雅》《荔波县志稿》，与莫友芝合纂《遵义府志》。《清史稿》卷四八二《儒林传》和《清史列传》卷六九有传。

（原刊于《古籍研究》总第 80 辑，凤凰出版社 2024 年版）

# 缪荃孙集外逸文《重印复初斋诗集序》考释

缪荃孙（1844—1919），字筱珊（一作小珊），晚号艺风老人，晚清民国著名的文献学家，广涉目录、版本、校勘、典藏四端，被誉为"中国近代图书馆之父"。缪荃孙撰述宏富，尤其是常据自身藏书撰写题跋，阐幽明微，十分精练简要，历来为学界所珍重。例如杨洪升《缪荃孙集外题跋辑考》（《文献》2007年第2期）、宫云维《缪荃孙逸文四则》（《文献》2011年第1期），爬罗剔抉，辑佚集外逸文二十多篇，可谓导夫先路。张廷银、朱玉麒主编整理的《缪荃孙全集》，煌煌十五册，洋洋大观，由凤凰出版社2013-2014年出版，泽被学界，厥功甚伟。其中《诗文》二册，除收录《艺风堂文集》《艺风堂文续集》《艺风堂文漫存》《艺风堂诗存》《艺风堂赋稿》等之外，广肆搜罗，精心辑录诗16首，词1阕，文97篇，编成《艺风堂集外诗文》，钩稽考索之功，不为无益，然而眼目难周，遗珠之憾在所难免。笔者近来在翻检翁方纲诗集版本时，发现缪荃孙撰有《重印复初斋诗集序》一文，均未见于其相关文集，今移录并标点、考释如下。

大兴翁覃溪阁学①，以才学兼懋之儒，际乾嘉全盛之世，登第早年，轺车四出，门生故旧遍天下，所至皆交当时贤士大夫，笔墨重于琛琳，声望高于山斗，寿跻大耋，著作等身。平生所作诗，凡七十卷，按年编次，首曰《课余存稿》，则初入翰林时也。曰《药洲集》，则督学广东时也。曰《宝苏室小草》，则得宋椠《施顾注苏诗》，又《天际乌云帖》时也。曰《青棠书屋集》，则住孙公园时也。曰《秘阁集》，则文渊阁校理秘书时也。曰《石兰集》，则到国子监之任，与石鼓、兰亭相近时也。曰《枝轩集》，则在詹事府时也。曰《秘阁直庐集》，则分日入直文渊阁时也。曰《桑梓抡才集》，则典京闱副考官时也。曰《晋观集》，则官京师时也。曰《谷园集》，则视学江西，瓣香山谷、道园时也。曰《石墨书楼集》，则由赣回京时也。曰《小石帆亭集》，则视学山左时也。曰《苏斋小草》，则由东回京时也。曰《蒿缘草》，则官鸿胪时也。曰《有邻研斋集》，则得坡公砚拓本时也。曰《石画轩集》，曰《墨缘集》，则晚年所作也。盖阁学性耽吟咏，随地有诗，随时有诗，所见法书、名画、吉金、乐石，亦皆有诗，以考据并议论，遂有"最

---

① 翁覃溪即翁方纲（1733—1818），字正三，号覃溪，晚号苏斋。直隶大兴（今属北京）人，王士禛再传弟子。乾隆十七年进士，授翰林院编修。历任广东、江西、山东三省学政，官至内阁学士。精通金石、谱录、书画、词章之学，书法与同时的刘墉、梁同书、王文治齐名。论诗主张"肌理说"。著有《粤东金石略》《复初斋诗集文集》《石洲诗话》《杜诗附记》《苏诗补注》等，编有《小石帆亭五言诗续钞》《七言律诗钞》《七言诗三昧举隅》等。事具《清史列传》卷六八、《清史稿》卷四八五、沈津《翁方纲年谱》等。

喜客谈金石例，略嫌公少性情诗"以讥之者。不知《石鼓》《韩碑》首开此例，宋元名集尤指不胜屈，正可以见学力之富、吐属之雅，不必随园之纤佻①、船山之轻肆②，而后谓之性情也。阁学晚年颇露窘况，殁后，门人杭州孙氏赙以千金③，完厥葬事，所藏精拓及手稿均归之。然公子早殁，诸孙零落。光绪之初，黄君再同访诸其空④，仅存一孙媳，年届六旬，蜷居土室，衣食不敷。再同为移居松筠庵间房，雇一老妪伴之，鸠资同人，汇为月给，并访阁学之墓而修之。未几，卒，遂无后。嗟乎！麦飰（笔者按，同"饭"）

---

① 随园即袁枚（1716—1798），字子才，号简斋，晚号随园老人。浙江钱塘（今杭州）人。乾隆四年进士，官至知县。后辞官隐居金陵小仓山随园。诗倡"性灵说"，与赵翼、蒋士铨合称为"乾嘉三大家"，"清代骈文八大家"之一。著有《小仓山房诗文集》《随园诗话》《子不语》《随园食单》等。事具《清史列传》卷七二、《清史稿》卷四八五、郑幸《袁枚年谱新编》等。
② 船山即张问陶（1764—1814），字仲冶，一字乐祖、柳门，号船山，别号蜀山老猿、药庵退守等。四川遂宁人。大学士张鹏翮玄孙。乾隆五十五年进士，官山东莱州知府，因忤上官，借病乞归。晚年侨居苏州虎丘陆龟蒙祠屋之左，名所居为"乐天天随邻屋"。年幼天赋异禀，成年后精通古文辞，亦工书画。尤擅诗，被誉为"青莲再世""少陵复出"，与彭端淑、李调元并称为"清代四川三才子"，人称清代"蜀中诗人之冠"。与袁枚、赵翼合称清代"性灵派三大家"。著有《船山诗草》等。事具《清史列传》卷七二、《清史稿》卷四八五、胡传淮《张问陶年谱》等。
③ 孙氏指孙烺，生卒年不详，大约生活在乾隆、嘉庆时期。原籍徽州休宁，为徽商巨头，后侨居杭州。在京师，与翁方纲交善。翁卒，为之营葬，所藏金石书画得其半。事具缪荃孙《云自在龛随笔》卷六等。
④ 黄再同即黄国瑾（1849—1891），字再同。原籍湖南醴陵，后寓贵州贵筑。名宦黄辅辰之孙，黄彭年之子。光绪二年（1876）进士，选翰林院庶吉士，散馆授编修，后主讲天津问津书院。绩学能文，颇有时誉。能承家风，亦嗜藏书，擅长版本鉴定，与叶昌炽交善。体病弱，性孝悌，光绪十六年父卒，寻哀毁而亡。著有《训真书屋诗存文存》等。事具黄厚成《先府君行略》、金梁《近世人物志》、《清儒学案小传》卷一九等。

不闻，若敖馁矣。惟有诗文长留天壤丐大千。今书友再为石印，以广其传，何必藉子孙以为之后哉？顾自刻止六十六卷，门人侯官李彦章续刻四卷①，方为完集。后传本稀少，门人汉阳叶东卿封翁刻之粤东②，目后有两行云："原刻至六十六卷止，侯官李观察曾经补刻，携板南归，今不知所在？道光乙巳秋汉阳叶志诜重刊，并记两行。"卷七十《庙堂碑移立曲阜再赋此补城邑志》诗小注："诜按，是碑今仍在城武，以绅士阻止，陈笠山中丞移立未果。"③ 云云。原刻则无之。荃孙又从手稿搜未刻诗，得七百数十首，厘

---

① 李彦章（1794—1836），字兰卿，号榕园。福建侯官人。嘉庆十六年（1811）进士，历官内阁中书、江苏按察使、山东盐运使等职。与兄彦彬俱有诗名。诗学翁方纲，为翁门晚年得意弟子。《晚晴簃诗汇》称其"固嘉道间一作手也"。著有《榕园全集》，编有《苏亭小志》等。事具《昭代名人尺牍续集小传》卷八、《皇清书史》卷二三等。
② 叶东卿即叶志诜（1779—1863），字东卿，晚号遂翁、淡翁。湖北汉阳人。叶继雯之子，叶名琛之父。贡生，官至兵部郎中。师从翁方纲、刘墉，精金石之学，擅书画，藏书甚富，为叶昌炽所称道。著有《御览集》等，编有《平安馆书目》。事具《国朝书人辑略》卷九等。
③ "陈笠山"，似手民之误，翁方纲《复初斋诗集》卷七〇作"陈笠帆"（《清代诗文集汇编》第381册影印清刻本，上海古籍出版社2010年版，第666页）。陈笠帆即陈预（？—1818），字立凡，一字笠帆。顺天宛平（今北京）人。进士陈庭学之子。乾隆五十五年（1790）恩科进士，选翰林院庶吉士，五十八年散馆授刑部主事，历官山东兖沂曹济道、江西按察使、贵州布政使、刑部右侍郎、山东巡抚等，后因山东教案离职，复在刑部任事，以病乞休，卒于家。事具《国朝耆献类征初编》卷一九五、《词林辑略》卷四等。按，陈预与翁方纲一同为法式善《陶庐杂录》题序。嘉庆十九年三月授福建巡抚，五月调浙江巡抚，七月调山东巡抚。又，清代巡抚别称中丞。

为二十四卷。今刘君翰怡刻入《嘉业堂丛书》中①，如能合印，尤为完美。岁在旃蒙单阏十二月腊八日江阴缪荃孙序②。

按，此《复初斋诗集》为民国石印本，19.7×13.5厘米，厚9.2厘米，书名页题篆书"复初斋诗集七十卷足本"，牌记页印"南海桂坫初校，华阳王秉恩覆勘，独山莫棠署端"，首载陆廷枢乾隆五十八年（1793）癸丑六月序，次即缪荃孙序，复次为刘承幹民国四年（1915）仲冬序，后为翁方纲乾隆三十八年（1773）癸巳四十一岁小像，末附乾隆四十五年（1780）庚子四月张埙赞、桂馥篆书的"翁覃溪先生遗像"等字，以及由莫棠书写的民国五年（1916）丙辰春王秉恩题记。

众所周知，缪荃孙与吴兴南浔著名藏书家刘承幹关系密切，屡次为之鉴定藏书、编校目录。刻印翁方纲诗集，即是二人合作编刊书籍的重要结晶。翁方纲诗集，初为六十六卷，由弟子吴嵩梁等人校定，晚年弟子李彦章为之补刻四卷，是为七十卷本，卷首有乾隆五十八年陆廷枢序。然而乾隆五十八年初刻本

---

① 刘翰怡即刘承幹（1882—1963），字贞一，号翰怡，别号求恕居士，晚年自称嘉业老人。浙江吴兴（今湖州市）南浔镇人。光绪三十一年（1905）考中秀才，宣统年间因屡次捐赠救灾数万两，赐四品卿衔、四品京堂等，人称"京卿"。性耽风雅，热心藏书与刻书事业，为近代私家藏书之巨擘。1923年于南浔建成嘉业堂藏书楼，肆力搜罗包括缪荃孙等人散出的书籍，多达六十万卷，极盛一时，享誉学林。先后聘请缪荃孙、吴昌绶、董康编撰《嘉业堂藏书志》。20世纪30年代后其所藏善本陆续流散。详参陈谊《嘉业堂刻书研究》（复旦大学2009年博士学位论文）。
② 旃蒙单阏为乙卯之别称，即民国四年（1915）。

已不易访求。《复初斋诗集》较为流行的是道光二十五年汉阳叶志诜重刻七十卷本①,然叶刻本并非翁氏诗集完帙。据柯愈春所考,翁诗辑佚者有:"《复初斋集外诗》,二十四卷、《集外文》四卷,民国六年刘承幹据绩语堂抄本刻,列入《嘉业堂丛书》,首都图书馆藏;……《复初斋集外诗》二十四卷,缪荃孙从稿本抄出,共二千一百余首,蓝格抄本,南京图书馆藏。"② 据缪序所称,此二十四卷集外诗,乃缪荃孙从翁方纲手稿中搜辑未刻诗,而手稿最初为孙烺所得,次归于绩语堂魏锡曾。刘承幹民国六年(1917)丁巳五月跋《复初斋集外文》亦曰:"《复初斋诗》七十卷,自刻六十六卷,门人侯官李观察彦章刻四卷,门人汉阳叶封翁志诜又重刻七十卷于广东。前后两刻,而流传甚少。文集三十六卷,亦李观察所刻,至同治六年始印行,海内学人群推奉之,晚年颇窘,殁后二子尽丧,诸孙幼弱。门人杭州孙侍御烺,赗以千金,完厥葬事,所藏精拓及手稿均归之。手稿四十巨册,按年编次,内缺十馀年,诗文联语笔记全载,后归绩语堂魏君稼孙,再归之艺风堂缪君小珊。艺风抄出《集

---

① 袁行云《清人诗集叙录》卷三七"复初斋诗集七十卷集外诗二十四卷"条(人民文学出版社 2016 年版,第 1342 页)称:"初刻已不易访求。此道光二十六年叶志诜重刻本。"似误。李灵年、杨忠《清人别集总目》(安徽教育出版社 2000 年版,第 1908 页)载有上海图书馆藏乾隆五十八年刻本、道光二十五年叶志诜刻本、朝记书庄石印本、民国四年上海同文书局石印叶志诜刻本等,柯愈春《清人诗文集总目提要》卷二九亦谓道光二十五年叶志诜刻本。
② 柯愈春:《清人诗文集总目提要》卷二九"复初斋文集三十五卷集外文四卷诗集七十卷集外诗二十四卷"条,北京古籍出版社 2001 年版,第 756 页。

外诗》二十四卷,承幹已锓之木。"① 翁方纲殁后,其子翁树培早卒,手稿泰半为杭州巨商孙烺所得,后归魏锡曾。魏锡曾(?—1882),字稼孙,号鹤庐,又号印奴,浙江仁和(今杭州)人,贡生,官福建浦南场大使,曾师从谭献,与赵之谦交深,著有《绩语堂诗文》《书学绪闻》等,校勘《唐石经》及易州刻石《老子》,可正严可均之失,事具谭献《复堂文续》卷四《亡友传·魏锡曾传》(又载《续碑传集》卷八一)、金梁《近世人物志》等。

魏锡曾所得翁方纲手稿再归于缪荃孙,缪氏自言:"杭州孙侍御烺,休宁人,为徽之巨贾,侨居杭。在京师,与覃溪善。覃溪殁后,孙赙五千金。其子宜泉早没,故苏斋金石书画半归侍御。《宋拓公房碑》《化度寺碑》《嵩阳帖》《雪浪帖》、诗文杂著手稿四十巨册均在焉。手稿后归魏稼孙。稼孙没,归于吴门书肆,并稼孙《金石类稿》均归云自在龛。诗稿为抄出未刻诗廿四卷,前后止缺十四年《诗境笔记》,有'孙氏蕙花仙馆印章'白文方印,'孙烺之印'朱文小方印。"② 张舜徽也说:"翁氏身后,遗稿归其门人孙烺,共四十巨册,后归绩语堂,再归艺风堂。缪荃孙尝从其中抄出诗二十四卷。"③ 需特别指出的是,所谓《复初斋集外诗》,据上引缪荃孙《重印复初斋诗集序》所

---

① 刘承幹:《复初斋集外文》卷末,《嘉业堂丛书》第209册民国七年(1918)刻本。
② 缪荃孙《云自在龛随笔》卷四,张廷银、朱玉麒主编《缪荃孙全集·笔记》,凤凰出版社2013年版,第148—149页。
③ 张舜徽《清人文集别录》卷八"复初斋文集三十五卷集外文四卷"条,中华书局1963年版,第216页。

言："又从手稿搜未刻诗,得七百数十首,厘为二十四卷",而袁行云《清人诗集叙录》卷三七、柯愈春《清人诗文集总目提要》卷二九均说缪荃孙从稿本抄得二千一百余首,"近代刘氏嘉业堂刻《集外诗》二十四卷,为缪荃孙从稿本抄出,又得二千一百余首"①,与缪氏自称的"七百数十首"不符。今刘承幹《嘉业堂丛书》民国七年(1918)刻本第 200 册至第 207 册即为《复初斋集外诗》,而据上引柯愈春提要所考,缪荃孙蓝格抄本《复初斋集外诗》二十四卷今藏于南京图书馆。

(原刊于《中国典籍与文化》2023 年第 3 期)

---

① 袁行云:《清人诗集叙录》卷三七"复初斋诗集七十卷集外诗二十四卷"条,人民文学出版社 2016 年版,第 1342 页。

# 民国时期宋诗选本廿二种叙录

宋诗自元明以来，颇受冷遇。清道光以降，宋诗派和同光体诗人先后相承，宗宋蔚然成风，愈发昌炽，波及民国。与诗坛声气相和的是，选家通过编纂诗选，"阐述一己之见，表达诗学主张，还可借助选本的典范作用以求得桴鼓相和的集体效应，影响到个体之外更广阔的人群，延宕到更久远的时空"[1]。清代宋诗选远超前代，宋诗断代选本现有九十余种。[2] 民国时期宋诗选的数量虽不及清代，但不乏质量上乘之选。特别是20世纪30年代以来，选坛上诞生了一批名家所编的宋诗选，如陈衍的《宋诗精华录》。民国时期宋诗选大致有几个特征：一，出现大学讲义式诗选；二，丛书类的诗选较多；三，与时代特定形势、思潮切合较密。目前学界对民国时期宋诗选关注不够，相关研究论文尚不足十篇，仅着眼于一二种诗选，绝大多数湮没不闻，整体状况亟待全面稽考。今不揣浅陋，按成书先后编次，共辑

---

[1] 谢海林：《王朝文治与清代御定宋诗选——以康熙〈御选宋诗〉、乾隆〈御定唐宋诗醇〉为中心》，《武汉大学学报》2015年第3期。

[2] 谢海林：《论清代宋诗选本发展历程及其特征》，《南京师范大学文学院学报》2011年第3期。

录分类、分体、分家宋诗选廿二种，遗漏在所难免，聊为治宋诗与民国诗学之一助。

## 一、白话宋诗七绝百首

凌善清编选。上海：中华书局，1921年7月初版，1930年3月6版，128页（含序言、目录等在内，下同）。前有选家作于1921年2月15日的自序。凌善清，字桂青，浙江吴兴人。曾任大东书局编辑。编有《白话宋诗五绝百首》《白话唐宋古体诗百首》《历代白话诗选》《儿童之文学史——中国神童故事》《新编戏学汇考》等。据自序称，宋诗不大提及大抵有两个原因：一是江西派诗风佶屈聱牙，不易上口；二是科举试帖诗的臭味与唐诗相近。为了突破选辑宋诗的限制，选家总的原则是"只抱着一个有兴味，容易领会，好同那新体诗互相提携的宗旨"，所以也不太兼顾宋诗的派别。可知此书与当时白话文学之风有关联。观其选目，不仅未顾及诗派问题，也不遵照时代次序，同一诗人的作品亦分列各处。虽有不少七绝名篇入选，但编排似较随意，如开篇便选录朱熹的《水口行舟》。选诗最多的是范成大13首，陆游10首，王安石、苏轼、张耒、杨万里各8首，欧阳修、戴复古各4首，苏舜钦、晁冲之、朱熹、俞桂各2首，只录1首的有29人，共计41人100首。无诗人简介，亦无注释。《民国时期总书目》著录。① 上海图书馆、吉林省图书馆等馆藏。

---

① 北京图书馆编：《民国时期总书目（1911—1949）：文学理论·世界文学·中国文学（上）》，书目文献出版社1992年版。

## 二、白话宋诗五绝百首

凌善清编选。上海：中华书局，1921年10月初版，1922年4月再版，1929年9月5版，131页。前有选家作于1921年4月15日的自序。凌氏此前已编有《白话唐诗五绝百首》，对绝句的原委作了一番解说，驳斥了学界所谓的绝句就是"截句"之说，认为五绝早在汉朝已产生，而宋代诗人仍牢守这个"荒谬的见解"——总有两句是对偶的。故编纂此书时，要解决"避去作对偶的绝诗""（宋人）诗集中的五绝更少""五绝中要求他完全作白话的很不容易得着"三大困难。此选与其《白话宋诗七绝百首》一样，编排较为随意，既不按类编次，也不依时排列，无诗人简介及注释。首选王安石《梅花》，末为梅尧臣《杂诗》。此书共选录58人100首，按数量多寡依次是：刘克庄6首，王安石、陈与义、杨万里、严羽各5首，陆游、朱熹、梅尧臣各4首，苏轼、刘子翚各3首，真山民、文同、晁补之、洪拟、戴复古、晁冲之、欧阳修、徐积2首，1首的有40人。《民国时期总书目》著录。上海图书馆、黑龙江省图书馆等馆藏。

## 三、宋人如话诗选

熊念劬编选。上海：文瑞楼，1921年念劬庐铅印本，六卷，六册。熊念劬，生平事迹不详。书前《凡例》载曰："本编选辑宋诗以明白如话为主，故格调不厌其高，惟语取浅易，务令妇孺都解，但字句虽极浅易，而意味索然者仍不采录。""尊王颂圣，事属献谀、谈神、说怪，语近迷信及一切不合近代思想者概不阑入。"顾名思义，本书乃响应近代白话诗运动而作，同时也是迎合诗坛风气而作，《凡例》称"近人学诗喜作七言近体，故本编所选七律和七绝较他体为多。"本书按体编排，卷一五古选录36人151首，卷二七古38人143首，卷三五律61人298首，卷四七律60人317首，卷五五绝34人85首，卷六七绝66人395首，共计93人1387首。所录前十位诗人依次是：杨万里241首，陆游157首，范成大92首，戴复古82首，苏轼54首，李觏42首，梅尧臣37首，王安石37首，刘克庄37首，张耒28首，黄庭坚26首，陈与义21首，陈造19首。有注释及编者按语。详参王顺贵、黄淑芳《熊念劬〈宋人如话诗选〉研究》①。《民国时期总书目》未著录。国家图书馆、上海图书馆等馆藏。

## 四、宋朝诗的小说

张末士编选。上海：文明书局，1922年10月初版，1928年12月再版，102页。张末士，生平不详。书前载编者作于1922年5月10日的简短《引言》，全文摘录如下："我们应当留神，诗的界说很难定的；诗的小说，更是诗中最难写的：弄得不好，便呆板了，或仅是小说而非诗，或是诗而非小说。诗的

---

① 王顺贵、黄淑芳：《熊念劬〈宋人如话诗选〉研究》，《上饶师范学院学报》2012年第1期。

小说，在从前换句话说，就是写实的诗。宋朝诗家不多，诗风之盛，千万抵不上唐朝一小半，于是对写实诗的选择也就大不易了！但是，我很相信的：宋人作品虽然不多，选出几十首来做我们一个榜样，他们能力一定是有余的。"可知编者对宋诗的整体状况及其价值并不太熟悉，目录第二个诗人徐铉便误作钱铉，此选分上、下卷，依次选录王禹偁、徐铉、韩琦、苏舜卿、张咏、赵抃、梅尧臣、余靖、欧阳修、林逋、石介、孔武仲、孔平仲、王安石、苏轼、郑侠、王令（2首）、陈师道、文同（2首）、黄庭坚、张耒、晁冲之、韩驹（2首）、晁补之、邹浩、陈造（2首）、沈辽、沈与求、李觏（2首）等29人34首。无诗人小传，无注释。《民国时期总书目》著录。上海图书馆、吉林省图书馆等馆藏。

## 五、苏轼诗

严既澄选注。上海：商务印书馆，1930年4月初版，312页，收入王云五主编《万有文库第一集》。1933年4月上海商务印书馆国难后1版，收入《学生国学丛书》。另有台湾商务印书馆1966年、1968年、1970年、1973年翻印版。严既澄（1900，一作1889－？），名锲，字既澄、慨忱，号镂堂，别名严肃。广东四会人。北京大学英文系、哲学系旁听生。曾任职商务印书馆编译所，译有《怀疑论集》《进化论发现史》《比较宗教学》《现代教育的趋势》等。后执教于上海大学、北京大学等高校。1927年在杭州编辑《三五日报》副刊。能诗词，在《小说月报》发表过《韵文及诗歌之整理》，著有《初日楼诗》《驻梦词》，顾颉刚、俞平伯为其词集作跋。生平事迹参见《中国近现代人物名号大辞典（增订本）》。① 此选前有近万字的长篇导言，开篇赞誉苏轼诗词文三体兼工，雄视千古，超迈诸家。次述其生平与作品，通过对诗歌形式与内容的分析，认为苏诗乃中国文学史第一流，其诗富有哲理，善用典故，擅长言志，工于诗境，声调谐和，造语劲健，气象雄伟。最后称本书只选了十二分之二弱，选录时斟酌再三，列出两条选择标准：一是强调真实情感；二是注重艺术手段。观其目录，大体据东坡诗集选录，收诗4百余首，详注典故出处，并释其用意，但只注不评。导言末署"十六年二月十六日"，可知严氏此书选注始于1927年，三年后出版行世。《民国时期总书目》著录。上海图书馆、浙江省图书馆等馆藏。

## 六、陆游诗

黄逸之选注。①上海：商务印书馆，1931年2月初版，1933年2月国难后1版，2册，385页，收入王云五、朱经农主编《学生国学丛书》。②上海：商务印书馆，1931年4月初版，208页，收入王云五主编《万有文库第一集》813《学生国学丛书》。另有台湾台中文听阁图书馆有限公司2011年影印版，武汉崇文书局2014年9月《民国国学文库》版。黄逸之，著有《黄仲则年谱》，与杨荫深合编《古今名人游记选》。余皆不详。

---

① 陈玉堂：《中国近现代人物名号大辞典（增订本）》，浙江古籍出版社2005年版，第468页。

书前有《陆游诗稿概述》，认为汲古阁《剑南诗集》"所选颇不苟，实为近代善本"，《唐宋诗醇》所选陆诗"精粹无疵，可以一读"。末附《陆游年谱》。此选分上下卷，收诗500余首，每首均有注释。《民国时期总书目》著录。上海图书馆、复旦大学图书馆等馆藏。

## 七、放翁国难诗选

许文奇选注。上海：民智书局，1933年7月初版，136页。据此选《导言》所署"采章序于北大东斋"，采章似为许文奇之字号。另，《北京大学学生周刊》二卷一期（1931.11）载有许采章《爱国诗人钱谦益》，可知许氏曾就读于北京大学。余皆不详。书前载《凡例》七条，称此选根据汲古阁宋版翻刻本《剑南诗稿》辑录，因抗战形势需要，"以发抒国难愤激敌寇者为限"，首选《投梁参政》，以《示儿》结篇，共录诗219首，有详细注释，希望"吾人于外患日迫之今日中国，读此血泪文字，有心人岂止同声一哭耶"。次《诗选目录》，次选家《导言》，详述陆游的时代背景、生活履历及其爱国诗之风格。书末附陆游年谱。《导言》作于1933年1月2日，同年7月初版，从编选到刊行仅仅半年，确实如选家所说"仓卒成编"。《民国时期总书目》著录。吉林省图书馆、复旦大学图书馆等馆藏。

## 八、黄山谷诗

黄公渚选注。①上海：商务印书馆，1933年12月初版。②

长沙：商务印书馆，1939年9月再版，198页，收入《万有文库第一集》。③上海：商务印书馆，1934年1月初版，1934年2月再版，收入《学生国学丛书》。黄公渚（1900－1964），原名孝纾，字公渚，以字行，号匑庵，别号霜腴等。福建闽侯人。幼受家庭熏陶，工书画，专诗词歌赋，尤精骈文，与弟黄孝平、黄孝绰并称"左海三黄"，有《黄氏三兄弟骈俪文集》。钱基博《现代中国文学史》将黄公渚和刘师培、李审言、孙益庵并称为骈文四大家。1924年受聘于著名藏书家刘承幹，整理嘉业堂古籍近十年，著有《吴兴刘氏嘉业堂藏书纪略》。与张元济、陈瀞一、李宣龚、龙榆生、张伯驹、启功、叶恭绰、殷孟伦等人交善。历任北京大学、北京师范大学、青岛大学、山东大学文科教授。选注有《玉台新咏选注》《黄山谷诗选注》《钱谦益文选注》《欧阳永叔文选注》《晋书选注》《两汉金石文选评注》《周秦金石文选评注》《周礼选注》《司马光文选注》《欧阳修词选译》《金石文选》，其中八种入选《学生国学丛书》。另有手稿《楚词选》《陈后山诗选注》，著有《崂山集》《匑庵文稿》等。生平事迹见郭同文《忆文学史家黄公渚》等。书前载长篇导言，细说山谷诗学渊源、诗歌特色及其弊病，称"山谷诗以宋之任渊、史容所注《内外集》为最完善之本"，故此选据《山谷诗集》甄录，依写作先后，内集收90余首，外集收60余首，有简明注释。《民国时期总书目》著录。上海图书馆、安徽大学图书馆等馆藏。

## 九、苏东坡·欧阳修·王安石话体诗选

陶乐勤选注。上海：民智书店，1934 年初版，54 页，32 开。陶乐勤，江苏昆山人。编有《曾国藩日记》《桃花扇》《儿女英雄传》《小说通论》《苏东坡黄山谷尺牍合册》等。曾翻译白拉克马《社会学原理》。据江亢虎序及自序，可知陶氏 1923 年就职于商标局，曾加入中国社会党。余皆不详。此选辑录苏、欧、王三人诗作百余首，并作注解，书前有诗人小传。《民国时期总书目》著录。南京图书馆馆藏。

## 十、苏轼诗选

王学正编选。《民国时期总书目》著录（第 336 页）："上海：经纬书局，1935 年 4 月初版。164 页，50 开，收诗 140 余首。"按，未标明馆藏地。据考，1935~1948 年经纬书局曾出版王学正编的《精选名诗五百首》《白居易诗选》《杜甫诗选》，皆收入《经纬百科丛书》。另，1947 年大陆书局出版王氏所编的《王安石文选》，亦收入《经纬百科丛书》。

## 十一、评注剑南诗钞

顾佛影评注，上海：中央书店，1935 年 9 月版，六卷，分上、下册，479 页，32 开。顾佛影（1901－1955），原名宪融，别号法喜上人、大漠诗人。上海南汇人。才思敏捷，诗文词曲

造诣颇深。曾任上海商务印书馆、中央书店编辑。抗日战争期间避居四川，任大学教授。抗战胜利后重返上海。著有《红梵精舍女弟子集》《大漠诗人集》《大漠呼声》《四声雷》《还朝别》等。另编有《虚词典》《作诗百日通》《古今诗指导读本》等。今有《佛影丛刊》。此书前载《宋史本传》《陆放翁家族考》《陆放翁年谱》，无目次。每首诗有夹注及眉批，眉批收录杨大鹤、刘须溪等《放翁诗选》评语，编者再施以题注、句评、眉批、笺释等。《民国时期总书目》著录。上海图书馆馆藏。

## 十二、东坡和陶诗

国学整理社编选。上海：世界书局，1936年1月初版，31页。收和陶诗46首，与王缁尘《陶渊明评传》《陶渊明全集》合刊为一册，书脊题名"仿古字版"。《民国时期总书目》著录。上海图书馆、陕西师范大学图书馆等馆藏。

## 十三、剑南诗钞

编者不详，史漱石校。上海：达文书店，1936年5月初版，2册，分上下卷，411页。史漱石另有"名人杰作"《白香山诗前集》，与此选一同出版。余皆不详。书前有编者《例言》，次附《宋史》本传、《陆放翁家族考》及年谱，次为目次和正文，末附《剑南诗评》。封面题有"名人杰作""陆放翁著"等。据《例言》，"此书系从《剑南全集》八十五卷中择其尤佳者而编纂之"，鉴于市面上剑南诗选多属随意之作，"为备初学者观摩"，故"经专家一再选择，且请名人校勘数过。凡精华处，无不搜罗"。此书由何人所编，无从得知，由史漱石校勘，按年编次，收诗约1000首，多采旧注，稍附新注。《例言》末云："放翁生当宋室南渡之际，半壁江山，沦于异域，故眷眷以恢复中原为志。诗中所作，触处皆是，读'家祭无忘'一语，千载之下，尚为之叹息。"此选乃感于时势而作。《民国时期总书目》著录。上海图书馆、复旦大学图书馆等馆藏。

## 十四、宋诗精华录

陈衍编选。上海：商务印书馆，1937年7月初版，1938年5月再版，1册，四卷。《民国时期总书目》未著录。陈衍（1856－1937），字叔伊，号石遗。福建侯官（今福州）人。清光绪八年（1882）举人。曾入台湾巡抚刘铭传幕府。二十四年（1898），在京城为《戊戌变法榷议》十条，提倡维新。政变后，湖广总督张之洞邀往武昌，任官报局总编纂，与沈曾植相识。二十八年（1902），应经济特科试未中。后为官报局总编、学部主事。清亡后，曾任厦门大学教授，编修《福建通志》，晚年寓居苏州，与章炳麟、金天翮倡办国学会，任无锡国学专修学校教授。诗创"三元"说，不墨守宋派，为同光体闽派重要诗人、诗评家。著有《石遗室诗集》《文集》《诗话》，编有《金诗纪事》《元诗纪事》《近代诗钞》等，生平事迹见陈声暨《陈石遗先生年谱》等。《宋诗精华录》为陈衍执教无锡国专时之讲义。书前有自叙，"卷第一"下题"石遗老人评点"，附有"案语"，次附诗人小传，诗作后附评语，诗作旁有圈点，部分诗人末附摘句图,甄录名句,使读者尝鼎一脔,识其菁华。据其叙称,此选力图反映宋诗各种风格,精挑细选,既有"丝竹金革"的"悠扬铿锵",又有"土木之音"的"沉郁顿挫",以达到"八音克谐"。自叙作于"丁丑(1937年)初夏",陈衍于7月8日离世,盖作于选诗完竣之后。陈衍论诗,不争"唐宋之正闰",认为宋诗与唐诗都具有重要地位,发展过程也近似。据卷一所附案语,可知此选仿习高棅《唐诗品汇》四唐之体,分初宋、盛宋、中宋、晚宋为四卷,以元丰、元祐以前诸人及苏、梅、欧阳为初宋,录39家117首;由元丰、元祐到北宋王、苏、黄、陈、秦、晁、张为盛宋,录18家239首;南渡曾、陈、尤、萧、范、陆、杨为中宋,录32家212首;四灵以后及谢翱、郑所南为晚宋,录40家122首。全书共录129家690首。入选20首以上的诗人有梅尧臣、王安石、苏轼、黄庭坚、陈师道、陈与义、杨万里、陆游、刘克庄等9人。仅选1首的共56人。入选之诗虽未必尽善,但多是众口传诵、风格不同的佳作。陈衍尤重视五、七言近体,全书选五七言近体达548首,几占总数的五分之四。此选影响非常广泛,可说是1958年钱锺书《宋诗选注》出版前最重要的一个宋诗选本。整理本较为著名的有:曹旭点校本,江西人民出版社1984年版;曹中孚校注本,巴蜀书社1992年版;蔡义江、李梦生译注本,上海古籍出版社1999年版,收入"中华古籍译注丛书";高克勤导读,秦克整理集评本,上海古籍出版社2008年版;沙灵娜、陈振寰译注本,贵州人民出版社2009年版,收入"中国历代名著全译丛书"。主要研究论著有:王友胜《论〈宋诗精华录〉的编选宗旨与诗学思想》①、吴珊珊《陈衍诗学研究——兼论晚清同光体》②、周薇《传统诗学的转型：陈衍人文主义诗学研究》③、张煜《同光体诗人研究》④ 等。

## 十五、宋诗选

陈幼璞选注。上海：商务印书馆，1937年初版，1947年2月再版，分上中下3册，270页，32开，收入王云五等主编《新中学文库第一集》之《中学国文补充读本》。陈幼璞译有《爱迪生传》《现代地理学观念》等，编有《古今名人笔记选》《节本论语》等。余皆不详。书前载《导言》，论述诗歌的实质与形式，宋诗乃由唐诗演化而来，并详析其七个分期。次为《凡例》，声称本书选诗的宗旨是"以意境丰实，文字浅明"，目的是"足供初学之欣赏"，按诗体分类，以时为序，"初学读诗以绝句为最易"，故置于卷首。择录五绝25人68首、七绝48人202首、五律35人93首、七律29人97首、五古20人44首、七古26人74首，合计76人578首，选录诗作最多的是陆游100首，其他较多的有苏轼48首，范成大39首，王安石38首，梅尧臣17首，欧阳修、朱熹各15首，黄庭坚14首。又称本书

---

① 王友胜：《论〈宋诗精华录〉的编选宗旨与诗学思想》，《中南大学学报》2010年第2期。
② 吴珊珊：《陈衍诗学研究——兼论晚清同光体》，台湾成功大学2006年博士学位论文。
③ 周薇：《传统诗学的转型：陈衍人文主义诗学研究》，上海三联书店2006年版。
④ 张煜：《同光体诗人研究》，中西书局2015年版。

选辑时，于诗人初无轩轾，初学者可合计所录诗人诗作以略窥宋诗演变之主潮。此选所收诗人较夥，虽然多寡不一，但名篇大多入选，目录稍欠校对，时有小错，如苏舜钦误作苏舜卿、徐玑误作徐矶。诗作后附诗人小传及简要注释。《民国时期总书目》未著录。南京图书馆、云南大学图书馆等馆藏。

## 十六、宋诗选

钱萼孙编选。江苏：无锡国学专修学校，1937年2月初版，184页，23开，为《无锡国学专修学校丛书》之十五。萼孙即钱仲联之别名。钱仲联（1908－2003），号梦苕，浙江湖州人，生于江苏常熟。著名诗人、古典文学研究专家。1924年春第一名考取无锡国学专修学校。1934年秋执教无锡国学专修学校，后任教于南京中央大学、南京师范学院、苏州大学。1981年被评聘为全国首批博士生导师。著述等身，主要学术著作有《鲍参军集注》《韩昌黎诗系年集释》《剑南诗稿校注》《后村词笺注》《人境庐诗草笺注》《沈曾植集校注》《梦苕庵论集》等，编有《清诗纪事》《中国文学家大辞典·清代卷》《近代诗钞》《广清碑传集》《清诗精华录》《清文举要》《明清诗精选》等。工于诗词，兼精骈文，著有《梦苕庵诗词》。此选前载1936年12月所作自序，称执教无锡国专时，为诸生说诗，因前代诗选《宋诗钞》《宋百家诗存》卷帙浩繁不便讲授，而《宋诗类选》《宋诗略》《宋诗别裁》抉择未精，"乃辑是编，不拘门户，一以精严粹美为归"。无目录，按体依序选录五古25人97首，七古25人84首，五律43人133首，七律49人142首，五绝30人50

首，七绝61人210首，共录133人714首，诗后附诸家评论。陆游89首所录最多，其他依次是：苏轼81首、黄庭坚76首、王安石59首、梅尧臣39首、陈师道31首、陈与义31首、杨万里24首、范成大20首、欧阳修19首。1985年，钱仲联以此选为基础，略有增删，编成《宋诗三百首》，由钱学增笺注，浙江古籍出版社1987年1月出版。《民国时期总书目》著录。国家图书馆、苏州大学图书馆等馆藏。

## 十七、宋五家诗钞

朱自清选注。清华大学及昆明西南联合大学（1936－1943年）讲义。上海古籍出版社1981年8月初版，又有江苏教育出版社1992年6月版《朱自清全集》第7卷本。《民国时期总书目》未著录。朱自清（1898－1948），原名自华，号秋实，后改名自清，字佩弦。原籍浙江绍兴，生于江苏东海。现代杰出的散文家、诗人、学者、民主战士。1916年考入北京大学预科。1932年7月，任清华大学中国文学系主任。今有《朱自清全集》。生平事迹详见姜建《朱自清年谱》。据浦江清、季镇淮称，朱自清1936年在清华大学讲授"宋诗"课程，因抗战而迁至昆明，任西南联合大学中国文学系主任，1939年10月继续讲授宋诗，讲义即从吴之振等编的《宋诗钞》精选择录北宋五家诗，名曰《宋诗钞略》，始有铅印本，白文无注。后参诸旧注，略施己见，一家一卷，共分五卷。生前未付印，原稿经王昭琛初步整理，余冠英、冯钟芸、高熙会校勘，浦江清统稿订正，1981年8月上海古籍出版社以《宋五家诗钞》为名出版，末载浦江清作于 1950 年的《附记》。全书录梅尧臣诗 21 首、欧阳修诗 16 首、王安石诗 31 首、苏轼诗 41 首、黄庭坚诗 43 首，凡 152 首。《宋诗钞略》虽是授课用的讲义，然著者"用过一番搜辑工夫"，书中"丰富的参考资料，对于学者也是很有帮助的"。附有诗人小传及评论资料，注释简要精当，以期提升大学文科生的诗歌素养，顺应当时崇尚散文化诗歌的审美趣味。今有徐步乙广西大学 2014 年硕士论文《〈宋五家诗钞〉研究》，可详参。

## 十八、王安石诗

夏敬观选注。长沙：商务印书馆，1940 年 1 月初版，1 册，168 页，32 开，收入王云五主编《学生国学丛书》。后又有台湾商务印书馆有限公司 1970 年《人人文库》翻印本。夏敬观（1875—1953），字剑丞，一作鉴丞，号缄斋，晚号映庵，别署玄修、忍庵等，江西新建人。清光绪二十年（1894）举人，师从皮锡瑞治经学，后入张之洞幕，署理江苏提学使。1916 年任上海商务印书馆涵芬楼撰述。1919 年任浙江教育厅长。晚寓上海，与旧派诗人唱和，以卖画为生。为近代同光体赣派著名诗人，推尊孟郊、梅尧臣。著有《忍古楼诗》《映庵词》《忍古楼文》《词调溯源》《音学备考》《太玄经考》等，选注有《孟郊诗》《二晏词》《梅尧臣诗》《陈与义诗》《杨万里诗》《元好问诗》等。生平事迹详见陈诒《夏敬观年谱》。书前有编者所撰《导言》和《年谱》，使年谱与诗选相印证。此书无目录，仍照旧式分体而选，共收 229 首，有简要注释。吴淑钿《论夏注〈王安石诗〉》（《中国典籍与文化》2010 年第 3 期），认为夏注《王安石诗》,"意在为诗人的历史形象翻案,其中实寄托了他自己的时代观感"。《民国时期总书目》著录。南京大学、暨南大学图书馆等馆藏。

## 十九、陈与义诗

夏敬观选注。长沙:商务印书馆,1940年1月初版,1940年5月再版,112页,36开,收入王云五主编《学生国学丛书》。书前有编者所撰《导言》和《年谱》。据《导言》称:"黄陈以后,以诗得名者,在北宋末年,恐怕没有胜过他的。他的作品,亦确实要算黄陈以后的第一个人。我如今选他这本诗,也觉着他的造诣,非是他同时的诗人所能及!他跨着南北的时代,他的诗,是北宋的尾声,南宋的首领。"此书据宋胡稚笺注本,即涵芬楼印入《四部丛刊》本选注,认为胡注"渊博详尽""编年丝毫不错",这倒有可商之处。此书如编者所选《王安石诗》,仍分体选编,共收172首,有简要注释。《民国时期总书目》著录。北京大学、南京大学图书馆等馆藏。

## 二十、梅尧臣诗

夏敬观选注。长沙:商务印书馆,1940年3月初版,284页,32开,收入王云五主编《学生国学丛书》。书前有编者所撰《导言》和《年谱》。《导言》开篇即说:"我生平于宋代的诗,最崇拜的是梅尧臣,他的诗,我研究的工夫,为日最久,致力最深,我如今选他这部诗,觉着比较选他人的诗,有点把握。"

诚哉斯言，夏敬观 1936 年已撰《梅宛陵集校注序》，后曾克耑将夏注梅诗与赵熙校注合编为《梅宛陵诗评注》。吴淑钿《论夏注〈梅尧臣诗〉的诗学意义》(《中国文学研究》2008 年第 2 期)，认为"夏敬观是同光派中最大力推举梅诗的学人"，其缘由主要是"强调寒士精神的文化意义，及开宋诗新境的诗史意义"。据《导言》，夏氏自称见过五部梅诗刻本。此选以清康熙宋荦刊本为主，校以他本，仍分体编排，收诗 378 首，有简要注释。《民国时期总书目》著录。南京大学、复旦大学图书馆等馆藏。

## 二十一、杨诚斋诗

夏敬观选注。长沙：商务印书馆，1940 年 9 月初版，1 册，185 页，32 开，收入王云五主编《学生国学丛书》。书前有编者所撰《导言》和《年谱》。据《导言》，夏氏认为吴之振等编的《宋诗钞·诚斋诗钞》对"集中佳篇，往往遗弃"，且存钞本别字于选集之中，"有违选诗之本旨"。故借湘潭袁氏所藏精钞本，与涵芬楼《四部丛刊》本互校，共选五古 57 首、七古 37 首、五律 43 首、七律 44 首、五绝 24 首、七绝 99 首，合计 304 首。《导言》又称，杨万里诗善道人意中语，周必大谓其笔端有口，句中有眼，洵为的评。《民国时期总书目》著录。吉林大学图书馆、河北师范大学图书馆等馆藏。

## 二十二、陆放翁七绝三百首

陆基编选。《民国时期总书目》著录：72页，23开，无版权页，其他著录事项不详。陆基，20世纪二三十年代编有《卜易新法王元占征验录》《陆象山之精神》《苏州注音符号》等，余皆不详。是选或编于此时。天津图书馆、苏州图书馆等馆藏。

（原刊于《中国诗学》第23辑，南京大学出版社2017年版）

# 宏通视野、史学思维与文学本位
## ——读王友胜教授《历代宋诗总集研究》

中国是诗的国度,至李唐一朝而臻于极盛,号称"诗唐"。面对空前之伟绩,宋人别求树立,自出机杼,创造出与"唐音"双峰并峙新的诗歌审美类型——"宋调"。洵如清初名选《宋诗钞》的编者吴之振所言:"宋人之诗,变化于唐,而出其所自得,皮毛落尽,精神独存。"① 自南宋张戒首启唐宋诗之争,尔后不论是尊唐黜宋,还是祧唐祢宋,抑或唐宋兼宗,都成了元明清乃至民国诗人们不可回避的诗学路径话题。不可否认的是,时代愈往后,宗宋诗风愈浓。总集的不断涌现,自然成了操持选政者的重要工具,或旨在全备,以供观瞻整体风貌;或偏重菁华,便于随性所近,择体分师。相比灿若星河、蜚声宇内的唐诗总集,宋诗总集虽说声名稍弱,但也有像《宋诗钞》《宋诗精华录》《宋诗选注》这样的名家名选,其文献价值和学术价值不容小觑。关于宋诗总集,学界虽已诞生不少研究成果,但尚无一部全面系统研究历代宋诗总集的专著。王友胜教授所撰

---

① 吴之振:《宋诗钞序》,吴之振等选《宋诗钞》,中华书局1986年版,卷首第3页。

《历代宋诗总集研究》[1] 弥补了这一学术空白,为学界贡献了良可资鉴的高端成果。学者刘师健的《宋诗总集研究的新视野——读王友胜〈历代宋诗总集研究〉》[2] 已从基本内容与问题意识、历史梳理与理论建构、视域转换与文献运用三方面,详细阐述了该著的理论价值与学术史意义,颇有启迪之功,而意犹未尽。本文拟从宏观视野、史学思维和文学本位三个维度申论其旨趣。

一曰宏通视野。文学研究能否破除习见,超越侪辈,取得质的飞跃,从根本上来说,不仅依托于研究者的学术资质,还倚重于研究者的宏通视野。王友胜教授师出名门,在复旦大学王水照先生门下攻读博士学位,专攻"苏诗研究史"时,就已关注到清人所编宋诗总集,于1998年发表的《清人编撰的三部宋诗总集述评》[3] 一文,可算作宋诗总集研究之嚆矢。至2013年11月以"历代宋诗总集研究"为题成功获批国家社会科学基金后期资助项目,王友胜教授前后浸淫宋诗总集研究长达二十余年。就研究对象而言,作者目光所及,上自赵宋,下迄当代,在爬梳检阅海内外公私目录及相关文献之后,共觅得近500种宋诗总集[4]。在论述过程中,作者既聚焦于国内众多重要的宋诗总集,又关注到日本、朝鲜等域外的翻刻重刊本。从研究角度

---

[1] 王友胜:《历代宋诗总集研究》,北京大学出版社2021年版。
[2] 刘师健:《宋诗总集研究的新视野——读王友胜〈历代宋诗总集研究〉》,《中国韵文学刊》2021年第4期。
[3] 王友胜:《清人编撰的三部宋诗总集述评》,《湘潭师范学院学报》1998年第4期。
[4] 王友胜:《历代宋诗总集研究》,第261页。

来说，作者不囿于文学研究的单一维度，而是将视角扩展到文献、文化等多层面进行多维关照。即以诗学批评研究而言，作者所论多为通盘考虑后之所得，如第一章论宋诗总集的理论形态，溯其源而讨其流，辨其类而明其用，进而站在客观理性的高度来剖析其局限和通病。他如第十七章谈《宋诗选注》研究的回顾与展望，文中提出了四点看法，既能高屋建瓴拈出其精要之处，也毫不避讳点破其内在瑕疵①，更难能可贵的是提出了今后"钱学"研究的新路向②。正由于作者具备宏通视野，才能在宋诗批评以及"批评的批评"——对钱锺书宋诗批评的批评等相关研究中考辨得失、前瞻径向，以示来者。

二曰史学思维。无论是文学史、文学批评史抑或文学思想史，"文学"二字虽名冠于前，但若深究其实，则无不打上史学的烙印，因此，文学研究离不开史学思维。拥有史学思维的学者，能在收集、整理大量材料之后，得出客观、中肯、基于史实、合乎情理的判断。王友胜教授极为重视宋诗总集文本生成与传播的历史语境与历史分期，正如雅克·勒高夫所言："对于当代历史学家来说，历史分期化也是研究和反思的重要领域。由于它的存在，人类在时段、时间中组织和演变的方式变得清楚。"③ 王著用三分之一的篇幅来探讨历代宋诗总集的分期研究，将两宋定为形成期，元明为过渡期，清代为繁盛期，民国为转型期，新时期为集成期，颇有见地。在各个时期，作者又能识

---

① 王友胜：《历代宋诗总集研究》，第255—256页。
② 王友胜：《历代宋诗总集研究》，第256—258页。
③ 〔法〕雅克·勒高夫：《我们必须给历史分期吗?》，杨嘉彦译，华东师范大学出版社2018年版，第133页。

微见几，比如专论清代时，清醒地认识到，"清人宋诗总集井喷式出现，并非仅仅出自编选者偏嗜宋诗这一单纯的文学喜好，实际上它还与当时的政治生态、经济发展、地域文化、出版环境、藏书风气等因素关联密切"①，在摸清家底、全面考察的基础上，敏锐地指出康熙朝是清代宋诗总集编纂的第一个高潮，第二个高峰非乾嘉朝莫属②，而将"宗宋""学宋"新高潮的道咸同光宣五朝别为选坛的衰落期③。某些注释也能彰显作者作为文学研究者所特有的年代意识，如对"同光体"之名的正本清源，认为陈衍标榜的"同、光以来诗人不墨守盛唐者"的说法不足为据，因为同治末年（1874），除了沈曾植24岁之外，陈三立、陈衍、郑孝胥均不满20岁，四人皆未成名，其诗也尚未自成一体，而现存的诗歌作品多为光绪中期以后所写④。作者持之有故，言之有据，使读者深为信服。

三曰文学本位。诚如张伯伟先生所云："文学研究，首要的和重要的就是把文学当作文学"，而不是"以文献挤压批评，以考据取代分析，以文学外围的论述置换对作品的体悟解读"，作回归文学本位的研究，既是对当下古代文学研究者的提醒，也是对现代学术传统的接续，还是对中国批评传统的再认识⑤。王著较多的篇幅都属于立足于文学本们的研究。"删汰繁芜，使荟

---

① 王友胜：《历代宋诗总集研究》，第100页。
② 王友胜：《历代宋诗总集研究》，第118页。
③ 王友胜：《历代宋诗总集研究》，第132页。
④ 王友胜：《历代宋诗总集研究》，第131页。
⑤ 张伯伟：《"去耕种自己的园地——关于回归文学本位和批评传统的思考"》，《文艺研究》2020年第1期。

稗咸除，菁华毕出"①为总集的两大功能之一，换言之，选本式的总集既是文学作品的总汇，更是文学批评、审美观念的载体。王著下篇着眼于九部宋诗总集的个案研究，撇去重点考索其文献价值、纠正其文献疏漏的四章，其余五章集中探讨了金履祥的《濂洛风雅》、吴之振等人编选的《宋诗钞》、陈衍的《宋诗精华录》、钱锺书的《宋诗选注》、金性尧的《宋诗三百首》等著名宋诗总集，旨在揭橥其所蕴含的遴选标准与审美旨趣。比如第十章别具只眼关注到专选理学家诗的《濂洛风雅》，鞭辟入里地阐明选家与众不同的门派意识、理学趣味，更难能可贵的是从选阵、选型上梳理出《濂洛风雅》在宋诗选上的发展演变和存在价值，如指出民国间梁昆《宋诗派别论》特拈出"理学诗派"，当基于宋诗总集中理学家诗独占一席的特别考虑②。又如第十六章集中讨论当代两部重要的宋诗选——钱锺书《宋诗选注》与金性尧《宋诗三百首》，采用乃师王水照先生研究"钱学"比较之法，从选目、论评方式和注释方式三个层面，要言不烦地诠释二者之差异。以作者造诣精深的苏轼诗歌研究为例，指出钱选重在"小结裹"做文章，而金选多从"大判断"上下功夫③，真可谓一语破的，令人读之拍案叫绝。

若硬要说几句吹毛求疵的话，王著在叙录个别宋诗总集时偶有疏失，如李之鼎《宜秋馆汇刻宋人小集》错置于清代④，实

---

① 永瑢等：《四库全书总目》卷一八六"总集类"序，中华书局1965年版，第1685页。
② 王友胜：《历代宋诗总集研究》，第182页。
③ 王友胜：《历代宋诗总集研究》，第239页。
④ 王友胜：《历代宋诗总集研究》，第136页。

则李氏在乙编《北湖集》卷末有跋明言:"余自壬子(1912年)始发奋,编刊宋集……此本传录丁氏八千卷楼旧钞,付诸剞劂焉,时丁巳季秋也。"丁巳即1917年。次年1918年撰《重订征刻南北宋人集小启》,1921年仲冬复作《汇刻宋人集序》云:"自宣统辛亥以来,梓成者已六十余种……自甲乙丙丁编而及戊己,递嬗成书。"① 可见李氏汇刻宋人小集均在民国年间。与王著的创获相比,这只不过是白璧微瑕。

要言之,王著视野宏通、史识高超、批评独到,不失为新时代全面系统研究宋诗总集的一部扛鼎之作。

(原刊于《湖南科技大学学报》2023年第4期)

---

① 李之鼎:《汇刊宋人集序》,载《宜秋馆汇刊宋人集丙编目录》后,民国间刻本。

# 姻亲网络与文学世家

## ——徐雁平《清代世家与文学传承》读后

明清文学，特别是清代诗文，在老一辈学者郭绍虞、钱仲联等人扎实而富有开创性的研究下，逐渐跃入学界的视域，迄今已有三十余年的拓展。当今的清代文学研究愈发深入，路径日渐拓宽，成果也颇为可观。徐雁平的新著《清代世家与文学传承》[①]（以下简称《清代世家》），即以清代文学世家为研究主体，旨在探寻中国人文传统赓续衍变的内在动力与生发机制。该书标明探究的时段是清代，而在实际论说中，为显现世家在艰难时世的生命力，往往将其发展的余波延宕至20世纪80年代。循此延展之笔，可放眼于世家的兴衰衍变，聆听到时代大潮声中一种特具韵味的回响。

《清代世家》的作者在文学世家的递嬗以及中国传统文化的传承研究方面已有多年经营，该书部分延续作者此前清代文学的研究路径，和对东南书院史料的熟知与掌握，通过细致的考察与统计，足以让读者窥见家族与地方力量对文士文学的渗透

---

[①] 徐雁平：《清代世家与文学传承》，生活·读书·新知三联书店2012年版。

和影响。清代著名画家兼诗人恽格尝以"涤荡陈趋,发挥新意"①称扬"清初画圣"王翚,此八字用来标明学术研究之境界亦甚妥当。《清代世家》即是如此,除了沿用以往的研究路数外,又有不少新尝试,其中从姻亲网络与图像仪式上来探究清代文学世家的传衍更替,更值得特别留意。

一般来说,宗族性的私立书院、文会、社集,明显偏于彰显男性势力在家族繁衍、文化传承上的作用。而姻亲网络,更多的是由女性编织勾连起来的,串联着诸多起初并不相干的男性宗族谱系。作者的视角,从古代传统社会的男性主体转移到一般人所忽视的女性世界,并由此牵发出"母教"等一系列关涉文学世家传衍的大问题,乃至营构出苏、浙、皖东南三省文化一体的版图。作者利用先期成果《清代文学世家姻亲谱系》②,以女性为中心,以世家为线索,编制出一张张繁复的文学世家谱系图景,然后择其文学性联姻次数较多的十四个家族做具体分析,着重探讨人文渊薮的苏、浙、皖三地文学家族之联姻,由此提出通过女性尤其是文学女性的姻娅关系,串联一个个"文化板块",构建一个个文学世家,营造一个个人文空间,推论出在官学崩坏或不能正常运作之际,女性在选择性婚姻中所承担的文化传承之责任与功劳,揭橥了清代文学世家板块的整体态势和地域流派的重要表征,证示"清代文学世家的联姻是一种文化选择与生产行为,中国传统文化能绵绵瓜瓞,从文学

---

① 恽格:《瓯香馆集》卷十一《画跋》,《清代诗文集汇编》第129册,上海古籍出版社2010年版,第684页。
② 徐雁平:《清代文学世家姻亲谱系》,凤凰出版社2010年版。

联姻中当能找寻到一种切实的解释"①。文学世家中的女性，不仅在家族生物性上起到繁衍后代的作用，而且在文化上也有融会生新的功绩。她们培育子孙，树植家风，有的还积极参与文学创作和家集活动。诚如作者所论，"婚姻作为一种文化衍生机制"②，通过门当户对的"类聚"，以联姻缔结成一个个具体场域，催生出一个个文学群体或流派。试想，如果没有女性参与的联姻构建，那些以男性为中心的宗族汇聚成联系更加紧密、场域更加广阔的"文化板块"便无从谈起。这些在作者讨论以钱塘汪氏家族为中心的诗人群，乃至边远省份中的黔之独山莫氏、遵义郑氏，桂之灵川周氏、临桂况氏等十个在清代异军突起的文学家族时，就显得极有解释力。

如果说姻亲网络、世家谱系仍算是从"以血缘、亲缘为主，旁及学缘"的常用线索来寻绎众多文学家族传衍脉迹的话，那么作者从仪式化的图像，以及相近的象征符号、模仿动作等来观照单个文学世家之递嬗，便有更为具象而丰富的学术创新价值。

《清代世家》附有插图共计十三幅。图像与清代文人文学活动有着不解之缘，特别是以反映文人生活、文学创作为主的人物画像，与诗歌产生了多侧面、全方位的互动。这些诗图，既彰显了文人创作主体的诗酒风雅、审美情趣，也成为其酬唱的媒介和歌咏的主题，更带来了诗图互动的精彩世界，最终定格为一种象征符号，演变成世家望族的文化记忆。

---

① 徐雁平：《清代世家与文学传承》，第72页。
② 徐雁平：《清代世家与文学传承》，第57页。

"在重现过去的物质文化的过程中,把图像当作证据来使用,无论这类证据是在博物馆里,还是在历史著作中。对重现普通民众的日常生活,图像有特殊的价值。"① 记得小时候,逢年过节都要亲随族中长者祭拜宗祖,每次我都战战兢兢,心怀敬畏,因为低头叩跪时,上面有一幅幅祖先瓷画像在"天上"看着我!"课读图"就是一个重现母教在文学世家传衍过程中所起作用的缩影。一般说来,画家通常借助某个个体或小群体来表现社会生活,可能并不一定具有典型性。作者从浩如烟海的清人典籍中抽绎出的数十幅"课读图",是清代一种"较为盛行的图像表述系统,此一系统可名为'青灯课读图'系列"②。清代"课读图"创作及其题咏蔚然成风,可视为世家名族特有的文化景观。作者以蒋士铨《鸣机夜课图》、毕沅《慈闱授诗图》为典型事例,着重从女性的角度来考虑课子(孙)在世家传衍中的培育功能、激励机制和文化内涵。在男权社会里,女性的作用往往在官方档案中载之甚少,即使存在也一般出现在彰显儒家"守节""敬孝"思想的视域里。即便在极为私密的文人集中,也顶多在所谓的"悼亡妻""忆慈母"一类作品中稍有呈现。而"课读图"不仅是子孙怀旧纪实的个体记忆,也是建构家族统绪的一大标识。而且,"课读图"是一个颇具风雅的主题,既是官方统治者大力表彰之事,也是世家望族念念不忘的"徽章"。据作者所考,题咏结集成册的"课读图",往往有大量

---

① 〔英〕彼得·伯克:《图像证史》,杨豫译,北京大学出版社2008年版,第107页。
② 徐雁平:《清代世家与文学传承》,第158页。

的题诗、填词、作图、撰记者，且多为有声望的官员或诗文、学术名家①。这俨然是一个文学名士雅集的"大观园"。他们的子孙后辈甚至还可超越时空进行追忆、拟和，以再现往昔"文化集会"的繁盛图景。如此一来，便使得文学世家传灯续香的历史叙说具有了强烈的典型性和生动的视觉感知，也印证了作者对图像呈现在家学传承中所起重要作用的判断②。

除了从诸如"课读图"的仪式化图像来展现那段文学世家的衍生史外，作者还特意拈出与此相近的象征符号、模仿动作、母型图形以重现世家传衍的脉络，探究文化传承中某些具有代表意义的质因。

在全书的最后，作者再度细腻地捕捉出俞樾与俞平伯、俞平伯与俞丙然两曾祖孙合影、信笺的仪式感知和家族记忆。这些既典型又充满细节的图像无疑是家族延续的动力，是传统递衍的表征。作者精心挖掘出德清俞氏科举世家崛起的重要人物俞樾，从俞鸿渐、俞樾、俞陛云到俞平伯，乃至俞润民、俞昌实、俞丙然，上勾下连，绵延数代。借助谱系（俞姓家谱）、图像（俞樾、俞平伯相同的曾祖右扶藤杖左携孙男的立像照）、徽识（"春在堂"族徽）、符号（双满月剃头、祭祀祖先等）、物件（俞楼图、曲园图和右台仙馆图信笺）来构建俞氏家族的衍生史，阐述俞氏家族的内在信念，探究俞氏家族的发展动力。复次，作者通过对俞樾、俞平伯等人诗集史料的梳理，匠心独具地拈出富有浓郁象征意义的"抓周""描红"事件，以及"双满

---

① 徐雁平：《清代世家与文学传承》，第173页。
② 徐雁平：《清代世家与文学传承》，第157页。

月剃头"诗、自述"纸上家园"诗、超越时空步韵追和先人特定意味的"春"（俞樾以"花落春仍在"诗受知于曾国藩）字诗，及曾祖孙二人有意步韵仿效的唱酬诗，还有那些回忆故园旧物以表达祖德家风的篇什。通过这些图像、符号、行为等另类文本，作者细微地触摸到文学家族的隐曲"心史"与历史的原生态，详细而生动地呈现了文学世家衍生、衰变的历史图景。

此外，作者还观察到俞氏家族由盛及衰而难以为继的"家族焦虑"。换言之，作者不仅仅透析出文学世家传承中可喜的一面，还注意到其不利之动因，如人丁血脉的单薄、世运朝代的迁转、中西文化的碰撞等等。这种透过文本所折射出的历史叙事，在常态中还原了细节，也让我们面对当下不得不重新思考与估量一系列家族行为、地方力量在人文传承、人才培育上到底有多少功用。试问，"五世其昌"是不是传统文人遥不可及的梦幻？

（原刊于《读书》2013年第6期）

# 后　记

"却顾所来径，苍苍横翠微。"蓦然回首，踏上学术征途，已有廿度春秋，我也步入了"狂胪文献""抛心力"的中年之列。

1997年中师毕业后，我在老家舌耕七年之久，直到2004年9月才得以拜入殷师祝胜先生门下攻读硕士，研究方向是隋唐五代诗歌。殷师秉承南京大学程千帆先生、周勋初先生的优良传统，双周见面一次，地点就在家中。记得第一次，殷师很"开放"地布置作业，让我们挑一部自己喜欢的诗集来研读。我首选诗仙李白，读的是清人王琦注的《李太白全集》，后来还向老师借阅过詹锳先生的《李白全集校注汇释集评》。此次结集成书，收录最早的一篇学术论文正是探讨李白绝句的时空艺术。如今看来，拙文不免稚嫩粗浅，却饱含了老师的辛勤指导，是他引导我走上了学术之路。

此外，值得说道的是本书的第一篇，这是遵照博士生导师巩本栋先生的"四部书"研读任务而写的读书报告。读博的第一年，我大半时间在苦读《汉书》，发现以齐召南为主的四库馆臣有数百条考证，价值不容小觑，因而上下考索，撰就此文。

巩师审阅后，随即推荐并发表在《古典文献研究》上。这也是我求学以来发表的第一篇 CSSCI（来源集刊），意义非凡。这两篇拙文，数易其稿，我至今还妥善保存两位导师的红笔批改稿。

本书收录最晚的是去年受人民文学出版社之邀，为清中叶"四大畅销书"之一的《随园诗话》作全注的副产品——《袁枚〈随园诗话〉写作时间新考》，承蒙编辑老师不弃，发表在今年2月26日《光明日报·文学遗产》上。由隋唐转向宋、清之诗学，是我治学兴趣使然，也与当年巩师赐示博士论文选题"清人整理宋诗研究"息息相关。

此番所汇集的二十篇习作，窃不敢自诩为残玉碎金，实乃"清代宋诗学"专题研究之外的零缣断楮。其中绝大部分已登载于《文献》《中国典籍与文化》《中国诗学》《光明日报》《读书》等杂志报刊上。从时间跨度而言，不可谓不长；从容量上看，长短不一；若论形式，体兼雅俗；试就讨论对象来说，举凡年谱编撰、心态抉发、史籍考索、文本厘定、诗歌批评，均有涉猎，甚至还有受老师之命而绞尽脑汁撰写的书评。如今结集出版，更多的不是"炫耀"自己的一得之见，而是记录漫漫学术征程上的雪泥鸿爪。"文章千古事，得失寸心知。"我深知学识谫陋，创获无多，但始终恪守师长的教诲："板凳宁坐十年冷，文章不写半句空。"今天敢于祸枣灾梨，与其说是敝帚自珍，不如说是对过往的记录和纪念，对自我的鞭策和激励，希望"以今日之新我，胜昨日之旧我"，时刻葆有当年立志向学的纯真初心！故书名曰"论稿"。

"梦鸿轩"，源于我负笈桂林求学时，敬慕东坡，酷爱其诗"人似秋鸿来有信，事如春梦了无痕"，因而附庸风雅，撷取

"梦""鸿"二字以名寒斋。此号随我北上金陵求学，南下琼岛谋生。2020年10月举家迁居榕城，我依然珍若拱璧，从未想过弃用它。

  人犹如秋天的鸿雁，来来去去，总会留下印迹，哪怕是空中之色、水中之月，也是生命中不可忘怀的，何况是在气势豪迈、壮志凌云的青春岁月呢？尽管春梦无痕，但只要去细细回味，耐心追寻，定会有不一样的收获和感悟。

  不才有志于古典文学，得遇良师益友、旧雨新知，幸甚至哉！纸短情长，言语难表万一！众师长、同门、同好、同道、同事及门生，"惠我无疆"，虽未一一具名，然心中感念，"怀允不忘"！

甲辰仲夏谨识于长安山下梦鸿轩

图书在版编目（CIP）数据

梦鸿轩论稿 / 谢海林著. — 成都：巴蜀书社，2025.6
ISBN 978-7-5531-2420-9

Ⅰ.Ⅰ206.2—53

中国国家版本馆 CIP 数据核字第 2025W43Y00 号

MENGHONGXUAN LUNGAO
**梦鸿轩论稿**　　　　　　　　　　　　谢海林　著

| | |
|---|---|
| 责任编辑 | 徐庆丰 |
| 责任印制 | 田东洋　谷雨婷 |
| 封面设计 | 编悦文化 |
| 出版发行 | 巴蜀书社 |
| | 四川省成都市锦江区三色路 238 号新华之星 A 座 36 层 |
| | 邮编：610023 |
| | 总编室电话：(028)86361845 |
| | 营销中心电话：(028)86361852 |
| 制　　作 | 四川胜翔数码印务设计有限公司 |
| 印　　刷 | 成都东江印务有限公司 |
| 版　　次 | 2025 年 7 月第 1 版 |
| 印　　次 | 2025 年 7 月第 1 次印刷 |
| 成品尺寸 | 148mm×210mm　1/32 |
| 印　　张 | 11.5 |
| 字　　数 | 250 千 |
| 书　　号 | ISBN 978-7-5531-2420-9 |
| 定　　价 | 80.00 元 |

■ 版权所有·侵权必究
　本书若出现印装质量问题，请与印刷厂联系调换，电话：(028)82601551